Constanze Wilken
Die vergessene Sonate

Constanze Wilken

Die vergessene Sonate

Roman

Marion von Schröder

Marion von Schröder Verlag
Der Marion von Schröder Verlag ist ein Verlag
der Ullstein Buchverlage GmbH

ISBN 3-547-71055-3

Satz: MPM Wasserburg
Gesetzt aus der 11/13 P Linotype Minion
Druck und Bindung: Clausen & Bosse, Leck
Printed in Germany

Für meinen Bruder Alexander

Der Wert, den Ehrbarkeit bewegen sollte,
ist Liebe, der Bogen der Liebe;
und lieben kann der Förster so
wie der mächtige Edelmann:
süßer Heiliger, du bist wahrhaft ehrenwert,
doch ohne Liebe bedeutest du mir nichts.

Fulke (Greville), Lord Brooke

Prolog

Böhmen, 1748

Die Kerze war fast vollständig heruntergebrannt und erhellte den Schreibtisch nur spärlich. Mit schnellen sicheren Bewegungen setzte der Mann, dem das wenige Licht auszureichen schien, mit einer Feder schwarze Punkte auf die vor ihm liegenden Papierbögen. In seinem Kopf verbanden sich die Punkte, die er mit kaum lesbaren Strichen in Viertelnoten, Kapriolen oder Triolen umwandelte, zu Musik. Er konnte kaum so schnell schreiben, wie die Melodie in seinem Inneren spielte, und er wollte nicht eine Note überhören, denn er war sich nicht sicher, ob er die Töne in genau dieser Anordnung ein zweites Mal erschaffen konnte. Wann er einer Eingebung Folge leisten mußte, hatte er im Laufe seines noch jungen Komponistenlebens bereits gelernt. Diese Musik, das spürte er, war das Beste, was er je geschrieben hatte und vielleicht je schreiben würde. Sie klang süß, leidenschaftlich, voller Sehnsucht, und gleichzeitig erfüllte ihn eine Traurigkeit, die ihm die Tränen über die Wangen laufen ließ, ohne daß er davon Notiz nahm. Er seufzte tief, setzte mit schwungvoller Bewegung einen letzten Strich und ließ die Feder aus der Hand gleiten.

Erschöpft lehnte er sich in seinem Stuhl zurück. Einige Strähnen hatten sich aus seinen schulterlangen schwarzen Haaren gelöst, die im Nacken zu einem Zopf gebunden waren. Mit den Händen fuhr sich der Musiker über das blasse Gesicht, so als wolle er die dunklen Schatten unter seinen Augen, die von angestrengt durcharbeiteten Nächten zeugten, fortwischen. Aus den feingeschnittenen Gesichtszügen sprach Müdigkeit, wohingegen seine wachen dunklen Augen diesen Eindruck Lügen straften. Ein Blick auf das Rotweinglas erinnerte ihn daran, daß sein Weinvorrat aufgebracht war, doch er benötigte jetzt keinen Wein, seine Sinne waren berauscht von seiner Musik. Abrupt stand er auf, stieß dabei fast den Stuhl um, zog den langen Rock aus, unter dem er Weste und Hemd trug, und warf sich auf das schmale Bett, das an der Wand stand. Sein Gönner mochte ein Förderer der Künste sein, ein großzügiger Mäzen war er nicht. Es war so kalt in seinem Zimmer, daß der Musiker den prächtigen Gehrock auch beim Arbeiten anbehielt. Das Feuer im Kamin war schon vor Stunden erloschen. Neues Feuerholz würde man ihm erst am nächsten Morgen zuteilen, doch Klagen und Beschwerden prallten am kaltherzigen Panzer seines Mäzens ab wie Hagelkörner von einer Steinmauer. Auch ein so hochrangiger Adliger wie er hätte es nicht leicht unter den Habsburgern, dozierte der geizige Aristokrat ständig vor seiner Familie und den Bittstellern, die sich regelmäßig bei ihm einfanden. Der Musiker schnaubte verächtlich bei dem Gedanken an den geldgierigen Adligen, der seinen Untergebenen jeden Taler mit Hilfe immer neuer Steuern aus der Tasche zog, um seinen aufwendigen Lebensstil finanzieren zu können. Seine Frau verbrachte die meiste Zeit am Hof im fernen Wien, weit genug weg, um ihren Gatten seinen zahlreichen Geliebten zu überlassen.

Der Komponist erschauerte und zog die schwere Bettdecke über sich. Es war jedoch nicht nur die eisige Kälte in dem spärlich möblierten Raum, die ihm zu schaffen machte. Seine Miene verfinsterte sich, als er an die Gerüchte dachte, die man ihm jüngst zugetragen hatte. Es konnte einfach nicht der Wahrheit entsprechen, daß dieser Laffe sich nun auch noch seiner Angebeteten zugewandt hatte. Der Musiker hielt inne. Natürlich konnte das stimmen, denn Lida war nicht nur eine schöne Frau, sondern dazu noch eine überaus talentierte Geigerin, die Konzertmeisterin seines Orchesters. Es erfüllte ihn mit Stolz, wenn er daran dachte, wie sie seine Musiker für seine Kompositionen begeisterte und mit welch großem Einfühlungsvermögen sie bisher jeden ihrer Soloparts interpretiert hatte. Nur ihrem künstlerischen Können und ihrer Fürsprache bei »Seiner Hoheit« hatte er es zu verdanken, daß er seine Stelle als Hofkomponist noch nicht verloren hatte. Seit Wochen rang er mit sich, ihr seine Gefühle zu offenbaren, doch bis heute hatte er keine Möglichkeit gesehen, sich ihr in angemessenen Worten zu erklären. Seine Sprache war die Musik, und diese Sonate, die er nur für sie geschrieben hatte, würde ihr endlich zu verstehen geben, was er für sie empfand.

Er konnte nicht bis morgen warten, und es war ihm egal, welche Konsequenzen ihn erwarteten, wenn er die Interessen seines Brotherrn durchkreuzte. Schließlich war er kein Feigling! Vielleicht würde er nicht sofort eine neue Stellung finden, doch Qualität setzte sich letztendlich immer durch. Auf keinen Fall würde er Lida aufgeben. Für eine Sekunde überkam ihn eine Welle ohnmächtiger Angst, denn die Rachsucht und unkontrollierten Wutausbrüche seines Gönners waren ihm allzu gegenwärtig. Mit einem entschlossenen Griff warf der Komponist die Decke von sich, streifte den Rock wieder über und verließ mit den Notenblättern den Raum. Angst war etwas für den Zögerlichen und nichts für den Entschlossenen. An einem eisernen Haken hing eine Öllampe von der Decke herunter und tauchte den vor ihm liegenden Gang in diffuses Licht. Einen Moment horchte der Komponist in die nächtliche Stille, doch nichts regte sich. Leise klopfte er schließlich an eine der Türen in dem langen Flur.

»Lida, ich bin es!«

Es dauerte einen Moment, dann raschelten seidene Stoffe, und ein Schlüssel drehte sich im Schloß. Langsam wurde die Tür einen Spaltbreit geöffnet.

»Jetzt laß mich hinein, bitte, bevor noch jemand vorbeikommt.« Er drängte sich an der blonden Frau vorbei in das Zimmer, aus dem ihm angenehme Wärme entgegenschlug.

»Du hast Feuerholz. Er ist großzügiger zu einem Mitglied

des Orchesters als zu seinem Komponisten.« Seine Stimme klang bitter.

»Hör auf. Warum kommst du um diese Zeit?« Die schlanke Frau sah blaß aus. Mit fahrigen Bewegungen zog sie den dünnen Seidenmantel enger um den zerbrechlich wirkenden Körper.

Unentschlossen nestelte er an den Blättern in seiner Hand.

»Na, zeig schon her!« Sie lächelte, nahm ihm die soeben vollendete Sonate aus den Händen und begann, die Noten zu studieren.

Gebannt beobachtete er ihre Züge und schien beruhigt, als er sah, wie sich ihr Körper anspannte und ihre Lippen leise und konzentriert die Töne mitsummten. Sie sah ihn auch nicht an, als sie ihre Violine, auf deren rostroter Lackierung das Kaminfeuer dunkle Schatten tanzen ließ, aufnahm und den Bogen ansetzte. Erst als der Klangkörper ihres Instruments die Noten hörbar machte und die Melodie sie beide zu umschlingen begann, hob sie den Blick. Ihre blauen Augen schimmerten feucht, während ihre Finger sicher die Töne griffen und der Bogen geschmeidig über die Saiten flog. Nachdem die letzte Note verklungen war, standen sie regungslos für Sekunden.

»Lida«, durchbrach er die Stille als erster.

Sie legte Violine und Bogen auf einen neben ihr stehenden Sessel und trat auf ihn zu.

Kaum hörbar flüsterte sie: »Ich habe es nicht gewußt. Ich habe es doch nicht gewußt. Verzeih mir!«

Kapitel 1

Dorset, 2002

Erschöpft warf Viviane Byrne die Schlüssel in die Schale auf der Ablage. Die Haustür fiel hinter ihr ins Schloß. Für den heutigen Tag hatte sie genug gesehen und gehört. Trotz des schönen Wetters waren die Gäste in »Jo's Coffeeshop« schlecht gelaunt gewesen. Normalerweise freute sich Viviane auf die Tage, an denen sie ihrer Freundin aushalf. Heute jedoch schien sich alles gegen sie verschworen zu haben. Zuerst war die Espressomaschine kaputtgegangen, dann hatte sie ein volles Tablett zu Boden fallen lassen, und zu guter Letzt beschwerten sich mehrere Gäste über die begrenzte Kuchenauswahl. Jo war bekannt für ihre hausgemachten Kuchen, nur waren ihr am Morgen zwei Bleche verbrannt, und das Backen brauchte eben seine Zeit.

Viviane hob die Post vom Fußboden auf und ging in den Wohnraum. Dort öffnete sie die Terrassentüren, damit die warmen Strahlen der Abendsonne in die Wohnung scheinen konnten. Mit einem Krug Eistee in der einen und einer Schale Erdbeeren in der anderen Hand setzte sie sich in einen knarrenden Gartenstuhl. Briefe und Werbesendungen legte sie auf den Tisch und betrachtete die sommerliche Blumenpracht des wild wuchernden Bauerngartens.

Die Besitzer des Reetdachhauses, in dem sie seit einigen Monaten eine Wohnung gemietet hatte, waren in die Ferien gefahren. So hatte sie den Garten für sich allein, was ein unerhörter Luxus war, den sie zu genießen wußte. Viviane streifte die Sandalen von den Füßen und streckte die Beine aus. Welcher Teufel hatte sie nur geritten, als sie sich entschlossen hatte, nach Shaftesbury in Dorset zu ziehen? Die Landschaft war romantisch. Sanfte grüne Hügel wurden unterbrochen von Äckern und Wiesen und malerischen kleinen Dörfern. Als sie das erste Mal nach Dorset in Südengland gekommen war, hatte sie die liebliche Umgebung als perfekte Postkartenidylle empfunden. Sie hatte Thomas Hardys Romane gelesen und war von einem Entzücken in das nächste verfallen, während ihre Freundin Jo Geschichten über die alten Häuser in den verträumten Gassen erzählte.

Viviane seufzte. Sie war hierher geflohen, doch sie hatte übersehen, daß ihre Probleme ein Teil ihres Gepäcks geblieben waren. Ihre Mutter, Christine, hatte ihr prophezeit, daß sie ihr Leben nicht in den Griff bekommen würde. Viviane verzog den Mund zu einem schmalen Lächeln. Christine hatte das in dem für sie typischen vorwurfsvollen Ton gesagt. Sie strich sich die glatten weizenblonden Haare aus der Stirn und wickelte sie im Nacken zu einem losen Knoten. Wie gern hätte sie mit ihrem Vater gesprochen, der es immer verstand, sie aufzumuntern. Aber er befand sich irgendwo auf dem Indischen Ozean. Arno Kronauer war leidenschaftlicher Segler und erfüllte sich den Traum einer Weltumseglung.

Viviane trank den kühlen Eistee. Ihr Vater war Gregory von Anfang an mit Skepsis gegenübergetreten. Kaum jemand konnte sich Gregory Charles Byrnes Charme entziehen, doch Arno hatte hinter die blendende Fassade aus gutem Aussehen, erstklassiger Ausbildung und riesigem ererbten Vermögen geblickt und seiner Tochter von einer Heirat abgeraten. Christine, der sehr viel an gesellschaftlichem Ansehen und materieller Sicherheit gelegen war, hatte ihrer Tochter sofort zu dieser Verbindung geraten. Ein Zitronenfalter setzte sich auf eine der aufgeblühten Hortensien. Seine durchscheinenden Flügel vibrierten in der stillen Luft. Viviane sog den Duft der Blumen ein und fragte sich, warum immer alles so kompliziert sein mußte.

Sie hatte Gregory auf der Universität in München kennengelernt. Obwohl sie um seinen Ruf als Herzensbrecher wußte, hatte sie sich Hals über Kopf in den attraktiven blonden Engländer verliebt. Sie glaubte ihm, wenn er davon sprach, nicht zu tun, was seine Familie von ihm erwartete, nämlich in die Firma einzusteigen. Das hieße, einen Vorstandsposten in der größten Baufirma in Bristol zu besetzen und die Kontakte im Countryclub zu pflegen. Gregory jedoch hatte andere Pläne, war voller Idealismus und wollte, daß Viviane ein Teil seines Lebens würde. Er träumte davon, selbst etwas aufzubauen und Hilfsprojekte in bedürftigen Ländern zu fördern. Sie heirateten noch während des Studiums. Der erste Rückschlag erfolgte, als Gregory die Zulassung zum Vordiplom wiederholen mußte. Die Semesterferien nutzte er nicht, um sich auf die Nachprüfung vorzubereiten, sondern begleitete Freunde auf einem Segeltörn durch die Ägäis. Nach seiner Rückkehr war er übellaunig und trank schon am Nachmittag das erste Glas Champagner. Seine Eltern, die über die Heirat nicht erfreut gewesen waren, trugen ihren Teil zu den Streitigkeiten der jungen Eheleute bei. Sie verfolgten eine kluge Strategie, indem sie den Geldhahn nicht ab-, sondern richtig aufdrehten. Gregory war es nicht gewohnt, ohne Geld dazustehen oder darüber nachdenken zu müssen, wieviel etwas kostete, er kaufte es einfach. Viviane versuchte ständig, ihn daran zu erinnern, daß sie auf eigenen Füßen stehen wollten, und dazu gehöre eben auch, anfangs auf gewisse Dinge zu verzichten.

Sie arbeitete stundenweise als Hilfskraft im Historischen Institut. Gregory ging auf Partys im Golfclub. Viviane schrieb an ihrer Magisterarbeit oder lernte für die Examen. Sie entschuldigte seinen Lebensstil damit, daß er sich nicht von den alten Freunden trennen konnte, die ihn immer wieder anriefen und einluden. Er wollte nicht zum Außenseiter und Spießer werden, nur weil er jetzt verheiratet war. Es gab Anzeichen, aber sie war zu beschäftigt gewesen, sie zu erkennen. Seufzend betrachtete sie die untergehende Sonne. Der Blumengarten wurde in einen goldenen Schimmer getaucht. Genauso hatte sie die Ehe gesehen, in einem verklärten Licht. Die Wirklichkeit hatte sie rasch und schmerzhaft ernüchtert.

Eines Abends, sie steckte mitten in der Endphase für die Examensvorbereitungen, kam sie zurück in die Wohnung, um sich Unterlagen für die Arbeitsgruppe abzuholen. Gregorys Wagen und ein rotes Sportcoupé standen unten an der Straße, und sie nahm an, daß er Freunde mitgebracht hatte. Weder in der Küche noch im Wohnzimmer traf sie jemanden an. Auf dem Küchentisch standen zwei Weingläser und die Reste eines Essens aus dem Feinkostladen. Entschlossenen Schrittes ging sie auf die angelehnte Schlafzimmertür zu und stieß sie schwungvoll auf. Die Szene bedurfte keiner Erklärungen. Eine wohlproportionierte Brünette saß rittlings auf Gregory, der die Schenkel seiner Gefährtin entsetzt losließ, als Viviane in der Tür erschien. Provozierend langsam drehte die Brünette ihren Kopf und lächelte sie süffisant an: »Du hättest dich mehr um ihn kümmern sollen. Ich habe nur getan, worum er mich gebeten hat.«

Saskia Mettenbach war eine attraktive Frau und Viviane von festlichen Veranstaltungen her bekannt. Sie war unverheiratet und Inhaberin einer erfolgreichen Werbeagentur. Ausgerechnet mit dieser arroganten Ziege mußte er sie betrügen.

Trocken sagte Viviane: »Stimmt das, Greg?«

Ihr Mann wischte sich den Schweiß von der Stirn und schob Saskia zur Seite. »Oh, Darling, irgendwie hat sie ja sogar recht«, verteidigte er sich. »Du kommst auf keine Party mehr mit und hast auch sonst kaum Zeit für uns.«

»Ich arbeite, und in drei Wochen sind die Abschlußprüfungen! Da du dein Studium seit langem nur noch als Alibi betreibst, ist dir so was natürlich fremd. Aber jetzt ist verdammt noch mal nicht der Moment, mich zu beschuldigen! Ich wünsche euch noch viel Spaß!«

Wütend und zutiefst verletzt verließ Viviane die Wohnung. Am liebsten wäre sie gerannt, sie bemühte sich jedoch um einen würdevollen Abgang. Ihr Leben war nur noch ein Scherbenhaufen, und das ausgerechnet jetzt! Wie sollte sie sich unter diesen Umständen auf die Prüfungen konzentrieren? Zwei Stunden wanderte sie ziellos durch den Englischen Garten. Ihre Augen waren so verweint, daß die Leute sie mitleidig ansahen. In die Wohnung wollte sie auf keinen Fall zurück. Sie hätte Gregorys Anblick nicht ertragen. Aber sie mußte mit jemandem reden. Es gab nur einen Menschen, den sie in dieser Situation sehen wollte – Marie.

Marie war die Schwester ihrer Großmutter mütterlicherseits und lebte seit dem Tod ihres Mannes allein in einem schönen alten Haus in der Nähe von Passau. Passenderweise lautete der Name ihres Mannes Josef. Der Tscheche war ein begnadeter Maler gewesen, dessen Bilder in der ganzen Welt große Anerkennung fanden. Nur in seinem Heimatland blieb er unbekannt, denn solange die Kommunisten an der Macht gewesen waren, hatte man ihn und sein Werk als regierungsfeindlich eingestuft und verbannt. Josef litt an einem schwachen Herzen und starb zu früh. Viviane war siebzehn gewesen, als Josef starb, doch an den gebrechlichen älteren Mann mit den wachen Augen und den schlanken Händen, die auf jedes Blatt Papier wundervolle Zeichnungen zauberten, erinnerte sie sich gut.

Seitdem lebte Marie mit seinen Bildern und der Erinnerung an ihre große Liebe. Angesichts dieser tragischen Lebensumstände wurde sie keineswegs ein in sich gekehrter Mensch, der sich aus dem Leben zurückgezogen hätte. Marie war ganz im Gegenteil eine praktische, lebensfrohe und aktive Frau, die sich mit beißendem Humor und scharfem Intellekt dem Leben stellte. In ihrem großen Garten standen zahlreiche Obstbäume, deren Früchte sie Jahr für Jahr einkochte und die Marmeladen und Gelees auf dem Markt verkaufte. Streunende Katzen und Hunde fanden bei ihr vorübergehend oder, wenn es nötig war, für immer ein Zuhause. Sie engagierte sich für ein Frauenhausprojekt im Ort und lud regelmäßig

Freunde zu ihrem literarischen Zirkel ein. Viviane sah die gefüllten Bücherregale vor sich, in denen sich Oscar Wilde, Thomas Mann, Jean Anouilh, Simone de Beauvoir oder Jean Paul Sartre genauso fanden wie Werke von Steve Biko oder Erica Jong.

Neben ihrem Vater war Marie, bei der sie fast mehr Zeit als in ihrem Elternhaus verbracht hatte, der Mensch, dem Viviane sich am verbundensten fühlte. »Wir sind seelenverwandt«, sagte Marie manchmal. Und tatsächlich schaffte es die alte Frau, nachdem Viviane mit den notwendigsten Sachen zu ihr gezogen war, sie so weit zu beruhigen und abzulenken, daß sie die Abschlußprüfungen bestand. Sie riet Viviane, Abstand zu gewinnen und eine Scheidung nicht sofort anzustreben, denn Marie wußte, wieviel Gregory ihrer Großnichte bedeutete.

»Ich respektiere tiefe Gefühle«, hatte sie gesagt. »Erst, wenn sie gestorben sind und der Verstand allein das Herz regiert, ist es Zeit zu gehen.«

Viviane waren diese Worte damals etwas pathetisch erschienen, doch sie reichte nicht sofort die Scheidung ein. Es dauerte ein halbes Jahr, bis sie in der Lage war, ein Gespräch mit Gregory zu führen, ohne zornig zu werden. Er bemühte sich sehr um sie, entschuldigte sich auf jede nur erdenkliche Weise, versprach ihr, sich zu ändern. Viviane glaubte ihm, und sie siedelten um nach Bristol, denn er hatte sich für die Firma entschieden und war davon überzeugt, daß sie nun, wo er Verantwortung übernehmen mußte, gemeinsam glücklich werden könnten. Als Gregory jedoch wieder in seinen alten Lebensstil verfiel, sah Viviane letztlich nur einen Ausweg. Sie trennte sich endgültig von ihm und zog in das ländliche Shaftesbury, von dem ihre Freundin Jo ihr immer wieder vorgeschwärmt hatte.

Die Katze des Hausbesitzers strich um ihre Beine, und Viviane streichelte gedankenverloren über das seidige Fell des schwarzweißen Katers, der sich auf den Boden legte und leise zu schnurren begann. Bedingt durch den Umzug und die Trennung hatte sie sich viel zu selten bei Marie gemeldet. Viviane beschloß, ihre Großtante anzurufen und möglicherweise sogar diesen Monat zu besuchen.

Die Briefe lagen noch immer ungeöffnet auf dem Gartentisch. Wahllos zog Viviane einen geschäftlich aussehenden Umschlag aus dem Haufen und öffnete ihn. Die Scheidungspapiere waren schneller als erwartet gekommen, sie brauchte nur noch zu unterschreiben, dann war ihre Ehe auch offiziell ein Teil ihrer Vergangenheit. Greg hatte sich mehr als großzügig in Fragen der finanziellen Versorgung gezeigt, und sie waren trotz allem Freunde geblieben. Sie legte die Papiere zur Seite. Neben einer Postkarte von ihrem Vater, die er von den Malediven aus abgeschickt hatte, fand sie Briefe für ihre Vermieter und einen weiteren an sie adressierten Umschlag aus Deutschland.

Viviane riß den Brief auf. »Dr. Johannes Gardel & Partner, Rechtsanwalt und Notar« stand im Briefkopf. Sie las die in umständlicher Juristensprache formulierten Zeilen und konnte nicht glauben, was dort stand. Marie war vor wenigen Tagen gestorben. Aber das konnte einfach nicht stimmen, sie wollte Marie doch besuchen und ihr soviel erzählen. Viviane begann zu schluchzen und weinte schließlich hemmungslos. Es war zu spät! Nie wieder würde Marie ihr über das Haar streichen, ihre kräftigen knochigen Hände unter ihr Kinn legen und ihr mit ruhiger Stimme einen Rat geben. Vivianes Tränen fielen auf den Brief, den ihre zitternden Hände zerknittert hatten. Am Samstag sollte die Beerdigung stattfinden.

Viviane würde in das kleine Dorf bei Passau fahren, wo Marie auf dem Friedhof der Dorfkirche ihre letzte Ruhe finden sollte. Das Wiedersehen mit dem alten Haus, an das sie so viele glückliche Erinnerungen knüpfte, hatte sie sich nicht unter so traurigen Umständen vorgestellt. Warum nur hatte Marie sie nicht angerufen, sie nicht um Hilfe gebeten? Es mußte ihr doch nicht gutgegangen sein. Die Katze zu Vivianes

Füßen erhob sich und rieb den kleinen Kopf an ihren Beinen. Viviane wischte sich die Tränen von den Wangen. Es war so lange her, seit sie bei Marie gewesen war, und sie wußte nicht einmal, wie es um den Haushalt ihrer Tante bestellt war. Hatte sich jemand um sie gekümmert? Viviane konnte sich die tatkräftige Marie nicht in einem Zustand der Hilflosigkeit vorstellen. In dem Brief stand etwas von einer Testamentseröffnung, zu welcher man sie einlud. Viviane seufzte, es fiel ihr schwer, an die bevorstehenden Formalitäten zu denken, die unvermeidlich sein würden.

Sie mußte für längere Zeit ihren Gedanken nachgehangen haben, denn als das Telefon plötzlich klingelte und Viviane aufblickte, war von der untergehenden Sonne nur noch ein schmaler rötlicher Schimmer zu sehen.

»Hello?«

»Kind, das ist ja fürchterlich! Hast du auch so einen herzlosen Brief von diesem Anwalt, Dr. Was-weiß-ich-wie-der-heißt, bekommen? Man kann doch mit etwas mehr Gefühl für Pietät an die Übermittlung einer solchen Nachricht herangehen und …«

»Hör auf, Mutter!« Viviane unterbrach Christines Redeschwall kurzerhand. »Du hast dich nie mit Marie verstanden, es kann dir also egal sein, wie man dir von ihrem Tod berichtet. Was willst du? Wissen, ob du im Testament bedacht wirst? Ich glaube nicht, daß es viel zu erben gibt. Sie hat sehr bescheiden gelebt, und soweit ich weiß, hat sie Josefs Bilder schon lange einer Stiftung versprochen.«

»Du bist sehr hart, Viviane. Vielleicht habe ich falsch angefangen. Ich wollte eigentlich nur wissen, wie du ihren Tod aufgenommen hast, ob es dir gutgeht.«

In Vivianes Stimme schwangen Trauer und Verbitterung mit, als sie antwortete: »Danke, die Scheidungspapiere sind ebenfalls heute eingetroffen, und dazu diese Nachricht. Vielleicht reden wir ein anderes Mal miteinander. Heute habe ich dazu einfach nicht die Kraft.«

»Als ob man Kraft bräuchte, um mit der eigenen Mutter zu sprechen. Das ist wieder typisch von dir, anderen Schuldgefühle einzureden …«

Bevor Christine Kronauer sich in Rage reden konnte, beendete Viviane das Gespräch. »Auf Wiederhören, Mutter. Wir sehen uns am Wochenende, wenn ich nach Passau komme.«

»Schön, na gut. Dann wohnst du bei mir.«

»Nein, ich fliege nach München und fahre gleich weiter nach Passau. Mach's gut.« Viviane legte auf.

Ihre Mutter würde sich die Beerdigung nicht entgehen lassen. Sie liebte dramatische Auftritte. Viviane hoffte nur, daß Christine zu beschäftigt war, um lange zu bleiben. Christine engagierte sich für verschiedene Wohltätigkeitseinrichtungen und machte kein Geheimnis daraus, daß sie gerne organisierte und repräsentierte. Auch in dieser Hinsicht gab es keine Gemeinsamkeit zwischen Mutter und Tochter, denn Viviane arbeitete gerne unabhängig für sich und verbrachte ihre Zeit lieber mit der Restauration von Möbeln und dem Querflötenspiel. Sie schrak auf. Morgen nachmittag hatte sie drei Schülerinnen, die Querflötenunterricht bei ihr nahmen. Sie wollte die Stunden nicht absagen, denn sie mochte die Mädchen. Jo jedoch mußte sie anrufen und erklären, daß sie in den nächsten fünf bis sechs Tagen keine Zeit hatte.

Kapitel 2

Als Viviane am Freitag morgen in der Maschine nach München saß und London zwischen den Wolken verschwinden sah, war sie mit den Gedanken schon in einem kleinen Dorf, das zur Gemeinde Hutthurm, etwa zwanzig Kilometer nördlich von Passau, gehörte. Da Marie umständliche Erklärungen nicht mochte, hatte sie sich bei der Lage ihres Hauses immer auf die nahe gelegene Stadt bezogen, und so hielt es auch Viviane. Auf dem Münchener Flughafen war viel Betrieb, und es dauerte lange, bis Viviane schließlich in einem Mietwagen saß und die Autobahn in Richtung Bayerischer Wald entlangfuhr. Von der A3 bog sie auf die Landstraße nach Aicha, von wo es nur noch wenige Kilometer bis nach Hutthurm waren.

Während sie durch die vertraute Umgebung fuhr, die reich an Burgen und Schlössern war, schnürte sich ihr Magen mehr und mehr zusammen. Das Wetter hätte schöner nicht sein können. Wiesen und Äcker lagen in der heißen Nachmittagssonne, vereinzelt erklang das Geläut einer Kuhglocke. Tränen fielen auf ihre Bluse, und Viviane umklammerte das Lenkrad fester, entschlossen, sich von der aufkeimenden Trauer nicht überwältigen zu lassen. Rechter Hand lag ein großer Ferienhof, auf dem Rotwild gezüchtet wurde. Von diesem Nachbarn hatte Marie immer ihr Wildbret bezogen. Die Familie Baukmann bewirtschaftete den ausgedehnten Besitz seit mehreren Generationen, und Viviane kannte den jungen Forstwirt, der heute mit seiner Frau den Betrieb führte, von ihren früheren Besuchen. Christian und Barbara Baukmann würde sie auf der Beerdigung sehen und dann mit ihnen sprechen. Viviane folgte den Kurven der schmalen Landstraße, ließ eine Gruppe von fünf weißgetünchten Häusern hinter sich und bog dann links in die Einfahrt zum Haus ihrer Tante ein.

Vor fünf Jahren hatte Marie Habart ihr Auto verkauft, weil sie ihren Augen nicht mehr vertraute, und die ehemalige Garage, die versteckt zwischen Tannen und Fichten neben dem Haus lag, war zum Abstellager geworden. Viviane parkte ihren Wagen vor dem halboffenen Garagentor und ging von dort auf das Haus zu. Zu beiden Seiten des aus einzelnen Natursteinplatten bestehenden Weges rankte und wucherte es grün und in den prächtigsten Farben. Viviane wischte sich die Augen, denn sie wußte, mit wieviel Hingebung, Geduld und harter Arbeit Marie diesen natürlich wirkenden Garten zum Leben erweckt hatte. Pfingstrosen, Margeriten, Schleifenblumen, Rittersporn und viele andere Blumen, deren Namen Viviane vergessen hatte, bildeten zusammen ein wogendes Feld duftender Blütenpracht, die sich den ganzen Sommer über immer wieder zu erneuern schien.

Viviane strich über den aufragenden dunkelblauen Rittersporn. »Marie, es tut mir so leid. Ich wäre gern bei dir gewesen.«

Die Haustür ging auf, und eine junge Frau mit langen schwarzen Haaren trat schüchtern lächelnd heraus. »Frau Viviane Byrne?«

»Ja, das bin ich. Aber …?« Viviane war nicht darauf gefaßt gewesen, hier jemanden anzutreffen.

Die junge Frau kam auf sie zu und stellte sich mit weichem ausländischen Akzent vor, den Viviane nicht sofort einordnen konnte: »Angela, ich war Frau Habarts Haushälterin, habe ihr geholfen, wo immer sie eine Hand brauchte, na ja, ein Mädchen für alles eben.«

Viviane erwiderte den Händedruck und musterte Angela mit neuerwachtem Interesse. »Wie lange waren Sie bei meiner Tante?« Sie sagte immer Tante, denn Großtante klang so unpersönlich und altmodisch.

»Sechs Monate, denke ich. Ja, denn einen Monat nach meiner Ankunft in Deutschland, ich bin Rumänin, fand ich die Stelle bei Frau Habart.«

Ein halbes Jahr! Mehr als ein halbes Jahr hatte Viviane Marie nicht besucht. Betroffen und sprachlos starrte sie in die Blumen.

»Oh, es tut mir so leid für Sie. Frau Habart war ein wunderbarer Mensch. Ich habe sie sehr gemocht, aber für Sie ist das natürlich etwas ganz anderes.« Mitfühlend sah Angela zu Viviane hin.

»Danke. Ja, ich habe sie sehr geliebt, und ich muß mir vorwerfen, mich nicht genügend um sie gekümmert zu haben, das macht es schwerer, als es ohnehin schon ist.«

»Ich bin sicher, Sie hatten Ihre Gründe. Frau Habart hat nur Gutes von Ihnen erzählt. Wollen Sie hereinkommen? Ich könnte uns einen Tee kochen. Aber vielleicht möchten Sie auch lieber allein sein, dann gebe ich Ihnen die Schlüssel und gehe. Ich füttere die Katze, wissen Sie, deshalb bin ich hier.«

Angela strahlte eine Ruhe aus, die ungewöhnlich war für einen Menschen in ihrem Alter. Viviane entschied, daß es an den dunklen, weit auseinander liegenden Augen lag, die ernst und abwartend blickten.

»Verstehen Sie mich nicht falsch, ich bin Ihnen sehr dankbar für Ihre Hilfe und würde gerne noch mit Ihnen sprechen, aber für den Moment wäre ich wirklich gern allein.« Viviane mochte die junge Rumänin und wollte sie nicht zurückstoßen.

Verständnisvoll nickend griff Angela in die Tasche ihres Hemdkleides und reichte Viviane ein Schlüsselbund. »Miko, der Kater, ist hinten im Garten. Er frißt viel. Die Dosen stehen in der Küche. Wenn Sie ihm heute abend noch eine Schüssel geben, ist es gut. Bis morgen, Frau Byrne.«

Viviane stand auf dem Weg und sah die schmale Gestalt zwischen den Bäumen verschwinden. Mit dem Schlüsselbund in der Hand ging sie auf die Haustür zu. Es hatte sich nichts verändert seit ihrem letzten Besuch. Der Balkon, der um das gesamte erste Stockwerk lief, wurde von rankenden gelben und roten Blumen geschmückt, neben der Eingangstür hatte eine rosafarbene Kletterrose ihre vollen Blüten geöffnet. Sie trat in den gefliesten Flur. Ihre Schritte hallten laut in der Stille des alten Hauses. Langsam ging sie durch die Zimmer. In der Küche stand das Katzenfutter auf dem Tisch. Angela hatte hier und auch im Wohnzimmer frische Blumen in Vasen verteilt. Weiße Rosen und zarte Madonnenlilien erfüllten den Raum mit ihrem Duft. Viviane öffnete die Terrassentüren des großen Wohnraumes, der die gesamte Breite des Erdgeschosses einnahm. Eine Sitzgruppe alter Ledersessel stand vor dem Kamin. Auf dem Tisch lag ein aufgeschlagenes Buch.

Viviane nahm den kleinen Gedichtband in die Hand. Georg Trakls dunkle, bedeutungsschwere Sprache ließ den Sommer schwermütig zur Neige gehen.

Vergebliche Hoffnung des Lebens. Schon rüstet
zur Reise sich die Schwalbe im Haus
Und die Sonne versinkt am Hügel;
Schon winkt zur Sternenreise die Nacht.

Viviane schluckte. Marie war eine kluge Frau gewesen, und möglicherweise hatte sie geahnt, daß sie bald sterben würde. Vorsichtig legte Viviane das Buch auf den Tisch zurück und ging nach draußen. Die Sonne schien immer noch warm auf die hellen Steine. In den Zwischenräumen wuchs zartes Gras nach, eine hölzerne Liege stand auf der Terrasse, daneben zwei Stühle und ein Tisch. Rechts und links wuchsen Büsche, dahinter Fichten. Viviane schaute über die Grünflächen, die von einzelnen Ziersträuchern, einem Teich und einem großen bepflanzten Steinhaufen unterbrochen wurden. Im Hintergrund erstreckte sich der Obstgarten. Die Äste einzelner Bäume begannen schon, sich unter der Last der Früchte zu biegen.

Den Blick von den Bäumen abwendend, ging Viviane auf

einem ausgetretenen Pfad zu Josefs ehemaligem Atelier, das sich in einem umgebauten Heuschober auf der linken Seite des Gartens befand. Die Türen knarrten, als sie in den weitläufigen Raum trat. Josef hatte große Fenster in das Mauerwerk einbauen lassen. Der hohe, lichte Raum hatte keine Heizung, wurde im Winter aber von einem Ofen erwärmt. Marie hatte die Staffeleien, an denen Josef zuletzt gearbeitet hatte, stehengelassen. Auch die Pinsel, Farben, Tücher und anderes Zubehör lagen noch auf den Arbeitstischen. Doch fertige Bilder standen nicht an den Wänden, die hatte Marie ins Haus gebracht. Angela mußte sich auch um diesen Raum gekümmert haben, denn alles war sauber gewischt und nirgendwo hingen Spinnenweben.

Viviane schloß die Tür hinter sich und atmete tief durch. Sie empfand eine Zugehörigkeit zu diesem Ort, die sie nirgendwo sonst je empfunden hatte. Daran hatte auch der Tod ihrer Tante nichts geändert. Plötzlich wandte sie den Kopf, denn sie hatte das Gefühl, beobachtet zu werden. In einer Entfernung von kaum fünf Metern entdeckte sie schließlich eine braunweiße Katze, die sie unverwandt ansah.

»Du mußt Miko sein.«

Der schlanke Kater streckte sich und spazierte dann in den Garten, ohne sie eines weiteren Blickes zu würdigen. Viviane zuckte die Schultern und ging über die Terrasse ins Haus, wo sie ihren Rundgang fortsetzte. Im ersten Stock hatte Marie nur einen der kleineren Räume als Schlafzimmer genutzt. Das große Zimmer zum Garten hinaus hatte sie für Viviane eingerichtet, die nun schluchzend in der Mitte des aufgeräumten Raumes stand. Alles sah so aus, als hätte Marie ihre Ankunft jederzeit erwartet. Bücher aus ihrer Studienzeit lagen auf dem kleinen Schreibsekretär, und im Schrank hingen sogar noch einige ihrer Sommerkleider. In einer Ecke stand ein schön geschnitzter, hölzerner Notenständer. Marie hatte Viviane immer ermutigt, ihr auf der Querflöte vorzuspielen. Sie setzte sich dann in einen Sessel, sah in ihren Garten und schloß die Augen.

Sobald Viviane absetzte, weil sie dachte, ihre Tante sei eingenickt, öffnete diese die Augen und sagte: »Warum hörst du auf? Die Wiederholung und das Largo fehlen. Eine Schande ist das, jawohl! Musik hättest du studieren sollen. Du wärst eine berühmte Solistin geworden!«

»Dazu hätte mein Talent niemals ausgereicht.«

»Ach, Papperlapapp, Talent hast du im Überfluß. Nur Ausdauer fehlt dir, du übst zuwenig, daran liegt es. Aber ich genieße es trotzdem. Na, weiter, spiel weiter, Vivi.«

Viviane setzte die Flöte an die Lippen und begann zu spielen. Anfangs zitterten ihre Finger, doch die Töne perlten klar durch die kleine Dorfkirche. Die Trauergemeinde, die kaum zwei Stuhlreihen füllte, schwieg ergriffen. Verhalten begleitete der Organist die schwermütige Melodie, die sich gleich einer düsteren und doch singenden Klangphantasie durch den hohen Raum zog. Sie spielte nur für Marie. Während sie ihrem Instrument die Musik entlockte, sah sie ihre Tante lächelnd in ihrem Garten stehen. Sie sah sie vor Josefs Bildern, wenn Wehmut für einen Moment als Schatten über ihr Gesicht zog. Und sie sah sie in ihrem Sessel, konzentriert lauschend, genau wie immer. Nachdem der letzte Ton verklungen war, verharrten die Anwesenden minutenlang schweigend, bis der Priester den abschließenden Segen sprach und sie die Kirche verließen.

Vor dem Eingang wartete Christine Kronauer auf ihre Tochter, die sich bei dem Organisten und dem Priester für die schlichte Feier bedankte, die ganz im Sinne ihrer Tante gewesen war. Christine küßte ihre Tochter flüchtig auf die Wangen.

»Du hättest mich ruhig in München besuchen können, so selten, wie du vorbeikommst.« Bitter fügte sie hinzu: »Hierher bist du ja immer lieber gefahren.«

Viviane konnte sich nur mühsam beherrschen. »Das ist wohl nicht der richtige Ort für eine deiner Szenen.«

Jemand berührte leicht ihre Schulter. »Viviane! Mein Beileid. Wir haben Marie sehr geschätzt, eine großartige Frau.«

Christian Baukmann umarmte Viviane, und seine Frau gab ihr einen herzlichen Kuß auf die Wange.

»Es ist schön, dich zu sehen, Viviane. Ich hätte mir unser Wiedersehen unter anderen Umständen gewünscht.«

»Danke. Barbara, Christian, es tut gut, euch zu sehen.«

Barbaras Strahlen wurde auch durch ihre mitfühlende Miene nicht überdeckt. Sie war eine große schlanke Frau mit kastanienbraunen Haaren, die heute von einem Zopf gebändigt wurden. Ihr gebräunter Teint rührte von der Arbeit auf dem Hof und dem Reiten her. Christian und die Kinder teilten ihre Leidenschaft für Pferde. Viviane bewunderte die Energie der beiden, mit der sie den riesigen Betrieb meisterten und nebenher ein liebevolles Familienleben pflegten.

Angela trat in Begleitung eines dunkelhaarigen Mannes durch das Portal, und Viviane nickte ihr freundlich zu.

»Frau Byrne, das ist Stojko Langert, mein Mann.«

Der kräftige Mann setzte ein gewinnendes Lächeln auf, das die Kälte seiner Augen nicht verschleiern konnte. Viviane lehnte den Mann intuitiv ab, was sie hinter betonter Freundlichkeit zu verbergen suchte.

»Herr Langert, danke für Ihr Kommen.«

»Bitte, das ist doch selbstverständlich. Frau Habart war eine Dame, eine sehr großzügige Dame mit einem Sinn für Kultur. Wissen Sie schon, was mit den Bildern geschehen soll?«

Etwas irritiert antwortete Viviane: »Nun, sie sind einer Stiftung zugedacht. Woher wissen Sie …?« Sie ließ den Satz unbeendet.

»Ich habe manchmal im Garten ausgeholfen. Das ist schön, eine Stiftung. Ja dann, wir müssen weiter, Angela. Alles Gute, Frau Byrne!« Sein Akzent war härter als der seiner Frau, und Viviane fragte sich, woher er kommen mochte.

Christian und Barbara verabschiedeten sich und baten Viviane, sie zu besuchen, solange sie noch in der Gegend war. Unter den übrigen Trauergästen erkannte Viviane einige

Nachbarn Maries und Mitglieder ihres Literaturkreises. Nur ein älterer Herr, der sich nickend, aber ohne sich vorzustellen verabschiedete, war ihr gänzlich unbekannt. Sie hatte jedoch keine Zeit, weiter darüber nachzudenken, da ihre Mutter sie daran erinnerte, daß die Testamentseröffnung bevorstand. Dr. Gardel hatte um den ungewöhnlichen Termin gleich nach der Trauerfeier gebeten, weil er am nächsten Tag in den Urlaub fuhr und die Angelegenheit gern selbst übernehmen wollte.

Johannes Gardel empfing sie in seinem elegant eingerichteten Büro in Passau. Geschickt wuchtete er seine massige Gestalt hinter dem Schreibtisch hervor, um sie zu begrüßen. Die kleine Brille unterstrich sein insgesamt rundliches Erscheinungsbild, das jedoch bedeutungslos wurde, als er mit angenehmer Stimme zu sprechen begann.

»Es tut mir sehr leid, Sie ausgerechnet heute hierher bitten zu müssen. Aber Marie, Frau Habart, war eine Freundin, und das Testament birgt einige Punkte, die meiner Klientin sehr am Herzen gelegen haben und die ich Ihnen deshalb persönlich nahebringen möchte. Zuerst wären da die Bilder ihres Mannes Josef.«

Viviane nickte. »Ja, sie hat sehr an ihnen gehangen und wollte sie einer Stiftung vermachen.«

»Ganz genau. Alle im Haus befindlichen Werke sind der Stadt Prag als Sammlung gestiftet worden, mit der Auflage, die Werke nur als Sammlung auszustellen. Ihre Tante hat Sie, liebe Frau Byrne, zur Hüterin dieser Sammlung auserkoren, weil sie annahm, daß Ihnen ebensoviel an den Bildern gelegen sei.« Ein fragender Blick über den Rand der Brillengläser traf sie.

»Ja, sicher, natürlich, nur, was kann ich tun …?« fragte Viviane erstaunt.

Christine Kronauer nestelte gelangweilt an ihrem Seidenschal und seufzte. »Was sollst du schon groß tun? Zusehen, daß die Bilder nach Prag kommen, lauter Papierkram eben.«

»Nun, das ist eigentlich der nebensächlichere Teil. Frau Habart wollte vielmehr, daß Ihre Tochter bei der Eröffnungsveranstaltung der Stiftung anwesend ist und die Betreuung des Erbes im Auge behält. Würden Sie das übernehmen, Frau Byrne?«

»Natürlich.«

»Gut, das wäre dann auch schon fast alles. Das Haus samt Inventar und das gesamte Barvermögen gehen ebenfalls an Sie. Ein kleiner Betrag wurde Frau Angela Langert zugedacht.«

Christine zog erstaunt die Augenbrauen in die Höhe und murmelte: »Typisch Marie ...«

Dr. Gardel ignorierte die Bemerkung. »Eine Kleinigkeit gäbe es noch, Frau Byrne. Sollten Sie die Erbschaft antreten wollen, dazu kann ich Ihnen nur raten, denn es kommen keine Nachteile auf Sie zu, können Sie über den gesamten Besitz nach Ihrem Gutdünken verfügen. Nur eine antike Schreibkommode, die sich im Schlafzimmer Ihrer Tante befindet, dürfen Sie nicht veräußern. Ihre Tante hatte mich damals bei der Verfassung des Testamentes extra und ausdrücklich darauf hingewiesen. Es schien ihr sehr viel an dem Stück zu liegen, das aus dem Besitz ihres verstorbenen Mannes stammt. Sie war der Ansicht, daß Sie das Stück zu schätzen wüßten. Ich glaube, Sie restaurieren Möbel?«

Etwas verwirrt nickte Viviane. Sie hätte ohnehin nicht vorgehabt, die Möbelstücke, an denen Marie gehangen hatte, einfach zu verkaufen.

Der Anwalt reichte ihr einen Brief. »Der ist für Sie.« Anschließend sah er die beiden Frauen an. »Haben Sie noch Fragen?«

»Für den Moment nicht. Das heißt, wie gehen wir in der Stiftungsangelegenheit vor?« Viviane strich den Brief glatt, auf dem sie Maries Handschrift erkannte, und steckte ihn in ihre Tasche.

Dr. Gardel riet ihr, für die Zeit seiner Abwesenheit nichts zu unternehmen, dann würde er sich mit ihr in Verbindung setzen. Sie verabschiedeten sich, und Viviane war erleichtert, daß ihre Mutter direkt nach München zurückfuhr, denn sie wollte mit sich und den Gedanken an Marie allein sein. Am späten Nachmittag kehrte sie in das weißgetünchte Haus zwischen den Tannen zurück. Sie fütterte den Kater, der um ihre Beine strich, sich aber immer noch nicht von ihr anfassen lassen wollte. Ein Gefühl von Verlassenheit nahm von ihr Besitz. Warum erkannte man immer erst, was einem wirklich wichtig war, wenn man es verloren hatte?

Minutenlang verharrte sie regungslos, ihre Augen brannten, und sie kämpfte gegen die erneut aufsteigenden Tränen an. Etwas berührte ihre Wade. Automatisch streichelte sie über Mikos Kopf und war überrascht, als er stehenblieb und leise zu schnurren begann. Sie suchte ihre Handtasche und holte Maries Brief hervor. Ein warmer Wind, der durch die offene Terrassentür hereinwehte, ließ das Papier in ihren Händen erzittern, als sie den handbeschriebenen Bogen entfaltete. Der Brief war undatiert, und Viviane nahm an, daß Marie ihn schon vor längerer Zeit geschrieben hatte.

Liebste Viviane,

nur ungern hinterlasse ich Dir diesen theatralischen Brief, aber manche Dinge lassen sich leichter schreiben als aussprechen. Ich habe in Dir immer eine Tochter gesehen und danke Dir für die Gedanken, die Du mit mir geteilt, und die Liebe, die Du mir entgegengebracht hast. Manchmal habe ich mir Vorwürfe gemacht, weil unsere enge Beziehung Deine Mutter verletzt hat. In dieser Hinsicht war ich zu egoistisch und kann nur hoffen, daß sie mir vergibt, doch ich hatte nie den Eindruck, ihr etwas zu nehmen, das sie nicht selbst hätte haben können, wenn sie nur gewollt hätte.
Ich habe es immer bedauert, daß Du nicht Musikerin geworden bist, aber vielleicht war das nicht Dein Weg. Trotzdem,

Du liebst die Musik und wirst zu schätzen wissen, was ich Dir hinterlasse. Ich hätte Dir früher davon erzählen sollen, aber selbst jetzt fällt es mir schwer, darüber zu sprechen. Durch mein Verhalten habe ich nicht nur mich, sondern Menschen, die ich geliebt habe und, schlimmer noch, die mir vertrauten, unglücklich gemacht. Vielleicht war ich zu jung, vielleicht waren es die Umstände, der Krieg und dann die Flucht. Nach Ausflüchten zu suchen ist leicht, die eigene Schuld dagegen wiegt schwer.

Warum ich Dir überhaupt von diesen Dingen erzähle, hat verschiedene Gründe – ich hege die inständige Hoffnung, daß Du die wahre Bedeutung dieses Musikstücks, das ich ein Leben lang verflucht habe, ergründest. Aus persönlichen Gründen, es mag simple Angst gewesen sein, habe ich mich dieser Aufgabe selbst nicht gestellt. Und gerade, weil ich Dir nichts erzählt habe, kannst Du unvoreingenommen an die Sache herangehen und Dich ganz allein auf Dein eigenes Urteilsvermögen verlassen.

Dr. Gardel wird Dir gesagt haben, daß Du eine bestimmte Kommode nicht veräußern mögest. Sie stammt aus dem Besitz von Josefs Mutter. Du kennst Dich mit Möbeln aus und wirst das Geheimfach in der oberen Platte sicher schnell finden. Darin befindet sich die Originalpartitur einer Violinsonate. Ich kann Dir nur soviel sagen, daß diese Musik von ungewöhnlicher Faszination ist. Mir hat diese Musik einmal alles bedeutet, und dennoch habe ich sie verborgen, weil ich es nicht ertragen hätte, sie noch einmal zu hören. Heute weiß ich, daß ich mich nicht vor der Musik fürchte, sondern vor mir selbst, und diese Erkenntnis ist wohl die schmerzhafteste, die ein Mensch haben kann.

Du wirst Dich um Josefs Bilder kümmern und sie nach Prag bringen. In dieser Stadt waren wir einmal sehr glücklich, und ebendort haben wir unsere Träume und Hoffnungen begraben. Vielleicht greifst Du die zerrissenen Fäden wieder auf und findest, was wir einst verloren.

Viviane, geliebtes Kind, Du wirst diese Musik aus dem Dunkel holen und mit ihr ins Licht gehen. Mach es besser als ich – lebe Dein Leben so, daß Du am Ende nichts bedauern mußt.

In inniger Liebe
Deine Marie

Viviane ließ den Briefbogen sinken. Das hier sollte ihre Tante geschrieben haben? Diese zweifelnden, selbstkritischen Sätze sollten aus der Feder ihrer Tante stammen? Wie wenig sie Marie gekannt, wirklich gekannt hatte, wurde ihr mit einem Male bewußt. Die Tränen rannen ihr erneut über die Wangen, nur war der Schmerz jetzt größer, denn sie hatte nicht nur den Menschen verloren, der ihr auf der Welt am nächsten gestanden hatte – sie hatte auch die Möglichkeit verloren, diesen Menschen richtig kennenzulernen. All die Jahre war diese Frau für sie die verständnisvolle, kluge, immer fröhliche und energiegeladene Marie gewesen. Viviane konnte sich einfach nicht vorstellen, was Marie so sehr bedrückt hatte, daß sie nicht einmal mit ihr darüber sprechen konnte. Warum jetzt diese Anspielungen auf ihre Zeit in Prag?

Viviane hatte oft mit Marie über den Krieg gesprochen, der alles verändert hatte. Auch wenn Josef nie ein Wort darüber verloren hatte, so konnte Marie die Verbrechen während der Besatzung und Ausplünderung Prags durch die Nationalsozialisten, unter denen Josefs Familie zu leiden gehabt hatte, nie verdrängen. Manchen Nachmittag, daran erinnerte sich Viviane gut, hatte sie mit ihrer Tante bei einer Tasse Tee im Wohnzimmer verbracht und sich mit ihr Schwarzweißfotos aus dem Prag der späten dreißiger Jahre angesehen.

»Und ich war eine von ihnen«, sagte Marie dann leise, wobei Verbitterung und Enttäuschung in ihrer Stimme mitschwangen. Sie zog ein Foto heraus, auf dem sie in einer Gruppe junger lachender Studenten zu sehen war, die vor dem Eingang der Karlsuniversität standen. Eine junge Frau mit Locken, die keck unter einem Hut hervorquollen, zeigte lachend ihre weißen Zähne. »Elli, sie war ein Jahr jünger als ich und eine begabte Literaturstudentin. Ihre Aufsätze waren scharfzüngig und brillant.« Marie seufzte. »Die Nazis haben sie erschossen, als sie nachts Flugblätter verteilte. Im November 1941 war das. Aber weißt du«, sie schaute ihre Nichte an, »keiner dieser tschechischen Studenten hat mich je meine Herkunft spüren lassen. Sie haben mich immer wie eine der ihren behandelt.« Marie schluckte schwer. »Und ich konnte nichts für sie tun, nur zusehen, wie meine Landsleute in diese prächtige Stadt einmarschierten, den Pragern alles Wertvolle und Schöne wegnahmen und sie schikanierten und quälten, wo immer sich ihnen Gelegenheit dazu bot.«

Viviane deutete auf einen dunkelhaarigen jungen Mann mit ebenmäßigen Gesichtszügen. »Und wer war das?«

Marie seufzte und schüttelte den Kopf. »Milan, ein Musikstudent. Er hätte nicht sterben dürfen.«

Sanft nahm Viviane die Hand ihrer Tante in ihre und hielt sie fest.

Tonlos fuhr Marie fort: »Ich habe sie im Stich gelassen, bin einfach weggerannt.«

»Aber du mußtest doch fliehen! Josef und du, sie hätten euch nicht ungeschoren davonkommen lassen. Seine Bilder waren ihnen doch ein Dorn im Auge!« warf Viviane ein.

Marie schien ihre letzten Worte nicht gehört zu haben. »Nein, es war nicht recht. Wir hätten das nicht tun sollen.«

Josef betrat den Raum, und Marie wechselte sofort das Thema.

Es war Viviane nie gelungen, ihrer Tante die Ereignisse, die 1942 letztlich zu ihrer Flucht aus Prag geführt hatten, zu entlocken. Sobald es dazu kam, legte sich ein Mantel eisigen Schweigens um Marie, und aus ihren klugen Augen sprach so viel Kummer, daß Viviane es nicht übers Herz brachte, weiter in sie zu dringen. Selbst auf die häufig von Viviane gestellte Frage, warum es keinen Kontakt mehr zu den Verwandten in Prag gab, hatte Marie nur mit Ausflüchten geantwortet. Auf was genau sich Marie bezog, hatte Viviane nie erfahren.

Wollte Marie jetzt, daß Viviane den Kontakt zu Josefs Familie in Prag wiederaufnahm? Nun, das würde sich wahrscheinlich ergeben, wenn sie zur Ausstellungseröffnung fuhr. Viviane nagte nachdenklich an ihrer Unterlippe. Allein darum konnte es ihrer Tante nicht gegangen sein, dann hätte sie sich deutlicher geäußert. Hier ging es um viel mehr, um persönliche Schuld, um Gefühle, um Unausgesprochenes und um begrabene Träume – Dinge, über die zu sprechen für die meisten Mensch schwer, wenn nicht gar unmöglich war. Die einzig greifbare Verbindung zu Maries Kummer war allem Anschein nach diese Sonate. Viviane steckte den Brief in den Umschlag zurück und legte ihn auf den Tisch. Dann würde sie diese Sonate jetzt suchen und herausfinden, was es damit auf sich hatte.

Kapitel 3

Die Kommode, ein eher schlichtes Möbelstück, das Viviane nie besonders aufgefallen war, stand im Schlafzimmer ihrer Tante. Zum ersten Mal betrachtete Viviane das Möbel eingehend und stellte fest, daß es mindestens zweihundert Jahre oder sogar älter sein mußte. Sie strich über die Maserung des Holzes, das sie für Hirnholzfurnier hielt. Die Messingbeschläge an den drei größeren Schubladen sahen original aus. In den Schubladen befanden sich Bettbezüge und Tischdecken. Das Holz war in gutem Zustand, es bedurfte lediglich einer Säuberung und gründlicher Pflege.

Viviane hatte schon in vielen Schränken und Schreibtischen Geheimfächer entdeckt, wenn sie diese Stücke für Freunde oder Bekannte überarbeitet hatte. Einige Möbeltischler vergangener Jahrhunderte waren regelrechte Künstler, was den Einbau solcher Fächer betraf. Viviane fühlte entlang der Rückseite der Deckplatte und fand eine Unebenheit. Sie sah genauer hin und entdeckte eine schmale Holzleiste, die in die massive Platte eingefügt zu sein schien. Sie drückte gegen die kaum sichtbare Leiste, doch nichts bewegte sich. Vielleicht hatte sie sich hier getäuscht, und es handelte sich lediglich um eine Verstärkung.

Sie klappte die als Schreibunterlage gedachte Platte nach vorn, und nach einigen Minuten filigranen Puzzlespieles ließ sich eine schmale Holzleiste aus der Platte lösen und herausziehen. Viviane drehte den Schrank ins Licht und zog etwas, das wie ein lederner Umschlag aussah, aus dem Versteck. Sie blies den Staub von der Mappe und legte sie auf einen Tisch am Fenster.

Miko stapfte an ihr vorbei und sprang auf die Fensterbank. Seine bernsteinfarbenen Augen beobachteten sie, bevor er seine Aufmerksamkeit einem Rotkehlchen zuwandte, das in einem der Blumenkästen auf dem Balkon saß. Mit einem Tuch wischte Viviane die Mappe sorgsam ab. Sie war aus dünnem Ziegenleder gefertigt, und zwei goldene ineinander verschlungene Buchstaben zierten die Vorderseite. Die Buchstaben waren durch Blattornamente verziert und schienen ein W und ein K darzustellen. Sie stutzte und schaute sich die Messingbeschläge an den Schubladen an, in die ebendiese Buchstaben eingraviert waren. Viviane hielt den Atem an, als sie den Deckel hob und die von Altersspuren überzogenen Notenblätter vor sich liegen sah. Ehrfurchtsvoll hob sie das erste Blatt auf. »Sonate« stand in Französisch am Anfang des Blattes, darunter »a-Moll« und neben der Tonart »op. 17«. Wo der Name des Komponisten hätte stehen sollen, war nur ein großes J zu erkennen, davor ein kaum leserliches Wort, »září«. Die restlichen Buchstaben waren Wassereinwirkung zum Opfer gefallen, wovon gelblichbraune Ränder und verwischte Tintenreste zeugten. Der Titel der Sonate lautete *Désir douloureux*. Désir hieß soviel wie Sehnsucht oder Verlangen, und *douloureux* kam vom lateinischen dolor, Schmerz, also bedeutete der Titel in etwa, so überlegte Viviane, schmerzvolle Sehnsucht.

Die Violinsonate hatte eine Begleitung für das Klavichord, ein dem Cembalo ähnliches Instrument. Diese Instrumentierung der Begleitung bedeutete, daß die Sonate im 17. oder 18. Jahrhundert verfaßt worden sein mußte, denn später wurde das Cembalo durch das Pianoforte ersetzt. Vorsichtig hielt Viviane die wertvolle Originalpartitur ins Licht. Drei Sätze gliederten das Musikstück: ein Largo, gefolgt von einem Adagio cantabile, zum Schluß ein Allegro. Beim ersten Durchsehen hatte Viviane Schwierigkeiten, die Noten zu lesen, die in einer schnell hingeworfenen alten Handschrift geschrieben waren. Sie gewöhnte sich jedoch an die zeichenhafte Notierung und ahnte bald die Schönheit der Melodie im Hauptmotiv. Um die Musik vollends zu erfassen, mußte sie sie spielen, und holte dafür ihre Querflöte aus dem Etui.

Sie stellte die Violinstimme auf den hölzernen Notenständer und setzte das Instrument an die Lippen. Wehmütig formulierten die einleitenden Töne ein von tiefem Ernst empfundenes Thema. Melancholie beherrschte das Largo, in dem wiederholt das Hauptthema variiert wurde. Was sich im Largo andeutete, nahm im Adagio cantabile klanglich vollendete Formen an. Das Thema wurde hier zu einer ergreifend schönen Melodie ausgearbeitet, der als sehnsuchtsvoll drängender Gesang immer neue Wendungen abgewonnen wurden. Tief in ihrem Innern spürte Viviane unterdrückte Emotionen, die an die Oberfläche ihres Bewußtseins drängten. Der Komponist dieser Melodie mußte gleichermaßen geliebt und gelitten haben. Alles schienen die Töne auszudrücken: ein sehnsuchtsvolles Verlangen, die Hoffnung auf Erfüllung des scheinbar Unerreichbaren, Zärtlichkeit und immer wieder die wehmütige Erkenntnis, daß mehr als Hoffnung nicht möglich ist.

Viviane spielte die ersten Takte des Allegros. Aus einem geheimnisvollen Pianissimo stieg die Melodie noch einmal auf, zitternd, Unruhe, Erregung und Verwirrung ausdrückend. Fast schien es, als ob der Komponist es vorgezogen hatte, sich der Wirklichkeit ab- und den Träumen zuzuwenden. In einer abschließenden Kadenz zerriß die träumerische Stimmung, und drängende Leidenschaft gepaart mit angstvoller Verzweiflung fegte wie ein letzter Sturmwind die aufkeimende Hoffnung, die eben noch greifbar schien, hinweg, bis die ausdrucksvolle Melodie in zwei Generalpausen verlosch. Erschüttert ließ Viviane die Flöte sinken.

Mikos lautes Schnurren riß sie aus ihrer Ergriffenheit. Mit dem Handrücken wischte sie sich über die verschwitzte Stirn und schaute sich in dem lichtdurchfluteten Raum um. Sie schrieb es ihrem angespannten Nervenkostüm zu, daß sie sich von der Musik derart hatte hinreißen lassen. Ihre Empfindungen waren erschreckend real gewesen, so als nähme sie teil am Schicksal eines anderen Menschen. Stücke verschiedenster Komponisten waren Viviane vertraut und hatten sie auf unterschiedlichste Art bewegt oder auch angerührt, aber diese Sonate zu spielen war eine gänzlich neue Erfahrung, die sich mit nichts vergleichen ließ. Persönlicher, überlegte Viviane, ja, es mußte daran liegen, daß sie das Gefühl gehabt hatte, eine persönliche, eine besondere Beziehung zum Urheber dieser Musik aufzubauen. Das Erstaunliche war, daß sie den Komponisten nicht kannte, nie etwas von dieser Sonate gewußt hatte, und dennoch meinte, sie wäre auf eine einzigartige Weise mit ihr verbunden.

War es das, was Marie gemeint hatte, als sie auf die Faszination der Musik hingewiesen hatte? Aber sie hatte kein Instrument gespielt. Nein, die Musik mußte eine andere Bedeutung für Marie gehabt haben. Über die Umstände ihrer Flucht aus Prag hatte Marie nie gesprochen, und auch Josef hatte über seine zurückgelassene Familie immer Stillschweigen bewahrt. Viviane ahnte die Schmerzlichkeit dieses Verlustes und hatte nicht gewagt nachzufragen. Von Schuld sprach Marie in ihrem letzten Brief. Welche Schuld konnte ihre Tante, die Viviane nur als großherzig und mitfühlend erlebt hatte, auf sich geladen haben? Und in welchem Zusammenhang stand die Sonate mit diesen Erlebnissen? Wie konnte man eine derartig schöne Musik hassen und willentlich der Öffentlichkeit vorenthalten? Das alles entsprach einfach nicht der Marie, die Viviane zeit ihres Lebens gekannt hatte, oder vielmehr zu kennen geglaubt hatte.

»Oh Marie. Wozu das alles? Warum haben wir nicht offener miteinander gesprochen?« Erschöpft stützte Viviane den Kopf in ihre Hände. Warum war Marie ihr gegenüber in diesem einen, für sie doch anscheinend wichtigen Punkt derartig verschwiegen gewesen? So viele Fragen blieben offen, und jetzt war es zu spät. Viviane schluckte die aufkeimenden Tränen herunter. Zu spät war ein verdammt endgültiges Wort, aber hatte Marie ihr nicht doch noch ihr Vertrauen geschenkt?

Mit einem Ruck richtete Viviane sich auf, straffte den Rücken und strich sich die Haare aus dem Gesicht. Eigentlich hätte sie diese Überraschung bei der Testamentseröffnung nicht derartig aus der Ruhe bringen sollen, denn ihre Tante war eine vielschichtige Persönlichkeit gewesen. Ein Geheimnis paßte sogar zu Marie, fand Viviane. Viviane ging hinunter in die Küche, wo sie in einen säuerlichen Apfel biß. Sie sah aus dem Fenster auf die Blumen und den kleinen Kräutergarten vor dem Haus. Das Surren der Mücken unterbrach als einziges Geräusch die friedliche Stille in Haus und Garten. Was zog sie eigentlich nach England zurück? Sie hatte keine größeren Verpflichtungen dort. Außer Jo gab es niemanden, den sie vermissen würde. Das Telefon klingelte.

»Darling, es tut mir so leid. Du hättest die Scheidungspapiere nicht sofort zurückschicken müssen. Jo hat mir alles erzählt. Wie kommst du klar?« Gregs Stimme klang besorgt, fast zärtlich.

Viviane räusperte sich. »Es geht. Ist nicht leicht, vor allem, weil ich mir solche Vorwürfe mache. Nun ja, ich werde damit irgendwie zurechtkommen.« Damit meinte sie Maries Tod und die Scheidung gleichermaßen, denn sie gestand sich ein, daß sie Greg trotz allem noch gern hatte.

»Wenn du mich brauchst, komme ich dich auch in der bayerischen Wildnis besuchen, ich habe sowieso demnächst dort unten zu tun.«

Viviane lachte. »Nun übertreib nicht. Bristol ist auch nicht der Nabel der Welt.«

»Aber dichter dran als da, wo du jetzt bist. Ich, hmm, wollte eigentlich nur deine Stimme hören. Wir sind jetzt offiziell geschieden, aber ich kann mich nicht an den Gedanken gewöhnen.«

»Es war doch nur eine Frage der Zeit«, sagte Viviane sachlich, obwohl sie genauso dachte wie ihr Exmann.

»Natürlich. Wann kommst du zurück?«

»Ich werde noch einmal kurz nach Shaftesbury fahren, um meine Wohnung aufzulösen.« Sie hatte sich entschieden. Greg überhäufte sie mit Fragen, beschwor sie, ihre Wohnung nicht aufzugeben, konnte ihr letztlich aber keinen überzeugenden Grund nennen, ihre Entscheidung zu ändern.

»Ich verstehe dich sogar, Viviane. Wir müssen beide einen Neuanfang wagen, und ein Ortswechsel ist nicht das Schlechteste. Ich würde auch lieber nach London ziehen, aber die Firma ...«

Viviane wußte nur zu gut, was er meinte, wollte aber nicht weiter darauf eingehen. »Marie hat Josefs Bilder einer Stiftung vermacht. Ich halte das für eine gute Idee. Die Bilder kommen dann nach Prag.«

Sie sprachen eine Weile über ihre Großtante, bis Greg sich mit dem Versprechen verabschiedete, in Kontakt zu bleiben und als Freund jederzeit für sie dazusein. Viviane war davon überzeugt, daß er es ernst meinte, und fragte sich, warum es ihnen nicht gelungen war, während ihrer Ehe genauso rücksichtsvoll miteinander umzugehen.

Genau wie Greg versuchte Jo, Viviane davon abzubringen, die Wohnung in Shaftesbury aufzugeben, doch Viviane ließ sich nicht umstimmen und war erleichtert, als der Vermieter sie ohne Umstände aus dem Vertrag entließ. Es sprach ja nichts dagegen, Jo manchmal zu besuchen. Wenn ihr danach war, konnte sie auch für längere Zeit im verträumten Dorset bleiben. Im Moment jedoch zog es sie in das weiße Haus zwischen den Tannen, in dem viele unerledigte Aufgaben auf sie warteten. Die Spedition lieferte Vivianes Möbel nach Hutthurm, und sie machte sich an das Einräumen. Der Sommer neigte sich seinem Ende zu, was Viviane begrüßte, denn die drückende Hitze hätte den Umzug zu einer Qual gemacht.

Nachdem sie aus England zurückgekehrt war, hatte sich die Nachricht, daß sie in das Haus ihrer Tante einziehen würde, wie ein Lauffeuer in der kleinen Gemeinde herumgesprochen. Die Dörfler behandelten sie mit größerem Interesse und nicht mit der üblichen Nichtbeachtung, die sie gewöhnlich jedem Urlauber oder Kurzzeitresidenten entgegenbrachten. Immerhin kannte sie einige Familien aus dem Ort noch aus der Zeit ihrer alljährlichen Ferienaufenthalte. Theresa, die Frau des Bürgermeisters, brachte einen selbstgebackenen Kuchen vorbei, unterhielt sich einen ganzen Vormittag mit ihr und gab damit den Ausschlag – Viviane wurde von da ab zu den dörflichen Festlichkeiten eingeladen, und man schien von ihr zu erwarten, daß sie das Engagement ihrer Tante fortsetzte.

Viviane strich sich über die Stirn, ohne darauf zu achten, daß ihre Hände schmutzig vom Staubwischen waren. Sie fühlte sich dem Erwartungsdruck der Einheimischen nicht gewachsen. Sie war nicht so stark wie Marie, sie hatte nicht deren Energie und Organisationstalent. Miko kam aus einem Karton gekrochen, die Schnurrbarthaare voller Staub. Er schüttelte sich, nieste und stupste gegen Vivianes Hand, mit der sie sich auf dem Boden abstützte.

»Was hältst du davon, hmm? Meinst du, ich packe das hier richtig an?«

Die bernsteinfarbenen Augen der Katze verengten sich im hellen Licht zu schmalen Schlitzen, während sie Viviane verständnisvoll anblickten. Miko ging in Richtung Küche und blickte sich nach Viviane um.

»Du hast Hunger. Schon verstanden.« Sie erhob sich, klopfte Staub und Schmutz von ihrer Bluse und folgte dem Kater in die Küche. Durch das offene Fenster sah sie die junge Rumänin auf das Haus zukommen. Angela hatte sich als große Hilfe erwiesen, paßte weiterhin auf Miko auf, wenn Viviane für einige Tage fortmußte, und kümmerte sich vor allem um den Kräutergarten. Angela kannte die Heilkraft jedes einzelnen Krautes. Mit wenigen getrockneten Blättern hatte sie Viviane von starken Kopfschmerzen befreit und ihr einen Umschlag bei Muskelverspannungen gemacht.

»Angela, hallo. Komm rein, die Tür ist offen!«

Ein strahlendes Lächeln erhellte das schmale Gesicht. Viviane mochte die ruhige Art der Rumänin, die nie Fragen stellte und sich zurückzog, sobald sie spürte, daß Viviane nervös wurde und lieber allein sein wollte. Sie kam in die Küche, die dicken Haare zu einem losen Zopf gebunden, in den Händen einen Korb, in dem Bündel getrockneter Blätter lagen. Angela nahm einen Strauß duftender Zweige heraus und reichte ihn Viviane, die daran schnupperte und es als Lavendel identifizierte.

Angela nickte. »Du kannst mit den Blättern Fleisch und Marinaden würzen oder die Zweige einfach in eine Vase stellen. Ich gewinne auch das Öl. Wenn ich genügend Pflanzen habe, gibt es bald etwas.«

»Danke, Angela.« Viviane sah in den Korb und mußte sich einmal mehr eingestehen, daß sie wenig bis gar nichts über die Kräuter wußte, die Angela in ihrem Garten pflegte und erntete.

Angela erklärte, daß es sich um Benediktenkraut handelte. »Es ist aber nur in bestimmten Dosen ungefährlich, es kann sonst wie ein Brechmittel wirken. Meine Mutter und meine Großmutter wußten alles über die Pflanzen. In meinem kleinen Heimatdorf gibt es keinen Arzt, der bezahlbar oder auch nur erreichbar wäre. Da kamen die Leute immer zu uns. Auch in den modernen Krankenhäusern mußt du immer etwas Geld oder Wein für die Schwestern und Ärzte bereit haben.« Sie zuckte die Achseln. »So ist das, und auf lange Sicht wird sich daran auch nichts ändern.«

Viviane hatte inzwischen einiges über die Zustände in Angelas Heimat erfahren und wollte ihr, so gut sie konnte, mit kleinen Jobs und dem Überlassen des Kräutergartens helfen.

»Wir können einen Eistee auf der Terrasse trinken, und

wenn du Zeit hast, könntest du mir helfen, die Bilder zu inventarisieren.«

Sie erklärte Angela, daß es keine gedruckte Bestandsliste gab, die ihr verraten würde, welche von Josefs Werken noch in Maries Besitz waren. Marie hatte nur handschriftliche Aufzeichnungen gemacht, und selbst die schienen unvollständig zu sein. Dr. Gardel jedoch brauchte eine genaue Werkliste, denn die Gemälde mußten geschätzt und versichert werden, bevor sie nach Prag verschickt werden konnten. Sie nahmen alle Bilder von den Wänden und stellten sie in den Raum, in dem auch die übrigen Werke schon seit Jahren lagerten. Die Rahmen waren zum Teil stark beschädigt, die Leinwände jedoch alle unversehrt. Angela klebte Schilder mit Nummern an die Rahmen, während Viviane Titel, soweit vorhanden, oder Beschreibungen direkt in ihr Notebook eingab. Ein vollständiges Werkverzeichnis zu erstellen wäre später einmal die Aufgabe eines Kunsthistorikers, denn Josefs Bilder hingen auch in internationalen Sammlungen. Insgesamt zählten sie schließlich zweiunddreißig Werke, die alle in Öl auf Leinwand gemalt worden waren. Viviane stutzte.

»Haben wir etwas übersehen? Marie hat hier zwei Bilder notiert, die aus den Jahren 1958 und 1964 stammen. Von den Bildern, die wir hier haben, paßt aber keines zu den angegebenen Titeln.« Hinter dem Entstehungsjahr 1958 stand *Schatten*, das andere Werk wurde mit *Mondnacht* aufgeführt.

Angela las sich die Titel durch und schüttelte den Kopf. »Nein, keine Ahnung. Ich habe mir die Bilder auch nie angesehen, nur die, die unten im Haus hingen.«

»Hat meine Tante denn irgendwann einmal ein oder zwei Bilder verkauft?«

»Oh nein! Sie hat sie gehütet wie einen Schatz. Verkauft hätte sie niemals auch nur ein einziges. Obwohl da sogar mal jemand hier war, aber sie hat sofort abgelehnt und den Mann weggeschickt.«

Viviane horchte auf. »Wann war das denn?«

Angela strich mit einem Tuch über die Rahmen. »Muß so vor fünf Monaten gewesen sein. Ich habe im Wohnzimmer staubgesaugt, da kam dieser Typ an die Tür. Ich dachte zuerst, er wäre einer dieser Leute, die etwas verkaufen wollen. Dann kam deine Tante und hat mit ihm gesprochen. Ich habe nur mitbekommen, daß sie schließlich ziemlich verärgert war. Sie regte sich nicht so leicht auf, und als sie den Mann mit lauter Stimme aus dem Haus wies, habe ich mich schon gewundert.«

»Hast du diesen Mann danach noch einmal gesehen?«

»Nein.«

Nachdem Angela gegangen war, sah Viviane die Bilder erneut durch, konnte die auf Maries Liste verzeichneten Werke jedoch auch dann nicht finden. Neben dem Bild mit dem Titel *Mondnacht* hatte Marie in Klammern »Rückenansicht Frau, blaues Tuch« notiert. Natürlich, plötzlich erinnerte sich Viviane, auf welches Bild diese Beschreibung zutraf. Marie hatte es viele Jahre lang im Kaminzimmer hängen gehabt, es dann aber später gegen ein anderes ausgetauscht. Das Motiv war der helle, fast weiße Körper einer Frau gewesen, die auf dem Boden hockend mit dem Rücken zum Betrachter saß und dabei ein blaues Tuch schützend an den Körper drückte. Der dunkle Hintergrund hatte der Szene etwas Bedrohliches verliehen. Mit etwa neun Jahren hatte Viviane ihre Tante einmal gefragt, warum die Frau nichts anzuziehen hätte und da so allein im Dunkeln saß. Marie hatte versonnen gelächelt und geantwortet: »Oh nein, kalt war der Frau nicht. Weißt du, ein Maler setzt sein Modell in sein Atelier und den Hintergrund, den fügt er dann aus seiner Phantasie hinzu.«

»Und wer ist dieses Modell? Du magst es doch sicher nicht, wenn er andere Frauen so anschaut. Ich glaube, diese hat er sehr gemocht, denn sie sieht sehr schön aus.«

»Nein, du Naseweiß, bei diesem Modell mußte ich mir keine Sorgen machen, denn das bin ich. Jetzt weißt du es!« Marie hatte sich bei diesen Worten gerade hingestellt, und Viviane hatte zu ihr hochgesehen und für einen Moment ganz deutlich die junge Frau zu sehen geglaubt, die dort auf dem Gemälde abgebildet war. Und dieses Bild fehlte.

Es begann zu dämmern, und die Lichter im Haus zogen die Motten an. Viviane schloß Fenster und Türen und ging in die Küche, um sich einen Salat zu machen. Sie legte ein Baguette in den Ofen und goß sich gerade ein Glas Wein ein, als das Telefon klingelte.

»Vivi, Kleine, wie geht es dir?« Ihr Vater klang wie immer gut gelaunt und voller Energie.

»Paps, wo bist du denn gerade?«

Arno Kronauer war auf dem Weg ins Mittelmeer und plante, den Herbst auf Rhodos zu verbringen.

»Besuch mich doch, Vivi. Nach all dem Streß kann dir Urlaub nur guttun.«

Als sie ihrem Vater von der Beerdigung und ihrer neuen Aufgabe berichtete, bot er spontan an zurückzufliegen, doch Viviane lehnte ab. Sie brauchte die Ruhe und Zeit für sich, auch wenn sie sich die Schulter ihres Vaters zum Ausweinen gewünscht hätte. Das Fehlen der zwei Bilder schien ihn nicht weiter zu überraschen.

»Das wäre nicht untypisch für Marie. Vielleicht hat sie Geld für eines ihrer Hilfsprojekte gebraucht und die Bilder verkauft, oder sie hat sie einfach verschenkt. Das wäre ihr absolut zuzutrauen gewesen.«

»Schon, aber ausgerechnet das Rückenporträt! Es war ihr Porträt! Ich kann mir einfach nicht vorstellen, daß sie gerade ein so persönliches Werk weggegeben hätte.«

»Wenn es nicht da ist, nicht verkauft oder verschenkt, wo soll es sonst sein?«

Für einen Moment schwieg Viviane. »Wahrscheinlich hast du recht, sie hat es verkauft und nur nicht notiert, an wen.«

Arno erzählte von seinen Erlebnissen, und für Minuten tauchte Viviane ein in die exotische Welt der Inseln im Indischen Ozean. Bevor Arno sich verabschiedete, fragte er kurz: »Und deiner Mutter geht es gut?«

Viviane antwortete trocken: »Wie immer. Sie ist andauernd beleidigt, hat an allem und jedem etwas auszusetzen und meint, sie sei unersetzlich.«

Arno lachte. »Das klingt nach Christine! Laß dich nicht unterkriegen, Kleines! Ich bin froh, daß du dich endlich von Greg getrennt hast. Stürz dich ins Leben und versauere nicht da unten!«

Sie schmunzelte und sah ihren Vater in Gedanken vor sich – braungebrannt, ein Baseballkäppi auf dem Kopf, den durchtrainierten, langsam fülliger werdenden Körper in Polohemd, Shorts und Segelschuhen. Er kannte, wo immer er hinkam, sofort die wichtigsten und interessantesten Leute, sei es der Barbesitzer am Strand von Phi Phi Island oder der leitende Direktor einer Bank in Hongkong.

»Ich geb mir Mühe! Bis bald!«

»Ich vermiß dich, Vivi, bis sehr bald hoffentlich!«

Kapitel 4

Hutthurm, 4 Monate später

Christian Baukmann legte ein neues Stück Holz auf die glühenden Scheite im Kamin. Das Holz knisterte und verbreitete einen angenehmen Geruch.

»Ist dein Vater immer noch auf Rhodos, Viv?« Barbara Baukmann gab etwas Kandiszucker in ihren Tee und rührte das dampfendheiße Getränk um.

»Ja, er hat sich mit Freunden ein Haus gemietet. Keine Ahnung, wie lange er noch bleiben will. Und ob er Weihnachten nach Hause kommt, weiß ich auch nicht.«

Viviane schaute gedankenverloren in die Flammen. Zwei Wochen hatte sie im Oktober bei ihrem Vater auf der griechischen Insel verbracht. Sie hatten über vieles gesprochen, nur nicht über das angespannte Verhältnis zwischen ihren Eltern. Sobald das Thema auf Christine kam, lenkten Vater und Tochter das Gespräch geschickt in andere Bahnen. Keiner von beiden wagte sich an den ungeklärten Konflikt, der sich über die Jahre zwischen den Eheleuten aufgebaut und nun zu einer Trennung auf Zeit geführt hatte. Viviane hatte die Zeit mit ihrem Vater genossen, den sie viel zu selten sah, und fand, daß ihre Eltern selbst einen Weg zueinander finden mußten. Da es jedoch so gut wie unmöglich war, eine Diskussion mit Christine zu führen, bei der diese nicht wütend wurde und beleidigt davonrauschte, hielt Viviane eine Aussöhnung für unwahrscheinlich.

»Wo sind eigentlich Christopher und Lilli?« erkundigte sich Viviane nach Barbaras und Christians Kindern.

»Die sind im Stall bei Sidonia, der Stute. Ihr Fohlen kommt bald, aber nicht vor morgen früh, was die zwei mir nicht glauben wollen.« Christian setzte sich wieder auf das Rattansofa gegenüber dem Kamin.

Viviane hatte sich von den alten Ledersesseln getrennt und leichtere Möbel ausgesucht. Die Wände hatte sie in warmen, leuchtenden Farben streichen lassen, um dem alten Haus etwas von seiner angestaubten Atmosphäre zu nehmen, und auch, um nicht auf Schritt und Tritt an die Zeiten mit Marie erinnert zu werden. Viviane bereute ihren Umzug nicht, empfand es aber oftmals dennoch als Bürde, täglich mit der Vergangenheit konfrontiert zu werden.

»Ich hätte große Lust, mal wieder zu reiten. Es ist Ewigkeiten her, daß ich in einem Sattel gesessen habe.« Viviane goß ihren Gästen Tee nach.

Barbara nickte. »Ja, dann wird es wirklich Zeit. Du weißt, daß du jederzeit bei uns willkommen bist. Lilli ist eine Pferdenärrin und reitet bald besser als Christian und ich. Sie wird sich freuen, dir die Gegend bei einem Ausritt zu zeigen. Wir kommen natürlich auch gern mit, sind aber meist zu beschäftigt für die angenehmen Seiten unseres Hofes.«

»Du sagst es, Liebling. In jedem Zentimeter Grund steckt Arbeit, aber ich möchte sie nicht missen. Könnte mir keine andere Art des Lebens mehr vorstellen.« Christian grinste. »Nur manche Gäste im Sommer würde ich liebend gern sonstwohin schießen …«

Barbara lachte verständnisvoll, und Viviane schmunzelte. »Ich bin ja noch nicht lange hier, aber ich glaube, ich kann mir gut vorstellen, was ihr meint. Ich habe auch nicht vor, Zimmer in diesem Haus zu vermieten.«

»Was macht eigentlich die Rumänin, die bei deiner Tante gearbeitet hat? Ich sehe ihren Mann manchmal auf dem Markt. Unsympathischer Kerl, wenn du mich fragst«, meinte Barbara.

»Ich bin ihm nur kurz auf der Beerdigung begegnet. Angela ist sehr lieb, ich mag sie gern und habe ihr erlaubt, den Kräutergarten zu nutzen. Sie hilft mir oft, auch mit dem vielen

Obst, dem Einkochen und Etikettieren hat sie mir geholfen. Das alles muß doch viel zuviel Arbeit für Marie gewesen sein. Ich weiß nicht, wie sie das geschafft hat.« Viviane schüttelte den Kopf.

»Marie war eine außergewöhnliche Person. Sie hat so viel gemacht, daß auch wir uns gewundert haben, wie sie das durchhält. Aber weißt du, Viv, sie brauchte das. Wenn sie nichts vorhatte, ging es ihr nicht gut. Vielleicht wollte sie einfach nicht herumsitzen und ins Grübeln kommen.« Christian sah auf seine Armbanduhr.

Barbara verstand und erhob sich. »Viv, wir müssen. Die beiden sind zwar schon große Kinder, aber eben immer noch Kinder. Man weiß nie, was sie als nächstes anstellen. Es war wirklich schön bei dir. Und vergiß nicht, du bist uns jederzeit willkommen!«

Sie umarmte Viviane herzlich und schlüpfte dann in ihren Mantel, den Christian ihr reichte.

»Du fährst doch irgendwann jetzt nach Prag, oder?« sagte Christian, während er sich den Schal umwickelte.

»Am ersten Dezemberwochenende. Ich freue mich schon darauf, dann sieht die Stadt bestimmt schön weihnachtlich aus.« Viviane brachte ihre Freunde zur Tür.

»Sicher, aber es wird auch schön kalt, nimm bloß warme Sachen mit. Wenn der Wind so über die Moldau fegt, brrr, der geht in die Knochen. Na dann viel Spaß, das ist ja schon das kommende Wochenende!« Christian drückte Viviane einen Kuß auf die Wange.

Viviane stand in der offenen Tür und sah den Wagen zwischen den Tannen verschwinden. Miko nutzte die Gelegenheit für einen kurzen Erkundungsgang, machte jedoch kehrt, als er sah, daß Viviane wieder ins Haus ging.

»Ist dir wohl auch zu kalt, mein Alter?«

Als Antwort schüttelte der weißbraune Kater die Pfoten und stapfte direkt in Richtung des Kamins, vor dem er sich lang ausstreckte. Die winterlichen Temperaturen hatten sich schon Mitte November eingestellt, und die Dorfbewohner hatten ihr einen harten Winter prophezeit. Viviane hatte daraufhin ihren Holzvorrat aufgefüllt und Heizöl bestellt, Dinge, an die sie als Mieterin nie hatte denken müssen. Das Dach des alten Hauses war mit Schindeln gedeckt, die an machen Stellen lose waren. Sie hoffte, daß bis zum Frühjahr keine Reparatur nötig sein würde, denn die Renovierungsarbeiten hatten mehr Geld gekostet, als sie eingeplant hatte. Viviane goß den inzwischen kalt gewordenen Tee aus und brühte sich eine frische Kanne auf. Miko schlief jetzt tief und fest, worauf ein gelegentliches Zucken seiner Beine und Schnurrbarthaare und der gleichmäßige Atem hindeuteten. Sie hatte den kleinen Kater mittlerweile so ins Herz geschlossen, daß sie besorgt durch den Garten lief und nach ihm rief, wenn er länger als gewöhnlich fortblieb. Irgendwann stand er dann plötzlich vor ihr und sah sie erstaunt an, so als ob er sagen wolle, daß sie sich mal wieder Sorgen um nichts gemacht hatte.

Die Ausstellungseröffnung in Prag war in weniger als einer Woche und damit viel schneller an sie herangerückt als erwartet. Die Vorbereitungen hatten sie lange in Anspruch genommen, denn die genaue Registrierung von Josefs Werken im Haus ihrer Tante war eine umfangreiche Aufgabe. Neben den Ölgemälden hatte Viviane in verschiedenen Räumen Kreide- und Kohlezeichnungen gefunden, die zum Teil signiert und gerahmt, zum Teil als Loseblattsammlung in verschiedenen Mappen lagen. Dr. Gardel hatte einen Kunsthistoriker mit der Bestandsaufnahme beauftragt, der einige Blätter mit ins Passauer Museum genommen hatte, um sie eingehend zu untersuchen. Der junge Mann war auf Vorzeichnungen zu *Mondnacht*, einem der beiden verschwundenen Gemälde, gestoßen, die ihre Erinnerungen an das Rückenporträt bestätigten. Dr. Gardel hatte die Werke als vermißt an die zuständigen Stellen weitergemeldet, machte Viviane jedoch wenig Hoffnung auf ein Wiederfinden der Bilder. Ein Sammler würde sich nur ungern von den Werken trennen, und Freunde von

Marie Habart hätten sich nach ihrem Tod aller Wahrscheinlichkeit nach bei Viviane gemeldet.

Die Staffeleien aus Josefs Atelier und seine gesamten Malutensilien hatte Viviane ebenfalls der Stiftung übergeben. Die Idee, auch die persönlichen Gerätschaften auszustellen, kam Viviane während ihres Urlaubs auf Rhodos, und der Direktor des Prager Museums, Jiří Mec, hatte sich tatsächlich sehr angetan davon gezeigt und ihr versichert, die Dinge in die Ausstellung einzubauen. Nachdem die Staffeleien aus dem Atelier entfernt worden waren, hatte Viviane dort ihre Möbelwerkstatt eingerichtet, in der mittlerweile drei Möbelstücke auf ihre Bearbeitung warteten. Einen alten Bauernschrank hatte sie auf dem Trödelmarkt in Passau erstanden, ein Tisch und ein Stuhl gehörten Tina, einer Frau aus Hutthurm, und mußten eigentlich noch diese Woche abgebeizt werden.

Nur zu gern nahm Viviane jeden Auftrag zur Reparatur oder Restaurierung eines Möbelstückes entgegen, denn die Arbeit lenkte sie ab und ließ ihr kaum Zeit zum Grübeln. Die Inventarisierung der Gemälde war ihr nähergegangen, als sie erwartet hatte. Während Viviane die einzelnen Gemälde betrachtete und auflistete, ließ sie ihre Kindheit Revue passieren. Sie mußte sich eingestehen, wie sehr sie auf das Urteil und den Rat ihrer Tante gebaut hatte. In Krisenzeiten galt ihr erster Gedanke immer Marie, und es tat weh, sich der neuen Realität zu stellen. Schlimm genug, sich ihre gescheiterte Ehe einzugestehen, nun hatte sie auch noch den für sie wichtigsten Menschen verloren. Und dennoch, Marie nahm auch über ihren Tod hinaus Einfluß auf Vivianes Leben. Manchmal schien es Viviane, als bezweckte ihre Tante weit mehr mit ihrem verworren anmutenden Brief und ihrer Bitte, die Fäden der Vergangenheit wieder aufzunehmen, als sie bisher angenommen hatte. Mit der Zeit würde sie dahinterkommen, und in diesem Gedanken lag ihre ganze Zuversicht.

Viviane legte eine CD mit barocken englischen Liedern ein und wollte sich gerade gemütlich in ihr Sofa kuscheln, als es an der Tür klingelte. Miko hob den Kopf, lauschte sekundenlang und fiel entspannt zurück in seinen Schlaf.

»Das muß wohl jemand sein, den wir kennen.« Viviane schaltete die Außenbeleuchtung ein und öffnete die Haustür. Angela stand mit einer Schüssel in den rotgefrorenen Händen auf der Schwelle.

»Ich hoffe, ich störe nicht. Wir hatten Besuch, und ich habe zu viele *sarmale* gemacht.« Sie hob das Tuch, welches die kleinen Kohlrouladen in der Schüssel verdeckte.

»Die sehen ja lecker aus! Danke, komm doch herein. Magst du Tee oder Kaffee?« Viviane nahm die Schüssel entgegen und stellte sie auf den Küchentisch. Als sie zurückkam, stand Angela immer noch im Flur. Viviane sah sie genauer an und stellte fest, daß ihre Augen stark gerötet und geschwollen waren.

»Ich habe Zeit. Du könntest dich wenigstens aufwärmen.« Viviane wollte Angela nicht drängen, über ihre Sorgen zu sprechen, was ohnehin keinen Zweck hätte, denn die Rumänin verlor selten ein Wort über ihr Privatleben.

Eine Weile saßen sie schweigend und lauschten der Musik. Angela nippte an ihrer Teetasse und hielt die Augen gesenkt, als sie schließlich leise zu sprechen begann: »Es ist wegen Stojko. Er, er kann manchmal so ungeduldig sein. Ich war den ganzen Tag in der Küche mit dem Essen beschäftigt und hatte den Tisch noch nicht gedeckt, da kamen schon die ersten Gäste. Er wird sehr wütend, wenn im Haus nicht alles perfekt ist.« Angela schwieg.

»Hmm, hilft er dir denn nie?« Viviane begann dunkel zu ahnen, was sich abgespielt hatte, vermied aber direkte Fragen, die Angela verschrecken konnten.

Angela sah sie erstaunt an. »Natürlich nicht! Er ist der Mann! Bei uns ist alles noch ein wenig anders, nicht so modern wie hier, wo die Männer auch abwaschen und kochen. Aber das ist gut so, ich mache meine Arbeit gern. Er ist schließlich viel unterwegs und hat dafür keine Zeit. Es ist eigentlich auch nur, wenn er zuviel getrunken hat.« Sie setzte die Tasse ab und legte ihre Hände in den Schoß. »Jaja, es ist schon wieder gut. Ich bin ein dummes Mädchen. Morgen ist alles vergessen.«

»Wo ist er denn jetzt?«

»Mit seinen Freunden weggegangen. Wahrscheinlich kommt er erst spät zurück, oder er übernachtet bei Bogdan, das macht er oft.« Anscheinend war die Angelegenheit damit für Angela erledigt. Sie lächelte Viviane an. »Du brauchst die *sarmale* nur kurz aufzuwärmen. Ein Teil ist mit Kohlblättern umwickelt, darin ist Hackfleisch, in den Weinblättern ist Fisch mit Reis. Ich mag die am liebsten. Oh, du solltest mal ein Fest bei uns zu Hause in Rumänien sehen. Da wird drei Tage lang gebacken und gekocht, und am Ende gibt es so viele verschiedene Dinge zum Essen, daß man gar nicht weiß, wo anfangen. So, und jetzt gehe ich lieber, es gibt noch viel aufzuräumen. Danke, Viviane!«

Viviane nickte. »Ich bin Ende der Woche für ein paar Tage in Prag, aber du kannst sonst jederzeit kommen, für eine Tasse Tee ist immer Zeit.«

Angela umarmte sie kurz und verschwand dann mit schnellen Schritten zwischen den Bäumen vor dem Haus. Nachdenklich ging Viviane in die Küche, um die appetitlich aussehenden Rouladen für das Abendessen vorzubereiten. Hinter den verweinten Augen ihrer Freundin steckte sicher mehr als ein unzufriedener Ehemann, andererseits kannte sie Stojko nicht und konnte sich kein voreiliges Urteil erlauben.

Am nächsten Morgen fand sie in der Post ein Einschreiben, in dem ihr Professor Richter die Partitur der Violinsonate zurücksandte. Vor einigen Wochen hatte sie die Noten mit der Bitte an den Münchener Musikprofessor geschickt, sie auf ihre Herkunft hin zu untersuchen. Sie hatte gehofft, daß der anerkannte Fachmann sich über die Gelegenheit, ein noch unbekanntes Stück Musikgeschichte zu untersuchen, freuen und ihr schon aus diesem Grunde helfen würde. Als sie jedoch das Begleitschreiben las, mußte sie einsehen, daß sie sich getäuscht hatte. Höflich erklärte Professor Richter, daß er zur Zeit mit Arbeit eingedeckt sei, auf ein Symposium nach Wien führe und anschließend die Leitung der Prüfungskommission übernähme. Darüber hinaus sei die späte Barockmusik nicht sein Fachgebiet, und da es sich wahrscheinlich um einen Komponisten aus dem osteuropäischen Raum handele, was er aus dem Monatsnamen, denn »září« bedeute auf Tschechisch September, schlösse, würde er sie an einen Kollegen an der Prager Karlsuniversität verweisen. Professor Straberger sei eine Autorität auf dem Gebiet der russischen und tschechischen Musik des Barock und sicher eher in der Lage, ihr in dieser Angelegenheit weiterzuhelfen.

Na schön, dachte Viviane und legte die Notenblätter in einen weichgepolsterten Umschlag. Sie fuhr sowieso nach Prag, da konnte sie die Gelegenheit nutzen und diesen Professor aufsuchen. Die Melodie der Sonate war ihr noch gut im Gedächtnis geblieben, doch hatte sie sich dagegen gesträubt, auch nur einen der Sätze noch einmal zu spielen. Überhaupt tat sie sich seit Maries Tod schwer mit dem Flötespielen, denn dann wurde ihr der Verlust der Großtante, die mehr Freundin und Vertraute gewesen war, um so schmerzlicher bewußt. Viviane beschränkte sich darauf, die Etüden mit ihren neuen Schülerinnen durchzugehen, und spielte nur gelegentlich einzelne Passagen aus Telemannsonatinen zur Demonstration vor. Theresa hatte in der Gemeinde von Vivianes Fähigkeiten als Musiklehrerin geschwärmt, und bald darauf hatte sie eine Gruppe jüngerer Mädchen und vier Schüler, die zum wöchentlichen Einzelunterricht kamen.

Im Gegensatz zu Shaftesbury schienen ihr die Menschen hier offener, so daß sie sich weniger isoliert vorkam. Viviane zog sich eine warme Jacke an, denn der Wind war schärfer geworden und trieb die Kälte über die Berge ins Tal. Sie startete ihren kleinen robusten Wagen und machte sich auf den Weg in den Ort. Als sie an Christians und Barbaras Hof vorbeifuhr, winkte sie, denn Lilli ritt auf einem zottelig aussehenden Pony auf einer Koppel parallel zur Straße. Nein, sie durfte nicht ungerecht sein.

Es lag schließlich immer an einem selbst, und sie hatte sich fest vorgenommen, mehr auf die Menschen zuzugehen und nicht wieder in eine Erwartungshaltung zu verfallen. Sie hatte sich viel zu oft einfach nur treiben lassen, ihre Entscheidungen nicht genug überdacht und manchmal mehr auf andere gehört als auf sich selbst. Sie trommelte auf das Lenkrad. Es war so viel schwieriger, bewußt zu leben, denn niemand als sie selbst war für das, was sie tat, verantwortlich. Im Grunde war die Ehe mit Greg eine willkommene Flucht gewesen. Eine Flucht vor ihrem eigenen Leben, von dem sie damals wie heute keine klare Vorstellung hatte. Was wollte sie? Warum hatte sie Geschichte und Germanistik studiert? Sie hatte nie vorgehabt, an der Universität zu bleiben, journalistisch zu arbeiten oder ein Aufbaustudium für Kulturwissenschaften zu machen, wie es einige ihrer Kommilitoninnen zielstrebig getan hatten.

Der Marktplatz von Hutthurm war belebt. Sie ging in eine kleine Boutique, um sich warme Handschuhe und eine Mütze für den Aufenthalt in Prag zu kaufen. Vielleicht fand sie auch noch etwas Passendes für die festliche Ausstellungseröffnung, sonst mußte sie nach Passau fahren, wo die Auswahl an Läden größer war. Sie fand tatsächlich ein schlichtes, aber elegantes schwarzes Kleid mit langen Ärmeln und einem Samtkragen. Zufrieden mit ihrem Einkauf verließ sie den Laden und stieß vor der Tür mit einem hochgewachsenen Mann zusammen.

»Entschuldigung, ich habe Sie nicht gesehen.« Sie wollte sich umdrehen und weitergehen, doch der dunkelhaarige Mann blieb stehen.

»Meine Schuld. Schöne Frauen überrenne ich sonst nicht.« Stojkos Gesicht verzog sich zu einem Grinsen.

Viviane nahm automatisch Abstand, was den breitschultrigen Mann nicht davon abhielt, eine Unterhaltung zu beginnen.

»Es ist sehr nett von Ihnen, daß Sie meiner Frau gelegentlich Arbeit geben, obwohl sie eigentlich genug in ihrem eigenen Haus zu tun hat.« Er fixierte sie.

Aha, dachte Viviane, daher wehte der Wind. Der Mann war eifersüchtig auf das Vertrauensverhältnis zwischen ihr und Angela.

»Angela ist sehr fleißig, und ich mag sie wirklich gern. Sehr viele junge Frauen gibt es ja auch nicht in unserem kleinen Dörfchen«, sagte sie in nebensächlichem Ton.

»Das ist wohl richtig. Ja dann, ich will Sie nicht aufhalten. Auf Wiedersehen!« Stojko warf ihr einen letzten, wie Viviane empfand, warnenden Blick zu und ging mit weit ausholenden Schritten davon.

Daß sie sich nach dieser Begegnung unwohl fühlte, konnte sie nicht leugnen. Der Mann hatte die Gelegenheit genutzt, ihr deutlich zu machen, daß sie sich aus Angelas Privatleben heraushalten sollte. Wahrscheinlich ging es gegen seine Ehre, daß seine Frau sich bei einer Fremden ausweinte. Dagegen konnte er nichts machen. Viviane fühlte sich herausgefordert und war bereit, den Kampf aufzunehmen.

Zurück in ihrem Haus, begann Viviane mit dem Packen eines Koffers. Um sicherzugehen, daß Professor Straberger auch Zeit für sie hatte, rief sie ihn an und verabredete sich mit dem zuvorkommenden Wissenschaftler für den Sonntag in der Universität, da er sich dort wegen einiger Prüfungsvorbereitungen aufhielt. Zu Vivianes Überraschung sprach Straberger fließend Deutsch, und sie sah dem Treffen mit gespannter Erwartung entgegen. Argwöhnisch beobachtete Miko sie bei den Reisevorbereitungen. In den Tagen bis zu ihrer Abreise erwischte sie ihn oft, wie er sich mitten in den offenen Koffer legte oder Socken und andere Kleinteile wieder hinausbeförderte. Angela würde ihn gut versorgen, und so fuhr Viviane mit den Noten im Gepäck am Freitag abend mit ruhigem Gewissen und voller Vorfreude zum Passauer Bahnhof.

Kapitel 5

Aufgrund der Wettervorhersage, in der Schnee und Eisregen angekündigt worden waren, entschied sich Viviane für die bequeme Zugreise. Dr. Gardel, der Prag kannte, hatte ihr ein Hotel am Wenzelsplatz empfohlen. Der Bahnhof lag nicht weit von dem geschichtsträchtigen Platz entfernt, auf dem mehrere Revolutionen begonnen hatten, und auch die Karlsbrücke sowie die Alte und Neue Stadt mit ihren historischen Bauten waren von dort aus zu Fuß erreichbar. Nachdem Viviane ihr Zimmer in dem geschmackvoll renovierten Jugendstilhotel bezogen hatte, kleidete sie sich warm an und machte einen ersten Spaziergang durch die festlich erleuchtete Stadt. Direkt vor dem Hotel war ein Weihnachtsmarkt aus zahlreichen kleinen Holzbuden aufgebaut, in denen traditioneller tschechischer Holzschmuck, Glaswaren und allerlei bunte Dekorationsartikel verkauft wurden. In der eisigen Kälte kamen die Kastanienverkäufer mit ihren gußeisernen kleinen Öfen gerade recht. Viviane probierte die heißen Maronen und nahm sich vor, den morgigen Tag vor der Feier für eine ausgiebige Stadttour zu nutzen.

Als sie am nächsten Morgen das Hotel verließ, kam ihr ein eisiger Wind entgegen. Viviane schlug den Kragen ihres Daunenmantels hoch, zog den Schal fester und marschierte in Richtung der Karlsbrücke. Sie war begeistert von der überwältigenden Architektur der Stadt, die von den Weltkriegen unbeschadet geblieben war. Biedermeier-, Barock- und Jugendstilfassaden, gepflasterte Gehwege und verspielte Straßenlaternen ließen Viviane an vergangene Jahrhunderte denken, in denen diese Stadt ein Knotenpunkt osteuropäischen

Handels gewesen war. Wie traurig, daß Josef seine Stadt nicht in diesem neuerstandenen Glanz hatte sehen können. Auch Marie war nie nach Tschechien zurückgekehrt. Vor allem das Schweigen seitens der Habarts, Josefs Familie, auf ihre Briefe nach seinem Tod hatten dazu beigetragen. Mitglieder dieser Familie, die auf eine entfernte Weise ja auch die ihre war, würde sie sicher heute abend kennenlernen. War es nur das, was Marie sich gewünscht hatte mit ihrer Andeutung, Viviane möge an zerrissene Fäden anknüpfen?

Viviane ging die Promenade an der Moldau entlang auf den Brückenturm Peter Parlers zu. Im Barock hatte man die ehemals schmucklose Karlsbrücke mit sechsundzwanzig Statuengruppen geschmückt, die die hohe Luftverschmutzung mit einer tiefschwarzen Schicht überzogen hatte. Wie oft mochte Marie diesen Weg gegangen sein? Hatte sie sich hier mit Josef getroffen und waren sie dann Arm in Arm über die Brücke spaziert? In dem weitläufigen Burgviertel, dem Hradcany, das sich über der Moldau auf der anderen Seite der Karlsbrücke erhob, befand sich das Sternbergpalais, dessen Museum sich Viviane ansehen wollte. Nach eingehendem Studium der Reiseführer hatte sie erwartet, daß man Josef hier in einem der prächtigen Palais Ausstellungsräume einrichten würde. Die meisten Gebäude jedoch waren nicht öffentlich zugänglich, und in den Museen wurde Kunst vom Mittelalter bis zum 18. Jahrhundert ausgestellt. Klassische Moderne und zeitgenössische Künstler fanden sich in den neuen Galerien der Stadt. Während sie flämische Stilleben und Landschaften, italienische Renaissance und deutsches Hochmittelalter an sich vorüberziehen ließ, fand sie, daß Josefs Werke inmitten von Werken junger tschechischer Maler in der Tat besser aufgehoben waren.

Gruppen von amerikanischen, französischen und japanischen Touristen ließen sich von der Kälte ebenfalls nicht abhalten und spazierten durch die Goldene Gasse und zurück über die Brücke, vorbei an Straßenmusikanten und Malern, die sich mit einem schnellen Porträt einige Kronen verdienen wollten. Um sich aufzuwärmen, trank Viviane eine herrlich süße heiße Schokolade im traditionsreichen »Café Slavia«, in dem schon Kafka und andere Literaten ihre Nachmittage verbracht hatten, und machte sich schließlich auf den Rückweg, um sich für den Abend umzuziehen.

Der Taxifahrer setzte sie direkt vor dem erleuchteten Eingang zur städtischen Sammlung in der Nähe des Altstädter Rings ab. Hinter der verspielten Rokokofassade des imposanten Gebäudes verbargen sich moderne Ausstellungsräume. Viviane zeigte ihre Einladungskarte der Empfangsdame, die sie bat zu warten. Kurz darauf erschien ein etwa vierzigjähriger Mann in elegantem Abendanzug, der sich ihr als Jiří Mec, Direktor der Sammlung, vorstellte. Eine schmale Brille betonte sein scharfgeschnittenes Gesicht unter blonden Haaren. Jiří Mec sprach fließend Englisch und bedankte sich bei Viviane im Namen der Stadt für die großzügige Schenkung ihrer Tante. Da bis zum Beginn der Veranstaltung noch Zeit war, führte Jiří sie durch die Räume, um ihr einen kurzen Überblick über die Sammlung zu geben.

Im Erdgeschoß hingen Werke von avantgardistischen tschechischen Künstlern wie Jan Hísek, Václav Jiřásek und Ilona Németh. Letztere hatte einen interaktiven Visio-/Audioraum eingerichtet. Die ausgestellten Arbeiten waren oft vom schnellen Großstadtleben, der zunehmenden Kriminalität und Anonymität der Menschen geprägt und auf schockierende Wirkung ausgerichtet. Sie folgte Jiří Mec eine breite Treppe hinauf in die Räume des ersten Stocks und blieb ergriffen stehen, als sie Josefs Bilder perfekt ausgeleuchtet an den Wänden sah. Ja, hierher gehörten seine Werke, hier konnten sie von den Menschen gesehen werden, die sich für seine Kunst, sein Leben und seinen Kampf gegen eine ungerechte Politik interessierten. Viviane wünschte sich, Marie könnte diesen Moment mit ihr teilen, und wischte sich verschämt eine Träne aus dem Auge. Andererseits wäre das durchaus möglich gewesen, hätte sich Marie schon zu ihren Lebzeiten für die Einrichtung der Stiftung entschieden.

Jiří mußte etwas zu ihr gesagt haben, denn er blickte sie erwartungsvoll an.

Viviane räusperte sich: »Entschuldigung, ich war für einen Moment abwesend. Was haben Sie gesagt?«

»Das ist nur allzu verständlich. Sie sehen die Bilder zum ersten Mal in einer öffentlichen Ausstellung?«

»Ja. Sie befanden sich all die Jahre im Haus meiner Tante, bis auf diejenigen natürlich, die Josef verkauft hatte und die auch durch einige Skandale, wenn ich mich richtig erinnere, bekannt geworden sind.«

Jiří schien genau zu wissen, worauf sie anspielte. »Es ging um das Pendant zu *Exil*, das dort drüben hängt.« Er deutete auf die schräg gegenüberliegende Wand. »Ein gewagtes Bild, in dem Josef Habart nicht nur gegen Diktatur, sondern auch gegen die Gleichgültigkeit der Bevölkerung mahnte. Heute gehört es in seinem New Yorker Museum bereits zu den modernen Klassikern.«

Aus dem Erdgeschoß drang lauter werdendes Gemurmel herauf, und Jiří bat Viviane im nächsten Raum, in dem ein Rednerpult aufgebaut war, auf ihn zu warten. Rasch füllten sich nun die Räume mit elegant bis extravagant gekleideten Gästen, und der Bürgermeister der Stadt richtete sein Wort an die Anwesenden, die mit Champagnergläsern in den Händen zuhörten und die Gemälde betrachteten. Viviane nahm Danksagungen entgegen, nickte, lächelte und schüttelte Hände. Als der offizielle Teil der Veranstaltung vorüber war, war sie froh, daß sie nicht länger im Mittelpunkt der Aufmerksamkeit stand und sie die Anwesenden mit etwas mehr Abstand betrachten konnte. Ihr Blick blieb an einer jungen Frau hängen, die auf Stilettos von schwindelerregender Höhe in einem hautfarbenen Kleid am Arm eines nicht minder auffällig gekleideten Mannes vor einem der Bilder stand.

»Wir nennen sie die Gummibaronin. Ihr Mann hat ein Vermögen mit Autoreifen verdient. Darf ich mich vorstellen, ich bin Tomáš Habart.« Strahlendblaue Augen lächelten sie aus dem offenen Gesicht eines jungen Mannes an, der ihr seine Hand entgegenstreckte.

»Es freut mich sehr, Sie kennenzulernen, Herr Habart«, erwiderte sie ebenfalls auf Englisch.

»Tomáš bitte, schließlich sind wir irgendwie verwandt, oder nicht?« Tomáš grinste, und Viviane schätzte den sympathischen jungen Mann auf Ende zwanzig. »Hey, Michal, willst du deine Cousine vierzehnten Grades, na ja ungefähr, nicht kennenlernen?«

Ein hochgewachsener schlanker Mann mit dunkelbraunen Haaren, der sich mit einer attraktiven Rothaarigen unterhielt, drehte sich zu ihnen um. Die Ähnlichkeit mit Tomáš war unverkennbar.

»Mein Bruder Michal. Alter Schwerenöter, du willst dir doch wohl die Bekanntschaft mit unserer schönen Viviane nicht entgehen lassen?«

Viviane errötete leicht. Sie hatte es noch nie gemocht, die Aufmerksamkeit anderer auf sich zu ziehen, und sie fühlte sich noch unwohler, als Michal sie mit einem knappen Lächeln begrüßte. Er schien von ihrer Anwesenheit weitaus weniger begeistert zu sein als sein jüngerer Bruder, dennoch konnte sie sich seinem Blick nicht entziehen.

»Viviane, ja, du hast uns allen hier wohl eine kulturelle Bereicherung geschenkt, für die wir dankbar sein sollten.«

Viviane wollte etwas erwidern, doch Tomáš kam ihr zu Hilfe.

»Nimm den alten Michal nicht so ernst. Er hat schlechte Erfahrungen mit Leuten aus dem sogenannten Westen gemacht, die er aber nicht alle in einen Topf werfen sollte! Gib ihr eine Chance!« Tomáš klopfte seinem Bruder auf die Schulter. »Ich suche Branka, dann komme ich zu euch zurück. Laß dir nichts gefallen, Viviane. Wenn man ihn einmal kennt, ist er nur halb so schlimm! Er spricht sogar Deutsch.« Lachend verschwand Tomáš in der Menge.

»Tut mir leid, wenn es dir nicht gefällt, daß meine Tante die Bilder eurer Stadt vermacht hat. Es war ihr Wunsch, und ich halte ihn für gut«, wandte sich Viviane herausfordernd auf Deutsch an Michal.

Ein entschuldigendes Lächeln glitt über Michals ernstes Gesicht und ließ Viviane für eine Sekunde ahnen, daß seine Schroffheit vielleicht nur ein Schutzpanzer war.

»Ich finde es durchaus lobenswert, daß Josefs Bilder jetzt in seiner Heimat gezeigt werden, nur hätte das vielleicht schon viel früher geschehen können.«

»Marie hat ihn sehr geliebt, und die Bilder waren alles, was ihr von ihm geblieben ist. Ich kann sie verstehen.« Viviane strich sich eine blonde Strähne zurück in die aufgesteckten Haare.

Michal musterte sie interessiert, wurde jedoch von jemandem angestoßen, bevor er antworten konnte. Eine schlanke Frau Anfang sechzig, mit kurzen Haaren, die einmal die Farbe von Michals gehabt haben mußten, legte ihm eine Hand auf den Arm. Schnell sprach sie in Tschechisch auf ihn ein, woraufhin Michal nickte und an Viviane gewandt sagte: »Meine Mutter, Marika Habart. Mein Vater und sie haben Alois mitgebracht.«

»Alois?« Plötzlich fiel es Viviane ein. Das mußte Josefs jüngerer Bruder sein, der jetzt sicher über achtzig Jahre alt war.

In der Menge der hinter Marika und Michal Stehenden kam Bewegung auf, die Gäste traten beiseite, und Jakub Habart schob seinen Vater in einem Rollstuhl zu ihnen. Es folgte ein schneller Wortwechsel auf Tschechisch, dann begrüßte Jakub Viviane. Er hatte die gleiche Statur wie seine Söhne, sein verschmitztes Lächeln allerdings hatte er eindeutig an Tomáš vererbt, während Michal seiner Mutter zu ähneln schien.

»Ich brauche dir nicht zu sagen, wie sehr wir uns freuen,

daß du Josefs Bilder hierhergebracht hast. Am meisten bedeutet es jedoch meinem Vater, der seinen Bruder nach dessen überstürzter Abreise 1942 nie wiedergesehen hat. Alois ist seit Jahren an Parkinson erkrankt und hat in letzter Zeit auch mit Gedächtnisausfällen zu kämpfen. Wir hatten Angst, daß der Schock zuviel für ihn wäre, doch es scheint ganz das Gegenteil eingetreten zu sein. Seit Wochen spricht er von nichts anderem als der Ausstellung und seinem Bruder Josef. Er wollte dich unbedingt kennenlernen. Ich werde für dich übersetzen, denn er versteht weder Deutsch noch Englisch.«

Während Viviane mit Jakub sprach, betrachtete der alte Mann, dessen dichtes silberweißes Haare über einem gepflegten dunklen Anzug leuchtete, eingehend die Bilder. Seine Hände begannen stärker zu zittern, und seine Augen füllten sich mit Tränen. Er blickte fragend zu Jakub, dann zu Viviane. Als Jakub nickte, ergriff Alois Habart Vivianes Hand und drückte sie fest zwischen seinen Händen.

Sie sah aus wie Marie. Wie konnte das möglich sein? In seinem Kopf überschlugen sich die Erinnerungen, Bilder, die er viel zu lange verdrängt hatte. Marie. Die wunderschöne tapfere Marie. Die Deutsche. Die Frau seines Bruders. Sein Bruder Josef hatte sie ihm an einem regnerischen Frühlingsabend im März 1938 vorgestellt. Oder war es 1937 gewesen? Er wußte es nicht mehr. Jahre waren schon lange unwichtig geworden. Daten spielten keine Rolle mehr. Sein Körper hielt ihn gefangen, schloß ihn ein in einer kleinen Welt, in der nur noch erlebte Gefühle, gedachte Gedanken und gesehene Bilder existierten. Wann er aufgehört hatte, Anteil zu nehmen am Leben, konnte er nicht sagen. Genauso schleichend wie die Krankheit hatte sich der Nebel, der ihn wie ein Wattebausch umgab, um ihn gelegt. Manchmal wurde er durchbrochen von seinem Sohn oder dessen Frau, deren Namen er immer öfter vergaß. Wenn er das Mitleid in den Augen Jakubs sah, wollte er ihn beruhigen und sagen, es ist alles nicht so schlimm. Es tut nicht weh, es ist nur wie ein Leben in Watte, in der die unkontrollierten Bewegungen gedämpft werden, weil man seinen Willen nach Kontrolle irgendwann einfach aufgibt.

Alois' Augen leuchteten auf. Seine Hände waren ruhig und hielten die warmen Hände dieser wunderschönen jungen Frau, die aussah wie Marie und deren Stimme ihm so vertraut vorkam, daß er weinen mußte. Josef hatte gelacht und war so übermütig gewesen, als er ihm Marie vorstellte. »Die Namen!« hatte er immer wieder gesagt. »Die Namen sind wie eine Prophezeiung. Wir sind füreinander bestimmt. Es kann gar nicht anders sein, nicht wahr?« Marie hatte ihn angesehen, die Haare naß vom Regen, die Wangen gerötet von der Kälte und die Augen strahlend vor Liebe und Bewunderung für seinen Bruder. Noch nie zuvor hatte Alois seinen Bruder so ausgelassen erlebt. Josef war immer still und verträumt gewesen, hatte nur für seine Malerei gelebt. Diese Deutsche jedoch hatte alles geändert. Josef, der kränkliche, sensible Josef war aufgeblüht, hatte Pläne geschmiedet und von Heirat gesprochen. Obwohl er der Jüngere war, hatte Alois sich immer verantwortlich für den nervösen, überempfindlichen Josef gefühlt. Mit Marie wurde alles anders. Plötzlich wollte Josef teilhaben am Leben der Studenten, der Freunde, für die er sonst nie Zeit gehabt hatte. An jenem Herbstabend hatte Josef Marie in die Arme genommen und sie herumgewirbelt. »Laß uns feiern!« hatte er gerufen, und Marie hatte gelacht und sie beide geküßt.

Viviane beobachtete den Alten, dessen hellblaue, intelligente Augen sie eindringlich musterten und doch durch sie hindurchzusehen schienen. Sie beließ ihre Hände in seinen, die jetzt ruhiger waren.

Jakub übersetzte, was sein Vater nun sagte:

»Alois ist sehr glücklich, dich kennenzulernen. Er war Trauzeuge bei Josefs Hochzeit, und er sagt, daß du ihn sehr an Marie erinnerst. Du hast ihre Stärke.« Jakub machte eine Pause, um zu hören, was Alois sagte.

»Josef ist nun heimgekehrt, und du hast ihn hergebracht. Dafür möchte er dir danken.«

Alois ließ erst jetzt Vivianes Hände los. Viviane war gerührt von den bewegenden Worten des alten Mannes, mehr als von all den offiziellen Lobreden. Alois sprach auf Jakub und Marika ein, die ihn erstaunt ansahen. Viviane meinte, Unmut auf Marikas ernstem Gesicht zu erkennen, und war überrascht über das, was Jakub ihr als nächstes mitteilte.

»Er möchte dir auf seine persönliche Weise danken. Alois war ein begnadeter Goldschmied, viel besser als ich oder Michal, der sich dann sowieso für einen anderen Beruf entschieden hat.«

Michal zuckte mit den Schultern. Seine dunklen Augen verrieten nichts.

»Jedenfalls«, fuhr Jakub fort, »möchte Alois dir ein Schmuckstück schenken, daß er einmal für Marie angefertigt hat. Nun, es kam dann ja alles anders. Wir bitten dich also, uns morgen zu besuchen, wenn du es einrichten kannst. Marika wird ein tschechisches Abendessen kochen, damit du nicht nur mit dem Eindruck der touristischen Küche abreist, und Alois kann dir sein Geschenk übergeben. Was sagst du?«

Alle sahen sie erwartungsvoll an.

»Ich ..., ja gern. Das kommt so überraschend. Aber ja, vielen Dank, ich komme natürlich gern.« Viviane nickte dem alten Mann dankbar zu, der sie aufmerksam beobachtete.

Tomáš war mit einem jungen Mädchen zu ihnen getreten. Es mußte sich um Branka, seine Freundin, handeln, denn sein Arm ruhte vertraut auf ihren Schultern. Sie lächelte freundlich und begrüßte Viviane.

»Michal wird dich abholen. Wie heißt gleich dein Hotel?«

Viviane sagte es ihm, und Tomáš, dem es offenbar großen Spaß machte, seinen älteren Bruder zu ärgern, fügte zu Michal gewandt hinzu: »Das wäre dann ansatzweise eine Entschuldigung für dein unhöfliches Benehmen von vorhin.«

Am liebsten hätte Viviane jetzt abgelehnt, doch Michal schien über den Befehl seines Bruders nicht verärgert.

»Dann hole ich dich morgen um sieben Uhr ab. Wie lange bleibst du überhaupt in Prag?«

»Noch zwei Tage. Ich muß noch einen Musikprofessor hier an der Universität aufsuchen.« Viviane zupfte am Ärmel ihres Kleides, denn Michal machte sie nervös. Eigentlich war das Unsinn, denn sie hatte keinen Grund, sich zu entschuldigen, schließlich konnte sie nichts für das Schicksal von Josef und seinen Werken. Aber irgendwie schien Michal sie verantwortlich zu machen, vielleicht hing das aber auch mit den von Tomáš angedeuteten Erfahrungen mit Westlern zusammen. Viviane schätzte Michal auf Mitte bis Ende dreißig. Möglicherweise war er mit einer Deutschen verheiratet gewesen, er sprach wirklich fließend ihre Sprache, nur ein leichter Akzent verriet seine Herkunft. Nun, auch für diese Erfahrung, sollte sie denn negativ gewesen sein, konnte sie nichts und würde sich von ihm nicht weiter einschüchtern lassen.

Tomáš' Freundin, die in modische hellblaue Lederhosen und ein gleichfarbiges Top gekleidet war, wandte sich an Viviane: »Wen genau suchst du denn an unserer Uni? Ich studiere Betriebswirtschaft im vierten Semester und kann dir vielleicht helfen.«

»Das ist sehr nett von dir. Professor Straberger wurde mir von einem Münchener Musikwissenschaftler empfohlen, und ich treffe ihn am Sonntag. Es geht um eine Originalpartitur, die sich im Besitz meiner Tante befand. Die Notenblätter sehen schon sehr alt aus, und soweit ich das beurteilen kann, stammen sie aus dem 17. oder 18. Jahrhundert.« Michal sah sie aufmerksam an, gab aber keinen Kommentar ab.

Brankas Augen leuchteten. »Das hört sich geheimnisvoll an! Ich bin nicht aus dem Fachbereich, aber ich kann dir das Institut zeigen und dir helfen, falls du spezielle Informationen suchen möchtest.«

Tomáš gab seiner Freundin einen liebevollen Kuß auf die Wange.

»Sie ist toll, wenn es um das Beschaffen von Informationen geht. Ich bin zwar eigentlich der Computerfreak, aber sie kennt sich einfach besser im Internet und den Bibliotheken aus.«

»Du arbeitest mit Computern?« fragte Viviane.

»Vor vier Jahren habe ich meine eigene Firma gegründet. Inzwischen habe ich fünf Mitarbeiter. Wir verkaufen Computeranlagen, vor allem an größere Firmen, installieren und betreuen die dann natürlich auch.« Tomáš war sichtlich zufrieden mit seinem Geschäft.

Marika und Jakub waren mit Alois durch die Räume gefahren, um sich die Ausstellung anzusehen. Jakub schien den letzten Satz ihres Gespräches gehört zu haben, denn er bemerkte: »Unser Tomáš macht das richtig gut mit seinen Computern. Es ist zwar sehr traurig, daß keiner meiner Söhne das Familienhandwerk übernehmen wird, aber was soll ich machen? Obwohl, Michal, wann hast du den letzten guten Auftrag bekommen, eh?«

Michal runzelte die Stirn. »Hör auf, Vater. Es dauert eben, bis auch genügend Geld für größere Gartenanlagen da ist. Aber irgendwann werden auch Landschaftsarchitekten wieder gebraucht. Übrigens bin ich gefragt worden, ob ich den neuen Golfplatz östlich des Flughafens mitgestalten will.«

Jakub schnaubte verächtlich. »Golfplatz. Ein überflüssiger Zeitvertreib für Spinner. Exklusiver Schmuck wird immer gekauft, wir hatten mal einen großen Namen, und du könntest das Geschäft wieder zum Laufen bringen!«

»Mach dir doch nichts vor! Wer von den alten Juwelieren kann sich denn noch halten? Inzwischen verkaufen die doch alle die verdammten Glaswaren und den Granatschmuck an die Touristen. Ohne diese Einnahmen aus dem Fremdenverkehr könnte keiner hier überleben. Sieh es endlich ein – die reichen Russen kommen nicht mehr hierher, um Colliers und

Ringe und Uhren zu kaufen. Die kaufen jetzt bei Cartier in Paris, London oder New York. Prag ist eine Goldgrube für den Tourismus geworden, daran müssen sich alle gewöhnen. Hast du mal gesehen, wie sie die Touristen in Schlangen auf abgegrenzten Pfaden über den alten jüdischen Friedhof schleusen? Aber verdammt, was soll's, mit den Eintrittsgeldern werden die Unterhaltskosten bestritten, die Synagogen gepflegt. Ach, ich rede und rede, und du willst mich ja doch nicht verstehen! Entschuldigt mich.«

Damit drehte Michal sich um und verschwand zwischen den umstehenden Gästen, von denen einige die Köpfe zu den immer lauter Streitenden umgedreht hatten.

Jakub biß sich auf die Lippen und murmelte, daß er einen Bekannten suchen wolle. Tomáš grinste.

»Da bist du gleich Zeugin eines heftigen Familienstreits geworden. Nur zum besseren Verständnis: Michal hat das Goldschmiedehandwerk noch von Alois gelernt, wußte aber immer, daß er das nicht als Beruf ausüben würde. Seine Liebe galt von klein auf der Natur. Er hat Landschaftsarchitektur in Prag und Berlin studiert. Seine Entwürfe haben Preise gewonnen. Er hat wirklich was los auf seinem Gebiet. Dann hat er diese Michelle kennengelernt, eine bildschöne Französin, die hier ein Auslandssemester absolviert hat. Kurzum, er hat sich in sie verliebt, ist ihr sogar nach Frankreich gefolgt und dort, na ja, *c'est la vie,* hat sie ihn sitzenlassen. Er hat unheimlich gelitten, ist zurückgekommen und hat sich hier vergraben. Das gibt er natürlich nicht zu, aber so ist das.«

Branka nickte. »Ich verstehe Michal nicht, er sieht umwerfend aus.«

»Hey, hey, ich bin der, mit dem du hier bist!« flachste Tomáš.

»Also, er sieht einfach sehr gut aus, natürlich nicht so gut wie mein Tommi hier.« Branka streichelte seine Wange. »Und er könnte doch wieder Aufträge für ausländische Firmen übernehmen. Es werden nämlich immer mehr Landhäuser und Schlösser in Hotels oder Tagungszentren umgewandelt, und die Investoren lassen auch die alten Parkanlagen wieder herrichten.«

Viviane begann, Michal besser zu verstehen. Sie unterhielt sich noch einige Minuten mit Tomáš und Branka, bis diese sich verabschiedeten, weil sie noch ins »Duplex«, einen Nachtclub am Wenzelsplatz, gehen wollten. Viviane lehnte die Einladung der beiden dankend ab, sie wollte die Ausstellung noch einmal in aller Ruhe genießen. Sie nahm sich ein Glas Champagner vom Büfett und schritt langsam von Bild zu Bild, wobei Erinnerungen aus ihrer Kindheit aufstiegen, denn viele der Werke hatte sie während der Stadien ihrer Entstehung gesehen. Sie stand gerade vor einem düsteren Bild, in dessen Mittelpunkt zerbrochene Fahnen und umgestürzte Gebäude zu sehen waren, als sie spürte, daß jemand dicht hinter ihr stand. Bevor sie sich umdrehen konnte, wurde ihr eine Hand auf die Schulter gelegt, die sie an ihren Platz fesselte, und leise zischte eine männliche Stimme in ihr Ohr:

»Sie haben etwas, das Ihnen nicht gehört! Vergessen Sie das nicht!«

Viviane fuhr zusammen, fast hätte sie ihr Glas fallen lassen. Die Hand verschwand genauso schnell von ihrer Schulter, wie sie erschienen war, und als Viviane sich umdrehte, sah sie nur die sich angeregt unterhaltenden Besucher, die von ihr keine Notiz nahmen. Minutenlang starrte sie in die Menge, konnte aber niemanden entdecken, der sich auffällig benahm. Jiří Mec fing ihren Blick auf, hob sein Glas und prostete ihr zu. Sie lächelte und meinte, hinter Jiří einen Mann zu sehen, der ihr bekannt vorkam. Rasch drängte sie sich durch die Menschen, um den Mann im grauen Anzug nicht aus den Augen zu verlieren. Sie folgte ihm die Treppen hinunter und sah, wie er auf der Straße in ein Taxi stieg und davonfuhr. Natürlich konnte sie sich täuschen, aber dieser Mann war der Unbekannte auf Maries Beerdigung gewesen.

Ein Schauer lief über ihren Körper, der sie innerlich erzittern ließ. Was hatte das zu bedeuten? Worauf spielte der Mann an? Sie starrte wie hypnotisiert auf die Straße. Schneeflocken begannen vereinzelt vom nächtlichen Himmel zu fallen.

»Du siehst aus, als hättest du gerade einen Geist gesehen.« Michal nahm ihr das Glas aus der Hand, das sie immer noch festhielt. »Komm, ich bringe dich zu deinem Hotel zurück. Der Abend war lang und anstrengend für dich.«

Viviane widersprach nicht, ließ sich von Michal in den Mantel helfen und fuhr schweigend mit ihm durch die engen Gassen, in denen sich langsam der Schnee sammelte. Michal schaltete die Scheibenwischer ein.

»Der Schnee fällt früh dieses Jahr. Morgen solltest du einen Spaziergang entlang der Moldau machen und dann zum Rathausmarkt gehen.« Vorsichtig lenkte er den Wagen durch eine schmale Durchfahrt und hielt schließlich direkt hinter einem Taxi vor ihrem Hotel. Der Taxifahrer begann sofort, laut zu lamentieren, doch Michal ließ sich nicht aus der Ruhe bringen, winkte lässig ab und half Viviane aus dem Wagen.

»Danke, Michal.« Viviane begann in ihrem leichten Abendkleid zu frieren, und ihre Zähne schlugen aufeinander.

Michal hielt ihren Arm, um sie sicher über die glitschigen Pflastersteine zum Eingang ihres Hotels zu geleiten.

»Bis morgen dann.« Damit drehte er sich um und stieg in seinen Wagen, ohne den wütenden Taxifahrer eines Blickes zu würdigen.

Zitternd vor Kälte und Nervosität stand Viviane in der Lobby, schalt sich eine hysterische Person, holte ihren Zimmerschlüssel ab und ging zum Fahrstuhl. Als sie nach einem heißen Bad in ihrem Bett lag, ließ sie den Abend Revue passieren. Sie gestand sich ein, daß die Dinge sich wieder einmal anders entwickelt hatten, als sie es sich vorgestellt hatte. Sie war als Touristin nach Prag gekommen, lediglich mit dem Auftrag, einer Ausstellungseröffnung beizuwohnen. Daraus war eine sehr persönliche Begegnung mit den tschechischen Verwandten Josefs geworden, und dann dieser seltsame bedrohliche Mann! Bevor sie einschlief, dachte sie an die Noten, die sie in ihrem Zimmersafe verstaut hatte, und kam zu der Überzeugung, daß der Fremde eigentlich nur die Sonate gemeint haben konnte. Es gab sonst nichts von außerordentlichem Wert oder Bedeutung, das sich in ihrem Besitz befand.

Kapitel 6

Die Tasche mit den Noten drückte sie fest an ihren Körper. Mehrmals schon hatte sie sich umgesehen, dabei jedoch nur in die erstaunten oder teilnahmslosen Gesichter von Touristen gesehen. Wahrscheinlich dachten die, sie suche nach einer der vielen berühmten Sehenswürdigkeiten, oder sie hielten sie einfach für merkwürdig. Ihre Nervosität legte sich langsam, denn niemand schien ihr zu folgen, geschweige denn ein Interesse an ihrer Person zu haben. Es hatte zu schneien aufgehört. Die Stadt lag unter einer dünnen Schneedecke, die in der Morgensonne funkelte. Die Luft war klar, und Viviane sog sie tief in die Lungen, während sie den Blick über die ruhig dahinfließende Moldau gleiten ließ. Die Strömung ließ kleine Wirbel an der Wasseroberfläche entstehen, und Viviane ahnte, mit welcher Kraft das Wasser bei höherem Pegelstand durch das alte Flußbett drängen konnte. Langsam spazierte sie bis zur Karlsbrücke, an der sie auf die andere Straßenseite wechselte, um in die Altstadt zu gehen.

Auf dem Rathausmarkt, sie bewunderte zusammen mit einer Gruppe amerikanischer Jugendlicher pflichtgemäß die astronomische Uhr, wimmelte es von Menschen, die sich zwischen den kleinen Holzbuden drängten. Wurde sie angestoßen, griff sie automatisch fester um ihre Tasche. Wo war ihre Selbstsicherheit geblieben? Vielleicht hatte sie sich auf der Ausstellung verhört. Denn eigentlich konnte niemand außer ihrer Tante von den Noten gewußt haben. Sie hielt inne, die Kommode kam aus dem Besitz von Josef Habarts Familie. Aber das ergab wenig Sinn, schließlich hätten seine Verwandten schon vor Jahren nach dem Familienerbstück fragen können, und Marie hätte seinem Bruder die Kommode sicherlich nicht verweigert. Also waren es vielleicht doch nicht die Noten, auf die der Unbekannte, wenn sie seine Worte richtig verstanden hatte, es abgesehen hatte. Entschlossen ging Viviane zwischen einer Gruppe Spanier hindurch, besah sich die Auslage eines Holzschnitzers und kaufte mehrere handgefertigte Weihnachtsdekorationen, die sie verschenken wollte. Sie seufzte. Was sie dieses Weihnachten tun würde, wußte sie nicht. Im letzten Jahr war sie bei Marie gewesen und erst am zweiten Weihnachtstag zu ihren Eltern nach München gefahren.

Ihr Vater war noch immer auf Rhodos. Mit ihrer Mutter hatte sie über das heikle Thema bisher nicht gesprochen. Sie packte die kleine Tüte mit den Holzfiguren in ihre Tasche und suchte nach der Straße, in der die Universität lag. Die Karlsuniversität befand sich in einem historischen Gebäude, das zahlreiche Umbauphasen durchlaufen haben mußte. Heute schienen neugotische Stilelemente zu überwiegen. Etwas ratlos stand Viviane vor dem Eingang, denn die tschechischen Beschriftungen halfen ihr nicht weiter. Plötzlich ging die Tür auf und eine junge Frau, anscheinend eine Musikstudentin, denn sie trug einen Geigenkasten unter dem Arm, kam heraus. In gebrochenem Englisch erklärte sie Viviane, wo sich Professor Strabergers Büro befand.

Viviane ging durch die ehrwürdigen Gänge der aus dem 14. Jahrhundert stammenden Universität. Daß sie sich dem Institut für Musik näherte, kündete sich akustisch an, denn in den Proberäumen übten eine Sopranistin und ein Cellospieler. Viviane entdeckte schließlich Professor Strabergers Bürotür. Sie klopfte und wurde hereingebeten. Kolman Straberger war ein kleiner Mann mit einem Vollbart und ungepflegten Haaren, die auf dem Kragen seines karierten Hemdes auflagen. Eine abgewetzte Flanellhose und ausgetretene Lederschuhe deuteten darauf hin, daß er entweder keinen Wert auf sein Äußeres legte oder daß sein Gehalt bescheiden ausfiel. In einer Ecke des geräumigen Büros stand ein Spinett, die Wände wurden von Bücherregalen vollständig verdeckt, und auf zwei kleineren Tischen und den Stühlen lagen Ordner und Partituren.

Viviane stellte sich auf Deutsch vor, denn am Telefon hatte der Professor mit ihr in ihrer Heimatsprache gesprochen. Dennoch war sie überrascht, als der kleine Mann sie höflich in reinstem Hochdeutsch begrüßte. Er lächelte über ihre Verwirrung. »Sie sind doch Deutsche, nicht wahr? Obwohl ich glaube, einen leichten Akzent wahrzunehmen.«

Viviane nickte, nahm auf dem angebotenen Stuhl Platz, der einzige, dessen Sitzfläche nicht als Ablage benutzt wurde.

»Also, ich bin auf Empfehlung von Professor Richter aus München hier.« Sie holte die Partitur hervor und reichte sie Kolman Straberger, der sie interessiert durchblätterte und dabei nickte, während er ihren Erklärungen lauschte. Nachdem Viviane alles erzählt hatte, was sie über die Herkunft der Violinsonate wußte, saß sie wartend auf ihrem Stuhl.

Kolman Straberger schien die Musik im Geiste durchzuhören, denn er klopfte den Takt mit den Fingern auf seinem Bein, wobei er die Augen halb geschlossen hielt. Viviane zwang sich zum geduldigen Warten, obwohl sie mehr als gespannt auf den Kommentar des Fachmannes war. Endlich blickte der Wissenschaftler auf.

»Bemerkenswert, wirklich, höchst bemerkenswert! Warum hat mein Kollege Sie geschickt, sagten Sie? Ich kann nicht verstehen, daß er sich das hier hat entgehen lassen. Unglaublich, nein, im höchsten Maße unfaßbar!«

»Professor Richter hatte nicht genügend Zeit, und er ist wohl nicht auf diese Epoche spezialisiert, soviel ich weiß.«

Straberger hatte sich schon wieder in die Noten vertieft. »Hmm, ja, ja.«

Es klopfte an der Tür, und ein junger, nervös wirkender Mann trat ein. Er reichte Straberger eine Mappe, die dieser rasch durchsah und dann nickte. Glücklich strahlend verließ der Mann daraufhin das Büro.

»Er ist zum Examen zugelassen, begabter Mensch, sollte mich nicht wundern, wenn wir demnächst aus internationalen Konzertsälen von ihm hören. Wir sind mitten in den Examensvorbereitungen, deshalb kommen die Studenten auch heute zum Üben. Äh, ja, zu Ihrem Fund.« Er sah sie aufmerksam an, wobei er sich über den grauschwarzen Bart strich. »Ich muß mir die Noten natürlich genau ansehen, Vergleiche anstellen und so weiter, aber wenn sie das sind, wofür ich sie halte, dann ja ...« Nachdenklich warf er erneut einen Blick auf die Blätter in seinen Händen.

»Ja?« wagte Viviane nachzufragen.

»Im Moment möchte ich nicht mehr sagen, ich brauche Beweise für meine Theorie. Ich versichere Ihnen, daß Ihre Reise hierher und Ihr Vertrauen in mich nicht umsonst waren! Wie kann ich Sie erreichen? Wie lange ich brauchen werde, kann ich noch nicht sagen, ich melde mich bei Ihnen, wenn Sie mir die Noten überlassen wollen.«

»Aber ja, ich bin sehr an der Klärung ihrer Bedeutung interessiert. Glauben Sie, daß der Komponist ein Tscheche war?« Sie schrieb ihm ihre Adresse und Telefonnummer auf einen Zettel.

»Gut möglich. Dieser Fund ist ungeheuerlich. Frau Byrne, Sie haben einem Wissenschaftler mit diesem Rätsel eine unschätzbare Freude gemacht. Ich danke Ihnen und wünsche Ihnen noch einen angenehmen Aufenthalt in unserer Stadt. Sie hören von mir.« Damit stand Kolman Straberger auf und begleitete Viviane zur Tür.

Langsam und nachdenklich ging sie durch die verschneiten Straßen, ohne auf den Weg zu achten. Was war nur das Besondere an den Noten, die sie beim Spielen in eine andere Welt versetzt hatten, auf das auch Straberger sofort gestoßen zu sein schien? Die Hauptmelodie war wunderschön in ihrer ergreifenden Wehmut. Dem Wissenschaftler konnte es nicht um persönliche Erinnerungen gehen, die mit der Musik verknüpft waren, denn die Noten hatte er heute zum ersten Mal gesehen. Es mußte also an der Musik liegen. Da er sie nicht gespielt hatte, nahm Viviane auch nicht an, daß er die große Gefühlsbetontheit der Noten meinte. Wahrscheinlich hatte sie zu viel in die Musik hineininterpretiert. Schließlich war sie äußerst angespannt gewesen, als sie die Noten auf der Querflöte gespielt hatte.

Viviane ging durch eine der malerischen Gassen Prags, ohne auf die entgegenkommenden Menschen zu achten. Sie war einfach eine hoffnungslose Träumerin. Hatte sie jemals ein Ziel, das sie sich gesetzt hatte, bis zum Ende verfolgt? Die Frage mußte besser lauten, ob sie sich überhaupt je ein solches Ziel, für das es sich zu kämpfen gelohnt hätte, ausgesucht hatte. Ihr Magen knurrte. Sie schaute sich um und fand sich in einer engen Gasse, die in Richtung des Wenzelsplatzes führte. Rechter Hand lag ein vegetarisches Restaurant, dessen Karte verlockend aussah. Sie trat durch einen Torbogen, der auf einen kleinen Innenhof führte, und von dort in das Restaurant, in dem anscheinend viele Einheimische aßen, ein gutes Zeichen.

Mit einem Teller voller Gemüse und vegetarischer Bratlinge setzte sie sich an einen der langen Tische. Erst jetzt merkte sie, wie durchgefroren sie war. Das heiße Essen belebte ihre Sinne. Sie dachte an Bristol und an Greg. Zwei junge Leute an einem Nebentisch tauschten verliebte Blicke aus. Viviane fand, daß sie um ihre Ehe gekämpft hatte. Alles hatte sie darangesetzt, für sich und Greg eine neue Basis zu schaffen, aber wenn sie ehrlich war, hatte es eine solche gemeinsame Basis nie gegeben. Sie hatte nur jahrelang die Augen vor der Wirklichkeit verschlossen. Du bist eine verdammte Opportunistin, Viviane, dachte sie, als sie sich ihren warmen Mantel überzog. Als sie auf die Straße trat, war es fast dunkel, die weihnachtliche Beleuchtung warf einen warmen Glanz auf das Pflaster. Bis zum Abendessen mit den Habarts blieb ihr noch genügend Zeit für einen Rundgang, und sie entschloß sich zu einer Besichtigung des alten jüdischen Friedhofes und der Synagogen.

Nachdem sie durch die Josefstadt gegangen war, schaute sie sich den Zeremoniensaal, einen Teil des jüdischen Museums, neben dem Friedhof an. Anschließend ging sie um die lange graue Mauer herum, die den Friedhof eingrenzte, und trat von der anderen Seite ein. Es hatte wieder zu schneien begonnen, und nur wenige Lichter erhellten die schmalen abgegrenzten Wege zwischen den unzähligen Grabsteinen. Sie hatte gelesen, daß hier die Gräber einiger berühmter Rabbiner lagen, und war nicht überrascht, als sie kleine Steine auf den Grabsteinen sah, die Besucher im Gedenken an die Verstorbenen abgelegt hatten. Sie schien die einzige Besucherin zu dieser späten Stunde zu sein, doch dann hörte sie das Eingangstor quietschen und drehte sich um, konnte jedoch niemanden entdecken. Unbewußt beschleunigte sie ihre Schritte. Als sie innehielt, um das Grab von Rabbi Löw anzusehen, schien hinter ihr ebenfalls jemand anzuhalten. Sie machte zwei Schritte und blieb erneut stehen. Wieder hörte sie Schritte, die sich den ihren anzupassen versuchten.

»Finden Sie das witzig?« fragte sie laut auf Englisch in den dichter fallenden Schnee, bekam jedoch keine Antwort.

Sie mußte fast am Ausgang angelangt sein, denn ein Wachmann kam auf sie zu, um zu fragen, ob alles in Ordnung sei. Sie deutete in die Dunkelheit und bat den Mann, nach einem weiteren Besucher Ausschau zu halten, doch er kehrte nach wenigen Minuten kopfschüttelnd zurück.

»Nein, Madam, niemand ist dort, Sie waren die letzte heute. Kommen Sie, wir schließen jetzt ab.«

Viviane warf einen letzten Blick zurück auf den still in der Dunkelheit liegenden Friedhof, auf dem sich nichts rührte, außer den fallenden Schneeflocken. Inzwischen drängte die Zeit, denn sie wollte sich vor dem Abendessen noch umziehen. Etwas unsicher in Bezug auf die angebrachte Garderobe wählte Viviane eine schwarze Hose und einen feinen beigen Pullover. Sie ließ die blonden Haare lose auf die Schultern fallen und wollte eben nach ihrer Handtasche greifen, als ihr Handy klingelte.

»Mutter, ja, es geht mir gut, alles glatt gegangen bei der Ausstellungseröffnung.«

»Sehr schade, daß ich keine Zeit hatte, ich hätte dich furchtbar gern begleitet.«

Das konnte sich Viviane lebhaft vorstellen, hätte der festliche Empfang ihrer Mutter doch ein hervorragendes Podium geboten.

»Ich bin ein wenig in Eile, die Habarts haben mich zum Essen eingeladen, und ich werde gleich abgeholt.«

»Tatsächlich? Dann will ich dich nicht aufhalten. Hast du schon über deine Pläne für Weihnachten nachgedacht?« Irgend etwas in der Stimme ihrer Mutter irritierte Viviane.

»Nicht wirklich. Ich kann dazu momentan nichts sagen, überhaupt, weißt du, dieses Jahr, wo Marie gestorben ist …«

»Sicher, war nur eine Frage. Viel Spaß heute abend. Ruf mich an, wenn du zurück bist.«

Leicht verunsichert beendete Viviane das Gespräch. Das hatte so gar nicht nach ihrer Mutter geklungen. Wurde sie auf einmal sentimental? Arno war noch nicht wieder zurück, wahrscheinlich hatte sie Angst, an den Festtagen allein in ihrer durchgestylten Wohnung zu sitzen. Ihren Freundinnen konnte sie kaum erzählen, daß ihr Mann es vorzog, auf Rhodos zu überwintern, und ihre Tochter womöglich lieber allein blieb, als zu ihrer eigenen Mutter zu fahren.

In der Lobby entdeckte sie sofort Michals schlanke Gestalt zwischen den Gästen. Er drehte sich um und schenkte ihr ein strahlendes Lächeln, als sie die Treppen herunterkam. Ein verdächtiges Kribbeln regte sich in ihrer Magengegend, das sie zu ignorieren suchte, denn sie wollte sich nicht wie bei Greg einfach von ihren Gefühlen mitreißen lassen, ohne Rücksicht auf die Umstände, die einfach alle gegen eine solche Verbindung sprachen. Außerdem war Michal bestimmt nur höflich, weil sein Bruder ihn gebeten hatte, sie abzuholen.

Die Wohnung der Habarts lag auf der Malá Strana, der Kleinseite, von Prag. Michal erklärte ihr, daß zu Zeiten von Fürsten und Königen ein Zoll auf die Waren aufgeschlagen wurde, wenn sie über die Brücke in die Stadt eingeführt wurden. Deshalb ließen sich viele Kaufleute auf der Malá Strana nieder und verkauften ihre Waren dort, um den Zoll zu umgehen. Als alteingesessene Juweliere besaß die Familie seit vielen Generationen ein Wohnhaus auf der Kleinseite, das heute durch seine malerische Lage mit Blick auf die Moldau einen erheblichen Wert als Immobilie gewonnen hatte. Das Wohnhaus stellte sich als dreistöckiger barocker Bau dar, in dem sich mindestens fünfzehn Wohneinheiten befinden mußten. Da guter Wohnraum in Prag, wie in allen Städten, teuer war, hatten Tomáš und Michal je eine eigene Wohnung in dem historischen Gebäude. Die Eltern bewohnten zusammen mit Alois einen Großteil des zweiten Stockwerkes.

Sie gingen direkt in die Wohnung von Michals Eltern, in der es nach gebratenem Fleisch und Backwaren duftete. Michal nahm ihr den Mantel ab und führte sie über einen langen Flur ins Wohnzimmer, in dem Jakub und Alois an einem Kachelofen saßen und alte Fotos durchsahen. Bei Vivianes Eintreten sahen die beiden auf und winkten sie heran.

»Mein Vater hat Bilder aus seiner Jugendzeit gefunden. Hier, sieh nur, da steht er mit Josef und Marie vor der Burg Karlstein. Die war schon damals ein beliebtes Ausflugsziel.«

Viviane nahm das Schwarzweißfoto aus Jakubs Hand entgegen und sah eine zierliche Marie, deren hübsches Gesicht Josef anlachte. Ihre hellen Locken flogen im Wind. Sie stand in der Mitte von Josef und Alois. Die beiden Brüder sahen sich sehr ähnlich und hatten beide ihren Arm um Marie gelegt. »Juli 1937« stand auf der Rückseite des Fotos.

»Sie waren so jung«, sagte Viviane leise und strich über die Gesichter auf dem Bild.

Alois beobachtete Viviane. Was sie sagte, konnte er nicht verstehen, doch er spürte, was sie dachte. Wie lang war es her, daß er sich so jung und voller Kraft gefühlt hatte. Zu dritt waren sie zur Burg hinaufgefahren. Josef hatte sich einen Wagen von einem Freund geliehen. Noch war die Anwesenheit der Deutschen nicht als bedrohlich angesehen worden, doch die Stimmung änderte sich. Marie war oft sehr still, wenn sie ihre Landsleute großspurig auf den Straßen daherspazieren sah. Bedrückt schaute sie zur Seite, wenn sie ein Lokal betraten, in dem die Deutschen wie selbstverständlich die besten Plätze für sich beanspruchten. An diesem Sommertag war von den politischen Veränderungen nichts zu merken gewesen. Die Burg gehörte noch den Tschechen und heute den Ausflüglern. Sie waren nichts weiter als junge unbeschwerte Menschen, die das Leben genossen. Wenn sie lachte, bog sie den schlanken Hals zurück, und kleine Grübchen zeigten sich auf ihren Wangen. Wann Alois zum ersten Mal den schmerzhaften Stich der Eifersucht in seinem Herzen gefühlt hatte, wußte er nicht mehr. Vielleicht in dem Moment, in dem er Marie zum ersten Mal gesehen hatte. Seine linke Hand begann, unkontrolliert zu zittern. Jakub sah ihn an und schien eine der vielen Pillen holen zu wollen, die Alois Tag für Tag schluckte und die doch nicht heilten, sondern nur verzögerten. Sie konnten die Natur nicht aufhalten. Die Krankheit hielt ihn in ihren eisernen Klauen, aus denen es kein Entrinnen gab. Alois runzelte die Stirn und schüttelte abwehrend den Kopf. Er wollte jetzt nicht abgelenkt werden. Jeden Augenblick, in dem er sie sehen konnte, wollte er auskosten. Sie stieß die Türen seiner Erinnerung auf, die er gewaltsam verschlossen gehalten hatte und die sich nun mit Macht öffneten und die Bilder auf ihn einströmen ließen.

Michal hatte ein Glas Sherry geholt, das er Viviane reichte. »Einen Aperitif?«

»Danke.« Sie nippte an dem Glas.

Alois sah sie an. Jakub übersetzte, was er dann sagte.

»Es ist so lange her, aber ich erinnere mich noch genau an diesen Tag. Josef hat mir gesagt, daß er und Marie heiraten würden. Er war zwanzig damals und, wie ich fand, viel zu jung zum Heiraten. Aber ...« Er schwieg. Alois schien mit den Gedanken in einer Vergangenheit zu weilen, die den Anwesenden verschlossen war.

Marika trat in das Wohnzimmer, dessen antike Möbel von vergangenem Wohlstand zeugten. In einer Vitrine standen farbige Glaspreziosen und daneben lagen verschiedene Schmuckstücke. Sie trug ein elegantes dunkelblaues Kostüm.

»Darf ich zu Tisch bitten? Wo sind denn Tomáš und Branka?« Marika sah Michal fragend an.

»Sie kommen sicher gleich. Ist doch nichts Neues, daß Tomáš zu spät kommt.« Michal zuckte mit den Schultern.

Marika runzelte verärgert die Stirn. Viviane beeilte sich zu fragen: »Kann ich dir helfen? Vielleicht beim Auftragen?«

»Das ist sehr freundlich von dir. Eigentlich bist du ja unser Gast, aber da Branka noch nicht da ist, und in der Küche hat sie sowieso zwei linke Hände ... Bitte, dann hilf du mir.«

Die Küche war geräumig und verfügte neben einem modernen Herd auch über einen alten mit Feuer zu heizenden Ofen. Marika sah Vivianes Blick.

»Den habe ich aus reiner Sentimentalität hier stehengelassen. Schon Jakubs Großmutter hat damit gebacken.« Sie strich über die emaillierte Außenfläche. »Er hat eine Menge erlebt, genau wie dieses alte Haus.« Sie hantierte mit einigen Töpfen. »Wenn du magst, kannst du das Gemüse in die vorgewärmten Schüsseln geben. Ich kümmere mich um die Fleckerlsuppe.«

Einträchtig arbeiteten die beiden Frauen in der Küche nebeneinander, und Viviane fühlte sich etwas mehr angenommen von der spröden Marika. Tomáš und Branka erschienen unter vielen Entschuldigungen zum Hauptgang, der aus einem knusprigen Schweinebraten, Sauerkraut und Knödeln bestand. Viviane war so reichhaltiges Essen nicht gewohnt und kämpfte mit ihrer großzügigen Portion.

Branka bemerkte das und sagte: »Laß ruhig liegen, was du

nicht schaffst, es ist dir niemand böse deswegen. Ich kann auch nicht so viel essen, obwohl Marika das nicht glauben will.«

Marikas strafender Blick traf sie. »Ihr jungen Dinger seid viel zu dünn. Wie willst du jemals einen Haushalt führen, wenn du selbst nicht richtig kochen kannst!«

Tomáš lachte. »Maminka, wir leben im 21. Jahrhundert. Es gibt jetzt Fast food und Pizza-Service!«

Michal goß Wein nach, und Jakub tätschelte seiner Frau die Hand. »Laß doch, Milenka, die Jungen kommen schon klar, genau wie wir damals.«

Alois wischte sich den Mund mit seiner Serviette ab. »Damals, jaja. Wir waren froh, wenn es überhaupt Fleisch zu essen gab. Was gibt es denn als Dessert? Ich rieche Liwanzen!«

Branka übersetzte, und Viviane war erstaunt, wie lebhaft sich Alois manchmal an der Unterhaltung beteiligte. Meistens schien er in Gedanken versunken, um dann plötzlich wieder aktiv am Geschehen teilzunehmen. Sie mochte den alten Mann, wie überhaupt die gesamte Familie, die sich trotz kleiner Streitereien gut verstand. Branka entwaffnete Marika mit ihrer fröhlichen, direkten Art, Tomáš schien vor nichts und niemandem Respekt zu haben, und Michal hüllte sich in Schweigen, sobald sich ein kontroverses Gespräch anbahnte. Jakub spielte nicht noch einmal auf das Familiengeschäft an, und Marika erklärte Viviane, wie man böhmische Liwanzen zubereitet, eine süße Spezialität aus Hefe, die mit Powidl, einem Mus aus Backpflaumen, bestrichen wurde.

Nach dem deftigen Essen gingen alle hinüber ins Wohnzimmer und tranken Espresso, den Branka zubereitet hatte.

»Mit einer Espressomaschine kann ich hervorragend umgehen. Das ist doch schon was!« Sie grinste Viviane an und setzte sich zu Tomáš auf ein großes Plüschsofa.

Alois hatte mit seinem Sohn gesprochen, der kurz den Raum verlassen hatte und nun mit einem kleinen Schmuckkästchen, das er Alois übergab, zurückkam. Der alte Mann bedeutete Viviane, zu ihm zu kommen, öffnete das kleine Kästchen und zeigte ihr ein Paar filigran gearbeitete goldene Ohrringe, an deren Ende jeweils ein bläulicher Stein hing.

Die Steine hatten die Farbe von Maries Augen, und diese junge Frau hatte ihre Augen. An jenem Sommertag hatte Josef sich auf die Burgmauer gestellt und allen Besuchern mit lauter Stimme verkündet, daß er sich verheiraten werde. Die Frau, die er liebte, stände direkt vor ihm. Die fremden Leute hatten geklatscht, und Marie war vor Verlegenheit errötet, doch sie hatte Josefs Antrag angenommen. Genau wie damals fühlte Alois, wie sich etwas Kaltes um sein Herz legte. Er hatte mit ihnen gelacht und seine zukünftige Schwägerin umarmt und geküßt. Marie hatte mit dem Rücken zur Sonne gestanden, und ihre blauen Augen hatten einen unergründlichen Ausdruck angenommen. Lange suchte Alois später nach den Edelsteinen, die genau die Farbe hatten, die er an jenem Tag in Maries Augen gesehen hatte. Obwohl er Maries Nichte nicht kannte, sah er dieselben Zweifel und dieselbe Kraft in ihren Augen. Doch sie schien es nicht zu wissen. Sie wirkte so verloren. Er drückte ihr das Schmuckkästchen in die Hände und sah sie lange an.

Jakub erklärte Viviane, es handele sich um Aquamarine und Alois habe sie ausgewählt, weil sie die Farbe von Maries Augen hätten. Viviane dankte dem alten Mann, der zu ihrer Tante offensichtlich eine größere Zuneigung gehegt hatte, als es einem Schwager zugekommen wäre.

Kurz darauf verabschiedete sich Alois, für den der Tag länger als gewöhnlich gewesen war, und auch Tomáš und Branka waren in Aufbruchstimmung. Tomáš schlug vor, gemeinsam ins »Duplex« zu gehen, den trendigen Club in der Nähe von Vivianes Hotel. Michal schien erst wenig begeistert von der Idee, ließ sich von seinem Bruder aber schließlich überreden. Viviane, die nur noch einen Tag in Prag vor sich hatte, verabschiedete sich herzlich von ihren großzügigen Gastgebern und versprach, in Kontakt zu bleiben.

Bei den Habarts hatte sie von ihrem Besuch bei Professor Straberger nichts erzählt. Als Branka sie auf dem Weg in die Stadt jedoch fragte, ob sie wegen der Noten schon etwas unternommen hätte, berichtete Viviane von ihrem Gespräch und dem Gefühl, verfolgt zu werden.

»Das ist schon seltsam. Aber warum sollte jemand wegen ein paar alter Noten einen solchen Aufstand machen? Vorausgesetzt, es geht tatsächlich um die Noten.«

Michal war weniger überrascht. »Wenn es sich um eine Originalpartitur handelt, ist die sehr wertvoll, vom wissenschaftlichen Aspekt ganz zu schweigen.«

»Unser Experte! Na los, auf geht's, wir wollen das Tanzbein schwingen und die Knödel wieder abtrainieren!« Tomáš hieß die anderen, vor ihm durch den Eingang zu gehen. Er kannte den Türsteher, und sie wurden sofort nach oben in den eleganten Club gelassen, in dem eine ausgelassene Stimmung herrschte.

Branka und Tomáš zogen Viviane mit sich auf die Tanzfläche, die sie nach wenigen Minuten außer Atem verließ. Michal saß an der Bar und schob ihr ein Glas Mineralwasser zu.

»Was willst du trinken? Das hier ist nur ein Wasser.«

Viviane wischte sich die Stirn und zupfte an ihrem Pullover. »Nicht die richtige Kleidung. Wasser ist gut, danke.«

»Wann fährst du morgen?« Michal drehte sein Bierglas in den Händen.

»Gegen fünf Uhr, ja, um die Zeit ungefähr.« Sie setzte sich auf den Barhocker neben Michal und versuchte, so beiläufig wie möglich zu klingen, denn es überraschte sie, daß er sie das fragte.

»Hat dir Prag gefallen? Du hast eine Menge erlebt und sogar einige deiner tschechischen Verwandten kennengelernt.« Er sah sie unverwandt an, und sie entdeckte, daß winzige grüne Punkte im Braun seiner Augen schimmerten.

»Es war alles ganz anders, als ich es mir vorgestellt hatte. Aber das ist meistens so, denke ich. Ich hatte keine Ahnung, daß Alois so große Gefühle für Marie hegte. Sie hat nie etwas gesagt. Alois hat dann aber geheiratet?«

»Nikola, meine Großmutter. Sie starb vor einigen Jahren. Sie haben für damalige Verhältnisse spät geheiratet, aber es waren auch schwierige Zeiten. Dann kam der Krieg und dann die Kommunisten.«

»Es tut mir leid.« Sie fühlte sich aus einem Gefühl nationaler Schuld heraus verantwortlich.

Michal winkte ab. »Unsinn, wie soll dir etwas leid tun, für das du nicht verantwortlich bist? Was ist das überhaupt für eine Geschichte mit dieser Sonate?« lenkte er ab.

Viviane erzählte ausführlich, wie sie in den Besitz der Noten gelangt war. »Ich habe sie gespielt. Die Musik ist so voller Gefühle, daß es mich erschreckt hat.«

»Du hast sie gespielt?«

»Auf der Flöte, ich spiele Querflöte.«

»Oh, du liebst Musik? Ich meine, klassische Musik?«

»Sehr sogar. Ich gebe Unterricht, mein Nebenverdienst.« Sie trank einen Schluck, um seinem Blick, der sie verunsicherte, auszuweichen.

Tomáš und Branka kamen an den Tresen, und das Gespräch wurde weniger persönlich. Die Musik war gut, wenn auch laut, und Viviane merkte, wie müde sie der Tag und die Anspannung gemacht hatten. Sie erhob sich wenig später und verabschiedete sich von Tomáš und Branka, für die der Abend erst anfing. Die beiden versicherten ihr, daß sie jederzeit willkommen sei und sich sofort melden solle, wenn sie wieder nach Prag käme. Michal half ihr in den Mantel.

»Ich bringe dich zu deinem Hotel. Für mich wird es auch Zeit, ich habe morgen eine Besprechung mit den Golfplatzarchitekten, die mein Vater so wenig schätzt.«

Er hielt ihr die Tür auf, und sie traten auf die belebte nächtliche Straße. Überall leuchteten Reklameschilder, die die Touristen in Diskotheken, Casinos und Wechselstuben locken sollten. Ihr Hotel lag am unteren Ende des großen Platzes. Michal sprach von seinen Plänen für die Gestaltung der Natur um den Golfplatz, und Viviane verstand, daß seine Liebe für diese Arbeit echt war und er das Geschäft seines Vaters nie übernehmen würde.

»Warum gehst du nicht ins Ausland? Dort gibt es doch sicher bessere Möglichkeiten für Landschaftsarchitekten.«

»Ich war für zwei Jahre in Frankreich«, sagte er knapp.

Viviane erinnerte sich an das, was Tomáš ihr über die gescheiterte Beziehung seines Bruders zu Michelle gesagt hatte, und schwieg.

Vor ihrem Hotel hielten sie an, und Michal nahm ihre Hand in die seine. »Es hat mich gefreut, dich kennenzulernen, Cousine Viv.« Das »v« am Ende ihres Namens sprach er weich aus. Er beugte sich vor und küßte sie sanft auf die Lippen.

Stille Wasser sind tief, dachte Viviane, die den Kuß ganz gegen ihren Willen gern erwidert hätte. Statt dessen sagte sie: »Das war aber nicht sehr verwandtschaftlich, lieber Cousin.«

»Nein, das war es nicht. Gute Reise, Viv!« Damit ließ er sie stehen und ging, die Hände in den Manteltaschen vergraben, zügig über den Platz.

Sie sah der schlanken Gestalt hinterher, die rasch zwischen den Holzbuden verschwand. Michal war ein Mann, den sie nicht einordnen konnte. Auf der einen Seite war er abweisend, schweigsam und schien sie aufgrund ihrer Herkunft abzulehnen, und jetzt das! Nun, es war müßig, darüber nachzudenken, denn morgen fuhr sie zurück nach Hause.

Kapitel 7

Sei vorsichtig, Daniela, es ist sehr glatt heute!« Viviane sah dem elfjährigen Mädchen hinterher, das viel zu schnell über die überfrorenen Steine lief, den Flötenkasten in der einen Hand balancierend, die Notenmappe in der anderen.

»Jaja, bis nächste Woche! Ich werde auch üben dieses Mal, versprochen!« Die Kleine schlitterte beängstigend schnell durch das Gartentor, doch Viviane mußte schmunzeln, denn das Versprechen machte Daniela jedes Mal, wenn sie den Unterricht verließ.

Viviane schaute auf die Uhr, sie hatte eine Stunde Zeit, bis der nächste Schüler kam, daran war eine Absage schuld. Bei dem frostigen Wetter konnte sie jedoch verstehen, daß die Mutter sich scheute, ihr Kind über die Nebenstraßen, die weniger gut gestreut wurden als die Hauptstraßen, zum Unterricht zu bringen. Sie ging wieder ins Wohnzimmer, in dem der Notenständer noch aufgebaut war. Miko hatte sich in ihr Schlafzimmer verzogen, denn die teils quietschenden Töne ihrer Schüler belasteten sein empfindliches Gehör. Aus einem Impuls heraus holte sie die Kopien der Violinsonate hervor und begann zu spielen. Sie gestand sich ein, daß sie sich fürchtete, erneut mit den ungewohnten Emotionen, die sie überwältigt hatten, konfrontiert zu werden.

Heute jedoch fühlte sie sich stärker, gefaßter. Sie hatte begonnen, Maries Tod zu verarbeiten und die Zeit, die sie mit ihr und auch Josef verbringen durfte, als Geschenk anzunehmen. Es war Maries Wunsch gewesen, daß sie sich der Sonate besonders annahm, und das wollte sie tun. Wie bei jenem ersten Mal, so perlten auch heute die Töne klar durch den

Raum. Die Melodie kam Viviane bereits so vertraut vor, als hätte sie sie schon lange gekannt. Und heute hatte sie das Gefühl, als wolle die Musik ihr etwas mitteilen. Viviane ließ die sehnsuchtsvolle Melodie des Adagio cantabile anklingen und tauchte ein in die Welt dieser Musik. Daß diese Musik aus einer längst vergangenen Epoche stammte, wußte Viviane, und dennoch schien es fast irreal, wie nah sie sich der Vergangenheit fühlte, während sie die Melodie spielte. Beim ersten Mal hatte sie vor allem Sehnsucht, Wehmut und Leidenschaft beim Spielen verspürt. Dieses Mal jedoch ergriffen sie Angst und Verzweiflung. Hier drängte sich etwas in ihr Leben, das sie nicht erklären konnte.

Die Türglocke schellte, und in der folgenden Stunde war sie mit dem Abhören von Tonleitern und Fingerübungen beschäftigt. Sie schrieb Frank, ihrem Schüler, gerade auf, welche Etüden er noch einmal üben sollte, als es erneut an der Tür klingelte. Frank sah sie an, und sie nickte.

»Schon gut, das war's für heute. Ihr fahrt in die Ferien, oder? Dann wünsche ich euch ein schönes Fest. Bis zum nächsten Jahr!«

»Danke, Frau Byrne, wünsche ich Ihnen auch! Auf Wiedersehen!« Der schlaksige Junge schnappte sich Jacke und Instrument und ging mit ihr zur Tür. Auf der überfrorenen Schwelle stand Greg, ihr Exmann. Viviane war sprachlos. Gregory hielt einen riesigen Strauß Blumen in den Händen.

»Sorry, Darling, vielleicht sind sie jetzt alle erfroren. Du hast mich so lange warten lassen.« Bevor er ihr den Strauß bunter Tulpen überreichte, umarmte und küßte er sie herzlich und trat dann wie selbstverständlich in das Haus.

Viviane faßte sich schnell, obwohl sie nicht wußte, ob sie sich über den unangekündigten Besuch freuen sollte. Er sah blendend aus. Vielleicht waren die Falten um Mund und Augen tiefer geworden, doch sein Lächeln war genauso charmant wie immer und versetzte ihr einen kleinen Stich in der Magengegend. Die blonden Haare trug er etwas kürzer, und sein Gesicht sah voller aus, aber als er sie ansah, kamen die alten Gefühle wieder, und Viviane machte sich an den Blumen zu schaffen.

»Ich stelle sie eben ins Wasser. Du kennst dich ja aus. Geh schon ins Wohnzimmer.«

Sie kam aus der Küche zurück und stellte die große Vase mit dem leuchtenden Strauß auf den Tisch vor dem Kamin. Greg hatte Holz nachgelegt und es sich in einem der Rattansessel bequem gemacht.

»Du hast eine Menge verändert.« Er ließ den Blick durch den Raum schweifen. »Sieht gut aus. Ich wußte gar nicht, daß du eine derart gute Innenarchitektin bist.«

»Möchtest du Tee oder Kaffee?« Sie überhörte die Bemerkung.

»Lieber etwas Stärkeres. Ein Whisky wäre genau das richtige.« Er grinste. »Keine Sorge, ich habe alles im Griff.«

Viviane holte ein Glas und schenkte ihm einen Schluck Lafroaig ein, den ihr Vater ihr vor langer Zeit aus Schottland mitgebracht hatte. Da sie selbst nur äußerst selten Whisky trank, hob sie die Flasche für Besucher auf.

»Hier, bitte. Ich mache mir keine Sorgen mehr um dich, Greg, das habe ich lange genug getan. Es gibt doch sicher eine oder mehrere Nachfolgerinnen, die das übernehmen können.« Sie setzte sich auf das Sofa und hob Miko, der neugierig auf den Besuch aus dem Schlafzimmer heruntergekommen war, auf ihren Schoß.

Greg nahm einen Schluck des alten Whiskys und nickte zustimmend mit Kennermiene. »Ein hervorragender Tropfen. Von Arno, stimmt's?«

Viviane sagte nichts.

»Ich weiß, daß er nie viel von mir gehalten hat, und ich nehme es ihm nicht übel. Ja, es gibt wieder jemanden in meinem Leben, aber das kann man nicht mit uns vergleichen, weißt du.«

Miko begann zu schnurren, und Viviane fühlte sich sicher

und behaglich in ihrem Haus. Greg konnte sie nicht länger verunsichern.

Er schien keine Antwort zu erwarten und fuhr fort: »Sie ist erst zweiundzwanzig und liebt Partys und Designerklamotten, und sie reist gern.«

»Das klingt doch nach genau der richtigen Frau für dich, warum bist du nicht zufrieden?«

»Tja, ich weiß auch nicht, seit du weg bist, hat sich mein Leben verändert, irgendwie hast du mir die Lust am Nichtstun verdorben. Ich mache mir tatsächlich Gedanken um meine Ausgaben und bin sauer, wenn Sybill mal wieder meine Kreditkarte über Gebühr strapaziert hat.« Er sah sie hilfesuchend an. »Ich bin wirklich ein neuer Mensch geworden.«

Viviane lachte. »Das kann ich einfach nicht glauben, Greg. Du bist nur älter geworden. Wir hatten unsere guten Zeiten, und die möchte ich nicht missen, aber sie sind vorbei.«

Er fuhr sich durch die blonden Haare. »Ja, sie sind vorbei, aber ich wollte dir zumindest sagen, daß ich ein Idiot war. Das weiß ich jetzt. Hmm …« Er räusperte sich. »Wie kommst du klar? Marie und du, ihr wart euch so nahe.«

Sie schluckte und sah ihn dann direkt an. »Manchmal tut es immer noch sehr weh, aber ich bin so glücklich hier, in ihrem Haus. Das Renovieren hat mir Spaß gemacht, und sie wäre zufrieden, wenn sie sehen könnte, was ich aus dem Garten und dem Haus gemacht habe.«

»Was ist mit Josefs Atelier? Das kam mir immer wie ein Museum vor.«

Viviane legte Miko zur Seite und stand auf. »Komm mit, ich zeige es dir.«

Greg staunte, als er die wohlausgestattete Restaurierungswerkstatt sah. Vivianes Kunden waren mehr als zufrieden mit ihrer Arbeit gewesen und hatten sie weiterempfohlen. Jetzt standen mehrere Schränke und Tische in der Werkstatt, um von ihr überarbeitet zu werden. Greg strich über einen abgebeizten Schrankaufsatz.

»Wow, sieht professionell aus! Ich dachte immer, das wäre nur so ein Spleen von dir. Aber leben kannst du davon nicht, oder?«

Sie legte einen Hobel zurück an seinen Platz. »Noch nicht, aber der Flötenunterricht hilft, und dann habe ich ja etwas geerbt und mein Exmann hat mich großzügig abgefunden.«

Er nickte und legte ihr eine Hand auf die Schulter. »War nur fair. Hey, ich habe dein Dach gesehen, das muß grundüberholt werden, sonst regnet es demnächst bei dir herein. Ich kenne da eine gute Firma in Regensburg, die beziehen regelmäßig Material von uns. Ich komme gerade aus der Ecke.«

Sie winkte ab. »Bis zum Frühling wird schon nichts passieren.«

Viviane zeigte ihm den Rest des Hauses und auch die Kommode, in der die Noten gelegen hatten.

Greg besah sich das schmale Geheimfach. »Eine interessante Arbeit. Hast du schon mal darüber nachgedacht, woher die Kommode stammt und ob sie etwas zur Herkunft der Sonate beitragen könnte? Immerhin scheint das Fach wie geschaffen für die Noten. Wäre doch möglich, daß es extra dafür angefertigt wurde, dann würde dir die Provenienz des Möbels helfen können. Meinst du nicht?«

»Das ist gar kein dummer Gedanke. Ich kenne da einen Antiquitätenhändler, den ich zumindest fragen könnte. Das Restaurieren ist meine Stärke, nicht so sehr das Forschen.« Sie dachte an Bernd Rathingen, einen Freund von Barbara Baukmann, der ein renommiertes Antiquitätengeschäft in Regensburg führte und Expertisen für Möbel auf Anfrage erstellte.

Als sie wieder hinuntergingen, fragte er: »Die Bilder sind jetzt in Prag?«

Sie erzählte von der Stiftung und auch, daß sie fest davon überzeugt war, daß zwei Bilder abhanden gekommen waren.

Er verzog den Mund. »Abhanden klingt so harmlos. Da hat jemand lange Finger gemacht. Deine Tante hätte nie ein Bild verschenkt. Überleg mal, wie sie die Bilder all die Jahre gehütet hat. Hat sie dir mal eines geschenkt?«

Viviane sah ihn erstaunt an. »Nein. So habe ich das noch nicht gesehen, aber egal, ich hab der Polizei gemeldet, was ich weiß, und bisher ist noch nichts geschehen.«

»*Lazy officials*, überall dasselbe. Und was ist eigentlich mit deinem Liebesleben? Wir sprechen immer nur von mir.«

Greg mußte noch nach München, und sie gab ihm seine Jacke. »Da gibt es nichts zu erzählen. Aber mir geht es hervorragend, ich brauchte die Zeit für mich.«

Er legte ihr die Hand unter das Kinn und küßte sie auf die Wangen. »Ich wünsche dir alles Gute, Darling. Anscheinend geht es dir wirklich besser ohne mich, *what a pity*! Ruf mich an, wenn du etwas brauchst, egal was!«

Als die Tür hinter Greg ins Schloß gefallen war, atmete sie tief durch. Sein Besuch hatte sie gefreut, nicht nur, weil sie ihn als Freund schätzte, sondern vor allem, weil sie endgültig festgestellt hatte, daß sie mehr als einen Freund nie wieder in ihm sehen würde.

Es hatte lange gedauert, bis sie zu dieser Erkenntnis gekommen war, und Michal war nicht unschuldig daran. Seit ihrem Pragbesuch hatte sie mehr als einmal an den schweigsamen Tschechen gedacht und an die Art, wie er sich von ihr verabschiedet hatte. Die Begegnung mit den Habarts hatte sie berührt. Drei Generationen hatten sie gleichermaßen warmherzig aufgenommen. Noch hatte sie die Ohrringe, die Alois ihr geschenkt hatte, nicht getragen. Vielleicht würde sie sie auch nie tragen, denn sie waren für Marie bestimmt gewesen. Alois hatte die Frau seines Bruders geliebt. Davon war Viviane mehr und mehr überzeugt. Auf dem Foto hatten die drei so glücklich und unbeschwert ausgesehen. Marie hatte unbefangen zwischen den beiden Brüdern gestanden und wohl nicht gewußt, was sie Alois bedeutete. In all den Jahren hatte sie nicht einmal eine Andeutung gemacht, so daß Viviane fest davon überzeugt war, daß ihre Tante von Alois' Gefühlen höchstens etwas geahnt hatte. Sie hatte immer gesagt, sie und Josef hätten Prag aus politischen Gründen verlassen. Seine Bilder entsprachen nicht den Richtlinien der Nationalsozialisten und später nicht den Vorgaben der Kommunisten. Die politischen Inhalte seiner Werke hatten ihn aus seiner Heimat vertrieben und eine Rückkehr zu seinen Lebzeiten verhindert. Oder gab es noch einen anderen Grund?

Viviane ging, gefolgt von Miko, wieder in ihre Werkstatt und arbeitete an einem Schrank, bis ihre Finger rot von der Kälte waren und die Arme vom Polieren schmerzten. Während sie arbeitete, kreisten ihre Gedanken um die Sonate und um Marie. Es hatte immer mehr den Anschein, als hätte sie Marie weniger gut gekannt, als sie angenommen hatte. Sie rieb die Politur, die sie nach alten Rezepten aus natürlichen Stoffen herstellte, fest in einen der runden Schrankfüße ein. Aber hatte sie sich denn jemals die Mühe gemacht, Marie als Menschen mit all seinen Facetten zu sehen, nicht nur als die Tante, die für sie da war? Mit aller Kraft rieb Viviane die Politur in das Holz. Sie war ja nicht einmal in der Lage, sich selbst zu verstehen. Wenn sie ehrlich war, hatte sie es bis vor kurzem vermieden, sich tiefergehende Gedanken über ihr eigenes Leben, solche, die über das Alltägliche hinausgingen, zu machen. Erst Maries Tod und ihr Brief hatten das geändert. Viviane warf den Lappen auf eine Werkbank. Sie hatte sich nicht in Marie getäuscht. Sie war keine Geheimniskrämerin gewesen, sondern eine starke und intelligente Frau, die genau wußte, was sie tat. Und diese Andeutungen um ihre Schuld, um die Sonate, um Josefs Familie – das alles hatte sie nur zu einem Zweck inszeniert – um sie, Viviane, aufzurütteln aus ihrem bequemen, aber bedeutungslosen Leben, in dem sie sich eingerichtet hatte und das sie dennoch so unzufrieden machte. Viviane mußte unwillkürlich lächeln. Das paßte zu Marie!

Miko lag neben dem kleinen Ofen, der den großen Raum nur notdürftig erwärmte. Als er sah, daß Viviane die Werkzeuge einräumte, den Arbeitsoverall auf einen Klappstuhl legte und sich eine warme Jacke überzog, erhob er sich langsam und spazierte zum Ausgang.

»Ich habe auch Hunger, mein Alter. Na komm, laß uns nachsehen, was wir noch in der Küche finden.«

Am nächsten Morgen war Viviane gerade dabei, ihr Auto vom Eis der vergangenen Nacht zu befreien, als sie Angela durch das Gartentor kommen sah. Trotz der winterlichen Kleidung wirkte die junge Frau noch schmaler als sonst, und ein Blick in ihr Gesicht sagte Viviane, daß etwas geschehen sein mußte. Angela schien zu zögern, als sie Viviane draußen entdeckte. Ihre dunklen Augen waren von tiefen Schatten umgeben, und jeglicher Glanz war aus ihnen gewichen. Ihr Gesicht wirkte grau und verhärmt, und hätte Viviane nicht gewußt, wie alt Angela war, sie hätte sie heute auf vierzig geschätzt.

»Hallo, Angela. Komm nur, ich will nicht wegfahren, ich mache nur den Wagen eisfrei.«

Angela rang die rotgefrorenen Hände und stammelte: »Ich muß mit dir sprechen, bitte, nur zuhören, bitte, ich weiß nicht mehr weiter …« Hilfesuchend schaute sie Viviane an, die den Eiskratzer zur Seite legte und Angela am Arm nahm.

»Wir kochen einen Tee, und dann sehen wir weiter. Du bist ganz verfroren. Bist du den Weg hier herauf gelaufen?«

Angela nickte nur. Viviane hieß sie, sich ins Wohnzimmer zu setzen, wo sie die Glut im Kamin entfachte und dann in die Küche ging, um mit Sandwiches und Tee zurückzukehren. Sie ließ die verstörte Rumänin essen und das heiße Getränk wirken.

Als sie ruhiger wirkte, fragte Viviane vorsichtig: »Hat es mit Stojko zu tun?«

Miko strich um Angelas Beine, wie um sie zu trösten. Sie streichelte das seidige Fell und seufzte tief. »Es ist so friedlich bei dir, wie im Paradies.«

Viviane begann Schlimmes zu ahnen. Nachdem Angela Miko zu sich auf den Schoß gehoben hatte, schien sie genügend Kraft gesammelt zu haben, um über das zu sprechen, was sie in diesen bestürzenden Zustand versetzt hatte.

»Er hat mein Geld genommen. Alles. Er hat mir einfach alles weggenommen. Ich brauche es aber doch.« Sie schluchzte. »Ich brauche es nicht für mich, sondern für meine Mutter. Sie lebt noch in unserem Dorf. Oh, es ist alles sehr ärmlich dort. Du kannst dir das nicht vorstellen. Aber es ist meine Heimat, und ich will wieder zurück, irgendwann. Die Häuser liegen alle an einem Fluß. Im Sommer schwimmen wir dort, die Kinder, die Alten, alle. Es gibt noch viel Wald dort. Im Winter schlagen wir Holz für die Öfen, denn niemand bei uns hat eine Zentralheizung.«

So hatte Angela noch nie über ihre Heimat gesprochen.

»Hast du denn kein Bankkonto hier?« fragte Viviane.

Angela lachte bitter. »Natürlich. Aber er ist schlau, so verdammt schlau. Er hat meine Unterschrift gefälscht und eine Überweisung auf sein eigenes Konto ausgestellt. Er ist mein Ehemann, da wird nicht weiter gefragt oder geprüft. Was kann ich machen? Nichts, ich bin nur eine dumme Frau.«

»Du kannst etwas machen, Angela. Wir rufen jetzt sofort bei deiner Bank an und lassen dein Konto sperren. Dann erklärst du den Sachverhalt, und dann wollen wir ja mal sehen, ob er sich eine Unterschriftenfälschung anhängen lassen will.«

»Nein, nein, nicht das. Ich kann ihn nicht anzeigen. Oh Gott, nein, nur das nicht!« Angela sah sie angsterfüllt an.

Viviane stutzte und legte das Telefon, das sie sich herangeholt hatte, beiseite. »Warum nicht, Angela? Wovor hast du solche Angst? Wenn er dich schlägt, laß dich lieber von ihm scheiden!«

»Wenn es nur das wäre! Damit käme ich klar. Ich habe viel erlebt. Ein paar Schläge können mich nicht wirklich verletzen.« Sie zog den Kragen ihres Pullovers nach unten und ließ Viviane ein blau unterlaufenes Schlüsselbein sehen.

»Angela, das ..., nein, warum?«

»Ich habe eine Tochter, die seit ihrer Geburt bei meiner Mutter lebt.« Fahrig holte sie eine Schachtel Zigaretten aus ihrer Jackentasche und rauchte eine Zigarette auf, bevor sie weitersprach. »Meine Tochter weiß nicht, daß ich ihre Mutter bin. Das ist es. Stojko weiß das.«

Viviane fügte die Informationen zusammen. Stojko wußte von Angelas unehelichem Kind, daß bei der Großmutter aufwuchs, aber warum hütete Angela das Geheimnis seiner Herkunft vor dem Kind? Es gab viele uneheliche Kinder von Teenagermüttern, das durfte auch im konservativ katholischen Rumänien keine große Sache mehr sein. Nun, vielleicht war es auf dem Land anders, vielleicht war es dort noch eine Schande, die einer Frau das Leben in der Dorfgemeinschaft zur Hölle machte.

Angela hatte sich eine weitere Zigarette angezündet. »Ich kann mir vorstellen, was du denkst. Es gibt viele uneheliche Kinder bei uns. Die Priester verbieten zwar den vorehelichen Geschlechtsverkehr, aber Abtreiben ist eine Todsünde, auch wenn du das Kind gar nicht ernähren kannst, weil du selbst kaum genug zum täglichen Überleben hast. Das Leben ist eine Hölle, jedenfalls war es das für mich, bis ich fünfzehn Jahre alt war. Der Vater meines Kindes ist mein eigener Vater!«

Sie drückte die Zigarette aus. »Das verfluchte Schwein hat mich das erste Mal vergewaltigt, da kam ich gerade von meiner Kommunion. Ha, ich bin danach zur Beichte gegangen und habe dem verlogenen Priester gesagt, was geschehen ist. Er sagte mir, ich solle nicht schlecht von meinen Eltern sprechen und die Liebe eines Vaters sei von Gott gegeben. Daß ich nicht lache! Mein Vater war ein Trinker, ein Schläger, ich hasse ihn so sehr, dafür gibt es keine Worte.«

Fassungslos lauschte Viviane dem Bekenntnis der gequälten jungen Frau. Was hatte Angela erleiden müssen, und ihr eigener Mann nutzte sein Wissen schamlos aus, um sie zu erpressen und zu demütigen.

»Er wird es deiner Tochter sagen, wenn du ihn anzeigst, nicht wahr?«

»Ja. Ich könnte mich heute noch dafür ohrfeigen, daß ich ihm davon erzählt habe. Aber er war so liebevoll, als wir uns kennenlernten. Er schien soviel Verständnis zu haben. Ich konnte ja nicht ahnen, daß das nur eine Seite seines gespaltenen Charakters ist. Vielleicht liebt er mich sogar, aber er kontrolliert mich, alles, was ich tue. Ich bin sein Besitz. Wenn ich nicht tue, was er will, rastet er aus. Er wird nicht einfach wütend, er schlägt mich, er zerschlägt Möbel, er droht mir an, mich umzubringen, wenn ich jemandem etwas erzähle und sowieso, wenn ich ihn verlasse.« Sie knetete ihre Finger ineinander. »Und er wird Ticulina sagen, wie sie gezeugt worden ist. Das würde meiner kleinen Tici das Herz brechen. Sie ist ein liebes Mädchen. Ich bin ihre Schwester, verstehst du?! Ich bin die große Schwester, die Geld aus Deutschland schickt, damit sie zur Schule gehen kann. Sie soll studieren, lernen, damit sie rauskommt aus dem Sumpf! Sie soll nicht werden wie ich!« Angela schlug die Hände vor ihr Gesicht und schluchzte leise.

»Du kannst nichts dafür, Angela. Es ist nicht deine Schuld.« Aber Viviane wußte, daß diese Worte nicht trösten, nicht helfen konnten. Niemand würde Angela die Erinnerungen abnehmen können. Angela hatte einen Weg gefunden, damit zu leben, und wenn Stojko alles zerstörte, zerstörte er auch sie. Daran würde Angela endgültig zerbrechen. Dazu durfte es nicht kommen. Niemals durfte Ticulina ihre wahre Herkunft erfahren.

»Wer weiß noch davon, dein Vater?« Viviane setzte sich neben Angela und streichelte ihr über den Rücken.

»Mein Vater ist tot. Als das Kind da war, hat meine Mutter ihn rausgeworfen. Sie hatte bis dahin nichts gewußt, und wenn, dann hätte sie auch nichts machen können. Sie ist eine schwache kleine Person. Mit fünfundvierzig hatte sie ihre letzte Fehlgeburt. Dabei wäre sie fast verblutet. Im Dorf machen alle die Augen zu vor so was. Es gibt zu viel Elend, wir sind keine Ausnahme. Als mein Vater fort war, hat niemand gefragt. Wir haben gehört, daß er zwei Monate später bei einer Messerstecherei in Iasi ums Leben kam. Das war eine Erlösung.«

»Also weiß nur Stojko davon? Hast du keine Geschwister?«

»Doch, drei Brüder und vier Schwestern. Die haben selbst genug Probleme, keiner würde was sagen. Die sind froh, daß sie Tici nicht mit aufziehen müssen.«

»Rede mit Stojko. Mach ihm klar, daß du dir das mit dem Geld nicht gefallen läßt. Appelliere an sein Ehrgefühl, wenn er eines hat. Und wenn alles nicht hilft, vergiß das Geld. Ich werde dir etwas leihen, damit du es deiner Mutter schicken kannst. Du arbeitest weiter und bringst nur noch wenig zur Bank, den Rest kannst du mir geben, ich werde es für dich aufheben.«

Angela ergriff Vivianes Hand. »Das würdest du für mich tun? Ich danke dir, du bist ein Engel!«

Viviane stand auf. »Ich halte es für das beste, wenn du nicht zu lange hier bist, sonst schöpft er Verdacht und läßt dich nicht mehr herkommen. Mach dir nicht zu viele Sorgen, ich werde mir überlegen, was man tun kann, um dich aus seiner Gewalt zu befreien, ohne dein Geheimnis preiszugeben.«

Noch hatte Viviane nicht die Spur einer Idee, wie man Stojko in seine Schranken weisen konnte. Solange er nichts Kriminelles tat, und Angela würde ihn nicht anzeigen, konnte man gerichtlich nicht gegen ihn vorgehen. Doch sie wollte Angela Hoffnung machen, und manchmal arbeitete die Zeit auch für einen. Sie umarmte Angela zum Abschied und wünschte ihr Glück. Die blassen Wangen hatten wieder etwas Farbe gewonnen, und aus einem ihr noch unerfindlichen Grund war Viviane überzeugt, daß sie Angela helfen konnte.

Sie hatte kaum die Tür geschlossen, als das Telefon klingelte. Inständig hoffend, daß es sich nicht um den wütenden Ehemann handelte, nahm sie den Hörer ab.

»Ja?«

»Schätzchen, hier ist deine Mutter. Du klingst ja so komisch.«

»Ach, du bist es.« In diesem besonderen Fall war sie sogar erleichtert, ihre Mutter am Telefon zu haben.

»Ja, ich. Du meldest dich ja nicht. Du bist genau wie dein Vater. Ihr seid so …«

Viviane vernahm etwas, das wie Schluchzen klang. Bitte, was war denn heute los? Hatten sich hier alle verschworen, ihr die Ohren vollzujammern? Aber das war ungerecht, Angela tat ihr wirklich leid.

»Was gibt es denn, Mutter?«

»Ach, ihr seid so unabhängig, das ist es. Ihr braucht mich gar nicht. Noch nie hat mich jemand wirklich gebraucht. Du nicht und dein Vater auch nicht. Selbst meine Mutter hatte es vorgezogen, mit Vater in ein Seniorenheim zu ziehen. Anstatt mich zu fragen, ob ich mich um sie kümmere. Wahrscheinlich traut mir das keiner zu.«

Dieser hysterische Ausbruch mußte mit dem nahenden Weihnachtsfest zusammenhängen.

»Du bist aber auch nicht gerade der mütterliche Typ«, wagte Viviane vorsichtig einzuwenden.

»Ja, muß man denn aussehen wie eine Matrone und den ganzen Tag in der Küche verbringen, um eine Mutter zu sein?«

»Nein, das habe ich nicht gemeint, und das weißt du. Aus irgendeinem Grund werdet ihr ja wohl geheiratet haben. Vielleicht fragst du Paps einfach mal, was daraus geworden ist.«

»Du bist schrecklich. Er hat sich abgesetzt, lebt sein eigenes Leben als Weltumsegler.«

»Du hättest ja mitfahren können.«

»Wie witzig! Ich soll es wochenlang auf einem kleinen Boot in einer noch kleineren Kabine aushalten und rundherum nur Wasser!«

»Aber du wußtest doch, daß das sein Traum war. Also muß

dir doch klar gewesen sein, daß er es auch irgendwann tun wird.«

»Es war alles so romantisch damals. Ich dachte, wenn er erst mal im Geschäftsleben ist, dann wird er die verrückte Idee schon aufgeben.«

»Dann hast du ihn ja nie so geliebt, wie er wirklich ist.«

Für einen kurzen Moment war es still in der Leitung, dann sagte Christine Kronauer ernst: »Dann wäre mein ganzes Leben eine einzige Lüge gewesen.«

»Gehöre ich auch dazu?«

»Natürlich nicht! Du bist meine Tochter, und ich liebe dich!«

»Tja, ich weiß auch nicht, was ich tun kann ...« Viviane zweifelte an den Worten ihrer Mutter.

»Schon gut. Ich wollte eigentlich nur deine Stimme hören, Viviane.«

»Komm doch Weihnachten zu mir, wenn du möchtest. Ich kann dieses Jahr nicht woanders feiern.« Sie mußte in ihrem, Maries, Haus sein, um die Nähe ihrer Tante zu spüren.

»Danke. Ich danke dir für die Einladung. Wir sprechen noch darüber. Bis bald.«

Viviane legte auf und ärgerte sich, daß sie einem Anflug von Sentimentalität nachgegeben und ihre Mutter hierher eingeladen hatte. Jetzt mußte sie auch ihren Vater einladen, und der Ausgang der Begegnung war abzusehen.

Kapitel 8

Barbara freute sich über ihren Besuch. Seit dem ersten Treffen war Viviane dreimal bei den Baukmanns gewesen und tatsächlich wieder ausgeritten. Es war herrlich gewesen, den warmen Pferdekörper unter sich zu spüren, den Geruch des Fells zu atmen und den Rhythmus der Muskeln zu fühlen, die sich gleichmäßig in den verschiedenen Gangarten bewegten. Heute war Barbara in der Küche beim Backen. Mehrere Backbleche standen auf dem Arbeitstisch, und Barbara klopfte und knetete ein großes Stück Teig.

»Oh, Vivi, gib mir doch mal das Mehl, bitte. Steht dort neben dir auf der Ablage.«

Viviane reichte das Gewünschte an ihre Freundin weiter, die mit flinken Händen den Teig auf der Tischplatte ausbreitete.

»Bist du eigentlich noch mit diesem Antiquitätenhändler aus Regensburg befreundet?«

»Schon. Ab und zu kaufe ich etwas bei Bernd, und er macht mir immer einen fairen Preis, was ich sehr zu schätzen weiß. Wieso, suchst du etwas Bestimmtes?«

»Ich brauch eigentlich mehr seinen fachlichen Rat.« Sie erklärte Barbara die Umstände, die daraufhin durch die Zähne pfiff.

»Na, wenn das nicht aufregend ist! Und Greg hat dich besucht? Wie lieb von ihm.«

»Nicht, was du wieder denkst. Wir sind gute Freunde, das ist alles.«

Barbara zwinkerte ihr zu. »Armer Greg, er wünscht sich sicher mehr.«

»Armer Greg? Hast du vergessen, warum wir uns getrennt haben?«

»Nein, aber er ist halt ein süßer Kerl.« Barbara legte den dünn ausgerollten Teig auf eines der Bleche.

Viviane seufzte. »Ja, das ist er, aber ich kann nicht mit ihm leben, und außerdem …« Sie schwieg bedeutungsvoll.

»Jaaa?« Ihre Freundin machte große Augen.

»Ich weiß auch nicht. Jedenfalls fand ich schon mal wieder jemanden attraktiv.«

»Jemanden?« Barbara ließ nicht locker.

In diesem Moment kam Christian in die Küche, und das Gespräch drehte sich um das Rotwild und die Wintergäste. Später wunderte Viviane sich über sich selbst, daß sie überhaupt eine derartige Andeutung gemacht hatte. Michal hatte sie weitaus mehr beeindruckt, als sie sich eingestehen wollte.

Sie hatte Bernd Rathingen persönlich noch nicht kennengelernt, doch der Mann war schon am Telefon sehr entgegenkommend und schien an der Herkunft und Geschichte der Kommode Interesse zu haben, obwohl es sich nicht um einen Verkauf handelte. Er war in den nächsten Tagen in der Gegend und wollte sie sich selbst ansehen, so daß sich Viviane die Kosten für qualitativ hochwertige Fotografien, die Inschriften und Stempel genau wiedergaben, sparen konnte.

Eines Morgens war sie gerade dabei, Miko seine Schüssel zu füllen, was er vom Küchentisch aus beobachtete, als sie vor dem Haus Lärm hörte. Sie schaute in die Einfahrt, in die sich der blaue Kleinlaster einer Dachdeckerfirma schob, ungeachtet der tief herabhängenden Tannenzweige, die über das Wagendach und die darauf befestigten Leitern schabten. Das konnte nur Greg arrangiert haben, denn sie hatte keine Firma angerufen. Rasch griff sie sich eine Jacke und ging nach draußen.

Gutgelaunt sprang einer der drei Handwerker aus dem Wagen und reichte ihr die Hand. In der anderen hielt er einen Auftragsbogen.

»Sind wir hier richtig bei Byrne?« Er warf einen kurzen Blick auf das Dach und nickte. »Muß wohl. Sie können von Glück sagen, daß Sie noch kein Wasser durchlecken haben. So wie das aussieht, tststs, da ist wohl seit dreißig Jahren nichts dran gemacht worden. Na, dann lassen Sie uns mal machen, junge Frau.«

»Aber hören Sie, ich habe doch gar nicht …«

Der resolute Mann ließ sie nicht ausreden. »Ist alles geregelt. Der Chef hat alles geklärt, bezahlt ist im voraus, und wir sollen Sie einfach nicht beachten und unsere Arbeit machen.« Er grinste. »Sie haben einen netten Freund!«

Viviane gab sich geschlagen. »Mein Exmann. Na, wenn Sie meinen, dann fangen Sie halt an.«

Der Handwerker schüttelte den Kopf. »Den hätten Sie behalten sollen. Frauen sind auch nie zufrieden.« Er öffnete die Tür des Lasters. »Los, Jungs, dann mal raus aus der Kiste und rauf aufs Dach, wir fangen an.«

Den ganzen Tag über klopfte und hämmerte es, denn die Handwerker machten ganze Arbeit und tauschten aus, was kaputt war, um schließlich eine neue Versiegelung über die Pfannen zu ziehen. Sie kochte den Männern Kaffee und schmierte Brote, was mit dankbarem Appetit quittiert wurde. Greg war nicht in seinem Büro, aber sie hinterließ eine Nachricht und beschloß, sich mit einem ausgefallenen Weihnachtsgeschenk zu revanchieren. Um zwei Uhr kam ihre erste Flötenschülerin, ein sechzehnjähriges Mädchen, das im Orchester der Kreismusikschule spielte und innerhalb der wenigen Wochen, die sie bei Viviane Unterricht nahm, enorme Fortschritte gemacht hatte.

Paula setzte die Flöte ab und sah Viviane fragend an, die ganz in ihren Gedanken versunken war.

»Oh, ja, das war gut, Paula. Ich möchte, daß du dieses Stück hier einmal spielst. Nur das Adagio cantabile. Bitte.« Sie stellte die kopierten Blätter der alten Sonate auf den Notenständer.

Paula staunte. »Wow, das sind ja handgeschriebene Noten! Toll, wo haben Sie die denn her? Sind aber schwer zu lesen.«

»Die stammen von meiner Tante. Sie sind tatsächlich noch nicht gedruckt im Handel erhältlich. Du bist also eine der ersten Personen, die sie nach langer Zeit spielen dürfen. Das ist doch spannend, oder?«

»Ja, und wie! Wer hat sie denn geschrieben?« Konzentriert studierte Paula die Partitur. Sie spielte hervorragend vom Blatt und erinnerte sich nach wenigen Malen des Durchspielens an den größten Teil eines Stückes. Viviane hatte schon überlegt, sie zu einer renommierten Lehrerin zu schicken, die sie auf ein Musikstudium vorbereiten konnte.

»Das ist noch nicht sicher. Ich lasse das Stück gerade prüfen. Wahrscheinlich ein osteuropäischer Komponist des Barock.«

Paula strich sich die braunen Locken hinter die Ohren und hob ihr Instrument auf. »Ich denke, ich bin soweit. Dann beginne ich jetzt.«

Viviane nickte und trat ans Fenster. Die ersten Töne der tragischen Melodie erklangen und erfüllten Vivianes Herz mit Sehnsucht und Schmerz. Paula spielte die Noten so gefühlvoll vom Blatt, daß Viviane ähnliche Emotionen, wie sie sie selbst empfunden hatte, auf dem sensiblen Mädchengesicht entdeckte. Nachdem sie die letzte Kadenz beendet hatte, ließ Paula die Flöte sinken.

Sie strich sich über die vor Anstrengung geröteten Wangen und seufzte: »Das war wunderschön! Ich hätte am liebsten geweint, so traurig klang das, und dann wieder doch nicht, dann war da diese tiefe Hoffnung und Sehnsucht und dann wieder dieser Schmerz! Und das soll Barockmusik sein? Das kann ich nicht glauben! Die ist doch immer so gleichförmig, ich meine, da gibt es kaum solche Gefühlsausbrüche, soweit ich weiß jedenfalls. Das ist mal ein Stück! Wenn das gedruckt wird und auf CD eingespielt, ich glaube, das wird ein richtiger Hit!«

Viviane lachte. »Ein klassischer Hit, na, das wäre was! Aber sag, Paula, hast du sonst noch etwas bemerkt beim Spielen?« Sie sah das Mädchen aufmerksam an.

Paula überlegte. »Es war unheimlich emotional, unglaublich! Ich habe ja schon einige romantische Stücke gespielt, aber das hier war anders, das ging mir unter die Haut, genau, so kann man es sagen, es war, als ob ich persönlich die Gefühle beim Spielen durchlebe, aber nicht nur die Musik, wissen Sie, das war so, so …, ist schwierig zu beschreiben … toll eben, aber auch anstrengend!«

Das Mädchen hatte ähnlich wie sie empfunden. Viviane hatte ihre eigenen Wahrnehmungen also nicht überinterpretiert. Aber was nur hatte Marie dazu gebracht, diese herrliche Musik zu hassen? Warum hatte sie die Partitur in diesem seltsam antiquierten Versteck belassen?

»Hmm, Entschuldigung.« Paula sah sie vorsichtig an. »Darf ich diese Noten zum Üben mit nach Hause nehmen?«

»Nein, noch nicht, Paula. Ich will erst abwarten, was der Professor sagt, dem ich sie zum Prüfen gegeben habe, bevor ich sie aus der Hand gebe.«

»Verstehe. Vielen Dank, daß ich sie spielen durfte. Vielleicht nächstes Mal wieder, ja?« Bittend sah Paula ihre Lehrerin an.

»Sicher, wenn du hier bist, kannst du sie spielen.« Und wir können darüber sprechen, was die Musik in dir auslöst, dachte Viviane. »Bringt deine Mutter dich nächstes Mal wieder her?«

»Ja, mit dem Bus dauert es ewig. Wir wohnen zu abgelegen.«

»Dann sag ihr doch bitte, daß ich mit ihr sprechen möchte. Wir sollten uns wirklich einmal um eine bessere musikalische Förderung für dich kümmern.«

»Was? Ich spiele aber gerne mit Ihnen. Ich gehe nicht an diese Musikschule. Die Lehrer dort sind furchtbar. Im Orchester gibt es immer Ärger wegen der Leiterin.«

»Du kannst ja weiterhin bei mir Unterricht nehmen, aber

ich dachte, vielleicht möchtest du einmal Musik studieren und in einem großen Orchester spielen oder Solistin werden, wer weiß?«

»Das halten Sie für möglich? Wirklich? Mein Vater schimpft immer über die teuren Stunden und sagt, ich solle lieber auf dem Hof helfen, den ich übernehmen soll. Aber eigentlich will ich das nicht, wissen Sie.«

Viviane sah das junge Mädchen an, dessen Natürlichkeit und Ehrlichkeit sie anrührten. Sie selbst hätte jede Chance gehabt, zu studieren oder zu lernen, was sie wollte, doch sie hatte sie nicht genutzt. Sie hatte sich treiben lassen, getan, was bequem war, was gerade so paßte. Hier setzte sich eine Mutter für die Begabung ihres Kindes ein, und Viviane wollte tun, was sie konnte, um Paula auf ihrem Weg zu unterstützen.

»Dann mußt du das auch nicht tun. Sag deinem Vater nichts und laß mich mit deiner Mutter sprechen. Wenn du wirklich Musikerin werden willst, wirst du deine Chance bekommen.«

»Oh, Sie sind wirklich lieb! Ja dann, bis zum nächsten Mal. Ich werde üben, wann immer ich Zeit finde.«

Viviane wußte, was das bedeutete, denn Paulas Eltern lebten von der Milchviehhaltung und einer kleinen Landwirtschaft. Auf dem Hof gab es reichlich Arbeit, und Paula und ihre kleine Schwester mußten anpacken, wo immer eine Hand gebraucht wurde. Paulas Vater war im Dorf als einsilbiger und harter Mann bekannt, was wohl auch auf seine schwierige wirtschaftliche Lage zurückzuführen war. Zweimal schon hatte die Bank den Gerichtsvollzieher zu Paulas Familie geschickt, und eine Besserung der Lage schien unwahrscheinlich. Nun, dachte Viviane, dann war es doch um so besser, wenn wenigstens eine seiner Töchter etwas anderes erlernte und nicht von dem Hof abhängig war.

Draußen hatte sich die Sonne durch die dicken grauen Wolken gekämpft, was die Handwerker sehr begrüßten, denn bei Regen hätten sie die Arbeit unterbrechen müssen. Viviane kochte noch einmal Kaffee und bat die fleißigen Männer in ihre Küche.

»Bitte, bedienen Sie sich. Hier stehen Kekse und dort noch ein paar belegte Brote.«

»Danke. Wir kommen gern wieder.« Der Dachdeckermeister, der sie auch begrüßt hatte, grinste.

Viviane winkte ab. »Ich hoffe, daß ich Sie so schnell nicht mehr brauche. Entschuldigen Sie mich.« Das Telefon klingelte, und sie ging ins Wohnzimmer. »Hallo?«

»Guten Tag, Frau Byrne. Ich bin es, Professor Straberger.«

Überrascht setzte sich Viviane in einen Sessel. »Gibt es schon Neuigkeiten?«

Straberger räusperte sich verlegen. »Hmm, leider keine guten. Die Partitur ist aus meinem Büro entwendet worden.«

»Was? Wie ist denn so was möglich? Das kann an einer Universität passieren?« Natürlich konnte auch an einer Universität eingebrochen werden, ihre letzte Frage war lächerlich, aber sie war so erschüttert, daß sie nicht nachdachte über das, was sie sagte.

»Ich bin untröstlich, das müssen Sie mir glauben. Die Noten lagen auf meinem Schreibtisch, und als ich nach der Mittagspause zurückkam, fand ich die Tür offen, und die Noten waren verschwunden.«

»Ja, aber wer außer Ihnen hat denn davon gewußt?« Es mußte schließlich ein Kenner gewesen sein, der sich die Originalpartitur angeeignet hatte. Einer der Studenten vielleicht? Oder sie war verfolgt worden und hatte es nicht bemerkt.

»Ich habe meinen Kollegen davon erzählt, aber die sind über jeden Zweifel erhaben. Vielleicht klärt sich alles auf, und es war nur ein Streich. Bei Studenten ist alles möglich.«

»Hatten Sie denn schon Zeit, sich mit der Partitur zu befassen?« Viviane hoffte, daß er wenigstens schon einen Schritt weitergekommen war.

»Nein, tut mir schrecklich leid. Ich hatte auch noch keine Kopie machen lassen. Also, momentan kann ich weiter nichts tun, als zu hoffen, daß man den Dieb rasch findet.« Er schien das Gespräch schnell beenden zu wollen.

»Warten Sie, ich habe die Seiten kopiert und könnte sie Ihnen zuschicken. Dann könnten Sie zumindest weiter daran arbeiten, an der Interpretation, oder nicht?«

Er schien überrascht zu sein. »Oh, Sie haben Fotokopien angefertigt? Hatten Sie keine Bedenken wegen des alten Papiers?«

»Das war unwissenschaftlich, ich weiß, aber ich konnte mich von der Musik nicht trennen, sie übt eine eigenartige Faszination auf mich aus. Es ist aber alles gutgegangen, oder haben Sie schädliche Einwirkungen durch den Fotokopierer bemerkt?«

»Ähh, nein, soweit ich das bis jetzt beurteilen kann, nicht. Nun gut, dann schicken Sie mir die Kopien. Ich melde mich dann bei Ihnen. Guten Tag, und ich bitte nochmals um Verzeihung für diesen unangenehmen Zwischenfall.«

Der Musikwissenschaftler hatte gut reden. Viviane war wütend und gleichzeitig verzweifelt. Wie sollte sie jetzt herausfinden, was es mit den Noten auf sich hatte? Würden die Kopien für eine zufriedenstellende Analyse ausreichen? Sie schlug mit der Faust auf die Sessellehne und stand auf. Es gab immer noch die Kommode, die ihr durch ihren Herkunftsort vielleicht die Geschichte der Sonate verraten konnte. Ob Branka sich an der Karlsuniversität umhören konnte, wer von den verschwundenen Noten gehört hatte? Viviane suchte Tomáš' Nummer heraus.

»*Haló*?« erklang eine männliche Stimme.

»Tomáš, bist du das? Hier spricht Viviane.«

»Oh, hi, ja, wie geht's dir denn?«

»Nicht so gut, um ganz ehrlich zu sein. Die Noten sind weg, gestohlen!« platzte sie direkt mit der Neuigkeit heraus.

»Na, das ist ja ein starkes Stück. Diese Akademiker, kein Verlaß, auf wen soll man sich überhaupt noch verlassen? Kann ich dir irgendwie helfen?«

»Ich dachte an Branka, wenn sie da ist …?«

»Ja, klar, ich gebe sie dir.« Sie hörte, wie er seine Freundin rief, und dann überraschte er sie: »Was ist eigentlich mit dir und Michal?«

»Entschuldigung? Was soll denn da sein?« Sie fühlte sich überrumpelt.

»Ich hatte den Eindruck, ihr mögt euch, außerdem ist Michal so komisch, wenn's um dich geht. Verspannt, würde ich sagen, und das ist er nur, wenn eine Frau für ihn mehr ist als nur eine flüchtige Bekannte.«

»Ähm, ich finde ihn sehr nett, aber, also wirklich, Tomáš, das geht dich eigentlich nichts an!«

Tomáš lachte, und sie konnte sein verschmitztes Grinsen förmlich sehen. Branka rettete sie.

»Hi, laß dich nicht aushorchen. Tomáš spielt für sein Leben gern den Beziehungsstifter. Hör einfach nicht hin. Um was geht's denn?«

Branka hatte noch nichts von dem Diebstahl gehört, versprach aber, Informationen zu sammeln und sich im Musikwissenschaftlichen Institut umzutun. »Wann sehen wir dich denn mal wieder? Wenn du kommen willst, ruf mich an, wir haben ein Gästezimmer, und du bist jederzeit willkommen. Das meine ich ernst. Da kannst du dir die Kosten für ein teures Hotel sparen. Prag ist immer eine Reise wert, und außerdem hast du hier jetzt schließlich Familie! Alois spricht dauernd von dir. Bis bald, *na shledanou*!«

Viviane dachte an den alten Mann mit den weißen Haaren und den schlanken Händen, dem selbst die Parkinsonsche Krankheit nichts von seiner Ausstrahlung, seinem kraftvollen Geist genommen hatte. Michal hatte ähnlich lange schlanke Finger, eigentlich die Hände eines Künstlers oder eines Musikers. Nun, Jakub hatte erzählt, daß Michal ein guter Goldschmied war, aber das war nicht seine Leidenschaft. Er liebte die Natur, die kultivierte Natur in Form von Landschaftsgärten. Die Habarts waren in der Tat vielschichtige Menschen, und sie glaubten an den Wert der Familie. Viviane seufzte. Wie anders sah es bei ihr aus. Sie konnte nur hoffen, daß das Weihnachtsfest mit ihren Eltern friedlich verlief, daran glauben tat sie nicht.

Vor ihrem Terrassenfenster wurde die Leiter eingezogen, und kurz darauf hörte sie, wie der Lieferwagen angelassen wurde. Es klopfte an ihrer Haustür, und die Handwerker verabschiedeten sich. Viviane hörte Zweige brechen, als das hohe Auto rückwärts aus der Einfahrt fuhr, und später sammelte sie die abgebrochenen Tannenzweige auf, die sie als Dekoration verwenden wollte. Es mußte nach fünf Uhr sein, als die Türklingel ertönte.

Bernd Rathingen war ein sportlicher Mann Ende dreißig. Die hellbraunen Haare waren kurz geschnitten und unterstrichen sein dynamisches Auftreten. Er reichte ihr eine kräftige Hand und stellte sich vor. Viviane zupfte automatisch an ihrem Pullover und erwiderte das Lächeln des sympathischen Mannes.

»Kommen Sie herein. Ich habe Sie, ehrlich gesagt, heute nicht mehr erwartet.«

Sie ging voraus ins Wohnzimmer und bot ihm einen Sessel an. Er streckte seine langen Beine aus.

»Ist später geworden als geplant. Ließ sich leider nicht anders machen. Eine Familie hat geerbt und wollte sich von einigen Möbeln trennen. Nur hatten die lieben Leute utopische Preisvorstellungen. Die Verhandlungen zogen sich in die Länge. Da die Stücke aber interessant für mich waren, habe ich mich bemüht.« Er hob die Hände. »So geht es manchmal. Ich übernachte bei Barbara und Christian, muß morgen aber relativ früh wieder los, deshalb der späte Besuch.«

Viviane machte Tee und setzte den Antiquitätenhändler über die Einzelheiten ihrer Recherchen in Kenntnis.

Bernd Rathingen nahm einen Schluck des dampfenden Tees und sagte: »Also, erst mal können wir uns gerne duzen, Förmlichkeiten hebe ich mir immer für meine Klienten auf.«

Viviane lächelte. Bernd erinnerte sie mit seiner einnehmenden unkomplizierten Art sehr an Greg. »Gerne, die Kommode steht im ersten Stock. Willst du sie sehen?«

Der Antiquitätenhändler rieb sich die Hände, als er das Möbel sah. »Du willst es wirklich nicht verkaufen? Schöne Arbeit, gute Qualität, solide Handwerksarbeit.« Er strich über die Beschläge. »Die sind von einem sehr guten Kunsthandwerker, original, lackiertes Messing. Allein das treibt den Preis eines solchen Stückes in die Höhe. Diese Kommode stammt aus England, soviel steht fest, Mitte 18. Jahrhundert. Walnußfurnier an der Platte, Hirnholzfurnier am Körper. Sieh dir die schönen Zierleisten an, hier Fischgrätmuster. Dann die geschweiften Konsolfüße, ja, das ist eindeutig englisch, Georg II. Darf ich?« Auf Vivianes zustimmendes Nicken zog er die Kommode von der Wand weg und sah sich die Rückseite an. Plötzlich stutzte er, schaute noch einmal genau auf eines der Schilder, die auf der Rückwand klebten, und schlug sich dann auf die Schenkel.

»Ja, das gibt es doch gar nicht! Soviel Zufall ist ja schon Schicksal! Hast du dir diese Beschriftungen gar nicht angeschaut?«

Viviane trat näher. »Nein. Irgendwie bin ich dazu noch nicht gekommen.«

Er schüttelte den Kopf. »Du restaurierst doch selbst, oder? Na, egal. Weißt du, in wessen Besitz dieses Stück mal war? In dem einer Bäckersfamilie aus Augsburg!«

»Tatsächlich?«

»Sieh her.« Er deutete auf einen verwischten Aufkleber, den sie wegen seiner unleserlichen Aufschrift nicht weiter beachtet hatte. »Und hier.« Er zeigte auf einen weiteren Aufkleber, auf dem eine Zahl und ein wappenartiges Bild zu erkennen waren. »Die Meilingers sind zwar eine bürgerliche Familie, haben aber eine lange Tradition als Bäcker und Konditormeister. Deren Vorfahren haben die regionalen Adligen mit feinsten Backwaren beliefert und sich so einen guten Namen gemacht. Der erste Aufkleber stammt aus dem 18., der zweite aus dem späten 19. Jahrhundert. In diesem Zeitraum hat sich die Kommode im Besitz dieser Familie befunden, das sind Inventarisierungsmarker. Ich werde nachhaken, möglicherweise gibt es Kaufverträge. Dich interessiert doch besonders die frühe Provenienz, nicht wahr?«

»Ja. Es gibt dieses Geheimfach.« Sie deutete auf die aufklappbare Platte. »Darin habe ich die Sonate gefunden, und jetzt ist sie gestohlen worden! Ausgerechnet in einer Universität stiehlt man sie dem Fachmann unter der Nase weg!«

»Wie ärgerlich.« Mit geübten Griffen öffnete Bernd das Fach und schaute hinein, soweit das möglich war. »Kunstvolle Arbeit. Sehr geschickt eingefügt, scheint eigens für Papiere gemacht zu sein.«

»Ist so ein Fach die Norm? Ich meine, kommt es häufig vor, daß ein Geheimfach dieses Ausmaßes eingebaut wird?«

»Schwer zu sagen. Es gibt die ausgefallensten Auftragsarbeiten, und dieses hier scheint mir eine zu sein, denn normalerweise sind Geheimfächer ein Bonus von Schreibtischen oder Aufsatzschränken und dergleichen. So etwas bei diesem schlichten Möbel scheint wirklich eine Auftragsarbeit zu sein, und daher könnte es direkt für diese Sonate angefertigt worden sein. Darauf willst du doch hinaus, oder?«

»Würde mir helfen, ja.« Viviane fuhr mit den Fingern über die fein gearbeiteten Leisten.

Bernd betrachtete die Kommode nachdenklich. »Ich kenne einige englische Möbeltischler dieser Zeit, aber keiner paßt zu diesem Stil. Vielleicht können die Beschläge Auskunft geben. Die eingearbeiteten Initialen W und K sind garantiert die Anfangsbuchstaben des Auftraggebers oder desjenigen, für den das Stück bestimmt war. Wir brauchen einen Experten für englische Möbel dieser Epoche. Brian ist unser Mann.«

»Brian?« fragte Viviane etwas ratlos.

»Ich arbeite oft mit ihm zusammen, vor allem, wenn ich Expertisen erstelle. Was ich nebenbei mache, ist sein Beruf.

Du kommst um Fotos doch nicht herum. Wenn du möchtest, empfehle ich dir einen Fotografen, der auf solche Detailaufnahmen spezialisiert ist, denn Brian braucht erstklassiges Material, außerdem ist er nicht ganz billig, aber du bekommst sicher einen Freundschaftspreis.« Er fuhr sich durch die Haare. »Er tut mir einen Gefallen, ich helfe ihm, so ist das. Soll ich das machen?«

Viviane wußte, daß sie ohnehin keine andere Wahl hatte, vor allem jetzt, wo die Noten verschwunden waren. Zumindest war das hier eine gute Spur, und sie mußte weiterkommen bei ihrer Suche – die Musik bewegte auch ein sechzehnjähriges Mädchen, das keinerlei Verbindungen zu der Sonate haben konnte, und sie mußte das Vermächtnis ihrer Tante erfüllen. Sie war es Marie schuldig, nach allem, was diese Frau für sie getan hatte, war sie es ihr mehr als schuldig, die Herkunft der Sonate zu ergründen. Darüber hinaus schien Marie mit dieser Aufgabe die Hoffnung verbunden zu haben, daß Viviane sich Josefs Familie annäherte, was ihr angesichts der Gastfreundlichkeit der Habarts leichtgefallen war. Sollte es einen Groll gegen Marie geben – man hatte ihn Viviane in keiner Weise spüren lassen.

Sie plauderte noch eine Weile mit dem attraktiven Antiquitätenhändler, der auch auf einige andere Möbelstücke im Haus hinwies und ihr erklärte, was sie auf dem Markt bringen würden, wenn sie sich zum Verkauf entschlösse, was für Viviane jedoch nicht in Frage kam. Schließlich verabschiedete Bernd sich, da er bei den Baukmanns zum Essen erwartet wurde. Viviane fragte sich, ob Christian nicht eifersüchtig auf den gutaussehenden Freund seiner Frau war, doch die Ehe der beiden schien gefestigt genug, als daß kleine Eifersüchteleien ihr etwas anhaben konnten.

Kapitel 9

Das Weihnachtsfest verlief entsprechend Vivianes Erwartungen. Ihre Mutter war am 24. Dezember angereist und hatte das Festessen mit vorbereitet. Beim gemeinsamen Kochen war sogar eine Einvernehmlichkeit aufgetaucht, wie Viviane sie selten zwischen sich und Christine gespürt hatte. Mit der Ankunft ihres Vaters jedoch hatte der erwartete Ärger seinen Lauf genommen. Ihre Mutter war in ihre Rolle der Eifersüchtigen und Überflüssigen zurückgefallen und hatte mit ihrer schlechten Laune erst gar keine Weihnachtsstimmung aufkommen lassen. Manchmal wünschte Viviane sich Geschwister, dann hätte sie vielleicht Verstärkung gehabt und hätte nicht allein auf dem Posten der hilflosen Vermittlerin zwischen verhärteten Fronten gestanden. Auf den Besuch ihres Vaters, den sie seit den Sommerwochen auf Rhodos nicht mehr gesehen hatte, hatte sie sich gefreut, doch die gemeinsame Zeit konnte sie nicht genießen, ohne sich schuldig fühlen zu müssen, wenn sie das vorwurfsvolle Gesicht ihrer Mutter sah.

Viviane hatte mit den Habarts telefoniert und sich oft gewünscht, Weihnachten einmal in einer großen Familie feiern zu können, in der es nicht ins Gewicht fiel, wenn einer vielleicht nicht in bester Verfassung war. Ihre Mutter hatte auch auf diese Gespräche mit bissigen Bemerkungen reagiert.

»Jetzt hast du ja eine neue Familie, da brauchst du mich gar nicht mehr. Dann fahr doch nach Prag.«

Ihrem Vater war daraufhin der Kragen geplatzt, und ein ausgewachsener Streit war die Folge gewesen. Viviane sah ein, daß die beiden wohl nicht mehr zueinanderfinden würden.

Sie war nicht traurig darüber, nur enttäuscht, daß sich zwei Menschen nach so vielen gemeinsamen Jahren nicht mit mehr Respekt und Verständnis entgegentraten. Ihr Vater fuhr zuerst ab, weil er noch einen Flieger erreichen wollte, ihre Mutter kurz darauf, weil sie zu einer Wohltätigkeitsveranstaltung erwartet wurde. Den Abend des ersten Weihnachtstages verbrachte Viviane allein mit Miko. Sie goß sich ein Glas des exzellenten Rotweins ein, den ihr Vater mitgebracht hatte, und prostete einem Foto ihrer Tante zu.

»Auf dich, Marie. Auf dich und Josef, wo immer ihr jetzt sein mögt!« Sie nahm einen Schluck und ließ das edle Getränk auf der Zunge zergehen. »Ein verdammt guter Tropfen, Vater.« Sie schaute auf den Ring mit dem schimmernden Rubin, den ihre Mutter ihr geschenkt hatte. »Ein stilvolles Geschenk, Mutter. Aber ein noch größeres Geschenk hättet ihr mir gemacht, wenn ihr euch einmal, nur einmal, nicht gestritten hättet.« Sie streichelte Miko den Kopf, daß der Kater wohlig schnurrte und sie anblinzelte. »Wir zwei, hmm.«

Dann schloß sie die Augen, denn sie wollte nicht weinen und zugeben, daß sie sich allein und verlassen fühlte.

Am nächsten Abend rief sie Michal an. Als sie das Läuten in der Leitung hörte, bereute sie bereits, seine Nummer gewählt zu haben, und legte auf, als sie seine Stimme hörte. Du bist ein Feigling, Viviane, sagte sie zu sich. Doch einen zweiten Anruf wagte sie nicht. Sie griff statt dessen nach ihrer Daunenjacke und ging in die winterliche Nacht hinaus. Still lagen die verschneiten Straßen im Mondlicht. Die Sterne funkelten deutlich sichtbar. Ihr Versuch, einzelne Bilder zu erkennen, hatte wenig Sinn, denn noch nie hatte sie sich mit Astronomie befaßt. Sie erfreute sich an der Schönheit des nächtlichen Himmels und spazierte die menschenleere Dorfstraße entlang.

Ihr Weg führte sie an Angelas Haus vorüber, dessen Fenster dunkel waren. Vielleicht war sie mit ihrem Mann zu ihrer Mutter gefahren oder besuchte die Familie ihres Mannes, von der Viviane nicht wußte, welcher Nationalität sie angehörte. Nachdem Angela sie in ihr Schicksal eingeweiht hatte, waren sie nur noch selten zusammengekommen. Angela schien zu bereuen, daß sie Viviane in ihr Vertrauen gezogen hatte. Wahrscheinlich steckte auch Stojko hinter Angelas neuer Distanziertheit. Nun, wenn sie nicht von selbst zu ihr kam, konnte sie ihr auch nicht helfen, und nach dem Zusammentreffen mit Stojko in Hutthurm hatte Viviane sowieso wenig Verlangen nach einer Konfrontation mit dem aggressiven Mann.

Silvester verbrachte sie bei Barbara und Christian. Die beiden hatten eine Party organisiert und alte Freunde eingeladen. Die Kinder waren bei den Großeltern in Würzburg. Bernd Rathingen war auch da und flirtete mit ihr. Viviane genoß die Aufmerksamkeit und die fröhliche Stimmung des Abends, machte Bernd jedoch keine Hoffnungen. In der ersten Neujahrswoche rief Branka an. »Frohes neues Jahr, Viviane! Gut reingefeiert?«

»Ja, danke, und ihr?«

»Auch, erst waren wir zu Hause, dann sind wir ins ›Mecca‹ gegangen, super Stimmung, hippe Musik. Aber ich wollte dir eigentlich über diesen Diebstahl berichten. Das heißt, es gibt nichts zu berichten, und das finde ich noch viel merkwürdiger.«

»Warum das?«

»Na ja, weißt du, an einer Uni bleibt kaum etwas lange ein Geheimnis. Jede Affäre eines Dozenten wird sofort kommentiert und ist bestes Gesprächsmaterial. Öfters sind schon mal Bücher aus den Fachbibliotheken weggekommen, das wußte auch jeder am nächsten Tag. So ist das eben mit allem. Und ich habe mir wirklich Mühe gegeben und mit einigen Musikstudenten und der Sekretärin des Institutes gesprochen. Nichts! Verstehst du? Niemand hatte von diesem Diebstahl gehört! Das ist doch sehr, sehr merkwürdig. Ich meine, wem hat dieser Straberger den Verlust gemeldet?«

»Hast du ihn denn gesehen?«

»Jetzt wird es noch besser – seit Tagen hängt ein Zettel an der Tür mit der Aufschrift: ›Vorübergehende Abwesenheit‹.«

Viviane wurde immer nervöser. »Es muß doch aber eine offizielle Stelle geben, bei der sich ein Dozent abmeldet. Die können doch nicht einfach abwesend sein auf unbestimmte Zeit.«

»Sicher. Wahrscheinlich ist er krank gemeldet. Viviane, ganz ehrlich, ich finde das sehr merkwürdig. Warum schaltest du nicht die Polizei ein? Oder ich mache das für dich?«

»Ich will Straberger aber kein Unrecht tun. Nein, nein, solange ich nicht mit ihm gesprochen habe, werde ich nichts unternehmen. Manchmal klärt sich ja alles zum Guten auf. Jeder verdient eine Chance.«

Branka lachte. »Du bist großzügig! Hoffentlich ist er das auch wert. Vielleicht hat er die Noten an einen Händler verkauft. Das ist keine Schwierigkeit, der Handel mit geraubten Antiquitäten ist ein einträgliches Geschäft, man muß nur die richtigen Leute kennen, dann kannst du alles haben.«

»Branka! Ich muß schon sagen, woher weißt du so was denn?«

»Phh, hier ist alles noch ein wenig rauher, wilder, würde ich sagen. Es geht immer was, ist die Devise. Oh, ich will dir keine Angst machen, es gibt auch die gutbürgerlich ehrlichen Menschen, aber die Schwelle zur anderen Seite ist weniger hoch. Das trifft es, glaube ich, ganz gut. Wann kommst du denn mal wieder?«

»Ich werde versuchen, Straberger zu erreichen. Wenn ich innerhalb der nächsten zwei Wochen nichts höre, werde ich wohl deinen Vorschlag mit der Polizei befolgen.«

Nach dem Gespräch war Viviane beunruhigt, denn sie hatte auf die Zusendung der Kopien keine Rückmeldung von Straberger erhalten und dieses Schweigen auf das Semesterende und anfallende Klausuren geschoben. Mit dem, was sie jetzt wußte, schien ihr die Lage allerdings komplizierter und möglicherweise sogar gefährlich zu sein. Immerhin war sie verfolgt worden. Sie hatte sich nicht eingebildet, daß dieser Mann sie auf der Eröffnungsveranstaltung angesprochen hatte. Er war auf Maries Beerdigung erschienen, und niemand kannte ihn, denn sie hatte vorsichtig bei den Leuten im Dorf Erkundigungen über den Trauergast eingezogen, jedoch ohne Erfolg. Wenn Branka mit ihrer Theorie über den Verkauf der Noten recht behielt, dann waren sie verloren. Aber wo war Straberger? Sie suchte nach seiner Telefonnummer, als es an der Tür klingelte.

Viviane sah durch das schmale Seitenfenster und entdeckte einen untersetzten, etwa fünfzigjährigen Mann in Parka und Anzug. Er schien sie bemerkt zu haben, denn er zog einen Ausweis aus seiner Tasche und hielt ihn ihr hin.

Viviane öffnete die Tür. »Ja, bitte?«

»Markus Zarlinger, ich bin Kommissar, Abteilung für Kunstdiebstähle, momentan der Dienststelle Passau zugeordnet. Bitte erschrecken Sie nicht, Frau Byrne.« Er fuhr fort, als Viviane zustimmend nickte. »Es geht um die von Ihnen als vermißt gemeldeten Bilder.«

»Treten Sie doch ein, bitte, dort entlang.« Viviane war überrascht, daß sich jetzt ein Beamter um ihre Angelegenheit kümmern wollte, nachdem sie seit Wochen nichts von der Polizei gehört hatte.

Der Ermittler trat sich die Schuhe ab und folgte ihr ins Wohnzimmer, wo er sich umsah und dann anmerkte: »Sie haben keine weiteren Bilder hier im Haus? Josef Habart war Ihr Onkel, wenn ich das richtig verstanden habe?«

»Großonkel. Ich hatte schon befürchtet, daß die Sache als Aktennotiz abgeheftet und vergessen worden ist.«

Zarlinger lächelte entschuldigend. Seine Wangen waren von der Kälte gerötet, und die gefütterte Winterjacke trieb ihm bei der warmen Heizungsluft Schweißperlen auf die Stirn. Er legte die Jacke ab. »Entschuldigung, es ist so warm bei Ihnen und ich sollte mehr Sport treiben.« Er strich sich über den runden

Bauch. »Es dauert manchmal lange bei uns, aber vergessen haben wir Sie nicht. Am besten, Sie erzählen mir alles, was Ihnen zu den vermißten Werken einfällt. Wann Sie sie das letzte Mal gesehen haben, was Ihre Tante gesagt hat und so weiter. Ich habe den Bericht nicht mehr genau im Kopf.«

Er zog einen Notizblock aus der Tasche und schrieb mit, während Viviane berichtete. Sie schloß mit den Worten: »Im Grunde ist es nicht viel, was ich Ihnen sagen kann. Außer der Notiz von meiner Tante und meiner Erinnerung an das Werk *Mondnacht* gibt es keinen Beweis ihrer Existenz, kein Foto, keine Katalogisierung, nichts. Meine Tante hat die Bilder geliebt, sich aber nie die Mühe gemacht, etwas schriftlich festzuhalten.«

»Schade. Nun, wir müssen mit dem arbeiten, was wir haben. Immerhin konnten Sie mir eine genaue Beschreibung der Werke geben, so daß wir die Bilder bei einem eventuellen Auftauchen identifizieren können. Ich mache Ihnen keine großen Hoffnungen, denn wenn die Sachen erst mal außer Landes geschafft wurden und illegal an einen Privatsammler verkauft wurden …« Er zuckte mit den Schultern. »Dann kann man nur noch auf den Zufall hoffen.«

Zarlinger stand auf und reichte ihr die Hand. »Vielen Dank für Ihre Zeit. Sollte sich etwas ergeben, melde ich mich.«

»Ja, danke für Ihre Mühe.«

Viviane begleitete den Kommissar zur Tür. Nun hatte sie zwar die Gewißheit, daß die Polizei sich mit den verschwundenen Bildern befaßte, die Aussicht auf Erfolg war aber denkbar gering. Entmutigt ging sie in die Küche, wo sie sich einen Salat zubereitete. Alle ihre Nachforschungen führten anscheinend in Sackgassen. Die Bilder waren wahrscheinlich für immer verschwunden und die Noten auch. Wenn Branka schon keine hohe Meinung von der Redlichkeit ihrer Landsleute hatte, was konnte Viviane dann noch hoffen, denn die Noten waren ganz sicher eine Menge Geld wert, wenn sich ein Kenner für sie interessierte.

Im Kühlschrank fand sie einen Rest Weißwein. Mit einem Stück Brot und dem Salat setzte sie sich an den Küchentisch. Was machte sie überhaupt richtig? Sie hatte eine gescheiterte Ehe hinter sich, für die sie sich zum größten Teil selbst die Schuld gab, denn sie hätte viel früher erkennen müssen, daß Greg und sie in den grundsätzlichen Dingen einfach gegensätzlich dachten und fühlten. Seit dem Tod ihrer Tante lebte sie hier in dem abgelegenen Dorf inmitten der zugegebenermaßen schönen Natur. Aber war das nicht auch nur wieder eine Flucht? Hatte sie nicht genauso gehandelt, als sie von Bristol nach Shaftesbury gezogen war? Jo hatte inzwischen ein zweites Café in Salisbury aufgemacht, denn mit ihren Kuchen und dem guten Essen hatte sie sich in der Region einen Namen gemacht.

Aber was hatte sie in der Zwischenzeit geschafft? Sie gab weiter Querflötenunterricht und restaurierte Möbel. Ihr Exmann hatte die Reparatur des Daches bezahlt, obwohl sie dazu eigentlich auch selbst imstande gewesen wäre. Doch halt, die Sache mit den Möbeln hatte sich fast zu einem Selbstgänger entwickelt. Morgen wollte ein Bauer aus Hutthurm kommen und ihr einen Tisch mit sechs Stühlen zum Überarbeiten vorbeibringen. Sie hatte noch vier Stücke in ihrer Werkstatt stehen und sogar schon mit dem Gedanken gespielt, stundenweise eine Hilfe einzustellen. Angela hatte sich rar gemacht, aber das wäre immerhin eine Möglichkeit, und vielleicht ließe sich sogar mehr daraus machen. Im Sommer kamen Hunderte von Touristen durch den Ort, und ein Laden, in dem es landestypische Antiquitäten zu kaufen gäbe, wäre eine durchaus profitable Idee.

Lächelnd aß Viviane das letzte Salatblatt und gab Miko, der sie vom seinem Stuhl aus hypnotisierte, das letzte Stück Räucherlachs.

»Ja, mein Alter, vielleicht werden wir Geschäftsleute, und die selbstgekochte Marmelade und die Kräuter verkaufen wir auch noch!« Schwungvoll stand Viviane auf. So wollte sie es machen! Sie würde sich mit einem kleinen Geschäft selbständig machen. Ihr Vater konnte ihr bei der Existenzgründung bestimmt mit wichtigen Tips zur Seite stehen, und er würde es gerne machen, das wußte sie. Und ihre Mutter, sie lachte innerlich, die würde sich den wohlfrisierten Kopf raufen und jammern, daß das ganze Studium umsonst war, wenn sie jetzt alten Plunder verkaufte. Mit dem Kopf voller Zukunftsträume ging sie an diesem Abend zu Bett und vergaß darüber ganz, daß sie Straberger anrufen wollte.

Am nächsten Morgen wachte Viviane gutgelaunt auf. Sie spürte so viel Energie in sich wie schon lange nicht mehr. Ihr Kopf war voller Pläne für das Geschäft, das sie eröffnen wollte. Nach einer heißen Dusche kämmte sie sich die Haare, die inzwischen bis auf den Rücken hinabfielen. Sie brauchte einen Friseurtermin, denn die lange Mähne wurde zu pflegeaufwendig. Nach einem ausgedehnten Frühstück schlüpfte sie in ihre warme Jacke und ging nach draußen. Die Wege waren überfroren, und sie streute etwas Sand auf den schmalen Bürgersteig vor ihrem Haus. Auf Salz verzichtete sie, denn sie mochte es, wenn der Schnee den Asphalt verdeckte, und außerdem fraß das Salz sich in die Pfoten von Hunden und Katzen, die dann stundenlang damit beschäftigt waren, sich das aggressive Streumittel aus den weichen Tatzen zu lecken. Miko sprang in den Schnee und schnupperte unter den Tannen. Sie war immer wieder überrascht, wie munter der kleine Kater trotz seines stolzen Alter war.

Zurück im Haus, entdeckte sie auf dem Couchtisch im Wohnzimmer die Nummer von Professor Straberger, den sie gestern hatte anrufen wollen. Sie wählte die Nummer seines Büros, erhielt jedoch keine Verbindung. Vielleicht fand sie über die Auskunft seine Privatnummer heraus. Sie legte auf und nahm den Hörer gleich darauf wieder ab, weil das Telefon klingelte.

»Byrne, hallo?«

»Viviane, setz dich hin oder halt dich fest«, Brankas Stimme überschlug sich fast vor Aufregung. »Straberger ist tot!«

»Was? Jetzt mal ganz langsam, was weißt du darüber?« Viviane setzte sich tatsächlich auf die Sofalehne, denn die Nachricht hatte sie geschockt.

»Ich schaue heute morgen in die Zeitung und sehe das Bild vom Straberger mit der Unterschrift ›Professor der Musikwissenschaft bei tragischem Unfall ums Leben gekommen‹. Weiter stand dort, daß er beim Überqueren der Straße in der Nähe vom Bahnhof von einem heranrasenden Fahrzeug erfaßt wurde und noch am Unfallort verstarb. Der Fahrer entkam unerkannt. Na, das ist doch ein Ding, ausgerechnet!«

»Allerdings. Wann ist das passiert?«

»Gestern nachmittag. Sag schon, was denkst du?«

»Ob das wirklich ein Unfall war? Schwer zu sagen, Branka. Ich meine, so was kann passieren. Die Straße vor dem Bahnhof ist vierspurig, und die Autos rasen dort immer viel zu schnell vorbei, jedenfalls als ich dort war.« Viviane erinnerte sich gut an die breite Straße, die gefahrlos nur an den Ampeln zu überqueren war.

»Schon«, gab Branka nachdenklich zu. »Aber gerade jetzt verunglückt dieser Mann, gerade jetzt, wo die Noten weg sind und es keine Spur von einem Einbruch gibt.«

»Ein unglücklicher Zufall.« Aber Viviane zweifelte selbst, ob es sich nur um einen Zufall handelte. Sie spürte plötzlich ein beklemmendes Gefühl in sich aufsteigen. In was war sie hier hineingeraten? War sie zur hilflosen Figur auf dem Schachbrett eines anderen geworden?

»Das nehme ich dir nicht ab. Wir sollten die Polizei einschalten, auf jeden Fall nachfragen, ob die Noten als vermißt gemeldet sind. Soll ich das für dich tun?«

Aus einem Impuls heraus lehnte Viviane ab. Hier wurde nach Regeln gespielt, die jeder moralischen oder gesetzlichen Norm zuwiderliefen. »Nein, noch nicht. Ich kann dir im Moment nicht sagen, warum ich es für besser halte, noch zu warten, es ist ein Gefühl. Sagen wir einfach, ich will keine schlafenden Hunde wecken.«

»Na, für meinen Geschmack sind die schon ziemlich wach und hungrig. Aber sicher, wenn du das nicht willst. Ich mache mir trotzdem langsam Sorgen um dich. Fühlst du dich sicher?«

»Bitte, Branka, nun übertreib nicht. Wir spekulieren hier wild herum. Vielleicht ist der gute Straberger wirklich unachtsam gewesen und hat den Wagen übersehen. Fahrerflucht kommt oft genug vor.« Mehr Sorgen machte ihr der Verbleib der Noten. Kolman Straberger war ihr einziger Anhaltspunkt gewesen. »Weißt du, die Noten waren doch in einer Kommode versteckt, die Josef von seiner Mutter hatte. Ich habe angefangen, die Geschichte des Möbels zu erforschen, vielleicht ergibt sich so eine weitere Spur.«

»Hmm, na gut, mach es so, wie du denkst, aber sieh dich vor, Viviane! Tut mir leid, ich muß jetzt weg. Wir bleiben in Kontakt. Bis dann!«

Die Unbeschwertheit, die sie noch beim Aufstehen verspürt hatte, war verschwunden und hatte einer bedrückenden Besorgnis Raum gemacht. Sie rief sich selbst zur Ruhe, denn lähmende Angst, die aller Wahrscheinlichkeit nach sowieso unbegründet war, brachte sie nicht weiter. Grübeln half nicht. Sie griff nach den Autoschlüsseln und machte sich auf den Weg zum nächstgelegenen Supermarkt, in dessen Nähe sich auch ein Baumarkt befand, denn sie benötigte neues Holzwurmmittel. Von einem Tisch mußte sie einen Teil der Beine abschrauben, da diese allzusehr unter dem Befall der hungrigen Würmer gelitten hatten. Dann würde sie die Beine in Gefäße mit Lösungsmittel gegen die unliebsamen Tiere stellen, damit das Holz sich vollsaugen konnte.

Im Supermarkt schob sie ihren Wagen zwischen den vollgepackten Regalen hindurch. Zuerst kaufte sie einen großen Vorrat an Katzenfutter, denn im Winter verdrückte der Kater noch mehr als im Sommer. Auch Räucherlachs und frischer

Fisch wanderten in den Wagen. Am Obststand entdeckte sie eine schlanke Gestalt, die ihr vertraut vorkam. Sie näherte sich der jungen Frau und sagte laut: »Angela! Schön, dich zu sehen. Wie geht es? Warst du im Urlaub?«

Angela drehte sich um, und Viviane erschrak, als sie die großen traurigen Augen sah, die anderes sprachen als die Worte, die Viviane hörte.

»Ja, danke. Alles klar. Wir«, sie nickte in Richtung des Fleischtresens, an dem Stojko stand, »sind gerade aus Bochum zurück, dort lebt Stojkos Familie, Deutschrussen, eine große Familie.« So wie sie das ausdrückte, klang es nicht, als hätte sie eine glückliche Zeit mit Stojko verbracht, doch Angela lächelte tapfer. »Ich habe noch ein Weihnachtsgeschenk für dich. Das bringe ich dir in den nächsten Tagen vorbei. Ja, also bis dann!« Rasch drehte sie sich um und schob ihren Einkaufswagen weiter.

Viviane entdeckte den Grund für den abrupten Gesprächsabbruch – Stojko kam mit seinem Fleischpaket direkt auf sie zu und nickte Viviane kühl zu, als er sie erblickte. Er wußte, daß sie besser über ihn informiert war, als ihm lieb sein konnte, doch daran ließ sich jetzt nichts mehr ändern. Angela mußte von allein zu ihr kommen, was sie vielleicht bald tun würde. Stojko trug eine Lederjacke, deren Pelzfutter nicht nach synthetischem Material aussah, und Viviane fragte sich einmal mehr, mit welcher Art von Geschäften der Mann sein Geld verdiente.

Sie nutzte den Tag für Einkäufe, die sie schon lange hatte machen wollen, und kam am späten Nachmittag mit einem vollgeladenen Wagen nach Hause zurück. Miko saß wartend auf der Ablage neben der Haustür und mauzte hungrig. Nachdem sie den Kater versorgt und die Einkäufe verstaut hatte, entzündete sie ein warm prasselndes Feuer im Kamin und setzte sich mit dem Telefon aufs Sofa. Den ganzen Tag über hatte sie der Gedanke an den Tod des Professors nicht losgelassen. Sie wollte Bernd anrufen, vielleicht hatte er schon eine

Spur gefunden, was diese Noten so wertvoll oder besonders machte.

»Antiquitäten Rathingen, grüß Gott.«

»Bernd, hallo, ich wollte doch mal hören, ob du schon was Neues weißt.«

Erfreut antwortete er: »War eine schöne Party bei Barbara und Christian! Ins neue Jahr könnten wir von mir aus ruhig öfters feiern. Ich habe tatsächlich mit Brian gesprochen. Er hatte noch keine Zeit, sich die Fotos anzusehen, wird sich aber sobald wie möglich bei dir melden. Außerdem bin ich dabei, alte Unterlagen in einem Augsburger Archiv durchzusehen. Es gab da im 18. Jahrhundert einen holländischen Händler, von dem viele Stücke stammen, die der fleißige Bäcker Meilinger gekauft hat.«

»Er muß ein reicher Mann gewesen sein.« Viviane konnte sich nur schwer vorstellen, daß ein Bäcker zur damaligen Zeit über derartig viel Geld verfügte.

»Aber ja doch, seine Kuchen müssen den Leuten den Gaumen gekitzelt haben. Die Meilingers waren Fürstliche Hoflieferanten bis zum Ende der Monarchie. Viele ihrer herrlichen Möbel sind inzwischen weiterverkauft.«

»Ich würde mich nie von der Kommode meiner Tante trennen. Egal, was man mir dafür bieten würde.«

»Das ist sentimental, ehrenvoll und der Ruin eines Antiquitätenhändlers. Zum Glück gibt es Leute, die nicht so sehr an alten Stücken hängen. Ich könnte dir ganz unglaubliche Geschichten erzählen von Wohnungsauflösungen, den Erben, die alles verramschen, oder absoluten Unikaten, die plötzlich inmitten von wertlosen Fünfziger-Jahre-Möbeln auftauchen.«

Bernd geriet richtig ins Schwärmen, und Viviane erkannte, daß er die Provenienz eines Stückes so spannend fand, wie sie das Aufarbeiten alter Möbel. Ihr ging es um das Praktische, sie wollte den Erfolg ihrer Arbeit nach schweißtreibenden Stunden mühsamer Bearbeitung alten Holzes sehen. Bernd dagegen ließ aufarbeiten und kümmerte sich mehr um die Akquisition und das Recherchieren. Vielleicht konnte er ihr gelegentlich ein Stück zum Bearbeiten überlassen.

»Ich danke dir für deine Mühe und bin gespannt, was Brian herausfindet.«

»Geht mir nicht anders. Wahrscheinlich bin ich nächste Woche in der Gegend, dann schaue ich bei dir vorbei, wenn du nichts dagegen hast.«

Sie lächelte. Er konnte das Flirten nicht lassen. Solange er Sportsgeist bewahrte, hatte sie nichts dagegen, denn sie unterhielt sich gern mit dem dynamischen Mann, der witzig erzählen konnte und wie sie alte Möbel liebte. Das Gespräch mit ihm hatte sie etwas abgelenkt, doch als sie in die Küche ging, um das Abendessen vorzubereiten, wobei sie es bei Brot und Käse beließ, kroch das Gefühl der Bedrückung wieder in ihr hoch. Professor Straberger war tot. Schon bei ihrem Gespräch mit ihm in Prag hatte er beim bloßen Durchsehen der Partitur eine Andeutung gemacht, daß es sich um etwas Außergewöhnliches handelte. Es war zum Verzweifeln! Sie legte das angebissene Stück Brot zurück auf den Teller und ging ins Wohnzimmer. Dort sah sie ihre Flöte auf dem Tisch liegen und ergriff das Instrument, um spontan das Adagio cantabile zu spielen.

Als die letzten Töne im Raum verklangen, ließ Viviane nachdenklich die Flöte sinken. Sie stand in ihrem Wohnzimmer, und dennoch konnte sie sich des Eindruckes nicht erwehren, nicht allein zu sein. Zumindest während sie dieses Stück spielte. Sie hielt inne, genauso war es. Die Musik war so lebendig, daß Viviane sich in längst vergangene Zeiten zurückversetzt fühlte. Das mußte nicht außergewöhnlich sein, denn sie verfügte über eine ausgeprägte Phantasie. Sie las viel, sah sich gerne Filme an, und diese Musik war von einer derart großen Emotionalität, daß Vivianes Sinne bis auf das äußerste angeregt und geschärft wurden. Viviane wog die Flöte in der Hand. Musik war eine Form der Sprache, die keine Worte brauchte. War es nicht so, daß man, wenn man eine Melodie festhielt, man gleichzeitig die Bedeutung von Raum und Zeit außer Kraft setzte, und sei es auch nur für wenige kostbare Augenblicke?

Sie hatte oft mit Marie darüber gesprochen, was Musik ihr selbst bedeutete, und Marie war wie Viviane der Meinung, daß man mit einer Melodie ein Stück Vergänglichkeit überwand. Eine Melodie konnte berühren, verzaubern, anrühren, aber auch betrüben und erschüttern. Dies hing ganz von der Person ab, die sie hörte oder spielte. Viviane legte die Flöte auf den kleinen Tisch zurück. Diese alte Weise weckte in ihr Erinnerungen an vergangene Zeiten. Und mit einer ihr bisher unbekannten Intensität fühlte Viviane Leidenschaft, Schmerz und Hoffnung. Genau so empfand sie die Melodie, mit dem vagen Gefühl von einem Wissen über den Menschen, der sie einmal niedergeschrieben hatte. Das war das Außergewöhnliche, jedenfalls für sie und all jene, die ähnlich sensibel und empfänglich für derlei waren.

Ihre Mutmaßungen waren überflüssig, solange die Sonate verschwunden blieb. Ohne die Originalpartitur ließ sich nichts beweisen und nichts weiter herausfinden. Es blieb ihr jetzt nichts anderes zu tun, als abzuwarten. Zu hoffen, daß der englische Experte einen brauchbaren Hinweis fand, und zu hoffen, daß die Noten wiederauftauchten, was ihr in diesem Augenblick so gut wie unmöglich erschien. Auf der dunklen Terrasse schien Miko etwas entdeckt zu haben, denn sein Schwanz ging unruhig hin und her und seine Nackenhaare sträubten sich.

»Na, hat sich eine Maus verirrt? Komm mit, ich muß die Werkstatt abschließen, da kannst du deinen Kontrollgang machen.«

Miko ging vorsichtig vor ihr zur Tür hinaus und schnupperte in den kalten Wind, der am Abend aufgekommen war. Viviane fröstelte, schlang die Arme um den Körper und ging mit forschen Schritten zur Werkstatt. Sie hatte noch nie Angst gehabt, wenn sie abends durch den Garten gegangen war oder die Garage abgeschlossen hatte. Mikos seltsames Verhalten und die Nachricht von heute morgen jedoch hatten ihr die Unbefangenheit genommen. Zwischen ihrem und dem nächsten Haus lag eine ausgedehnte Wiese. Niemand würde sie schreien hören, sollte sie um Hilfe rufen. Sie schüttelte sich und verbot sich, hysterisch zu werden. Das Wohnzimmerfenster warf einen schwachen Schein bis zum Beginn des Weges, der zur Werkstatt führte. Sollte jemand sie überfallen wollen, war das ein guter Platz, um auf sie zu warten.

»Miko!« rief sie laut, und ein braunweißes Fellknäuel stob durch den Schnee auf sie zu. Etwas beruhigter mit dem vertrauten Tier an ihrer Seite, ging sie auf den dunklen Abschnitt des Weges zu. Als sie dann jedoch frische Fußabdrücke im Schnee entdeckte, die größer waren als ihre eigenen, machte sie auf der Stelle kehrt und rannte, gefolgt von Miko, ins Haus zurück. Sie verriegelte alle Türen und schloß sich schließlich sogar in ihrem Schlafzimmer ein. Lange Zeit verharrte sie mit angespannten Nerven in der Dunkelheit, doch außer dem stärker werdenden Wind und dem Rauschen der Bäume war kein ungewöhnlicher Laut zu vernehmen. Irgendwann in der Nacht schlief sie erschöpft ein.

Kapitel 10

Lautes Klopfen an der Haustür riß sie aus dem Schlaf. Sie sah auf den Wecker. Es war schon elf Uhr. Miko saß auf der Fensterbank unter dem Vorhang, seine Schwanzspitze klopfte leicht gegen den Heizkörper. Viviane warf sich einen Bademantel über und ging in das gegenüberliegende Zimmer, von dessen Balkon aus sie auf den Weg vor der Haustür sehen konnte. Nachdem sie Angela erkannt hatte, ging sie hinunter und öffnete die Tür.

»Guten Morgen, Angela. Komm ruhig herein, ich habe völlig verschlafen, dabei müßte ich schon längst in der Werkstatt sein und arbeiten. Mach dir einen Kaffee, wenn du magst, ich bin in fünf Minuten zurück.«

Angela lächelte. »Mach ich, danke. Du kannst sicher auch einen Kaffee gebrauchen, siehst mitgenommen aus.«

Ein Blick in den Spiegel zeigte Viviane übernächtigte Augen und zerzaustes Haar, doch nach einer Dusche ging es ihr bedeutend besser. Aus der Küche schlug ihr der Duft von gebratenen Eiern und Kaffee entgegen.

»Hmm, gut. Du bist ein Engel, na, kein Wunder, bei dem Namen.«

Angela lachte. »Du weißt, daß ich alles andere als das bin, aber kochen kann ich, das stimmt.« Sie füllte Viviane das duftende Rührei auf einen Teller, legte Toast und Butter dazu und goß schließlich Kaffee in zwei Becher. »Ich fand, du könntest etwas Deftiges vertragen. Hast du abgenommen?«

Viviane selbst war das nicht aufgefallen, nur unbewußt hatte sie registriert, daß ihre Hosen weiter geworden waren. Nun, bei den Ereignissen der letzten Zeit war das kein Wunder. Aber ihre Probleme standen hinter denen von Angela zurück.

»Durftest du weg?« fragte sie zwischen zwei Bissen Toast mit Ei.

»Er ist unterwegs, kommt erst in drei Tagen wieder nach Hause. Nach einem Anruf ist er sofort losgefahren.« Ihre braunen Augen strahlten. »Und da habe ich die Gelegenheit genutzt, dich zu besuchen und mich für mein Ausbleiben zu entschuldigen. Das ist für dich, nicht so exklusiv wie dein Weihnachtsgeschenk, aber wirkungsvoll.« Sie schob Viviane drei kleine Tontiegel mit Deckel zu, die eine Glasur aus blauen Blüten zierte.

Viviane hatte ihr ein Parfum, von dem sie wußte, daß Angela es mochte, geschenkt, und sie freute sich über das Gegengeschenk, mehr noch aber über die Tatsache, daß ihre Freundin sie besuchte. Vorsichtig öffnete sie die Tiegel und entdeckte Pulver und Blütenblätter, mit denen sie aber nichts anzufangen wußte.

»Vielen Dank, das ist sehr hübsch, aber ganz ehrlich, ich habe keine Ahnung, um was es sich handelt. Du überschätzt mein Kräuterwissen.«

Angela deutete auf das erste Töpfchen. »Das ist getrocknete Alantwurzel. Ich habe sie zermahlen, so kannst du einen Tee aufbrühen, der bei Husten und Bronchitis hilft. Ist auch bei Magenbeschwerden gut.«

»Alant? Wächst das bei mir im Garten?« Viviane schnupperte an dem Pulver.

»Oh ja, das sind die schönen gelben Blüten, die hinten, wo es so feucht ist, stehen. Diese getrockneten Blüten sind von der Stockrose. Du machst daraus ebenfalls einen Tee, der dir gegen Heiserkeit und Husten hilft. Früher hat man damit auch Wunden ausgewaschen und gegurgelt. Aber dafür ist das letzte Pulver hier eigentlich besser. Das ist Beinwell. Du verrührst etwas Pulver mit Olivenöl, streichst das auf ein sauberes Leinentuch und kannst es so bei leichten Verbrennungen,

Verstauchungen, Quetschungen und kleinen Wunden auflegen.« Sorgfältig verschloß Angela die Töpfe. »Die hat meine Mutter mir von zu Hause geschickt, so bewahren wir dort die Mittel auf, die wir aus Pflanzen herstellen.«

Viviane wußte die kostbaren Heilmittel, die Angela in mühsamer Arbeit geerntet und nach genau festgelegten Methoden getrocknet hatte, zu schätzen. »Da habe ich ja fast die Apotheke im Haus. Das ist sehr lieb, Angela.« Sie schob den Teller, den sie hungrig geleert hatte, zur Seite. »Ich hatte letztens eine Idee. Weißt du, ich habe schon so viele Aufträge für meine Werkstatt, daß ich eigentlich gut eine Hilfe gebrauchen könnte, und da dachte ich an dich.«

Angela erbleichte. »Aber ich habe so was noch nie gemacht. Das kann ich nicht. Oh nein, Viviane, das wird nichts.«

»Das ist genau der Punkt, du hast es noch nie probiert. Wie willst du wissen, ob du es nicht doch kannst? Hast du jetzt etwas Zeit?« Viviane stand auf und räumte den Tisch ab.

Angela wusch rasch das Geschirr ab. »Ja, ich habe bis zum späten Nachmittag Zeit, dann muß ich zur Gablerbäuerin, ihr beim Hausputz helfen.«

»Na, wenn das kein Zufall ist. Der Gabler kommt heute wahrscheinlich noch vorbei und bringt mir einen Tisch und Stühle, da kannst du vielleicht mit ihm fahren. Also, dann gehen wir jetzt in die Werkstatt!«

Angela schien von der Idee noch nicht ganz überzeugt, doch Viviane fand, daß es zumindest einen Versuch wert war. Sie steckte ihr Handy ein, zog sich einen alten Rollkragenpullover über das Sweatshirt und ging voraus. Der Wind hatte die Spuren, die sie letzte Nacht so erschreckt hatten, verweht, und sie fürchtete, daß sie einfach überreagiert hatte. Im Tageslicht sah alles so aus wie immer, die Tür zur Werkstatt war nicht verschlossen, doch niemand schien dort gewesen zu sein.

»Was ist los? Du guckst so merkwürdig.« Angela bemerkte Vivianes Zögern beim Betreten der Werkstatt.

»Nichts weiter. Ich werde langsam verrückt, dachte, daß jemand in meinem Garten herumgeistert.« Sie ging geradewegs auf den Ofen zu, um mit Holz und Papier ein Feuer zu entfachen, denn es war eisig kalt in dem ehemaligen Atelier.

Angela stand nachdenklich neben der Werkbank und nahm eine Schraubzwinge in die Hand. »Es ist einsam hier draußen. Aber ich habe nicht gehört, daß hier schon einmal ein Einbruch passiert ist. Mach dir keine Sorgen, wir Frauen sind manchmal überängstlich. Wozu ist denn dieses Ding hier da?«

Viviane begann zu erklären, und bald waren sie mitten in der Arbeit. Angela hatte sich die Ärmel ihres Pullovers hochgekrempelt, und Schweißperlen standen auf ihrer Stirn, während sie mit Sandpapier die Oberfläche eines kleinen Schränkchens abschmirgelte, dessen Oberfläche stark verschmutzt war. Eben wollte Viviane das letzte Bein des holzwurmverseuchten Stückes abschrauben, als ihr Handy klingelte. »Ja?« Sie wischte sich die schmutzigen Hände notdürftig am Overall ab.

»Sind Sie Frau Byrne?«

Die Stimme der Frau klang brüchig und ängstlich, so als spräche sie gedämpft.

»Ja, ich bin Viviane Byrne. Mit wem spreche ich bitte?« Leichte Nervosität stieg in ihr auf. Sie griff nach einem Holzstück und drehte es in den Fingern hin und her.

»Ich bin Magda Straberger.«

Erschrocken ließ Viviane das Stück Holz fallen. Angela hob es auf und sah Viviane fragend an, die ihre Hand auf den Hörer legte und flüsterte: »Sehr wichtig und völlig überraschend!«

Dann hörte sie weiter gespannt zu, was die Frau des verstorbenen Professors ihr zu sagen hatte. »Sie erinnern sich an meinen Mann? Sie gaben ihm diese Partitur. Er ist tot.« Sie brach ab, und Viviane hörte unterdrücktes Schluchzen.

»Frau Straberger, es tut mir furchtbar leid. Ich weiß gar nicht, was ich sagen soll.« Das entsprach der Wahrheit, denn welchen Trost konnten die Worte einer Fremden bieten? »Er war ein hervorragender Wissenschaftler, sicherlich ein schwerer Verlust für die Universität, aber noch viel mehr für Sie. Bitte, wenn ich Ihnen irgendwie helfen kann?« Da erst fiel Viviane auf, wie ungewöhnlich es war, daß die Frau des Professors, die sie nicht kannte, sie anrief. Straberger mußte mit ihr über Viviane gesprochen haben.

»Nein, danke. Es geht schon wieder. Ich, ich möchte Ihnen helfen. Denken Sie nicht schlecht von Kolman, er war ein guter Mensch, ein guter Mann. Es ist schwer hier, immer noch, wir haben nicht viel Geld. Er hat sich hinreißen lassen, aber er hat es bereut, bitte glauben Sie mir!« flehte die Frau.

»Ja, aber …« Viviane hatte keine Ahnung, wovon Magda Straberger sprach.

»Ich kann jetzt nichts sagen. Bitte, Sie müssen nach Prag kommen, so schnell Sie können, morgen? Es ist doch nicht weit von dort, wo Sie wohnen, nein?«

Viviane wurde neugierig: »Nein, kein Problem. Worum geht es denn? Ich habe Freunde in Prag, könnten die nicht …?«

»Nein, Sie müssen selbst kommen, bitte. Ich kann es nur Ihnen persönlich geben. Er hat Sie mir beschrieben. Ich werde die Wohnung nicht verlassen und hier warten, bis Sie kommen. Ich gehe weg. Mich hält hier nichts mehr.« Magda Strabergers Stimme ließ keinen Zweifel darüber aufkommen, daß sie meinte, was sie sagte.

»Ja, natürlich, dann komme ich.« Sie wußte zwar noch nicht, wie sie die Reise so schnell organisieren sollte, aber da es sich eigentlich nur um die Noten oder die Aufzeichnungen des Professors handeln konnte, wollte sie diese Chance auf keinen Fall vertun.

Magda Straberger klang erleichtert. »Gut. Ich werde Ihnen die Tür öffnen, wenn Sie mir Ihren Namen nennen und nach Kolman fragen.«

Das klang wie aus einem Spionagefilm, und Viviane fragte sich langsam, was mit der Frau los war. Vor wem hatte sie solche Angst? Dann fiel ihr wieder ein, was Branka über die eigenen Landsleute gesagt hatte, und möglicherweise verschwieg die Witwe ihr etwas. Nun, sie würde diese Chance wahrnehmen und die Frau nicht verschrecken. Frau Straberger nannte ihre Adresse. Viviane wollte noch sagen, daß sie zurückrufen würde, wann sie ankäme, aber die Frau hatte schon aufgelegt. Noch immer auf den Zettel mit der Adresse starrend, lehnte Viviane an der Werkbank.

»Wer war das denn? Du siehst geschockt aus. Hoffentlich keine schlechte Nachricht?« Angela fuhr sich mit dem Handrücken über die Stirn, die danach mit Holzstaub verschmiert war.

»Nein, ja, ich weiß nicht. Komische Geschichte.« Sie hatte Angela noch nichts über die Sonate erzählt und wollte es auch dabei belassen. »Ich muß nach Prag, morgen!«

»Geht es um die Bilder deiner Tante?« Angela sah sie mit großen Augen an, in denen Viviane keine Hintergedanken lesen konnte.

»Es geht um meine Tante, ja«, wand sie sich heraus. Aus einem Impuls heraus hatte sie auch einigen Bekannten den Fund der Sonate verschwiegen und wollte es eine Weile so halten, denn je weniger Leute von der Partitur wußten, desto weniger konnten darüber sprechen und womöglich unbewußt diesem Unbekannten Informationen geben, der anscheinend die Noten gestohlen hatte.

»Ich muß einiges klären, bevor ich entscheiden kann, ob ich fahre. Könntest du, falls ich wegmuß, für zwei Tage hier nach dem Rechten sehen und vor allem nach Miko schauen?« Der Kater hob bei der Erwähnung seines Namens seinen Kopf. Er hatte sich auf einem Stuhl nahe dem Ofen zusammengerollt.

»Solange Stojko nicht zurück ist, natürlich. Ich helfe dir gern, das weißt du, und ich mag den kleinen Vielfraß da hinten.« Angela nahm ein neues Stück Sandpapier und bearbeitete das Schränkchen weiter.

Viviane sah sich das Stück an. »Gute Arbeit, Angela. Und

du hast gesagt, du könntest das nicht. Du bist hiermit engagiert! Ich verschwinde kurz ins Haus und versuche, einige Leute zu erreichen. Bis gleich!«

Sie sah auf die Uhr, es war früher Nachmittag, mit etwas Glück war Branka zu Hause, wenn nicht, würde sie sich eine Pension buchen, denn ein teures Hotel hielt sie dieses Mal für übertriebenen Luxus. Branka war tatsächlich in der Wohnung, sie schrieb an einer Hausarbeit.

»Hallo, schöne Überraschung! Du störst überhaupt nicht. Ich bin für jede Ablenkung dankbar, obwohl ich mich nicht beschweren kann. Übermorgen fahre ich mit Tomáš für ein paar Tag in die Sonne.«

Viviane mochte gar nichts mehr von der geplanten Pragreise sagen, denn Branka würde sicher darauf bestehen, daß sie bei ihr wohnte, obwohl sie bestimmt keine Zeit hatte und genügend andere Dinge auf sie warteten. Sie beschränkte sich darauf zu berichten, daß die Witwe des Professors sie angerufen hatte und sie unbedingt sehen wollte.

»Ja, dann kommst du zu uns, ist doch klar! Das kriegen wir alles hin. Auch wenn wir weg sind, kannst du hier wohnen.« Branka lachte. »Das Haus ist ja voller Familie, da brauchst du den Schlüssel nur bei Jakub und Marika oder Michal abzugeben. Der wird sich freuen, dich zu sehen, glaub's mir! Er tut immer so schweigsam und wichtig. Phh, wenn du ihn erst mal kennst, ist er ganz anders, und ich sage dir, es lohnt sich …«

»Aber Branka! Ich komme wirklich nicht, um Michael wiederzusehen. Die Sache mit den Noten ist mir ungeheuer wichtig, aus persönlichen Gründen.« Viviane wollte auf keinen Fall einen falschen Eindruck erwecken, doch Branka ließ sich nicht von ihrer Idee abbringen.

»Warum denn nicht das Nützliche mit dem Angenehmen verbinden? Na ja, wirst ihm schon über den Weg laufen, er wohnt ja im selben Haus. Wann kommst du denn mit dem Zug an? Ich hole dich ab, oder Tomáš, wenn er gerade von der Arbeit kommt.«

Da Viviane die Verbindung noch nicht herausgesucht hatte, einigte sie sich mit Branka darauf, ihre Ankunft per Handy am nächsten Tag durchzugeben. Sie verabschiedete sich und freute sich darauf, die lebenslustige und unkomplizierte junge Frau morgen zu sehen. Branka hatte eine unvermittelte und schlagfertige Art, die sie sehr liebenswert machte und mit der sie perfekt zu Tomáš paßte. Viviane erinnerte sich an die arme Angela, die wahrscheinlich immer noch den Schrank polierte. Mit zwei Bechern heißem Kaffee und einem Teller voller Brote ging sie zurück in die Werkstatt. Kaum war die Tür hinter ihr ins Schloß gefallen, als sie draußen eine laute Autohupe vernahm. Sie reichte Angela die Verpflegung und entschuldigte sich.

»Das wird der Gabler sein. Bin gleich wieder da.«

Sie stapfte, immer noch in ihrem Arbeitsoverall, durch den überfrorenen Schnee um das Haus zur Einfahrt herum, wo der Landrover des Landwirtes mit einem Anhänger stand.

»Ja, grüß Sie Gott, Frau Byrne! Sie schauen nach Arbeit aus. Da bringe ich Ihnen gleich noch mehr!«

Wilfried Gabler war ein kräftiger Mann mit einem freundlichen Gesicht, dessen rote Wangen und kräftige verarbeitete Hände von seinem Dasein als Landwirt sprachen, das sein gesamtes Leben bestimmte. Er trug eine Cordjacke über einer grünen Latzhose und einem karierten Hemd. Die Kälte schien ihm nichts auszumachen.

»Wo sollen die Sachen hin?« Er ging zum Anhänger, riß die Plane hoch und wuchtete mit wenigen Griffen den Tisch und sechs Stühle auf die Erde.

»Die Werkstatt ist hinten, aber ...« Sie wollte sagen, daß sie die Sachen auch selbst hinübertragen könnte, doch Gabler hatte schon den massiven Tisch gepackt und machte sich schnaufend auf den Weg um das Haus. In dem ehemaligen Atelier setzte er das Möbel ab, begrüßte Angela freundlich und bemerkte:

»Da haben Sie aber eine schöne Werkstatt draus gemacht,

Frau Byrne, alle Achtung! Ich war einige Male bei ihrer Tante und habe Erde angeliefert, da hat sie mir dann das Atelier vom Josef gezeigt. Den habe ich auch noch gekannt. Ah ja, traurige Geschichte, schien mir immer wie ein Museum, viel zu tot, der schöne Raum. Sie haben wieder Leben hineingebracht!«

Viviane setzte einen Stuhl ab, den sie herübergetragen hatte. »Die Versuchung war zu groß, den Raum zu nutzen. Ich glaube, Josefs Staffeleien und die Bilder sind in Prag besser aufgehoben. Da können mehr Menschen sehen, wie er gearbeitet hat und sich an seinen Bildern erfreuen. Ich wußte gar nicht, daß Sie meine Tante schon so lange kannten.«

Sie machten sich wieder auf den Weg zum Wagen, und Gabler sagte: »Wie das so ist, wenn das Dorf kaum hundert ständige Bewohner zählt. Und Ihre Tante und Ihr Onkel fielen einfach auf. Er war Künstler, und dann kamen all diese interessanten Leute von sonstwoher zu Besuch, und die Marie tat unheimlich viel für den Ort, eine prächtige Frau!«

Viviane wunderte sich, daß ihr der nette Bauer bei früheren Besuchen nie aufgefallen war, aber es machte sie glücklich und stolz, daß auch er eine solche Wertschätzung Marie gegenüber empfand. Marie schien nicht nur in ihrer Erinnerung einen besonderen Platz einzunehmen, und sie wollte alles tun, damit dieses Bild erhalten blieb. Sie schulterte einen weiteren Stuhl und folgte dem kräftigen Mann, der mit zwei Stühlen leichtfüßig unter den Tannen entlangging.

»Was ich Sie noch fragen wollte. Die Leni, die neben Ihnen wohnt, die hat vor einigen Tagen einen Mann, den sie nicht kannte, vor Ihrem Haus herumscharwenzeln sehen. Na, Sie kennen die Leni ja, eine resolute Person, die ist gleich rausgegangen, um zu fragen, was der Kerl da wollte, aber der hat sich nur umgedreht, ist in seinen Wagen gestiegen und weggefahren.«

Sie waren in der Werkstatt angelangt, und Viviane stellte den alten Stuhl ab. »Wie sah der Mann denn aus?« Es war erstaunlich, daß den Nachbarn, die doch ein gutes Stück entfernt wohnten, der Fremde aufgefallen war. Miko spazierte gelegentlich in den Garten der Eiblingers hinüber, um mit deren Dackel zu spielen, und Viviane plauderte mit Leni Eiblinger, wenn sie sie traf, was jedoch eher selten vorkam.

»Mögen Sie einen Schluck Kaffee? Ich habe gerade welchen aufgebrüht.«

Angela legte das Tuch, mit dem sie die letzten Staubreste abgewischt hatte, zur Seite. »Ich hole rasch noch einen Becher.«

Gabler lehnte sich an seinen Tisch. »Also wegen des Mannes, da fragen Sie mich zuviel, da müssen Sie schon die Leni selbst fragen. So, ich hole noch eben die letzten Stühle, trinke meinen Kaffee, und dann muß ich wieder los.«

Viviane versprach, die Stücke innerhalb der nächsten zwei bis drei Wochen fertigzustellen.

»Gut, aber länger darf's auch nicht dauern, weil sonst die Hochzeit meiner Tochter vorbei ist, und es soll ja schließlich ein Geschenk sein. Na, Sie schaffen das schon, scheinen mir so patent wie Ihre Tante zu sein!« Er klopfte ihr auf die Schulter. »Auf geht's, Angela, du wolltest doch noch raufkommen heute, oder? Meine Frau hat mal wieder ihren Putzanfall, dabei ist noch nicht einmal Frühling. Ja, mir soll's gleich sein, solange sie das Wohnzimmer in Ruh läßt.«

Viviane lachte. »Grüßen Sie Ihre Frau und sagen Sie ihr, sie soll es ruhig angehen lassen und auch mal ein Staubkorn übersehen, daran ist noch niemand gestorben.«

Er hob die Augen zum Himmel. »Sie kennen meine Frau nicht, wenn die einmal losgelassen wird …«, aber er lachte ebenfalls.

Viviane sah sich den Wetterbericht für die östliche Region an und packte entsprechend der angekündigten Minusgrade warme Kleidung ein. Auf elegante Garderobe verzichtete sie, denn sie rechnete nicht damit, daß Branka und Tomáš Zeit zum Ausgehen hätten, und länger als zwei Nächte wollte sie auf keinen Fall bleiben, denn die Möbel warteten, und sie wußte nicht, wie lange Angelas Mann fort war. Im Notfall konnte Leni Eiblinger einspringen, um Miko zu füttern, und Viviane wollte die aufmerksame Frau noch sprechen, bevor sie abfuhr. Sie warf den Deckel ihres kleinen Koffers zu. Im Flur griff sie nach ihrer Daunenjacke und stapfte über die Wiese zu den Eiblingers.

Leni öffnete die Tür des alten Fachwerkhauses, und Viviane schlugen der Lärm spielender Kinder und der Duft eines Bratens entgegen.

»Na, das nenne ich eine Überraschung! Habe dich ewig nicht gesehen, dabei wohnen wir nebeneinander. Aber so ist das, die Kleinen halten mich vierundzwanzig Stunden auf Trab, und wenn ich dann mal zwei ruhige Minuten habe, genieße ich die meistens mit einem Buch.«

Leni Eiblingers Wortschwall, der nicht abbrach, während sie ihre Besucherin in die Küche geleitete, hüllte Viviane ein. Sie vergaß beinahe, weswegen sie gekommen war. Die etwa gleichaltrige Frau hatte ein rundes Gesicht, runde braune Augen und eine praktische Kurzhaarfrisur. Sie trug eine verwaschene Jeans und ein schlabberiges Sweatshirt, auf dem die Küchenarbeit ihre Spuren hinterlassen hatte.

»Schau dir bloß nicht an, wie ich aussehe. Die Kleinen probieren immer noch die Spielzeuge aus, die sie zu Weihnachten bekommen haben. So, setz dich, ich seh nur nach dem Braten.«

Leni und Norbert Eiblinger hatten vier Kinder im Alter von drei bis acht Jahren. Viviane beneidete Leni nicht um den Vollzeitjob als Mutter und Hausfrau, der ihr oft über den Kopf zu wachsen schien. Wie anders dagegen sah Barbara aus, die trotz Kindern und Hof nichts von ihrer Attraktivität verloren hatte und auch noch Zeit für Freunde und kulturelle Veranstaltungen fand. Alles war eine Frage der Organisation, dachte Viviane, aber ein Blick in das Spielzimmer, das hinter der Küche lag, ließ sie zweifeln, ob man vier Energiebündel wirklich gezielt beschäftigen konnte.

»Ähm, Leni, was ich dich fragen wollte, der Gabler war bei mir und hat …«

»Ach, der hat bestimmt erzählt, daß ich diesen Typen gesehen habe«, unterbrach Leni sie sofort. »Ja, meine Güte, den habe ich noch nie hier gesehen. Ich war vorn und habe die Fensterbänke gewischt, und die ganze Zeit über lungert da dieser Mann vor deinem Haus herum. Du warst nicht da, dein Wagen war weg. Also bin ich raus und habe gefragt, ob er jemanden sucht. Da sieht er mich nur groß an, setzt sich in seinen Wagen und düst ab. Ja, so was!«

»Wie sah der Mann denn aus, was für einen Wagen fuhr er?«

Leni wusch sich die Hände ab. »Tja, laß mich überlegen, um die Fünfzig, graues Haar, nicht sehr groß, durchschnittlicher Typ eben. Er fuhr einen silbergrauen Audi Kombi, so ein ganz neues Modell. Ich dachte noch, was will denn so einer mit einem derart großen Wagen, den könnten wir viel besser gebrauchen.«

Die Eiblingers hatten den Hof hochverschuldet von Norberts Eltern übernommen und kämpften darum, ihn zu behalten. Schon wieder der grauhaarige Unbekannte, dachte Viviane. Dann hatte sie sich die Spuren im Schnee also nicht eingebildet, der Fremde hatte bei ihr herumgeschnüffelt. Vielleicht war er durch Leni verschreckt worden.

»Danke, Leni. Für die nächsten zwei Tage bin ich in Prag. Falls Angela es nicht schafft, darf sie dich dann bitten, meinen Kater zu füttern?« Viviane wußte, daß Leni schrecklich viel um die Ohren hatte, und mochte sie deshalb nicht oft um einen Gefallen bitten.

»Natürlich. Kein Problem. Der kleine Racker kommt oft genug herüber und spielt mit Flocke. Da schau«, sie deutete auf den Rasen vor dem Haus, »da toben die beiden schon wieder. Habe mich schon immer über diesen Kater gewundert. War ein Einzelgänger, bis er Flocke kennengelernt hat. Na, mir soll's recht sein.«

Viviane dankte ihr und machte sich nach der Rückkehr in ihr Haus erleichtert daran, letzte Vorbereitungen für die morgige Reise zu treffen. Maries Gesicht sah sie von einem Foto auf dem Kaminsims an. Strahlend, die Hand schützend über die Augen haltend, stand sie auf einem Hügel und sah über die Ausläufer des Bayerischen Waldes. Viviane hatte das Foto auf einer ihrer vielen gemeinsamen Touren in die Umgebung von Hutthurm gemacht. Die blauen Augen, die Alois zum Anfertigen der schönen Ohrringe angeregt hatten, hatten ihre Ausdruckskraft auch im Alter nicht verloren. Marie war immer agil und unternehmungslustig gewesen, hatte nie über irgendwelche Zipperlein geklagt und sich bis ins hohe Alter mit ausgedehnten Spaziergängen ihre Energie bewahrt. An dem Tag, als das Foto entstanden war, hatte Marie nach Osten gedeutet. »Da hinten, irgendwo dort liegt meine Heimat. Dort lebt Josefs Familie. Wir hätten vielleicht nicht einfach so gehen sollen.«

»Aber ihr hattet doch keine Wahl«, hatte Viviane gesagt.

Doch Marie war mit ihren Gedanken weit in der Vergangenheit. »Wir waren so jung damals, was wußten wir, und dennoch ...« Ihre schönen klaren Augen fixierten Viviane. »Schweigen ist nicht immer richtig, Viviane. Ich habe auch Fehler begangen, und der größte war, daß ich geschwiegen habe. Mach du nie denselben Fehler, versprich mir das!«

Heute war sich Viviane sicher, daß ihre Tante auf die Ereignisse kurz vor ihrer Flucht aus Prag anspielte. Sie hatte Maries Ratschlag wahrgenommen, aber nicht so beherzigt, wie er sicher gedacht gewesen war. Vielleicht hatte es an der Verschwiegenheit ihrer Tante in bezug auf diesen Teil ihrer Vergangenheit gelegen. Vielleicht war sie einfach nur zu jung gewesen. Viviane seufzte. Schweigen war sicher nicht immer angebracht, doch Worte konnten ebensoviel zerstören und ließen sich nicht zurücknehmen. Wie konnte man erkennen, was das richtige ist?

Wenn ich deinem Geheimnis bei meiner Suche auf die Spur

komme, Marie, werde ich entscheiden, ob dein Schweigen richtig war. Viviane war nicht nur aufgrund von Maries Brief davon überzeugt, daß die wiedergefundene Sonate, die Suche nach ihrem Ursprung, die Habarts und Prag miteinander verknüpft waren. Hier gab es etwas Unausgesprochenes, lange Verschwiegenes oder Verborgenes, das jetzt ans Licht wollte. Marie hatte ihr mit der Sonate den Schlüssel in die Hand gegeben, und sie selbst war diejenige, die das richtige Schloß finden mußte.

Kapitel 11

Zwei Stunden vor ihrer Ankunft im Prager Bahnhof rief Viviane Branka an, um ihr die genaue Ankunftszeit mitzuteilen. Branka klang gut gelaunt und wollte pünktlich am Bahngleis sein. Vivianes Zug rollte fahrplanmäßig ein, doch nirgendwo entdeckte sie Brankas zierliche Gestalt und den kurzen Haarschopf. Sie ließ ihren Blick über die hin und her eilenden Menschen gleiten und stutzte. War das nicht, natürlich, Michal drehte sich um und winkte, als er sie entdeckte. Na warte, Branka, dachte sie, das hast du bestimmt absichtlich eingefädelt. Ihr Herz klopfte, obwohl sie sich entschieden zur Ruhe zwang und sich eine dumme Gans nannte, denn dieser Mann hatte offensichtlich kein ernsteres Interesse an ihr, sondern schien ihre Begegnungen so hinzunehmen, wie sie sich ergaben. Sie trug einen schwarzen Wildledermantel, dessen angewachsenes Fell sie vor der eisigen Kälte schützen würde. Nervös biß sie sich auf die Lippen, ergriff dann entschlossen ihren kleinen Koffer und packte die Handtasche fest unter einen Arm.

Er sah verdammt gut aus, daran bestand kein Zweifel. Aber das war eher ein abwertendes Kriterium, wie sie aus ihrer leidvollen Erfahrung wußte. Attraktive Männer wie Greg oder Michal brauchten nur mit dem kleinen Finger zu winken, und schon klebte eine Verehrerin an ihrer Seite. Sie mochte sich täuschen, doch er schien ähnlich nervös zu sein wie sie. Immerhin, dann waren die Bedingungen gleich. Er strich sich durch die dunklen Haare und lächelte zaghaft, als sie sich gegenüberstanden. Als sie sein Lächeln erwiderte, entspannte er sich etwas, nahm ihr den Koffer aus der Hand und drückte ihr auf beide Wangen einen Kuß.

»Schön, dich zu sehen. Tut mir leid, daß du mit mir vorliebnehmen mußt, Branka hat es nicht geschafft, und sie ist verdammt gut im Delegieren.«

»Ich freue mich, wieder hierzusein. Und so viel eher, als ich es gedacht hätte.«

Er bedachte sie mit einem nachdenklichen Blick. »Vielleicht kommst du irgendwann mal nach Prag, nur weil du Sehnsucht hast, und nicht wegen eines Termins.«

»Sehnsucht wonach?« entfuhr es ihr, aber da war es schon zu spät.

»Nach der Goldenen Stadt an der Moldau, deiner neuentdeckten Familie, wer weiß …« Er blickte nach vorn, während er das sagte, und schob seine schlanke Gestalt geschickt durch die Menschenmenge. »Hast du im Zug gegessen? Ich dachte, bevor ich dich zu dieser Frau bringe, gehen wir kurz eine Kleinigkeit essen.« Sie standen inzwischen draußen vor seinem Wagen.

Ihr Magen knurrte. »Da hörst du die Antwort, gern. Solange wird Frau Straberger nun auch noch warten können. Ich werde sie aus dem Restaurant anrufen.«

Branka hatte ihn anscheinend über alles informiert, denn er wußte über die Details Bescheid. Die Luft in Prag erschien ihr noch kälter als bei ihrem letzten Besuch.

»Brrr, was habt ihr denn hier, minus zehn Grad?«

»Leg noch zehn Minusgrade drauf, dann kommst du hin. Ist aber nur eine vorübergehende Kältewelle. Morgen wird es schon wärmer sein. Da vorn ist es.«

Sie hielten am Rande der Neustadt vor einem italienischen Bistro, aus dem es nach frischem Brot und Espresso duftete. Das Bistro war modern in hellen Farben eingerichtet, und der Kellner begrüßte Michal mit Handschlag. Sie setzten sich an einen der runden Tische, und dankbar legte Viviane schließlich ihre Hände um den Kaffeebecher und biß in einen saftigen Kuchen mit Cremefüllung.

»Gut! Kommst du öfters hierher?«

Michal stellte sein Wasserglas ab. »Vor allem zum Frühstücken. Hier gibt es das beste Rührei mit Speck, frischen Orangensaft, und alles zu einem fairen Preis.«

Vielleicht brachte er alle seine Freundinnen her, überlegte sie, verwarf den Gedanken jedoch sofort als unsinnig, denn sie gehörte schließlich nicht dazu.

»Du solltest deine Haare immer offen tragen.« Er sah sie unvermittelt an, und vor Schreck hätte sie fast den Kuchen fallen lassen.

»Was?«

Er grinste. »Du bist aber leicht aus der Fassung zu bringen. Warum hast du mich eigentlich angerufen und wieder aufgelegt?«

»Ähm«, sie räusperte sich, verschluckte den letzten Kuchenkrümel und antwortete schärfer als beabsichtigt. »Ich habe dich nicht angerufen.«

»Deine Nummer erschien aber auf meinem Display.«

Los, Viviane, laß dir was einfallen, sonst sieht es aus, als liefest du diesem eingebildeten Typen hinterher. »Nein, nein, ich wollte Branka anrufen, habe aus Versehen deine Nummer erwischt und als ich den Irrtum erkannte wieder aufgelegt, so einfach war das.«

»Wie schade, daß es ein Irrtum war, ich hätte mich gefreut.«

»Warum hast du mich dann nicht angerufen?« feuerte sie zurück.

Er lehnte sich zurück und betrachtete sie, wobei sie nicht wußte, ob er es ernst meinte oder nicht, als er antwortete: »Wahrscheinlich aus demselben Grund wie du.«

Viviane hatte genug von diesem Quiz und holte ihr Handy hervor. »Entschuldige, ich will nur eben Frau Straberger anrufen.«

Magda Straberger wartete schon ungeduldig auf sie, und Viviane versprach, so schnell wie möglich zu ihr zu kommen.

»Na, dann los. Wie ist die Adresse dieser komischen Frau,

die solche Angst vor etwas hat, über das sie nicht spricht?« Michal bezahlte die Rechnung und hielt ihr die Tür auf.

Sie wurde einfach nicht schlau aus dieser Mischung aus galanter Höflichkeit, unvermittelten Komplimenten und Sarkasmus. Während der Fahrt erzählte Michal von seinem neuesten Projekt, der Wiederherstellung eines barocken Gartens, der zu einer Burganlage in der Nähe Prags gehörte. Er machte keine weiteren zweideutigen Bemerkungen, und Vivianes Angespanntheit verflog, zumindest zum Teil, denn sie wußte nicht, was sie bei der Witwe des verstorbenen Professors erwarten würde.

Die Wohnung lag im Stadtteil Vinohrady in der Nähe des Olsanské Friedhofes. Sie hielten in einer Seitenstraße vor einem vierstöckigen Häuserblock, dessen Fassade an mehreren Stellen Risse aufwies.

»Hier muß es sein.« Michal schaute auf das Straßenschild und nickte.

Viviane schnürte sich der Magen zusammen. »Michal, könntest du, ich meine, ich soll nach Kolman fragen, das ist alles so merkwürdig. Würdest du vielleicht auf mich warten?«

Er sah sie ernst und besorgt an. »Natürlich warte ich hier. Du hast dein Handy dabei? Gut, hier ist meine Nummer. Wenn es länger als eine Stunde dauert, ruf mich an, sonst komme ich nach dir sehen. In Ordnung?«

»Ist wahrscheinlich albern, aber die Frau klang so eingeschüchtert.« Etwas hilflos hob sie die Schultern.

Es war nichts von Sarkasmus zu spüren, als er ihr einen flüchtigen Kuß auf die Lippen drückte und die Autotür aufstieß. »Na los, wird schon werden. Du willst das doch, oder?«

»Ich muß! Danke, bis gleich.« Die Berührung seiner Lippen war zärtlich, wie damals, als sie sich verabschiedet hatten, und sie ging eilig über die Straße, wobei sie meinte, seinen Blick in ihrem Rücken zu spüren.

Im Hinterhof, hatte Magda Straberger gesagt. Viviane folgte der Wegbeschreibung zur Wohnung des verschiedenen

Professors und ging über einen weiten Innenhof. An den Hauswänden lehnten Fahrräder, auf den kleinen Balkonen, die von meist rostigen Geländern umfaßt wurden, hingen vereinzelt Wäschestücke, und Viviane fragte sich, wie diese bei derartig klirrenden Temperaturen jemals trocknen sollten. Sie öffnete eine Stahltür, von der die Farbe abblätterte, und stieg die Treppen in den zweiten Stock hinauf. In einem spärlich von einer einzigen Glühbirne beleuchteten Flur fand sie die Nummer von Strabergers Wohnung. Sie drückte auf den Klingelknopf und sah, daß nach wenigen Sekunden die Klappe von dem Spion weggeschoben wurde.

»Wer ist da?«

Viviane stellte sich gut sichtbar vor den Spion und antwortete: »Ich bin es, Viviane Byrne. Ist Kolman zu sprechen?«

Augenblicklich ging die Tür auf, und Viviane sah sich einer kleinen verhärmten Frau mit gebeugten Schultern gegenüber. Die grauen Haare hatte sie nachlässig am Hinterkopf aufgesteckt, einzelne Strähnen hingen wirr in das traurige alte Gesicht. Dabei schätzte Viviane die Frau höchstens auf sechs- oder siebenundfünfzig Jahre. Die Lebensumstände mußten ihr zugesetzt haben und hatten sie vorzeitig altern lassen. Augenblicklich ließ die Anspannung nach, denn von dieser zierlichen Frau konnte keine Gefahr ausgehen. Viviane trat in den engen Flur, aus dem ihr muffige Luft entgegenschlug.

»Bitte, treten Sie doch ein, hier rechts ist das Wohnzimmer. Ich habe Kaffee gekocht.«

Die ältere Frau deutete auf einen schmalen Raum, in dem eine zerschlissene Couchgarnitur, ein Fernseher und ein Schreibtisch standen. An dem rechteckigen Couchtisch hatte Magda Straberger gedeckt, und Viviane war sich sicher, daß sie ihre beste Spitzendecke aufgelegt und auch das Sonntagsgeschirr aufgedeckt hatte. Sie setzte sich in einen der Sessel und bemerkte:

»Es tut mir so leid für Sie. Es muß ein schwerer Schock gewesen sein. Ich meine, der Unfall kam so plötzlich ...«

Magda Straberger setzte sich vorsichtig, als ob sie Schmerzen im Rücken verspürte, auf das Sofa und goß Kaffee ein. Dann reichte sie Viviane einen Teller mit Keksen, die sie dankend ablehnte.

»Das war es, ja, ja. Der arme Kolman, sein Leben lang hat er auf so eine Chance gewartet, und dann kam sie zu spät, zu spät ...«, sie brach ab und starrte durch die gelblichen Gardinen zum Fenster hinaus. »Macht es Ihnen etwas aus?« Sie holte ein Päckchen Zigaretten aus der Tasche ihres Rockes und entzündete sich mit flatternden Händen eine Zigarette. Das faltige Gesicht entbehrte auch jetzt noch nicht einer gewissen Attraktivität, worauf die weit auseinander stehenden Augen und der schön geschwungene Mund schließen ließen.

»Das Leben war nicht immer so.« Magda Straberger deutete verächtlich auf die schäbigen Möbel. »Die neue Ordnung hat alles kaputtgemacht. Phh, Demokratie, daß ich nicht lache!« Sie stieß abfällig den Rauch aus. Matte wäßrige Augen richteten sich trotzig auf Viviane. »Sie sehen heute nichts als ein altes Wrack. Wir haben große Partys gegeben, die Parteifunktionäre waren bei uns ständige Gäste, die gesamte Sowjetunion haben wir bereist. Mein Mann war ein anerkannter Experte, verstehen Sie? Nein, wie sollten Sie ...«

Einige Minuten paffte die desillusionierte Frau an ihrer Zigarette. Viviane wagte nicht, sie anzusprechen und sie möglicherweise zu verärgern.

»Sie sind ein hübsches junges Ding, genau wie Kolman gesagt hat. Er hatte eine Schwäche für schöne Frauen. An der Universität liefen genügend von diesen jungen Dingern herum, die für eine gute Note alles getan haben. Mich hat das nicht gestört, ich wußte, daß er mich liebte. Ich war einmal eine Sängerin!«

Viviane sah die gebrechliche Frau überrascht an.

»Da staunen Sie! Ja, Operetten habe ich gesungen, bis diese verfluchte Krankheit mich in ihren Klauen hatte, da war es vorbei mit der Bühnenkarriere. Ich war die *Csárdásfürstin*. In dieser Rolle haben sie mich gefeiert, oh ja, Rosen warfen sie mir auf die Bühne, aber Kolman war der einzige, den ich liebte.«

Würde Magda Straberger nur von der Vergangenheit erzählen, war sie ganz umsonst hierhergekommen? Langsam befürchtete Viviane, daß der Schock die alte Dame doch zu sehr mitgenommen hatte.

»Meine Eltern waren Deutsche, falls Sie sich fragen, warum ich so gut Ihre Sprache spreche. Ich habe diese Sprache immer gepflegt, und Kolman hat sie meinetwegen gelernt. Er war ein guter Mann!«

Sie blinzelte und wischte sich die Augen, dann schien sie sich wieder gesammelt zu haben und fuhr fort: »Was auch immer die anderen sagen, er hatte nie schlechte Absichten. Sie sehen meinen Rücken. Ich brauche ständig Behandlungen, aber die Therapien kosten Geld, und wir waren in Not. Deshalb ist er überhaupt auf das Angebot eingegangen.«

Viviane nippte aus Höflichkeit an ihrer Kaffeetasse. »Welches Angebot?«

Ein verschlagener Blick huschte über das Gesicht der Älteren. »Ich weiß nicht, wer ihm das Angebot gemacht hat. Er kam eines Tages nach Hause und erzählte von dieser Violinsonate, die die Wissenschaft revolutionieren würde, die etwas nie Dagewesenes darstelle. Das war Ihre Sonate. Einige Tage später kam er bedrückt von der Arbeit zu mir und fragte mich, ob ich lieber einen gesunden Rücken hätte oder ehrlich und krank sterben wollte. Ich wußte doch nicht, was er meinte!« Die dünnen knochigen Finger griffen erneut nach den Zigaretten. »Man hat ihm viel Geld für diese verfluchte Sonate geboten. Ich habe gesagt, er soll es nehmen. Ja, das habe ich gesagt! Jetzt ist er tot!« Magda Strabergers Augen funkelten Viviane zornig an. »Ich wollte nicht für mich gesund werden, nein, nur für ihn. Jetzt ist es mir egal. Ich will das Geld nicht, und dieser Mistkerl bekommt die Sonate nicht, nie im Leben!«

»Wer bekommt sie nicht?« fragte Viviane, doch Magda Straberger winkte ab, bückte sich und holte einen Packen Papiere und dünner Ordner unter dem Sofa hervor. Obenauf lag die Partitur. Viviane schrie leise auf: »Das ist sie!«

Magda Strabergers Augen betrachteten sie milde. »Ihnen liegt sehr viel daran, nicht wahr? Sie haben ein persönliches Interesse an dieser Sonate, oder nicht? Ah, Sie brauchen es nicht zu sagen. Ich gebe sie Ihnen wieder. Uns hat sie nur Unglück gebracht. Nehmen Sie die Unterlagen, alles, alles, was er dazu geschrieben hat. Tag und Nacht hat er über diesen Noten gesessen und sie wieder und wieder studiert. Ich habe mir das nicht durchgelesen, es geht mich nichts mehr an. Er ist tot. Mein Kolman ist tot!«

Mit einem Ruck schob sie Viviane den Stapel zu und machte sich keine Mühe mehr, die Tränen, die über ihr Gesicht rannen, wegzuwischen.

»Sie haben am Telefon gesagt, daß Sie wegmüssen? Wollen Sie verreisen?« wagte Viviane vorsichtig zu fragen.

»Ja. Mich hält hier nichts mehr, in diesem Rattenloch. Wir hatten noch eine Reserve, die war für meine Krankheit gedacht. Wissen Sie, ich erlebe lieber noch einige wenige Tage irgendwo in der Sonne, als daß ich hier in einem stinkenden Krankenhaus verrotte.«

»Wovor haben Sie denn solche Angst?«

Listig schaute Magda Straberger ihren jungen Gast an. »Angst? Wer spricht von Angst? Muß eine alte Frau nicht immer vorsichtig sein? Alles Schurken heutzutage, ich kann doch nicht jedem die Tür öffnen. Sie müßten das doch verstehen, als Frau. Leben Sie allein? Sie sind nicht verheiratet, oder?« Sie besah sich Vivianes ringlose Hände.

»Ich bin geschieden.«

»Das werde ich nie begreifen! Wie kann man sich für einen Mann entscheiden und dann einfach davonlaufen. Die Menschen machen sich das zu einfach heute. Mein Kolman war kein Heiliger, aber er war mein Mann. Verstehen Sie das?

Nein, das können Sie nicht. Sind Sie glücklicher, weil sie geschieden sind?«

Viviane glaubte nicht, daß es irgendeinen Sinn hätte, dieser verbitterten Frau ihre Beweggründe zu erklären oder sogar von Angela zu berichten, für die eine Scheidung eine Erlösung aus ihrer Ehehölle bedeuten würde. Deshalb zuckte sie mit den Schultern und sagte lapidar: »Ich denke, das muß jeder für sich entscheiden. Wenn ich noch irgend etwas für Sie tun kann?« Sie packte die Sachen in ihre Tasche.

»Das können Sie, tatsächlich. Was ich Ihnen gegeben habe, ist Ihnen doch einiges wert, das steht fest. Wieviel Bargeld haben Sie dabei?«

Das war sicher nicht die Art von Hilfe, die Viviane gemeint hatte, aber wahrscheinlich die einzige, die Magda Straberger noch brauchte. Viviane zog ihr Portemonnaie hervor und blätterte drei Hunderteuroscheine auf den Tisch.

»Das kann ich Ihnen geben.«

Die verbitterte Frau sah sie überrascht an. »Sie hätten sagen können, daß Sie nur wenig oder nichts dabeihaben. Sie sind wirklich ein guter Mensch. Kolman hatte recht, als er sagte, er könne das nicht tun. Vielleicht ist er nicht umsonst gestorben.« Sie griff nach dem Geld und verstaute es in einer Tasche ihres graumelierten Rockes, dessen Saum Fäden ließ.

Viviane fand, daß alles gesagt war, zog rasch ihren Mantel über und wollte diese erdrückende Wohnung und ihre beklagenswerte Bewohnerin so schnell wie möglich verlassen. Magda Straberger stand ebenfalls auf und brachte sie durch den muffigen Flur zur Tür.

»Vergessen Sie am besten, daß Sie mich kennen. Ich habe Sie nie gesehen. *Sbohem*!«

Viviane wollte noch etwas sagen, doch die Wohnungstür fiel hinter ihr ins Schloß, und die Riegel wurden vorgelegt. Mit der Sonate und den Unterlagen in den Händen ging sie denselben Weg zurück, den sie gekommen war. Die Unterhaltung hatte kaum mehr als vierzig Minuten gedauert, und Michal stand an seinen Wagen gelehnt und sah ihr erwartungsvoll entgegen.

»Hast du bekommen, was du wolltest?« Er öffnete ihr die Beifahrertür und ließ sie einsteigen.

»Ja. Aber sie hat mir nicht alles gesagt. Sie verschweigt mir, wer ihren Mann bestechen wollte. Es ist eine männliche Person, und ich müßte mich sehr irren, wenn es nicht der gleiche Typ ist, der mich auf der Ausstellungseröffnung angesprochen hat und auch vor meinem Haus war.«

»Was, vor deinem Haus?« Michal warf ihr einen schnellen Seitenblick zu, bevor er sich wieder auf den Verkehr konzentrierte.

»Nicht so wichtig. Meine Nachbarin hat jemanden gesehen, der bei mir herumlungerte, und ich war der Meinung, in meinem Garten war jemand. Aber was soll's, die Sonate ist wieder da, und«, triumphierend klopfte sie auf den Papierstapel, »ich habe die Unterlagen von Professor Straberger. Seine Witwe hat mir seine gesamten Aufzeichnungen gegeben!« Sie blätterte die obersten Papiere durch und seufzte. »Sind natürlich auf Tschechisch. Daran habe ich gar nicht gedacht, weil beide Deutsch mit mir gesprochen haben.«

»Du wirst sie übersetzen lassen müssen.«

Sie fuhren über die Brücke auf die Kleinseite und hielten vor dem Wohnhaus der Habarts.

»Branka freut sich schon. Sie hat uns alle, das heißt Tomáš, dich und mich, für heute abend verplant. Wir wollen ins ›Palffy Palac‹ gehen. Nachdem du dich etwas ausgeruht hast, natürlich.«

Michal trug ihren Koffer die Treppen hinauf und klingelte an der Wohnungstür seines Bruders. Eine fröhliche Branka öffnete ihnen die Tür und begrüßte Viviane mit einer herzlichen Umarmung und den obligatorischen Küssen auf die Wangen.

»Gut siehst du aus, Viviane, ein bißchen gestreßt vielleicht, aber jetzt kannst du dich entspannen. Wir werden dich heute abend in ein phantastisches Restaurant ganz hier in der Nähe entführen. Hey, Michal, danke, daß du sie abgeholt hast, ich kam hier einfach nicht weg. Wir sehen uns später!«

Michal nickte und ging einen Stock höher in seine Wohnung. Viviane nahm Brankas Angebot, ein Bad zu nehmen, dankbar an. Das heiße Wasser und der Duft des Badeöls machten sie schläfrig, und sie mußte tatsächlich eingedöst sein, denn plötzlich klopfte es an der Tür.

»Bist du eingeschlafen? Ich will dich ja nicht hetzen, aber du bist jetzt eine dreiviertel Stunde im Wasser, bevor du Schwimmhäute ansetzt, komm lieber raus.« Branka lachte und lugte vorsichtig durch die Tür.

Viviane winkte zustimmend. »Ja, bin gleich fertig. Brauche ich was Besonderes zum Anziehen, da wo ihr hinwollt? Ich habe eigentlich nur sportliche Sachen dabei.«

»Wenn du eine dunkle Hose hast, leihe ich dir ein Top oder eine Bluse, kannst ja mal schauen.«

Eine Stunde später saß Viviane in einem geliehenen rosafarbenen Twinset mit Branka auf dem Fußboden des geräumigen Wohnzimmers und blätterte Strabergers Papiere durch. Branka übersetzte hier und da, meinte aber: »Puhh, dafür brauchst du mehr Zeit und eine fachliche Übersetzung. So auf die Schnelle lohnt sich das, glaube ich, nicht. Wo packen wir die Sachen hin, wenn wir weggehen?«

Tomáš und Michal waren bei den letzten Worten ins Zimmer getreten, und Tomáš schlug vor, die Unterlagen und die kostbare Sonate im Safe seiner Eltern zu verstauen. Viviane hielt das ebenfalls für die beste Lösung, und bald darauf gingen sie zu Fuß um einige Häuserecken, bis sie vor dem Barockpalast standen, dessen Name auch dem Restaurant seinen Namen gegeben hatte.

Viviane war von dem prachtvollen Ambiente überwältigt, das sich ihr in den hohen stuckverzierten Räumen bot. Die Tische waren mit üppigen Blumensträußen dekoriert, und überall standen Kandelaber, deren Kerzen dem Raum mit ihrem warmen flackernden Schein eine zauberhafte Atmosphäre gaben.

Branka zupfte Viviane am Ärmel. »Siehst du den eleganten Herrn dort hinten? Das ist der Chef des ›Palffy Palac‹, sozusagen Prager Prominenz. Er ist schwul, ein Jammer, ein wirklich interessanter Typ.«

Tomáš schaltete sich ein. »Na, nun schraub mal wieder runter, Branka. Aber das stimmt schon, alle seine Läden sind erstklassig, auch das ›Mecca‹, eine Bar, in die wir später gehen können.«

Die Gerichte waren zum größten Teil französisch, und Viviane entschied sich für ein aromatisches Hasenragout. Während sie das köstliche Essen genossen, wiesen Tomáš und Branka sie auf die Prominenten hin, die entweder ebenfalls zugegen waren oder des öfteren hierherkamen. Michal grinste. »Du siehst, warum die beiden unbedingt hierher wollten: nur um dir zu zeigen, wo sich unsere High-Society herumtreibt.«

Branka zog eine Fratze in Michals Richtung. »Sei doch kein Spielverderber, ist doch wirklich klasse hier, und wer hier nicht gegessen hat, der hat doch was verpaßt!«

»Ich finde es wunderschön hier, eine tolle Idee!« Viviane schleckte gerade den Rest ihrer delikaten Nachspeise von ihrem Löffel und sprach aus ehrlicher Überzeugung.

Der Restaurantbesitzer kam an ihren Tisch, begrüßte Michal, Tomáš und Branka, die er kannte, und lud sie alle zum Besuch seiner Bar ein.

»Das macht er nicht immer. Fühl dich geehrt, Viviane. Jetzt brauchen wir keinen Eintritt zu bezahlen, und wahrscheinlich gibt's auch noch einen Cocktail aufs Haus.« Tomáš schien sehr zufrieden mit dem Abend, und auch Branka wurde schon unruhig, denn sie tanzte für ihr Leben gern.

Viviane unterdrückte ein Gähnen. »Ihr müßt mich nicht für eine Schlaftablette halten, nur war der Tag für mich heute ziemlich lang, und ich weiß nicht, wie lange ich noch durchhalte.«

»Na komm, wir schauen einmal kurz rüber in die Bar, und dann bringe ich dich zurück. Hast du Viv einen Zweitschlüssel gegeben, Branka?« wandte sich Michal an seine Tischnachbarin.

Branka nickte. »Na klar, habe an alles gedacht.«

Vielleicht lag es an der ungewöhnlichen Atmosphäre, dem guten Wein und dem ausgezeichneten Essen, daß Viviane sich so wohl fühlte wie schon lange nicht mehr. Sie hatte sich an den Klang des Tschechischen gewöhnt, das überall um sie herum gesprochen wurde und sich mit den verschiedenen Sprachen der ausländischen Touristen mischte. Branka und Tomáš behandelten sie wie eine langjährige Freundin, und die Art, wie Michal sie ansah und ihren Namen aussprach, ging ihr mehr unter die Haut, als sie wahrhaben wollte.

Gemeinsam gingen sie ins »Mecca«. Viviane ließ sich von der Musik mitreißen, tanzte mit Tomáš und Michal und merkte erst, als sie wieder auf ihrem Barhocker saß, daß sie völlig erschöpft war. Michal war aufmerksam genug, das zu erkennen.

»Na komm, ich glaube, für einen Tag hattest du genug Abenteuer und Unterhaltung.«

Sie verabredeten sich mit Branka und Tomáš zu einem Brunch am nächsten Vormittag. Die klare kalte Luft auf der Straße ließ Viviane die Müdigkeit für kurze Zeit vergessen. Sie deutete auf die beleuchtete Stadt. »Nachts ist Prag fast am schönsten. Es sieht so zeitlos aus mit seinen eleganten Gebäuden.«

»Ja, es macht einen guten Eindruck, auch wenn innen drinnen nicht alles Gold ist, was außen glänzt.« Michal steckte die Hände in die Taschen, denn vom Wasser zog es kalt zu ihnen herauf.

Seine Bemerkung hatte zweideutig geklungen, und Viviane fragte sich, worauf er damit anspielte. Etwa auf sich, sein Leben, oder auf sie? Das Wohnhaus der Habarts tauchte auf, und sie hatte kein Verlangen danach, sich jetzt noch mit Michal über derlei düstere Anspielungen zu unterhalten. Vor Tomáš' und Brankas Wohnungstür drehte sie sich zu ihm um und erwartete fast, daß er sie erneut küssen würde. Doch er stand am Treppenaufgang, und sein Blick berührte sie mehr, als es seine Lippen in diesem Moment gekonnt hätten. Es lagen Verletzlichkeit, Sehnsucht und Zärtlichkeit darin.

»Gute Nacht. Bis morgen«, sagte sie.

»Schlaf gut, Viv.«

Er ging die Treppen hinauf. Viviane öffnete die Tür zu der leeren Wohnung und ging in ihr Gästezimmer.

Kapitel 12

Das Frühstück im »Lamborghini« war mindestens so gut, wie Michal versprochen hatte. Viviane vertilgte gerade den letzten Streifen des gebratenen Schinkenspecks und ließ sich in ihrem Stuhl zurückfallen.

»Das war so gut!«

Branka grinste. »Wir gehen fast jeden Sonntag her, aber öfter wäre wirklich fatal für meine Figur.« Sie küßte Tomáš auf die Wange. »Wir sollten langsam los, ich will nicht wieder hetzen.«

Tomáš nickte. »Dann laß uns gehen. Fühl dich bei uns wie zu Hause, Viviane. Michal, daß du mir gut auf sie aufpaßt.« Er knuffte seinen Bruder und umarmte ihn und Viviane. Branka tat es ihm nach und erklärte Viviane, daß sie im Kühlschrank genügend Lebensmittel fände, daß sie den Computer nutzen könnte, und wurde schließlich von Tomáš unterbrochen: »Wir sollten jetzt wirklich los. Viviane findet sich schon zurecht, oder?« »Natürlich!« lachte sie und sah den beiden nach, als sie zur Tür hinausstoben. Der Kellner räumte die leeren Teller ab, und Viviane trank ihren Orangensaft aus.

»Möchtest du noch etwas?« fragte Michal.

Sie schüttelte den Kopf. »Danke, es war reichlich und wunderbar.« In der Hoffnung, daß Michal nicht sofort zur Arbeit mußte, hatte sie einige Papiere von Straberger mitgenommen, die sie nun auf den Tisch legte. »Ich weiß ja nicht, wieviel Zeit du hast …?« Sie sah Michal bittend an.

»Den ganzen Tag, wenn du magst. Erst morgen ist eine weitere Besprechung. Na, laß mal sehen.« Er schob seine Kaffeetasse beiseite und las sich die handschriftlich verfaßten Untersuchungen durch. Als er fertig war, lehnte er sich zurück. »Ich gebe dir eine kurze Zusammenfassung, in Ordnung? Das ist eine sehr ausführliche Analyse über die Entwicklung der tschechischen oder vielmehr böhmischen Musik vom Barock zur Klassik, soweit ich das verstanden habe.«

»Und die Violinsonate, wie paßt die da rein? Sagt er, wer sie geschrieben hat, und wann?« Viviane wollte endlich wissen, wer hinter der ungewöhnlichen Musik stand.

»Da muß ich dich enttäuschen. So weit scheint Straberger nicht gekommen zu sein, aber er hat den Entstehungszeitraum eingegrenzt und nimmt wohl an, daß es sich um einen böhmischen Musiker handelt, und er schien dabeizusein, die musikgeschichtliche Bedeutung der Sonate zu belegen.« Er blätterte die Papiere durch.

»Vorausgesetzt, seine Datierung stimmt«, überlegte Viviane.

»Tja, sicher, aber seine Argumentation finde ich überzeugend. Soll ich?«

Viviane nickte, und Michal begann zu erklären, was Professor Straberger vor seinem unglücklichen Tod herausgearbeitet hatte.

»Er fängt recht allgemein an. Böhmen hat viele exzellente Musiker hervorgebracht, doch erst ab Mitte des 19. Jahrhunderts wird von einer eigenen Entwicklung der klassischen Musik in Böhmen und Mähren gesprochen … Im Barock wurden die Soloinstrumente immer von einem Generalbaßspieler, dem sogenannten basso continuo begleitet, was meist Orgel, Cembalo oder ein anderes Harmonieinstrument war. Allerdings wurde die Stimme für den Generalbaßspieler nicht in Noten aufgezeichnet, sondern durch Ziffern abgekürzt. Die Spieler haben nach solchem Material dann aus dem Stegreif gespielt.«

Viviane unterbrach Michal. »Aber die Begleitung der Sonate ist in Noten abgefaßt!«

Michal überflog die Notizen des Professors. »Deshalb geht

er wohl überhaupt auf diesen Sachverhalt ein. Später heißt es, daß die gesamte Musik sich veränderte, die Melodie zu dominieren begann und die Bedeutung des Generalbasses verschwand. Außerdem war der harmonische Rhythmus, der Wechsel der Akkorde, in der Barockmusik regelmäßig, unterstrich den Puls der Musik, später wechselt die Harmonie langsamer, weniger vorhersehbar, und verschiedene Stimmungen können unmittelbar nebeneinander ausgedrückt werden. Im Barock sollte jeder Vokal- oder Instrumentensatz immer nur eine Stimmung ausdrücken. Emotionen werden in der Musik der Klassik, oder ansatzweise im ausgehenden Barock, dramatisiert und in ihrer Wirkung bis zum äußersten gesteigert.« Er hielt inne und resümierte das Gelesene. »Worauf Straberger hinauswill, ist, so verstehe ich ihn, daß dieser Komponist der Zeit des Barock entstammt. Straberger spricht von der ersten Hälfte des 18. Jahrhunderts, in der er die Entstehungszeit der Sonate vermutet. Dennoch gibt es in dieser Violinsonate kaum barocke, dafür aber um so mehr klassische Elemente. Die Musik ist sehr emotional, der Generalbaß voll notiert und mehr auf ein Klavier oder Klavichord, wie das damalige Instrument gerade hieß, zugeschnitten.«

Viviane sprach ihre Gedanken laut aus: »Dann war dieser Komponist seiner Zeit also weit voraus, das ist das Besondere an der Musik?«

»Ja genau, und das scheint mir in der Tat etwas Außergewöhnliches zu sein. Von wem wurde dieser Komponist beeinflußt, wo hat er gespielt, gearbeitet, warum hat man nie etwas von ihm gehört? Ist doch extrem ungewöhnlich, daß solch ein begnadetes Talent einfach vergessen wurde!« Michal legte die Blätter auf den Tisch.

Viviane erwartete, mehr zu hören. »Ja, steht denn nicht mehr da drin?« Dann fiel ihr ein, daß sie nur einen Teil der Aufzeichnungen mitgenommen hatte.

Michal hob die Schultern. »Ich habe nur zusammengefaßt. Er hat das natürlich ausführlich belegt und begründet, und dann fehlen hier seine weiteren Schlußfolgerungen, aber die Sachen liegen noch bei dir?«

Viviane nickte. Sie hatte die Unterlagen aus dem Safe der Habarts genommen. »Ja, aber weißt du, ich werde das alles übersetzen lassen, scheint mir doch eine sehr aufwendige, komplizierte Sache zu sein, die sich nicht so einfach zwischen Kaffee und Kuchen lösen läßt.«

»Bin ganz deiner Meinung. Spannend wird es, wenn du weißt, bei wem der Komponist gelernt hat, mit welchem zeitgenössischen Komponisten er womöglich Kontakt hatte. Da kann man dann besser ansetzen und eventuell den Namen herausfinden.« Er sah auf seine Uhr. »Was hältst du von einer Spazierfahrt? Ich zeige dir die Umgebung von Prag, denn du kennst bisher doch nur die Innenstadt, nicht wahr?«

Es war immer noch sehr kalt, und Viviane nahm den Vorschlag, die Umgebung mit dem Wagen zu erkunden, gerne an. Während sie in südwestlicher Richtung durch die Stadt fuhren bemerkte Michal: »Am Wochenende ist hier manchmal kein Durchkommen. Überwiegend besitzen die in Prag Wohnenden ein Wochenendhäuschen im Grünen und fahren auch jeden Freitag hin. Die Straßen sind dann furchtbar verstopft. Aber ich soll mich eigentlich nicht beschweren, wir haben seit Generationen ein Haus im Riesengebirge.«

»Wie schön, da kann man sicher Ski laufen im Winter?« fragte Viviane.

Michal lächelte. »Phantastisch! Ist ein Paradies, der Lift kaum einhundert Meter von der Haustür entfernt. Dort haben Tomáš und ich praktisch unsere Kindheit verbracht. Im Sommer wurde gewandert und im Winter Ski gelaufen. Jetzt ist es schön dort, aber noch besser ist es Ende Februar, dann ist die Sonne wärmer. Traumhaft.«

Viviane stellte sich vor, wie die ganze Familie Habart Jahr für Jahr zusammen dorthinauf gefahren war. Sie fand, daß Tomáš und Michal eine Menge Glück mit ihrer Familie hatten und daß Geld nicht immer das Ausschlaggebende war. Bevor Christine überredet werden konnte, irgendwohin zu fahren, mußte alles genau geplant werden, die Garderobe abgestimmt und das gesellschaftliche Umfeld geprüft werden. Im nachhinein wunderte es Viviane nicht, daß Arno irgendwann keine Lust mehr auf gemeinsame Reisen gehabt hatte und auch sie selbst einen Besuch bei Marie einem nervenaufreibenden Urlaub mit ihrer Mutter vorgezogen hatte.

»Du bist so nachdenklich, Viv. Alles in Ordnung? Bedrückt dich etwas?«

»Nein, ich habe mich nur gerade an was erinnert. Meine Kindheit. Na ja, es gab auch schöne Momente. Meine Mutter ist anstrengend, und bei euch klingt alles so unkompliziert, so als hättet ihr viel Spaß miteinander. Das habe ich mir als Kind oft gewünscht!« Sie betrachtete die wenigen Häuser am Rande der Stadt, die sich zwischen den dichter werdenden Bäumen duckten.

»Da hatten wir wirklich Glück, nehme ich an. Manchmal gibt es natürlich auch bei uns Krach, du hast ja mitbekommen, was mein Vater von meiner Arbeit hält, aber wir raufen uns zusammen. Vielleicht sind es auch die Umstände, die Zeiten waren politisch und wirtschaftlich nicht immer rosig, so was schweißt zusammen. Keine Ahnung. Jedenfalls ist die Familie für uns alle wichtig. Aber bei jedem ist das eben anders. Ich habe mich über deinen Nachnamen gewundert. Der klingt so gar nicht deutsch.«

Irgendwann hatte sie diese Frage erwartet. »Ich war verheiratet. Mein Exmann ist Engländer.«

Sie fuhren an dem ehemaligen Zisterzienserkloster, dem heutigen Schloß Zbraslav, vorbei, an dem Michal den gepflegten Park lobte.

»Warum du dich hast scheiden lassen, geht mich nichts an. Aber es war sicher keine leichte Zeit für dich?«

»Nein, das nicht, aber jetzt sind wir Freunde, Greg und ich. Ich hätte viel früher erkennen müssen, daß wir nicht zusammenpassen, aber ich wollte es nicht wahrhaben.« Sie seufzte. »Man kann Gefühle eben nicht erzwingen. Sie sind entweder bei beiden vorhanden oder nicht. Es gibt nichts dazwischen, soviel habe ich immerhin gelernt.«

Michal warf ihr einen kurzen Blick zu. »Ich war zwar nicht verheiratet, aber es war deshalb nicht weniger schmerzhaft.«

Sie bogen um eine Kurve, und Viviane sah einen imposanten Bau vor ihnen auf einem Felsen thronen. Michal zeigte nach vorn. »Da liegt Burg Karlstein. Unsere bekannteste Burg wollte ich dir nicht vorenthalten.«

Nahe der kleinen Stadt Beraun, am gleichnamigen Fluß, erhob sich die Burg auf dem Karlstein, dem Karl IV. seinen Namen gegeben hatte. Es war inzwischen später Nachmittag, und die Sonne stand tiefer, so daß die Burg massig und bedrohlich wirkte. Ein massiver fünfgeschossiger Turm ragte über alle anderen Gebäude hinaus. Auf dem großen Parkplatz unterhalb der Burg stiegen die Touristen bereits wieder in die wartenden Busse. Michal und Viviane verließen den Wagen und spazierten den steilen Pfad hinauf zur Burg, auf dem ihnen nur noch wenige Besucher entgegenkamen.

»Wir können sicher nicht mehr hinein. Ich dachte nur, du würdest vielleicht gern die Stelle sehen, wo das Foto von Marie, Alois und Josef gemacht worden ist.« Michal ging neben ihr und schaute die Burgmauern hinauf.

Sie hatte genau daran gedacht, als sie das erste Mal die Burg gesehen hatte. Schon wieder hatte er sie überrascht, und sie mußte sich eingestehen, daß ihr erstes Urteil über ihn voreilig gewesen war. Er mochte abweisend oder distanziert wirken, doch er war es keineswegs.

»Ja, das wäre schön.« Was wußte er über die Beziehung von Marie zu den beiden Brüdern? Ob Alois jemals darüber gesprochen hatte?

An einigen Stellen waren die Steine des unebenen Weges überfroren, und Viviane rutschte aus. Sie konnte sich gerade noch mit den Händen abfangen, doch die Handinnenflächen waren aufgeschürft und brannten. Michal sah sich den Schaden an.

»Vielleicht gibt es im Ort eine Apotheke, dann können wir die Wunden desinfizieren, und ein Pflaster wäre wohl auch nicht verkehrt. Wie ist es, willst du noch nach oben, oder sollen wir gleich hinuntergehen?«

»Nach oben. Ist nicht so wild. Jetzt sind wir schon einmal hier. Ich weiß ja nicht, wann ich wieder die Gelegenheit habe, diesen historischen Ort anzuschauen.« Sie wickelte Taschentücher um die Hände und nahm Michals Arm, den er ihr hinhielt.

Man ließ sie noch in den Hof der Vorburg treten, und dort erkannte Viviane die Kulisse des Fotos wieder. Schweigend starrte sie auf die alten Mauern, die soviel gesehen und allen Widrigkeiten getrotzt hatten. Was ist passiert, Marie, dachte sie. Hättest du es mir gesagt, wenn ich in deinen letzten Tagen bei dir gewesen wäre? Nein. Viviane fröstelte. Marie hatte sich für das Schweigen entschieden, daran hätte sich nichts geändert.

»Hat Alois von Marie gesprochen?« Sie schaute Michal an, der neben ihr stand und den Mantelkragen gegen die Kälte hochgestellt hatte. Seine Haltung hatte etwas Aristokratisches. Wahrscheinlich lag es daran, daß er so ernst und beherrscht war. Er wandte sich ihr zu.

»Warum?«

»Ich weiß nicht, nur so. Es hat mich immer gewundert, daß sie keinen Kontakt hatten, auch später nicht, als ein Besuch möglich gewesen wäre.« Sie fühlte sich unsicher unter seinem prüfenden Blick.

»Nein. Er hat nie von ihr gesprochen. Auch über Josef hat er kaum ein Wort verloren. Ich habe immer gedacht, daß es ihm zu weh getan hat, seinen einzigen Bruder so früh zu verlieren, kurz nachdem auch seine Eltern gestorben waren. Und dann kam die Krankheit.«

Er ging an die Burgmauern und schlug auf den harten

Stein. »Die Burg ist nie erobert worden. Sie ist eine Art Reliquienschrein für uns. Hier lagerten einmal die Schätze Böhmens. Die Räume sind immer noch prächtig ausgestattet.«

Viviane ging zu Michal und legte ihm eine Hand auf den Arm. »Wie sind seine Eltern gestorben? Marie hat mir nie etwas darüber erzählt.«

Er nahm vorsichtig ihre Hand, in der noch immer das Taschentuch klebte, und hielt sie einen Moment lang fest. »Sie hatte bestimmt einen Grund für ihr Schweigen, Viv. Wenn dich das alles so interessiert, dann frag Alois. Wir haben nie mit ihm darüber gesprochen, weil wir sein Schweigen respektieren. Aber du scheinst ihn an die Vergangenheit zu erinnern, weil du deiner Tante ähnlich siehst.«

Er betrachtete sie. »Ich kenne nur diese wenigen Schwarzweißfotos aus den frühen Jahren. Du bist blond wie sie, und du hast ihre Augen. Wenn ich es bedenke, hätte ich deine Tante eigentlich gern kennengelernt. Aber ...« Er zuckte mit den Schultern.

Viviane hatte das nie so gesehen. Aber er hatte recht. Auch ihre Mutter hatte erkannt, wie sehr sie ihrer Großtante ähnelte, und in ihrer Angst, die Tochter zu verlieren, hatte sie Marie dafür abgelehnt. Eigentlich war Marie Christines Tante gewesen, doch Viviane hatte nie gehört, daß ihre Mutter sie jemals so genannt hätte.

»Du bist oft weit weg mit deinen Gedanken, Viv. Ist es nur diese Sonate? Warum bedeutet dir die Vergangenheit soviel? Du lebst jetzt.«

Er stand dicht vor ihr, und sich an ihn zu schmiegen, den Gefühlen nachzugeben wäre leicht gewesen. Zu leicht.

Sie sagte: »Du auch. Warum gehst du nicht wieder ins Ausland, wo du leicht Arbeit finden würdest. Hast du die Vergangenheit wirklich hinter dir gelassen?«

Seine Miene verfinsterte sich. »Das ist etwas anderes.«

Sie trat einen Schritt zurück. »Warum? Ich sehe das nicht so. Außerdem habe ich mit meiner Ehe abgeschlossen. Greg ist für mich ein guter Freund, auf den ich mich verlassen kann. Das ist viel, nach dem, was wir durchgemacht haben. Darauf bin ich stolz. Das mit meiner Tante ist eine andere Geschichte. Ich hänge nicht der Vergangenheit nach, sondern versuche, einige ungeklärte Fragen zu beantworten, weil Marie mich in ihrem letzten Brief darum gebeten hat. Sie hat etwas getan, das ihr ein Leben lang leid tat, aber sie konnte nicht einmal mit mir darüber sprechen. Es hängt mit eurer Familie zusammen und mit der Sonate.« Viviane sah ihn unverwandt an. »Ich möchte Klärung für sie und für mich und …« Sie blinzelte, um die ungewollt aufsteigenden Tränen zu unterdrücken. »Es war ihr sehr wichtig und soll mir …« Viviane räusperte sich und wischte sich rasch eine Träne von der Wange. »Für mein Leben, diese Erfahrung soll mir helfen, glaube ich. Herrje, besser kann ich es nicht erklären.«

Michal ließ die angespannten Schultern sinken. »Ich verstehe. Das ist allein deine Sache, und ich möchte mich deswegen nicht mit dir streiten. Ich …« Er brach ab, und für eine Sekunde erkannte sie den Blick, den er ihr die Nacht zuvor geschenkt hatte. Abrupt drehte er sich um und deutete auf die untergehende Sonne.

»Wir sollten zurückfahren. Die Straßen überfrieren noch mehr, wenn die Sonne weg ist.«

Stillschweigend hakte sie sich beim Abstieg wieder bei ihm ein. Nachdem sie Beraun hinter sich gelassen hatten, kamen sie durch einen kleinen Ort, der Viviane auf der Hinfahrt nicht aufgefallen war. Im Dämmerlicht erkannte sie etwas abseits des Orts auf einem Felsen, halb vom Wald versteckt, eine weitere Burg. Allerdings wesentlich kleiner und zierlicher als Karlstein.

»Was ist denn das dort hinten für eine Burg, Michal?«

»Keine Ahnung. Wahrscheinlich irgendein unbedeutender Adelssitz. Es gibt ungefähr dreitausend Schlösser und Burgen in Böhmen. Das Land war mal ziemlich ertragreich für die Besetzer. Wer hat hier nicht alles das Land ausgebeutet, die

Luxemburger, die Jagellonen und dann die Habsburger bis zum bitteren Ende. Und jeder dieser unerwünschten Aristokraten hat sich ein neues Schlößlein gebaut.«

Michal hatte recht, es gab unzählige Prachtbauten in Böhmen, wie Viviane schon dem Reiseführer entnommen hatte. Gegen halb acht Uhr kamen sie auf der Kleinseite an. Michal hatte vorgeschlagen, gemeinsam essen zu gehen, heute weniger luxuriös als am Vorabend, und Viviane hatte zugestimmt. Sie duschte, zog sich um, verrieb ein wenig Heilsalbe in den Handinnenflächen, und dann holte Michal sie ab. Vor der Wohnung seiner Eltern hielten sie an.

»Alois würde dich gern sehen. Als ich ihm sagte, daß du hier bist, wollte er dich unbedingt sprechen.«

»Natürlich. Ich mag deinen Großvater. Er hat soviel Ähnlichkeit mit Josef, vor allem die Hände. Übrigens hast du auch diese schlanken Künstlerhände.« Sie ging hinter ihm in die Wohnung.

Er drehte sich um. »Oh, habe ich dann Chancen bei dir? Wegen der Hände, meine ich?«

Sie knuffte ihn in den Rücken. »Du nutzt meine Sentimentalität aus. Ich habe dich durchschaut!«

»Das denke ich nicht!« flüsterte er ihr schnell ins Ohr, bevor er seine Mutter laut und herzlich begrüßte.

Marika Habart kam aus einem der vielen Zimmer und breitete ihre Arme aus, um ihren Sohn willkommen zu heißen. »Michal, mein Lieber! Und du hast Viviane mitgebracht. Hattet ihr einen schönen Tag? Hat er dir die Stadt gezeigt? Wie geht es dir? Wir haben uns lange nicht gesehen.«

Marika umarmte Viviane und küßte sie auf die Wangen. Viviane fühlte sich fast erdrückt von soviel Herzlichkeit, obwohl sie wußte, daß das zum normalen Begrüßungsritual gehörte.

»Ich freue mich auch, dich zu sehen. Ja, es kam sehr überraschend. Mein Besuch, meine ich. Vorgestern wußte ich noch gar nichts von meinem Kommen.«

Marika strich ihr die blonden Haare aus dem Gesicht und betrachtete sie aufmerksam. »Du bist dünn geworden und viel zu blaß. Wenn du öfters bei mir essen würdest, sähest du anders aus.«

Viviane lächelte. »Danke, es geht mir gut. Die Anspannung der letzten Tage war vielleicht etwas viel. Hallo, Jakub!«

Michals Vater kam aus dem Wohnzimmer und hieß sie ebenfalls herzlich willkommen. »Viviane! Welche Überraschung! Michal sagte, du wärest hier. Was ist das für eine Geschichte mit dieser Sonate? Das scheint sich ja zu einer richtigen Forschungsarbeit auszuweiten! Bist du aus dem Fach?«

Viviane winkte ab. »Nein, ich spiele zwar Flöte, aber mit Musikgeschichte habe ich mich bisher nur am Rande befaßt. Alles wurde ausgelöst durch den plötzlichen Tod meiner Tante. Es ist noch etwas verworren, ich weiß selbst nicht genau, worauf alles hinausläuft ...«

Jakub nickte verständnisvoll. »Jaja, laß nur. Hast du einen Moment für meinen Vater? Er wartet in seinem Zimmer auf dich. Es ist schon spät, und bei diesem Wetter geht es ihm nicht gut. Die Dosierung der Medikamente muß demnächst neu eingestellt werden. Parkinson ist eine schleichende Krankheit, aber noch ist er geistig voll auf der Höhe, auch wenn sein Körper ihm Streiche spielt.«

Michals Vater ging voraus in ein Zimmer am anderen Ende des langen Flures. Die Wände des mäßig großen Raumes waren von Bücherregalen bedeckt. In einer Ecke stand ein Bett, am Fenster ein Schreibtisch und daneben eine kleine Glasvitrine, in der Viviane Schmuckstücke schimmern sah.

Jakub deutete auf die Vitrine. »Das sind seine Meisterstücke. Ich sage ihm immer, er soll sie in den Safe legen, doch er will sie um sich haben.«

Im Dunkel neben dem Bett rührte sich etwas, und Viviane entdeckte Alois in seinem Rollstuhl. Jakub schob seinen Vater zum Schreibtisch. »Bitte, hier ist dein Besuch. Am liebsten hätte er dich allein gesprochen, aber er braucht mich als Dolmetscher. Vergiß einfach, daß ich hier bin.«

Seltsam berührt von dieser ungewöhnlichen Anweisung, trat Viviane auf Alois zu, der in einem dunkelroten Morgenmantel über dem weißen Hemd in seinem Stuhl saß. Sie zog einen Stuhl heran und ergriff die zitternde Hand des Kranken, der sie mit scharfem Blick musterte.

Ja, sie sah aus wie Marie, und doch war sie eine andere. Sie wirkte verletzlicher, ein wenig verloren. Durfte er ihr sagen, was er in einer Ecke seines Herzens vergraben hatte? Aber wenn es stimmte, daß sie die Originalpartitur gefunden hatte, dann mußte er mit ihr sprechen. Er konnte auf keinen Fall zulassen, daß sie in Gefahr geriet. Alois wandte sich an seinem Sohn, und Viviane verstand keines der schnell gesprochenen Wörter.

Jakub übersetzte: »Er möchte die Noten sehen, die du gefunden hast.«

»Sie sind bei Tomáš und Branka in meiner Tasche. Warte, ich hole sie.« Sie lief nach oben in die Wohnung und kehrte nach wenigen Minuten mit der Sonate in den Händen zurück. Trotz seiner Krankheit hatte sie großen Respekt vor Alois. Ihr erschien er mehr wie ein herrschender Patriarch denn wie ein kränklicher alter Mann.

Alois erwartete sie mit gespannter Aufmerksamkeit. Er versuchte, seine Hände ruhig zu halten, doch als sie ihm die Noten reichte, konnte er das Zittern nicht unterdrücken. Das war die Violinsonate des unbekannten Komponisten, mit der alles angefangen hatte. Er strich über das alte Papier, und in seinem Kopf erklangen die ersten Noten der Melodie. So lange hatte er die Musik verdrängt. Zusammen mit seiner Liebe hatte er sie begraben. Seine Liebe. Ein tiefer Seufzer entfuhr seinem gebeugten Körper, diesem physischen Hindernis, das ihn das Alter spüren ließ, das ihn tagtäglich auf schmerzhafte Weise daran erinnerte, daß die Zeit unaufhaltsam voranschritt, Stunde um Stunde, Tag um Tag, Jahr um Jahr. Und doch, wo waren die Jahre jetzt? Er hörte nur die Melodie seines Herzens spielen und fühlte sich so jung wie an jenem Tag, als er die Sonate in der Kommode seiner Mutter gefunden und sie seiner heimlichen Liebe vorgespielt hatte.

Ihre blauen Augen hatten ihn nicht einen Moment losgelassen, als er die Tasten des Klaviers berührt hatte. Als die letzte Note verklungen war, kam sie zu ihm und küßte ihn auf den Mund. In diesem ersten Kuß hatte so viel Verlangen gelegen, daß er alle Vernunft vergaß und sich seinen mühsam kontrollierten Gefühlen hingab. Marie war die einzige Frau gewesen, die ihm je etwas bedeutet hatte, und jetzt schien der Moment gekommen, es zu offenbaren. Diese junge Frau verdiente die Wahrheit, und es bedeutete ihr offensichtlich sehr viel, alles über Marie zu erfahren. Nun gab es noch immer Dinge, die nur ihn angingen, doch soweit es sein Verhältnis zu Marie betraf, sollte Viviane erfahren, was er zu sagen hatte.

Mit verhaltenem Lächeln gab er die Noten an Viviane zurück, die ihn erwartungsvoll ansah. Jakub übersetzte, was sein Vater sagte: »Ich könnte es kurz machen und einfach sagen, daß deine Tante und ich ein Verhältnis hatten.«

Viviane schluckte und knetete ihre Hände ineinander. Auf diese Eröffnung war sie nicht gefaßt gewesen.

Alois richtete seinen Blick ins Dunkel des Raumes und fuhr fort: »Aber das wäre nur die halbe Wahrheit und würde banal und schmutzig klingen lassen, was bedeutend und rein ist. Ich habe Marie geliebt, als mein Bruder sie mir das erste Mal vorstellte. Später hat sie mir gestanden, daß es ihr genauso erging. Josef und ich unterschieden uns in den meisten Dingen – er war Maler mit Leib und Seele. Schon als kleiner Junge wußte er, daß sein Leben der Kunst gehört. Er ließ sich durch nichts von seiner Berufung abhalten, auch nicht durch sein schwaches Herz, das ihn oft zu erzwungenen Ruhephasen anhielt. Ich dagegen war ein lebhafter kämpferischer Junge, der auch einem gewaltsamen Streit nicht aus dem Weg ging. Das Klavierspielen lernte ich nebenbei, genau wie die Goldschmiedekunst. Meine innere Unruhe und Rastlosigkeit befriedigte weder das eine noch das andere. Unsere einzige Gemeinsamkeit war die Liebe zu Marie. Allerdings wußte Josef nichts davon.«

Im Halbdunkel des Raumes wirkte Alois' Gesicht fast faltenlos, und Viviane sah Leidenschaft in den charaktervollen Zügen, während der alte Mann fortfuhr.

»Die Zeiten waren gefährlich damals, vor allem für Menschen wie uns. Es gab über drei Millionen Deutsche in der Republik. Marie studierte Philosophie und gehörte zu einem Kreis junger Intellektueller. Die Künstler und Studenten haben sich regelmäßig in einer kleinen Kneipe neben der Karlsuniversität getroffen. Da hat Josef sie auch kennengelernt. Genau wie er war sie gegen den Krieg, gegen die gewaltsame Durchsetzung von Ideen. Wir haben oft bis in die frühen Morgenstunden hinein diskutiert. Sie fand es falsch, daß die Deutschen für ihre Siedlungsgebiete in Böhmen und Mähren die Autonomie anstrebten. Wenn die Deutschen schon in der Tschechoslowakischen Republik lebten, sollten sie sich ihrer Meinung nach auch dort eingliedern. Sie war die bemerkenswerteste Frau, die ich kannte. Als deutsche Truppen 1938 in die sudetendeutschen Gebiete einmarschierten, hat sie getobt und gesagt, sie schäme sich für ihre Landsleute. Wir waren so jung.«

Vor Vivianes Augen erstand ein Prag, in dem sich heimlich Studenten zu Versammlungen trafen und uniformierte Deutsche durch die Straßen marschierten. Sie erschauerte.

»Es gab so viele Dinge damals, für die ich meinte kämpfen zu müssen.« Ein mattes Lächeln umspielte Alois' Lippen. »Josef hatte seine Kunst, mit der er sich gegen die neuen Machthaber wehrte. Marie und ich traten der Kommunistischen Partei bei.«

»Sie war Mitglied in der Kommunistischen Partei? Marie war Marxistin?« Verblüfft starrte Viviane Alois an. Mit keinem Wort, keiner Andeutung hatte ihre Tante je auf diese Mitgliedschaft angespielt, sich vielmehr gegen die Politik ausgesprochen, die Parteien jeglicher Couleur als regierungsunfähig verdammt.

Alois nickte, nachdem er Jakubs Übersetzung gehört hatte. »Oh ja. Sie war überzeugte Marxistin. Auch das verband uns, während Josef immer parteilos blieb. Die Kommunistische Partei gewann großen Einfluß in der Republik, bis, ja bis die Nationalsozialisten die Macht übernahmen. Marie und ich verteilten nachts oft Flugblätter in den Straßen. Wir liebten die Gefahr, und wir wußten, wir spielten mit dem Feuer. Eines Nachts kamen wir von einem dieser Ausflüge zurück in Maries Wohnung, die sie sich mit einer Musikstudentin teilte. An jenem Tag hatte ich die Violinsonate in der Kommode meiner Mutter entdeckt, und ich hatte sie mitgebracht, um sie Marie vorzuspielen. In jener Nacht liebten wir uns leidenschaftlich, und seitdem waren wir ein Liebespaar. Ich mußte Marie jedoch schwören, Josef niemals etwas von unserer Beziehung zu sagen. Sie würde mich sofort verlassen, sollte ich dieses Versprechen brechen, und die Ernsthaftigkeit ihrer Worte ließ keinen Zweifel. ›Alois, du brauchst mich nicht, denn du bist wie ich, aber er braucht mich. Ich könnte mir nie verzeihen, ihn zu verletzen.‹ Und ich wußte, daß sie recht hatte. Josef vergötterte sie. Er hielt sie für eine Art Heilige und nahm ihre Liebe, ihr Leben, das sie ganz seinem Künstlerdasein unterordnete, als gegeben hin.« Für einen Moment schwieg Alois. Auf seine feingliedrigen Hände schauend, fügte er leise hinzu: »Sie liebte uns beide.«

»Aber sie hat sich für Josef entschieden. Und die Sonate? Warum haßte sie diese Musik? Es war doch das Symbol eurer Liebe?« Viviane fand Alois' Erklärung nicht ausreichend. Zu viele Fragen blieben offen.

Jakub übersetzte, doch Alois schien mit den Gedanken abzuschweifen. Er schüttelte müde den Kopf und machte eine ablehnende Handbewegung. Jakub redete auf ihn ein, doch sein Vater antwortete nur knapp: »Die Musik war der Grund.

Du solltest dich davon trennen, diese Sonate bringt nur Unglück. In diesem einen Punkt solltest du einem alten Mann Glauben schenken.«

»Was?« Viviane verstand kein Wort. Jakub wiederholte die Worte und sah seinen Vater fragend an, doch der starrte nur schweigend in die dunkle Zimmerecke.

»Das ist alles. Mehr wird er dazu nicht sagen.« Jakub schien genauso ratlos wie sie selbst.

Viviane wandte sich an den sturen alten Mann. »Was hat das zu bedeuten? Bitte, hilf mir doch! Was ist damals passiert? Es muß noch etwas passiert sein. Ich weiß das! Warum hast du nie wieder mit Marie gesprochen und den Kontakt zu Josef abgebrochen?«

Jakub übersetzte, doch das Gesicht des alten Mannes blieb verschlossen. »Tut mir leid, Viviane. Du solltest wohl besser gehen. Wenn er nichts mehr sagen will, bleibt es dabei. So ist er.«

»Ich danke dir, Alois, aber wenn es etwas gibt, das du mir sagen willst, bitte, ich kann jederzeit wiederkommen.« Bittend sah sie ihn an.

Jakub übersetzte, und Alois nickte abwesend. Viviane sah ein, daß es keinen Sinn hatte, weiter in den alten Mann zu dringen. Doch sie war nicht ohne Hoffnung, denn er wußte mehr, davon war sie überzeugt. Alois Habart hatte ihre Tante geliebt. Aus seinen bisherigen Erklärungen ging nicht hervor, warum er nach Josefs Tod nicht in Kontakt mit ihr hätte treten sollen. Und jetzt waren sein Bruder und Marie tot. Sein hartnäckiges Schweigen ergab einfach keinen Sinn. Sie rief die Vergangenheit für ihn wach. Sonst hätte er sie nicht so angesehen, ihr nicht die Ohrringe geschenkt, die für Marie bestimmt gewesen waren. Das war ihre Chance. Vielleicht die einzige, die sie hatte.

Etwas ratlos stand sie in dem langen Flur, nachdem sie das Zimmer von Alois verlassen hatte. Sie ging dem Stimmengemurmel aus der Küche nach. Als sie die Tür aufstieß, erstarb das Gespräch. Marika und Michal unterbrachen ihren angeregten Redefluß.

»Ich hole meinen Mantel, dann können wir los.« Michal verschwand und ließ Viviane mit seiner Mutter allein.

Hatte er seinen Mantel nicht dabeigehabt, als er die Treppen heruntergekommen war? Sie war mit Marika an dem Abend des gemeinsamen Essens zwar einigermaßen ausgekommen, doch sie hatte nie das Gefühl loswerden können, daß diese Frau sie auf Herz und Nieren prüfte. Vielleicht hatte sie Angst, Viviane wollte sich als zukünftige Schwiegertochter in die Familie drängen. Nun, diesen Verdacht konnte sie leicht ausräumen, denn eine weitere Heirat kam für Viviane nicht in Frage.

»Was wollte Alois denn? Er ist ein alter Geheimniskrämer, aber an dir scheint er ja einen Narren gefressen zu haben.« Herausfordernd sah Marika die junge Frau an.

»Ich mag ihn auch sehr. Er hat sich die Sonate angesehen und mir von seiner Liebe zu Marie erzählt. Das war sicher nicht leicht für ihn. Wie geht es Branka und Tomáš? Sind sie gut angekommen?« lenkte sie ab.

»Ja, die beiden haben eben angerufen. Das Hotel ist wohl sehr schön und das Wetter gut. Du brauchst auch mal Urlaub. Warum fährst du nicht ebenfalls in die Sonne. Prag scheint mir nicht der erholsamste Ort für dich zu sein!«

Mit verschränkten Armen und einem angriffslustig nach vorn geschobenen Kinn stand Marika vor ihr. Sie war wie bei ihrem letzten Besuch elegant gekleidet. Offenbar legte sie viel Wert darauf, auch in ihrem Alter so attraktiv wie möglich zu erscheinen.

»Oh, das würde ich nicht sagen, ich fange gerade an, es richtig zu mögen!« sagte Viviane bewußt doppeldeutig, denn in die Ecke drängen ließ sie sich nicht.

Michal kam zurück, erfaßte die Situation mit einem Blick und gab seiner Mutter zum Abschied einen Kuß auf die Wange. »Wir gehen. Ich wünsche euch noch einen schönen

Abend. Komm, Viv.« Er legte einen Arm um Vivianes Schultern und dirigierte sie zum Ausgang.

Auf der Straße vor dem Haus sagte er: »Tut mir leid, falls sie dich irgendwie …«

Viviane kam ihm zu Hilfe. »Sie war nicht unhöflich, sondern sehr geschickt. Sie ist eifersüchtig. Das ist alles. Dabei hat sie keinen Grund.«

»Du bist sehr klug, Viv. Das hat sie erkannt. Sie mag dich, täusch dich da nicht. Bitte, wir fahren mit dem Wagen.« Er öffnete ihr die Autotür.

»Ich glaube, sie hat mich lieber, wenn ich in meinem Häuschen im Bayerischen Wald oder auf einer karibischen Insel bin, auf jeden Fall nicht hier in Prag.« Viviane lachte.

»Ich habe dich lieber hier.« Er sah sie lange an und fuhr dann schweigend, bis sie in der Josefstadt vor einem unscheinbar aussehenden Restaurant anhielten.

Drinnen schlug ihnen der Duft frischer Kräuter entgegen, aufmerksame Kellner führten sie zu einem liebevoll gedeckten Tisch, und das noch warme Brot, das ihnen sofort serviert wurde, schmeckte köstlich.

»Wo sind wir hier?« Viviane strich noch etwas Butter auf ihr Brot und schob sich den wohlschmeckenden Bissen in den Mund.

Michal betrachtete sie. »Du genießt es, gut zu essen.«

»Natürlich! Ich wäre ja verrückt, wenn ich das nicht täte. Ich bin eine lausige Köchin, da weiß ich es um so mehr zu schätzen, wenn man mir etwas Anständiges vorsetzt.« Sie wischte sich die Finger an ihrer Serviette ab.

»Der Chef ist Tscheche, der Koch Kroate, die Küche eine Mischung aus allem. Laß dich überraschen. Ich hatte bisher immer Glück.«

Michal bestellte Rotwein. Viviane ließ den vollmundigen kräftigen Wein einen Moment im Mund, bevor sie ihn hinunterschluckte. Sie hatte seit gestern viel erlebt, viel mehr, als sie erwartet hatte. Seit zwei Tagen war sie fast ununterbrochen mit Michal zusammen, und es war keine Minute langweilig gewesen. Dieser Mann war nicht vorhersehbar. Er war aufmerksam, aber nicht aufdringlich, er flirtete mit ihr und distanzierte sich im nächsten Moment, gleichzeitig schien hinter all seinen Handlungen ein großes Maß an Intensität zu stehen. Wenn Greg flirtete, war das offensichtlich, und das Spiel nahm seinen Lauf. Bei Michal war sie sich nicht einmal sicher, wie die Spielregeln lauteten.

Um dem würzigen Wein etwas entgegensetzen zu können, bestellte Viviane Fasan und Sauerkraut. Michal entschied sich für Entenbrustfilet und Knödel.

Das Essen und der Alkohol halfen Viviane, die Anspannung der vergangenen Stunden abzubauen. Alois' Geständnis, von dem sie Michal noch nichts berichtet hatte, erschien plötzlich weniger schockierend als beim ersten Hören. Ihre Tante hatte zwei Männer geliebt. Sie drehte das Weinglas auf dem Tisch und betrachtete die schimmernde Oberfläche der dunkelroten Flüssigkeit.

»Woran denkst du, Viv? Hat es mit Alois zu tun? Du mußt mir nichts ...« Er sah sie mitfühlend an.

»Marie hat beide geliebt«, unterbrach sie ihn.

»Wie, beide?« fragte Michal etwas ungläubig nach.

»Sie hat Alois und Josef geliebt, sich aber letztlich für ein Leben mit Josef entschieden. Alois hat das nie verwunden.« Nun erzählte Viviane ausführlich, was Alois ihr anvertraut hatte.

Michal hörte schweigend zu und bemerkte, nachdem sie geendet hatte: »Mir ist dennoch nicht ganz klar, welche Rolle die Sonate dabei spielt und warum sie sich nach Josefs Tod nicht wiedergesehen haben.«

»Genau dasselbe habe ich auch gedacht«, stimmte Viviane ihm zu. »Vielleicht können wir sie nicht verstehen. Wir haben das besetzte Prag nicht erlebt und wissen nicht, was sie durchgemacht haben. Immerhin waren beide im aktiven Widerstand.« Sie seufzte und trank einen Schluck Wein. »Nun bin ich so weit gekommen, und das soll alles sein?«

»Gib Alois und dir einfach Zeit. Außerdem hast du die Noten zurückerhalten. Du bist auf dem richtigen Weg, Viv. Nur das zählt.« Sein Lächeln wärmte ihre Seele.

Auf dem richtigen Weg, ja, das mochte stimmen, doch wieviel Zeit hatte Alois noch? Der alte Mann war durch die Krankheit gezeichnet, und die Auseinandersetzung mit der Vergangenheit erschöpfte ihn. Ihr blieb nur die Hoffnung, daß es noch nicht zu spät war.

Sie bedachte Michal mit einem langen Blick. »Ich danke dir. Für den schönen Abend und für deine Anteilnahme. Das bedeutet mir sehr viel.« Mit einem Räuspern legte sie die Serviette auf den Tisch. »Wir sollten besser gehen, der Wein steigt mir anscheinend in den Kopf.«

Er sah sie mit einem schwer zu deutenden Gesichtsausdruck an. Warum gab er sich immer so geheimnisvoll? Das mußte wohl in der Familie liegen.

Es war halb zwölf, als sie das Lokal verließen. Viviane zog sich den Schal um die Schultern.

»Laß uns noch ein wenig spazierengehen. Nach dem Essen kann ich das gut vertragen.« Viviane steuerte auf eine schmale Straße zu, die von modernisierten Gaslaternen sanft erleuchtet wurde.

Als Michal seinen Arm um ihre Schulter legte, sagte Viviane lächelnd: »Ich dachte, du tust das nur, um deine Mutter zu ärgern.«

»Über dieses Stadium bin ich lange hinaus. Ich tue nur noch, was ich möchte.« Er blieb stehen und drehte sie zu sich, so daß sie in seine dunklen Augen schauen konnte.

»Und was möchtest du jetzt tun?«

Anstelle einer Antwort zog er sie an sich und küßte sie erst sanft, dann fordernd. Sie ließ sich einfangen von seinen Lippen, die verlockten, versprachen und verführten. Als ihre Gedanken sich den äußeren Temperaturen wieder angepaßt hatten, sagte sie, noch immer an ihn gelehnt: »Und das machst du ziemlich gut!«

Er hob eine Augenbraue. »Ziemlich? Dann mangelt es mir an Überzeugungskraft!«

Einige Minuten später, in denen Viviane wenig Zeit zum Luftholen hatte, meinte sie: »Ich tausche das ziemlich gegen ein außerordentlich aus. Kannst du damit leben?«

»Für den Augenblick schon. Na komm, ich bringe dich zurück. Deine Nasenspitze ist schon ganz rot von der Kälte.«

Kapitel 13

Sie fuhren zurück zum Haus der Habarts. Vor Tomáš' Wohnung blieb Viviane stehen, doch Michal nahm ihre Hand und führte sie die Treppen nach oben.

»Ich möchte dir etwas zeigen. Der Aufstieg lohnt sich.«

Viviane mußte wohl etwas zögerlich ausgesehen haben, denn Michal lachte. »Nicht, was du denkst. Ich habe mich für die vielen Treppen entschieden, weil man von dort oben eine atemberaubende Aussicht hat.«

Er schloß die Tür zu seiner Wohnung auf und ließ Viviane eintreten. Nach einem kurzen Flur stand sie mitten in einem riesigen Raum, durch dessen bodentiefe Fenster sie über die Moldau auf die Lichter der Stadt sah.

»Das ist wirklich schön, Michal.«

Er stand neben ihr und zeigte auf ein großes Gebäude am anderen Ufer. »Dort drüben siehst du das Nationaltheater und links von dir die Karlsbrücke.«

Beim Eintreten hatte sie ein großes, unförmiges Möbel auf einer Seite des Raumes gesehen. Inzwischen hatten sich ihre Augen an die Dunkelheit gewöhnt, und sie erkannte, daß es sich um einen Flügel handelte. Sie ging zu dem Instrument und strich über die lackierte Oberfläche.

»Du bist voller Überraschungen, Michal. Warum hast du mir nichts von deinem Talent erzählt. Ich habe bemerkt, daß du klassische Musik sehr liebst. Ist das ein Geheimnis oder dein persönlicher Spleen?«

Sein Profil zeichnete sich scharf im Gegenlicht ab. Er wandte ihr sein Gesicht zu, so daß seine Augen im Dunkeln lagen.

»Nenn es meinen Spleen, meine Macke, wie du willst. Du

hast mich nicht gefragt. Warum sollte ich es dir erzählen? Um dich zu beeindrucken? Ich glaube nicht, daß du der Typ Frau bist.«

»Aha, welcher Typ bin ich denn deiner Meinung nach?« Sie öffnete den Tastendeckel und schlug einen Ton an.

Er trat auf sie zu, ohne ihre Frage zu beantworten. Dann setzte er sich auf die Klavierbank und begann zu spielen. Seine langen schlanken Finger glitten sicher über die Tasten und ließen einen Walzer von Chopin erklingen. Sie waren sich sehr ähnlich, das erkannte sie in diesem Augenblick. Er liebte klassische Musik, genau wie sie, und genau wie sie hatte er sich aus irgendeinem Grund nicht für eine berufliche Verbindung mit seiner Leidenschaft entschieden. Der letzte Ton verhallte leise in dem großen Raum, dessen Akustik nicht durch Bücherwände gestört wurde.

Sie berührte ihn leicht an der Schulter. »Michal, würdest du mir einen Gefallen tun?«

»Wenn ich kann?«

»Ich bin gleich zurück.« Sie rannte hinunter in Tomáš Wohnung und holte die Violinsonate aus ihrer Tasche.

In Gedanken versunken, eine einfache Melodie auf dem Flügel spielend, fand sie ihn vor. Er hob den Kopf, als er ihre Schritte hörte, und sah sie erwartungsvoll an. Sie drückte ihm die Noten in die Hand.

»Bitte, spiel das für mich.«

»Warum?« Er wog die Noten in seinen Händen.

»Das ist der Gefallen, um den ich dich bitte. Es ist mir sehr wichtig. Bitte!« Sie sagte das mit Nachdruck und einem Flehen in der Stimme, das ihn berührte.

»Na schön.« Er schaltete das Licht über dem Notenhalter des Flügels ein und las sich die Noten sorgsam durch.

Viviane ging ans Fenster und wartete. Auf dem Fluß glitzerten einzelne Lichter, kein Geräusch drang von unten herauf. Als die ersten Töne des Largos erklangen, überlief sie ein eisiger Schauer. Das hier war anders als an jenem Tag, als Paula das Stück gespielt hatte. Damals hatte Viviane zugehört und ihre Gefühle und die von Paula genau analysiert. Heute ergriff die Musik sie augenblicklich, bannte sie, wischte alle Gedanken aus ihrem Kopf. Kam es daher, daß Michal die Melodie spielte? Gab es einen Zusammenhang zwischen der Herkunft der Musik und seiner Familie? Ein Strom überwältigender Emotionen riß sie mit sich, wobei sie außerstande war zu unterscheiden, ob es nur ihre plötzlich so deutlichen Gefühle für Michal oder jene, die die Musik in ihr hervorrief, waren.

Wie lange sie schon wie gelähmt in der längst eingetretenen Stille neben dem Flügel gestanden hatte, wußte sie nicht zu sagen, als eine Hand sich sanft unter ihr Kinn legte. »Viv, sieh mich an.«

Ihre Augen waren geweitet, und es dauerte etwas, bis sie sich orientierte. Michal stand vor ihr. Von der Berührung seiner Hand ging eine Wärme aus, die ihren ganzen Körper erfaßte.

»Wenn das, was ich in diesem Moment für dich fühle, jedem widerfährt, der diese Sonate spielt, dann verbrenne ich sie augenblicklich!« Ein schelmisches Funkeln spielte in seinen Augen, doch nur für Sekunden. »Du hast genauso empfunden, ich habe dich beobachtet.«

»Glaubst du an Zauberei?« flüsterte sie.

»Nein. Aber wenn, dann liegt die Magie in dir.« Er zog sie an sich und küßte sie.

Sie erwiderte seinen Kuß, schlang ihre Arme um seinen Körper und murmelte: »Laß mich nicht allein heute nacht.«

Die Sonne schien warm durch die hohen Fenster. Viviane gähnte und reckte sich. Langsam kam die Erinnerung an die vergangene Nacht zurück. Sie drehte sich um und streckte die Hand nach Michal aus, doch das Bett war leer. In Pullover und Hose, die sie sich übergestreift hatte, tappte sie barfuß durch die Wohnung. Aus der Küche hörte sie Geräusche und schnupperte frisch aufgebrühten Kaffee.

»Michal?«

»Ich bin in der Küche. Tut mir leid, aber ich habe heute diese Besprechung, das ist sehr wichtig für mich.« Er schaute um die Ecke und kam mit einem Becher Kaffee in der Hand auf sie zu. »Hast du gut geschlafen?«

Sie wollte nach dem Kaffee greifen, doch er hob die Hand mit dem Becher aus ihrer Reichweite und zog sie dafür mit der freien Hand zu sich, um ihr einen langen Kuß zu geben.

»Hmm«, murmelte sie, »nur zu wenig, fürchte ich.«

Er grinste und gab ihr den Kaffee. »Geht mir nicht anders, deshalb ist das schwarze Gebräu etwas stärker ausgefallen.«

Der bittere Geschmack machte sie augenblicklich hellwach. »Uh, ja! Hast du Zucker?«

Sie ging hinter ihm her in eine geräumige, modern ausgestattete Küche. Im Gegensatz zu Tomáš und Branka schien Michal mehr vom Kochen zu halten. Sie tippte gegen die langstieligen Töpfe.

»Benutzt du die auch, oder ist das nur Dekoration?«

»Wenn ich Zeit und Lust habe, schon. Bist jetzt hat sich noch niemand beschwert. Ich liebe asiatische Gerichte, japanische vor allem.«

Viviane entdeckte eine kleine Bambusmatte, mit der man Sushi rollte. »Ist das nicht kompliziert?« Wenn sie selbst Appetit auf Sushi hatte, ging sie essen oder kaufte eine Packung tiefgefrorene. Auf den Gedanken, sich selbst die Arbeit zu machen, war sie noch nie gekommen.

»Beim ersten Mal schon. Inzwischen geht es ganz gut. Ich finde, die Arbeit lohnt sich, denn frisch schmeckt es einfach besser, und der einzig gute Japaner hier in Prag ist sehr teuer.«

Irgendwie paßte das zu ihm, fand Viviane, das kunstvoll angerichtete Essen, sein Sinn für die Schönheit kultivierter Natur und Musik. Er schaute auf seine Uhr und verzog das Gesicht.

»Ich wünschte wirklich, ich müßte nicht gehen, aber heute sind alle wichtigen Leute da, und ich muß einfach noch vieles für das Projekt abklären. Wann geht dein Zug?«

Er fragte nicht, ob sie bleiben konnte. Sie stellte den Becher ab.

»Um halb eins oder um halb vier, die Ankunftszeit verschiebt sich nur um zwei Stunden.«

»Dann nimm den späteren. Bis eins bin ich bestimmt zurück. Ich hole dich ab und zeige dir das Gelände, auf dem der Golfplatz entstehen soll, in der Nähe gibt es ein Restaurant, wo wir Mittag essen können. Wie klingt das?« Er schlug die Ärmel seines anthrazitfarbenen Oberhemds herunter und sah sie dabei unentwegt an. »Ich würde dich nicht hier allein lassen, wenn es nicht sein müßte. Glaub mir das, Viv.«

»Geschäfte gehen eben vor.«

Michal nahm sie in die Arme. »Nein. Eigentlich sehe ich das nicht so, aber das hier ist eine Ausnahme von existenzieller Wichtigkeit.«

Sie küßten sich, und Viviane begleitete ihn zur Tür. »Viel Erfolg!«

Er lächelte, und sie sah ihm nach, bis er hinter dem nächsten Treppenabsatz verschwunden war. Um was ging es bei diesem Geschäft? Seine verschlossene Art machte es ihr nicht gerade leicht, ihn zu verstehen, doch sie spürte, daß er nichts vor ihr verbarg. Er sprach nur einfach nicht darüber. Sie wollte ihn nicht mit Greg vergleichen, doch unwillkürlich dachte sie an den charmanten Plauderton ihres Exmanns, in dem er über Freunde, Geschäfte und auch seine Affären sprach. Da machte er keinen Unterschied, und genau darin bestand der Unterschied zu Michal, der den Dingen eine Gewichtung zumaß und sie entsprechend behandelte.

Sie seufzte, ging zurück in die Küche und beschmierte eine Scheibe Brot mit Butter. In Michals Kühlschrank fand sie Käse und Obst. Unter der Dusche summte sie die Melodie des Adagios und hörte sofort auf, als sie bemerkte, was sie da unbewußt vor sich hin geträllert hatte. Mit etwas Glück waren Jakub oder Marika zu Hause und sie konnte noch einmal mit Alois sprechen. Er hatte die Noten in dem

Schreibpult seiner Mutter gefunden und sie Marie vorgespielt. Doch Alois verband keine glücklichen Erinnerungen mit der Musik. Sie haßte seine Andeutungen, mit denen sie nichts anfangen konnte und die sie nur beunruhigten. Nachdem sie sich angekleidet hatte, ging sie durch Michals Wohnung, die aus dem großen Raum mit dem Flügel, dem Schlafzimmer, einem Büro, in dem unzählige Bücher und ein Computer standen, und einem Gästezimmer bestand. Alles war mit wenigen geschmackvollen Möbeln eingerichtet. Freie Flächen, natürliche Oberflächen und klare Linien herrschten vor.

Nirgendwo standen Fotos herum, und an den Wänden hingen großformatige abstrakte Bilder, die aus warmen Farbflächen bestanden. Sie hatte insgeheim gehofft, ein Foto der Französin, die ihn so verletzt hatte, zu finden, doch sie wollte auf keinen Fall in seinen Sachen herumschnüffeln und ging nach unten. Auf ihr Klingeln öffnete Marika die Tür.

»Guten Morgen, Viviane. Du bist noch hier? Kann ich dir helfen? Suchst du Michal?« Sie hielt ihr einladend die Tür auf.

»Nein, der ist zu einer Besprechung gefahren.«

Ein Schatten huschte über Marikas Gesicht. »Aha«, sagte sie spitz.

»Ich wollte mit Alois sprechen, falls das möglich ist. Es geht um die geheimnisvollen Noten. Er weiß mehr darüber, da bin ich mir ganz sicher.«

Viviane ging hinter Marika in die Küche. Die Arbeitsplatte war mit Töpfen vollgestellt, und Berge von Gemüse lagen herum.

»Das sieht nach einer Menge Arbeit aus. Soll ich dir helfen?« Viviane hob ein schmales Messer auf, das neben den Karotten lag.

Marika schien überrascht. »Ja, eigentlich nicht, ich meine, du hast sicher Besseres vor, obwohl, Alois und Jakub sind zum Arzt gefahren. Vor heute nachmittag erwarte ich sie nicht zurück.« Die resolute Frau streckte den Rücken. »Ganz ehrlich – ich würde mich sehr über deine Hilfe freuen.« Sie lächelte.

Viviane erwiderte das Lächeln und begann, nach Marikas Anweisungen das Gemüse zu putzen, das zu einem Eintopf verarbeitet werden sollte. Weil Marika immer einige Extraportionen für ihre Söhne einplante, gerieten die Mengen manchmal über ihre Kräfte.

»Die beiden können sich ganz gut selbst versorgen. Du solltest dir wirklich nicht soviel Mühe machen, Marika.« Viviane zerkleinerte eine Lauchstange.

»Meinst du? Tomáš scheint so ungesund zu essen, Branka kann überhaupt nicht kochen«, beklagte sich Marika.

Viviane lachte. »Die beiden sehen doch sehr gut aus. Irgendwann lernt Branka das schon und Tomáš auch. Heute sollten wirklich beide Partner in der Lage sein, etwas Eßbares auf den Tisch zu bringen.«

»Du bist eine ganz andere Generation, Viviane, und du bist nicht von hier. Die Männer hier sind verwöhnt, weißt du. Es ist immer so gewesen, daß die Frauen sich um das Haus kümmern und die Männer das Geld verdienen.«

»Aber die Zeiten ändern sich nun mal. Meistens sind heute beide berufstätig, warum sollen sie sich da nicht auch die Arbeit im Haus teilen? Außerdem sind deine Söhne sehr fortschrittlich, da hast du gute Erziehungsarbeit geleistet.«

Marika legte ihr Kartoffelschälmesser ab und nahm Vivianes Hand. »Du magst meinen Michal, nicht wahr? Ich habe das vom ersten Moment an gespürt, als ich euch auf der Ausstellungseröffnung gesehen habe.«

Eine feine Röte überzog Vivianes Gesicht. Wenn ihr Interesse seiner Mutter nicht verborgen geblieben war, dann war es ihm wohl auch nicht entgangen. Das war nicht ihre Absicht gewesen. »Ich, äh, wirklich, da hast du das schon gesehen? Da war er aber nicht besonders nett zu mir.«

»Genau deshalb. Ich bin mir sicher, daß es ihm genauso ging wie dir. Aber er würde das nie im Leben zugeben!«

Sie sah die Mutter des Mannes an, der sie so faszinierte. »Es ist nicht leicht, ihn zu verstehen. Ich meine, natürlich kennen wir uns kaum, aber …«

Marika betrachtete sie aufmerksam. »Gib ihm Zeit, Viviane. Diese Sache mit Michelle damals hat ihm sehr zugesetzt.« Sie holte eine Flasche Sherry aus einem Schrank und goß beiden ein Glas ein. »Zum Wohl! Also, Michelle war ein wunderschönes Mädchen, die typische kapriziöse Französin. Ihr konnte einfach kein Mann widerstehen. Leider auch Michal nicht. Sie hat ihm derart den Kopf verdreht, daß er ihr nach Paris gefolgt ist. Sie hat ihm Aufträge versprochen. Weil sie reiche Eltern hat, dachte sie, würden die Leute sich nur so um Michal reißen und ihn für ihre Gartenanlagen engagieren. Das war natürlich Unsinn, aber er hat es trotzdem geschafft und einige schöne Aufträge bekommen. Aber als er erst mal richtig im Geschäft war, hatte er auch weniger Zeit für Michelle.« Marika machte eine wegwerfende Handbewegung. »Sie verlor das Interesse und nahm sich einen anderen. So einfach, so bitter. Sie hat ihm sehr weh getan. Du mußt denken, ich bin eine Mutterglucke. Möglich, aber ein wenig Sorge wird mir erlaubt sein.«

Viviane verstand, was Marika ihr sagen wollte, obwohl sie nicht glaubte, daß allein die Erfahrung mit der Französin Michal geprägt hatte. Schließlich hatte sie selbst nicht nur gute Erfahrungen gemacht, doch sie wollte jetzt nicht von Greg und ihrer Scheidung sprechen. Marika hatte gesagt, was sie sagen wollte, und schien nichts dagegen zu haben, daß Viviane ihrem Sohn zugetan war. Nicht daß das einen Unterschied gemacht hätte, doch es erleichterte den Umgang miteinander. Viviane brachte das Gespräch auf Marie und Josef, doch dazu konnte Marika kaum etwas sagen.

»Alois hat nie über die Vergangenheit gesprochen. Erst seit der Ausstellung hat er damit angefangen und immer wieder gesagt, daß du deiner Großtante so ähnlich bist. Nachdem Jakub mir von eurem Gespräch erzählt hat, wurde mir einiges klar. Es war sicher ein schwerer Schlag für Alois, Marie mit seinem Bruder gehen lassen zu müssen.« Marika kippte eine Schüssel mit kleingeschnittenen Karotten in einen der großen Töpfe auf dem Herd.

Zum Tod von Alois' Eltern wollte oder konnte Marika nichts sagen, und Viviane lenkte das Gespräch in unverfänglichere Bahnen. Sie war gerade dabei, einen weiteren Topf mit Wasser zu füllen, als ihr Handy klingelte. Michal fragte, wo sie war, denn er hatte sie weder in seiner noch in Brankas Wohnung gefunden. Wenig später trat er in die Küche seiner Mutter und begrüßte die beiden Frauen, die sich bei einem Gläschen Sherry und der Küchenarbeit gut zu unterhalten schienen.

»Mutter, du mußt dir nicht immer soviel Arbeit machen!« Er schüttelte den Kopf beim Anblick der großen Töpfe.

Marika sah Viviane verschwörerisch an. »Wird auch nicht mehr oft vorkommen, und ich höre schon jetzt das Gejammer nach meinem guten Essen! Na los, verschwindet schon. Vielen Dank für deine Hilfe, Viviane. Du kannst mich jederzeit wieder besuchen, nicht nur in der Küche.«

Viviane verabschiedete sich von der Frau, die sie während der gemeinsamen Arbeit als eigenwillig und konsequent, aber herzlich erlebt hatte. Im Treppenhaus drückte Michal Viviane an sich und strich ihr über die blonden Haare, während er sagte: »Du hast eine ganz besondere Art, mit Menschen umzugehen, Viv. Sie vertrauen dir und schütten dir ihr Herz aus. Meine Mutter ist sonst eher zurückhaltend, und es dauert eine Weile, bis sie Persönliches ausspricht. Offensichtlich hat sie bei dir eine Ausnahme gemacht.«

Viviane gab ihm einen flinken Kuß auf den Mund und machte sich los. »Sie ist eben vorsichtig, da ist sie nicht die einzige. Sollen wir meine Sachen gleich mitnehmen? Dann sparen wir Zeit und einen Weg.«

Sie ging in Tomáš' Wohnung und holte ihre Tasche. Erst als sie schon am Stadtrand waren, fiel ihr ein, daß sie die Noten in Michals Wohnung vergessen hatte.

»Oh nein! Michal, die Sonate liegt noch auf deinem Flügel. Ich wollte sie sowieso nur ungern mit mir herumschleppen, weil dieser Kerl vielleicht wieder auftaucht, obwohl ich ihn nicht mehr bemerkt habe, seit ich hier bin.«

Wenn sie ehrlich mit sich war, hatte sie außer Michal kaum etwas gesehen bei diesem Aufenthalt. Sie hatte sich Hals über Kopf verliebt, und sie war sich nicht sicher, ob das richtig war, denn sie hatte sich trotz ihrer schlechten Erfahrungen wieder von ihren Gefühlen hinreißen lassen. Zu ihrer Entschuldigung konnte sie die besonderen Umstände anführen und die Tatsache, daß Michal das ganze Gegenteil von Greg war. Aber hatte Jo nicht immer gesagt, daß man sich nach einer gescheiterten Beziehung immer in einen völlig gegensätzlichen Mann verlieben würde, nur um alte Fehler zu vermeiden, und daß das fast nie funktionieren würde?

»Viv«, sie fuhren inzwischen durch ein Waldstück oberhalb Prags, »ich kann die Sonate in den Safe meiner Eltern legen, wenn ich zurück bin, und sie dir dann per Kurier schicken, sobald du zu Hause bist. Dann könnte eigentlich nichts schiefgehen.«

»Ja, das ist eine Möglichkeit.« Doch ihr war nicht wohl bei dem Gedanken, die Sonate im Haus zu haben. Außerdem brauchte sie einen Fachmann, der Strabergers begonnene Arbeit fortsetzte. Wenn der Münchener Professor die Ausführungen seines Kollegen las, änderte er womöglich seine Meinung. »Vielleicht kannst du sie dann sogar direkt zu Professor Richter in München schicken. Er ist zwar ein Schnösel, aber der einzige Experte, der mir bekannt ist.« Sie dachte an die Nacht, in der sie die Fußspuren gesehen hatte, und Lenis Beobachtungen. »Ich glaube, so machen wir es. Ich gebe dir dann die Adresse von Professor Richter durch.«

»Gut. Ruf an. Schau, da vorn liegt das Gelände, auf dem der Golfplatz entstehen soll.« Er stoppte den Wagen, und sie stiegen aus, um einen Fußmarsch durch das hügelige und stark bewaldete Areal anzutreten. Michal hatte genau vor Augen, wo Baumgruppen stehenbleiben würden, wo ein künstlicher Teich angelegt werden sollte und wo neue Anpflanzungen geplant waren.

»Wie war denn das Gespräch heute morgen?« fragte Viviane und kletterte über einen umgefallenen Baumriesen.

»Sehr positiv. Läuft so, wie ich gehofft hatte.« Mehr sagte er dazu nicht, sondern sprach weiter über die einzelnen Pflanzen, die geschützt oder neu angepflanzt werden konnten.

Mittags aßen sie in einem kleinen versteckt liegenden Restaurant, in dem die Besitzerin selbst kochte, und Viviane schmeckten zum ersten Mal die tschechischen Knödel. Es ging auf drei Uhr zu, und sie machten sich auf den Weg zum Bahnhof. Michal wurde noch schweigsamer, und da Viviane nicht wußte, was sie davon halten sollte, schlug sie einen unverfänglichen Plauderton an und erzählte von den Möbeln, die sie aufarbeitete, und ihren Flötenschülerinnen. Er hörte zu und fragte nach, doch in Gedanken schien er mit etwas anderem beschäftigt.

Ihr Zug stand schon am Gleis. Sie stellte die Tasche in den Durchgang zu ihrem Abteil und ging wieder hinaus zu Michal, der sie in die Arme nahm und wortlos festhielt. In ihrem Magen schnürte sich alles zusammen.

»Ich rufe dich dann an, wegen der Noten.« Sie wollte ihn nicht bedrängen. Gib ihm Zeit, hatte Marika gesagt. Wieviel lieber hätte sie ihm gesagt, daß die gemeinsamen Stunden wunderschön gewesen waren, daß sie ihn vermissen würde und er sie jederzeit besuchen könne, doch sie schwieg. Ein Schaffner stand auf dem Bahnsteig und schwang ein Signal, dann ertönte der Pfiff zur Abfahrt.

Er ließ sie los. »Ja, ist gut, mach das.« Sie wollte sich umdrehen und in den Zug steigen, als sie ihren Namen hörte.

»Viv!« Michal zog sie an sich und küßte sie so leidenschaftlich, daß sie sich an ihn klammerte, um nicht den Boden unter den Füßen zu verlieren.

Der Schaffner kam auf sie zu und ließ erneut das Signal zur

Abfahrt ertönen. Noch außer Atem und mit einem Gefühl der Hoffnung sprang Viviane in den Zug.

»Bis bald!« rief sie, nicht wissend, ob ihre Worte im Lärm des abfahrenden Zuges untergegangen waren.

Michals schlanke Gestalt verschwand langsam aus ihrem Blickfeld. Sie ging in ihr Abteil, in dem ein älterer Herr und ein junges Mädchen saßen, und ließ sich in ihren Sitz sinken. Die Menschen vertrauen dir, hatte Michal gesagt. Ja, dachte Viviane, und ich dir. Und sie hoffte, daß sie nicht bitter dafür bezahlen mußte.

Kapitel 14

Angela hatte sich während der zwei Tage, die Viviane in Prag verbracht hatte, nicht gemeldet, also schien nichts vorgefallen zu sein. Auf dem Küchentisch fand Viviane eine Nachricht der Rumänin, in der sie ihr mitteilte, wer angerufen hatte und daß Paula morgen eine Stunde später zum Unterricht käme. Miko sprang Viviane entgegen und schnurrte so laut, daß sie ihn auf den Arm nahm und ausgiebig kraulte. Zufrieden legte er sich anschließend vor den Kamin, in dem Viviane ein Feuer entzündete. Es war fast Mitternacht, denn ihr Zug war erst um halb elf in Passau angekommen, doch sie verspürte keinerlei Müdigkeit. Mit einem Glas Wein kuschelte sie sich in ihr Sofa und schaltete den CD-Spieler ein. Vivaldis Konzert für zwei Gitarren und Streicher erklang. Ihre Gedanken wanderten zurück in die Stadt an der Moldau, wo sie die Sonate, die ihr Leben aus seiner gleichmäßig ruhigen Bahn geworfen hatte, zurückgelassen hatte. Der Nachmittag bei Magda Straberger, dieser eigentümlichen Frau, war ein ungewöhnlicher Auftakt für die folgenden zwei Tage gewesen, in denen sie Alois überraschendes Geständnis hatte verkraften müssen und sich gegen jede Vernunft in Michal verliebt hatte.

Sie sehnte sich nach seinen zärtlichen Berührungen, seiner ruhigen Ernsthaftigkeit, seinem trockenen Humor.

»Miko, ich bin verliebt. Das Dumme ist nur, daß ich nicht weiß, ob meine Gefühle erwidert werden.« Sie prostete dem Kater zu, der sie aus halbgeöffneten smaragdgrünen Augen beobachtete.

»Du hast ja recht, ich bin selbst schuld. Na komm, gehen wir schlafen.« Viviane schaltete die Musik aus und ging, gefolgt von Miko, die Treppen zum ersten Stock hinauf. Sie hatte sich eben einen Schlafanzug übergezogen, als das Telefon klingelte.

»Ja?« sagte sie voller Hoffnung.

»Vivi, Kleines. Ich habe versucht, dich zu erreichen, sonst würde ich nicht so spät anrufen. Wie geht es dir?« Ihr Vater klang weit entfernt, es rauschte in der Leitung, was sie annehmen ließ, er hatte die griechische Insel verlassen.

»Ach, du bist es. Mir geht's gut, bin gerade aus Prag zurück. Erzähle dir später, warum, ist zu kompliziert. Wo bist du denn?«

»Bin bei Freunden auf Bali. Ein Traum! Du mußt unbedingt mal herkommen. Am besten mit deinem Freund, ist furchtbar romantisch hier. Du hast doch sicher einen Freund, oder? Genieß das Leben, Kleine, solange du jung bist!«

Das klang ganz nach ihrem Vater, immer optimistisch, immer voller Elan. »Ja. Paps, ist es nicht gefährlich dort unten? In der Region gab es Unruhen und diese entführten Touristen. Sei bitte vorsichtig!«

Das war eine fromme Hoffnung, denn ihr Vater war alles, nur nicht vorsichtig. Es rauschte erneut und diesmal lauter in der Leitung. »Vivi, ich melde mich wieder. Spätestens in einer Woche bin ich zurück auf der Insel. Paß auf dich auf!«

Die Verbindung brach ab. Auf der Insel, damit meinte er wohl Rhodos. Hatte er beschlossen, dort permanent zu leben? Wenn das ihre Mutter erfuhr, würde sie ihr wieder mit ihrem Ärger und ihrer Unzufriedenheit in den Ohren liegen. Viviane atmete tief ein. Für einen Moment lauschte sie in die Stille des Hauses. Langsam ging sie zum Fenster und sah auf die Auffahrt hinaus. Das Licht der Straßenlaterne warf einen letzten schwachen Schimmer in ihren Garten, dessen Pflanzen friedlich unter der harten Schneedecke schlummerten. Im Grunde war man doch immer allein, dachte sie bitter. Selbst wenn man einem Menschen über Jahre nah zu sein glaubte, tat er irgendwann etwas, das man nie erwartet hätte.

Sie hatte Marie vertraut, sie als Vorbild betrachtet und sich auf sie verlassen. Ihre Hände drückten gegen die überfrorene Fensterscheibe, die Kälte des Fußbodens kroch ihre nackten Füße hoch und legte sich um ihren Körper. Du hast alles hinter dir, sagte sie laut und erschreckte sich über ihre eigene Stimme, die brüchig und alt schien. Um dem übermächtig werdenden Gefühl erdrückender Einsamkeit zu entrinnen, drehte sie sich abrupt um und ging in ihr Schlafzimmer. Nach stundenlangem unruhigem Hin-und-her-Wälzen schlief sie in den frühen Morgenstunden ein.

Matt und unausgeschlafen erwachte sie. Die Einsamkeit, die sie so deutlich wie nie zuvor in der vergangenen Nacht gespürt hatte, hing noch spürbar in den Räumen. Sich gehenzulassen war wohl das letzte, was sie wollte. Nein, sie brauchte sich nur den ständig leidenden Gesichtsausdruck ihrer Mutter vor Augen zu halten, zu dieser Art Mensch gehörte sie nicht. Es lag schließlich nur an ihr selbst, sich aus ihrem seelischen Tief zu befreien. Und hatte Marie ihr letztlich nicht doch vertraut, indem sie ihr die Sonate und die wenigen, aber dennoch wichtigen Hinweise hinterlassen hatte?

Nach einer starken Tasse Kaffee rief sie als erstes Professor Richter in München an. Dieser reagierte geschockt auf den Tod seines Kollegen und erklärte sich bereit, die angefangene Untersuchung fortzusetzen. Viviane steckte Strabergers Aufzeichnungen in einen Umschlag und machte sich auf den Weg zur Post. In den Geschäften und auf der Straße achtete sie bewußt auf bekannte Gesichter, entdeckte aber weder Angela oder Stojko, und auch von dem Unbekannten gab es keine Spur. Es war noch immer kalt, und gefrorener Schnee bedeckte Bäume, Felder und Wege. Ihr Garten lag unter der eisigen Decke verborgen, und Viviane wünschte sich, daß bald der Frühling käme und mit ihm das erste Grün. Sie packte ihre Einkäufe aus und kochte sich Tee. Das Telefon lag auf dem Tisch und erinnerte sie an den Anruf, den sie noch machen mußte.

Michal hatte sich nicht gemeldet, obwohl sie insgeheim darauf gehofft hatte. Jetzt mußte sie ihn anrufen und darum bitten, die Sonate an Professor Richter zu schicken. Sie starrte auf das Telefon und beschloß, noch ein bißchen zu warten. Mit dem Handy ging sie in die Werkstatt, schlüpfte in ihren Overall und fuhr mit den Händen über die von Angela sorgfältig polierten Stühle. Angela hatte gute Arbeit geleistet. Die Arme in die Luft reckend, atmete Viviane tief durch. Hier fühlte sie sich wohl. Das hier würde sie nicht wieder aufgeben, für niemanden.

Bis Paula kam, hatte sie noch drei Stunden Zeit. Sie sah sich Gablers Möbel genau an. Der Tisch war etwas wackelig und mußte neu geleimt werden. Es gab eine Schublade unter der Tischplatte, die zuviel Spielraum hatte und deren Lauf daher eingeengt werden mußte. Sie würde feine Holzstreifen auf die Unterkanten der Schubladenseitenwände leimen. Bei einem Stuhl mußten die Beine abgenommen, der alte Leim entfernt und alles frisch verleimt werden. Zum Glück hatten die Stühle keine Polsterungen und ließen sich relativ einfach auseinanderbauen. Sie war in die Untersuchung der Möbelstücke so vertieft, daß sie das näher kommende Auto nicht hörte. Als plötzlich die Tür zu ihrer Werkstatt aufschwang und sie den kalten Luftzug spürte, erschrak Viviane derart, daß sie aufschreckte und mit einem Schraubenzieher in der Hand in Richtung des Eindringlings sprang.

»Meine Güte! Du mußt mich nicht gleich erstechen, auch wenn du dich bestimmt nicht freust, mich zu sehen.« Ihre Mutter stand in einem feinen Kamelhaarmantel, farblich abgestimmter Hose und cremefarbenem Schal in der Werkstatt.

»Wie kannst du dich so anschleichen. Mir ist fast das Herz stehengeblieben.« Viviane dachte an das Gespräch mit ihrem Vater und daß ihre Vorahnung sich früher als erwartet erfüllt hatte. Sie seufzte und fügte sich in das Unvermeidliche. »Was bringt dich her?«

»Das ist nicht besonders nett gesagt, aber ich mache mir

Sorgen. Ja, ich mache mir Sorgen um deinen Vater. Er ist auf Bali!« Christine betonte das so, als befände sich Arno Kronauer am Nordpol und ein Eissturm hätte seine Vorräte vernichtet.

Viviane warf einen schnellen Blick auf ihre Uhr. »Ich weiß, wo er ist. Mutter, gleich kommt noch eine Flötenschülerin. Wir können reingehen, ich mache dir einen Tee und wir reden.«

Christine ging vorweg, steuerte jedoch nicht auf die Haustür zu, sondern ging zu ihrem neuen SL-Coupé, aus dem sie eine Reisetasche und mehrere Tüten herausholte.

»Ich bleibe über Nacht, wenn du nichts dagegen hast. Ich habe anständiges Essen mitgebracht. Gib du deinen Unterricht, ich bereite das Abendessen vor.«

Viviane hob ergeben die Schultern und half ihrer Mutter, die Tüten eines bekannten Münchener Feinkostladens in die Küche zu bringen. Sie stellte den Wasserkocher an, zog den Overall aus und bereitete eine Kanne für den Tee vor. Ihre Mutter zauberte Pastete, verschiedene Käsesorten, Brot, Krabbensalat, Roastbeef, verschiedene Saucen und Wein aus den Tüten hervor.

»Wer soll das denn alles essen?«

»Du zum Beispiel. Sieh dich nur an. Du bist viel zu dünn geworden. Ist auch kein Wunder, wenn du den ganzen Tag in der Werkstatt schuftest.«

Unter ihrem Mantel trug Christine einen weißen Cashmerepullover, dessen Ärmel sie hochschob, bevor sie begann, das Essen auf verschiedenen Tellern anzurichten. Mit erstaunlicher Geschicklichkeit hatte sie innerhalb weniger Minuten das Mitgebrachte appetitlich dekoriert, und ihr Pullover war immer noch strahlend weiß. Viviane fragte sich manchmal, welchen Weg ihre Mutter eingeschlagen hätte, wenn sie nicht geheiratet hätte. Eigentlich war sie eine praktische Frau. Das Wasser kochte, und Viviane brühte den Tee auf. Sie stand in Jeans und einem ausgefransten Sweatshirt vor dem Herd.

»Du bist zwar zu dünn und siehst übernächtigt aus, aber trotzdem irgendwie verändert, würde ich sagen. Bist du verliebt, Viviane?« Den prüfenden Blicken einer Mutter schien nichts zu entgehen.

»Tja, ist nicht so leicht zu sagen. Ich mag ihn, bin mir über die ganze Sache aber noch nicht im klaren.«

»Wer ist er?«

»Michal Habart, ein Enkel von Josefs Bruder Alois. Wir haben uns in Prag kennengelernt.«

Ihre Mutter kniff die Augen zusammen. »Ausgerechnet aus dieser Familie. Du bist wirklich genau wie Marie.«

»Bitte laß das. Ich kann nichts dafür, ist so passiert. Mach es mir nicht kaputt.« Sie baute vor, bevor Christine etwas sagen konnte.

»Aber was denkst du denn! Ich will dir nichts kaputtmachen. Wenn du glücklich bist, ist das alles, was zählt.« Sie schlug mit ihren frisch manikürten Nägeln gegen ihre Teetasse. »Den richtigen Mann zu finden ist weiß Gott schwierig genug. Hast du gesehen, was vorhin in den Nachrichten lief? Es soll ein Bombenattentat auf Bali gegeben haben. Ich habe es auf dem Weg zu dir im Radio gehört.«

Viviane schluckte. »Wann genau ist es passiert?«

»Gestern nacht. Es soll viele Tote gegeben haben. Eine Bombe in einer Diskothek, jedenfalls irgendwo mitten unter den Touristen.«

Erleichtert atmete Viviane aus. »Dann ist ihm nichts passiert. Ich habe ungefähr um die Zeit mit Paps telefoniert. Es war nichts zu hören, nur die Leitung schien gestört. Wenn er das mitkriegt, ruft er bestimmt sofort an, um uns zu beruhigen.«

»Dich bestimmt, ob ich mir Sorgen mache, ist ihm völlig egal.«

Viviane sah, daß ihre Mutter mit den Tränen kämpfte. »Nein, das ist nicht wahr. Ich weiß ja nicht, was eigentlich zwischen euch los ist, aber er macht sich Gedanken um dich, das kannst du mir glauben.«

»Stimmt das wirklich?« Christine schnüffelte, und Viviane nickte bestätigend. »Wir zwei sind ja nie besonders gut ausgekommen.«

Viviane wollte widersprechen, doch ihre Mutter fuhr fort. »Nein, laß mich das ruhig einmal sagen. Seit dem Tag deiner Geburt hat dein Vater dich vergöttert. Ich kann es ihm ja gar nicht verdenken. Du warst ein wunderschönes Kind mit deinen himmelblauen Augen und den blonden Locken. Und vom Wesen her wurdest du ihm mit den Jahren immer ähnlicher. Deine unbeschwerte Offenheit, dein Vertrauen in die Welt, du hattest einfach vor niemandem Angst, und du hattest immer Glück, niemand hat dich je verletzt oder enttäuscht. Bis auf Greg, aber das war ja auch meine Schuld, ich habe dich förmlich in diese Ehe gedrängt.«

»Nein, das stimmt nicht, es war meine Entscheidung!« widersprach Viviane.

»Mag sein, aber Arno hat dir abgeraten, ich nicht. Ich habe nur gesehen, wie ihr zwei immer mehr ein Team wurdet, und ich habe mich ausgeschlossen gefühlt.«

Viviane wußte nicht, was sie darauf sagen sollte, und schwieg.

»Mir ist die finanzielle Sicherheit eben sehr wichtig. Geld bedeutet mir viel, ich scheue mich nicht, es zuzugeben, und du hast dich über die Möglichkeiten, die wir dir bieten konnten, nie beschwert.«

»Nein, das habe ich nicht. Aber es hat lange gedauert, bis ich gelernt habe, was ich wirklich will, und Geld bedeutet mir weniger als dir.«

Christines Augen funkelten. »Nun, in Sack und Asche mußtest du ja auch noch nicht herumlaufen. Du hast nie materielle Not gespürt, du hast leicht reden. Ich habe das erlebt.«

Innerlich bereitete sich Viviane auf die Ansprache vor, die sie schon so oft gehört hatte, blieb aber ruhig, denn in wenigen Minuten erwartete sie Paula, dann war ihr eine Pause vergönnt.

»Wir waren arm. Richtig arm. Meine Mutter ist so hart geworden, weil sie keine Wahl hatte. Sie hat die Wohnungen reicher Leute geputzt und abends Näharbeiten übernommen, weil dein Großvater sich verspekuliert hatte. Er saß einfach nur noch zu Hause herum und hat Löcher in die Wand gestarrt. Manchmal nahm er Gelegenheitsjobs an. Das Geld hat er bei Pferdewetten verloren oder vertrunken. Meine Mutter hat das Geld für die Miete und das tägliche Essen verdient, mit ihrer Hände Arbeit. Nachdem mein Vater gestorben war, besser gesagt, sich zu Tode gesoffen hatte, heiratete sie ein zweites Mal, und von da ab ging es uns besser.«

Viviane hatte den Vater ihrer Mutter nicht mehr kennengelernt, doch der Stiefvater war ihr immer als ein ausgeglichener, freundlicher Mann erschienen.

»Marie, deine vielgepriesene Großtante, die eigentlich meine Tante war, hat sich nicht um uns geschert.«

»Das ist nicht wahr«, sagte Viviane scharf. »Sie hat euch finanzielle Unterstützung angeboten, nur war deine Mutter zu stolz, das Geld anzunehmen.«

»Ist ja auch egal. Kaum warst du auf der Welt, hat sie dich verwöhnt, als wärst du ihr eigenes Kind gewesen. Sie hat dich mit ihrem philosophischen Gerede ganz närrisch gemacht.«

Es klingelte an der Haustür, und Viviane stand erleichtert auf. Meistens gaben sich solche mütterlichen Attacken auch wieder, sie durfte die Glut nur nicht zu einem Feuer werden lassen, indem sie Marie zu sehr in Schutz nahm, das hatte sie inzwischen gelernt. Aber nun war Marie tot und konnte sich selbst nicht mehr verteidigen, was Viviane noch mehr in die Rolle ihrer Anwältin drängte. Mit einem Seufzer ging sie zur Tür. Wie sich ihr Verhältnis zu Marie gewandelt hatte, würde sie ihrer Mutter nicht sagen, zudem war sie sich über alle Fakten noch nicht im klaren. Zu weiteren Überlegungen blieb Viviane keine Zeit, denn Paula stand mit einem breiten Lächeln vor ihr.

»Hallo! Hatten Sie eine gute Reise? Angela hat mir erzählt, daß Sie in Prag waren.«

Viviane nahm ihr die Jacke ab und führte sie ins Wohnzimmer, wo sie die Tür schloß. »Ja, danke. Du bist aber gut gelaunt. Gibt es etwas Neues?«

»Oh ja! Sie haben mir doch diese Lehrerin empfohlen, die dann entscheiden soll, was aus mir und der Musik wird. Also, ich bin drin! Sie hat mich für ein Förderprogramm für Jungbegabte empfohlen, ich habe vorgespielt und hab's geschafft!«

»Ja, das ist ja phantastisch! Herzlichen Glückwunsch, Paula!« Sie umarmte das vor Freude und Stolz glühende Mädchen.

»Allerdings muß ich ab Sommer in ein Internat bei Würzburg. Dann kann ich nicht mehr zu Ihnen kommen.« Paula senkte den Kopf.

»Aber du hast doch Ferien, dann besuchst du mich und zeigst mir, was du gelernt hast«, munterte Viviane sie auf.

»Ja, das mache ich! Und jetzt spielen wir die Etüden! Ich habe sehr viel geübt!«

Gegen Ende der Übungsstunde bat Paula: »Darf ich dieses Adagio noch einmal spielen?«

Viviane schüttelte den Kopf. »Tut mir leid. Nächstes Mal.«

Sie müßte nur die Kopien herausholen, doch sie wollte die Musik heute nicht hören, nicht nach dem, was in Prag geschehen war. Die Unterhaltung mit ihrer Mutter hatte sie Kraft gekostet, und noch einer psychischen Belastung wollte sie sich nicht aussetzen. Ihre Mutter hatte inzwischen den Küchentisch gedeckt, den Wein eingeschenkt und schien besserer Stimmung als vorhin.

»Alles bereit. Wir können essen!«

Viviane setzte sich und fragte ihre Mutter nach ihren Aktivitäten, worauf Christine gerne einging und ihrer Tochter ausführlich von ihren gesellschaftlichen Auftritten berichtete. Nach dem Essen fühlte Viviane sich so schwer und überfüllt, daß sie noch etwas Bewegung brauchte. Zudem warteten Gablers Möbel auf sie, so daß sie sich bei ihrer Mutter entschuldigte und in die Werkstatt verschwand. Gegen elf Uhr kam ihre Mutter zu ihr.

»Jetzt hast du aber lang genug gearbeitet. Komm, wir trinken noch ein Glas Wein zusammen, und dann gehe ich ins Bett.«

»Na schön.« Viviane wischte sich den Schweiß von der Stirn und folgte ihrer Mutter ins Haus.

»Was ist das überhaupt für eine Katze?« Christine deutete mit spitzen Fingern auf Miko und zupfte demonstrativ imaginäre Haare von ihrer Hose. »Schläft die etwa hier drinnen?«

»Er heißt Miko und schläft sogar in meinem Bett, wenn ihm danach ist. Na komm, mein Alter.« Sie machte ihm die Tür zum Wohnzimmer auf, wo er sich lang vor dem Kamin ausstreckte.

Christine setzte sich in einen Sessel und sah sich um. »Du hast wirklich etwas aus dem alten Kasten gemacht. Aber was willst du mit deiner Zukunft machen? Willst du hier auf dem Land versauern?«

Viviane streckte ihre Beine aus. »Nein. Ich werde hier einen Laden aufmachen.« Sie wartete auf die Wirkung ihrer Mitteilung.

Langsam sank die Bedeutung des eben Gesagten in Christines Bewußtsein. »Einen Laden? Wer hat dir denn diese Verrücktheit in den Kopf gesetzt? Was willst du denn verkaufen? Landeier oder die Blumen aus dem Garten?«

»Jetzt beruhige dich wieder. Es läuft toll mit den Möbeln. Ich habe schon mehr Aufträge, als ich allein fertigstellen kann. Ich werde Antiquitäten verkaufen und restaurieren, und Angela wird mir dabei helfen. Sie kümmert sich um den Kräutergarten, aus dem sie ganz erstaunliche Heilmittel gewinnt, die wir auch verkaufen können.« Sie trank einen Schluck Rotwein und lehnte sich zufrieden zurück.

»Ein Geschäft. Natürlich. Das hast du mit deinem Vater ausgeheckt!«

»Nein, ist ganz allein auf meinem Mist gewachsen.«

»Und wer ist diese Angela?« Ihre Mutter schien sich zu erinnern. »Maries Putzhilfe?«

»Sie ist viel mehr als das, nämlich eine Freundin von mir, und sie hilft mir bei vielen Dingen. Wir werden das schon machen!« Die Überzeugung in ihren Worten war nicht gespielt, obwohl sie sich der dauernden Mitarbeit von Angela noch nicht sicher war. Ihr Blick fiel auf das Telefon, und sie erinnerte sich, daß sie Michal anrufen wollte.

»Entschuldige bitte, bin gleich zurück.«

Sie ging in die Küche und wählte Michals Nummer. Er war in seiner Wohnung.

»Hallo, Michal, wollte nicht stören ...«

»Du kannst mich jederzeit anrufen. Bist du gut zurückgekommen?«

Es tat so gut, seine Stimme zu hören. »Ja, lief alles planmäßig. Ich habe Professor Richter in München erreicht.«

»Oh, natürlich.« Enttäuschung schwang in seiner Stimme mit.

»Er war dieses Mal viel entgegenkommender und läßt die Unterlagen übersetzen. Natürlich möchte er auch die Originalpartitur sehen.«

»Dann gib mir seine Adresse. Ich schicke die Noten morgen los.«

Sie gab ihm die Anschrift durch. »Wie läuft alles?« fragte sie dann.

»Die Projekte machen sich. Sieht so aus, als wäre die Sponsorengruppe an weiteren Anlagen interessiert. So schnell werde ich also nicht ohne Beschäftigung sein. Was machst du?«

»Meine Mutter ist hier.«

»Dann will ich dich nicht aufhalten.«

»Michal, nein. Verdammt, ich habe mich darauf gefreut, mit dir zu sprechen!« Wollte er sie kurzerhand am Telefon abschütteln?

»Entschuldige. Ich hatte einen langen Tag. Alois hatte einen Anfall. Das passiert öfter, wenn er neue Medikamente bekommen hat. Du bist so weit weg. Ich hätte dich lieber hier, aber es kann wohl nicht sein.«

Sie hätte heulen können vor Glück! »Warum denn nicht? Gib uns eine Chance. Ich vermisse dich, seit ich in den Zug gestiegen bin!«

»Viv!« Er sagte nur ihren Namen, aber in der einen Silbe hörte sie seine Sehnsucht nach ihr heraus.

In diesem Moment krachte es, Glassplitter flogen durch die Küche, und Viviane duckte sich automatisch. Sie hörte die quietschenden Reifen eines davonrasenden Wagens und entdeckte einen Stein auf dem Fußboden, um den ein Stück Papier gewickelt war.

»Was ist denn bei dir passiert? Alles in Ordnung? Viv, sag doch was!«

Sie meinte, er müßte ihren rasenden Herzschlag durch das Telefon hören, und räusperte sich. »Ein Dummerjungenstreich. Hier ist eben ein Stein durchs Fenster geflogen. Nichts weiter. Der Schreck ist größer als der Schaden.«

Ihre Mutter kam in die Küche gelaufen. »Was ist los? Viviane, wie sieht es denn hier aus?«

»Michal, ich glaube, wir telefonieren später weiter. Die Scherben müssen weg, sonst tritt sich mein Kater noch einen Splitter in seine Samtpfoten.« Sie versuchte, betont locker zu klingen, obwohl sie einen Kloß im Hals und den Verdacht hatte, daß der Steinwurf alles andere als ein Kinderstreich war.

»Ich rufe dich morgen an. Übrigens lassen dich alle hier grüßen«, sagte Michal.

»Danke! Bis morgen dann!«

Ihre Mutter war dabei, die Scherben zusammenzuschieben, hatte den Stein unter dem Tisch aber noch nicht gesehen. Rasch bückte sich Viviane, hob ihn auf und riß das Papier ab, das sie in ihrer Hosentasche verschwinden ließ.

»Mutter, laß nur. Ich hole Feger und Schaufel, und den Rest sauge ich weg. Du tätest mir einen großen Gefallen, wenn du aufpaßt, daß Miko nicht hereinkommt.« Sie schob ihre Mutter aus der Küche.

»Aber, was ist denn das hier für eine Gegend, wo nachts Steine durch die Fenster fliegen! Viviane, verschweigst du mir etwas?« fragte sie argwöhnisch.

»Nein, ganz bestimmt nicht. Bitte, da kommt er schon, husch, Miko, ab ins Wohnzimmer!« Der neugierige Kater versuchte, sich an Christine vorbeizudrücken, wurde aber von energischen Händen aufgehalten.

Nachdem ihre Mutter mit dem Kater verschwunden war, holte Viviane den Zettel aus der Tasche. In ungelenken Buchstaben stand dort: »Sie haben noch immer, was mir gehört.«

»Viviane, diese Katze hat mich gekratzt, als ich sie auf den Arm nehmen wollte.« Mit vorwurfsvoller Miene kam ihre Mutter in die Küche. Blitzschnell knüllte Viviane den Zettel zusammen.

»Er ist nervös und kennt dich nicht. Mutter, warum legst du dich nicht hin. Im Badezimmer steht Jod, Pflaster ist auch oben. Das Gästezimmer müßte ordentlich aussehen. Ja? Gute Nacht!« Sie gab ihrer Mutter einen Kuß auf die Wange.

»Wenn du allein klarkommst? Also, gute Nacht!« Christine ging nur zögernd die Treppen hinauf.

Die feinen Splitter hatten sich auf dem gesamten Fußboden verteilt, und Viviane wischte und staubsaugte so lange, bis sie überzeugt war, daß sie auch das winzigste Stückchen Glas erwischt hatte. Die Fenster waren durch hölzerne Leisten in kleine Felder aufgeteilt, so daß nur eine kleine Glasscheibe fehlte, doch die Kälte nutzte die neugeschaffene Öffnung sofort, um in das Haus zu dringen. So gut es eben ging, verklebte Viviane die Öffnung mit Pappe, schloß die Küchentür ab und ging ins Wohnzimmer. Miko begrüßte sie von seinem Sessel mit einem kleinen Mauzen, das Viviane in diesem Moment als sehr tröstlich empfand. Ihre Mutter war dort oben, nur eine Treppe entfernt, und doch führte kein Weg zu ihr. Wahrscheinlich hatte Christine mit diesem Besuch versucht, einen Zugang zu ihrer Tochter zu finden, doch sie machte, kaum daß sie hier war, alles wieder kaputt. Sie konnten nicht miteinander reden, jedenfalls über nichts Persönliches.

Viviane seufzte und nahm einen Schluck aus dem stehengelassenen Weinglas. Ihr Blick fiel auf die Bücher, von denen die meisten aus Maries Besitz stammten. Wie viele Stunden hatte sie mit Marie und auch mit Josef darüber verbracht, diese närrischen Ideen, wie ihre Mutter sie so abschätzig nannte, zu diskutieren. Geduldig hatten die beiden ihr die Unterschiede in den Denkansätzen der Philosophen erklärt und sie mit den verschiedenen Epochen der Kunst vertraut gemacht. Mehr als einmal hatte sie sich gewünscht, ihre Eltern würden sie einfach vergessen und nicht mehr abholen, und sich für diesen Wunsch geschämt. Heute wunderte sie sich, daß ihre Mutter ihr nicht verboten hatte, Marie zu besuchen. Dieser Gedanke war ihr als Kind nie gekommen. Es wäre ein leichtes für Christine gewesen, schlecht über Marie zu sprechen und Viviane in den Ferien woandershin zu schicken, aber das hatte sie nie getan.

Ihr Blick fiel auf einen Bildband über amerikanische Künstler. Um sich abzulenken, stand sie auf und holte das Buch aus dem Regal. Sie schlug es auf und blätterte darin herum. Ein Zettel mit der Handschrift Maries fiel ihr entgegen. Das abgerissene Blatt Papier war vergilbt und mußte seit Jahren in dem Buch gelegen haben. Viviane selbst konnte sich nicht erinnern, dieses Buch überhaupt gelesen zu haben, sie interessierte sich mehr für Renaissancemalerei oder die europäische moderne Klassik. Die Notiz lag zwischen einem Bild von Georgia O'Keeffe mit dem Titel *Music – Pink and Blue* von 1919 und einer fast leeren Seite, auf der nur ein Zitat der Künstlerin zu lesen war. Viviane las die Notiz von Marie. Es war nur ein Satz, den ihre Tante aus dem Englischen übersetzt hatte:

Diese Erfahrung gab mir eine Idee … die Idee, daß Musik übertragen werden kann in etwas, das für das Auge sichtbar ist.

Viviane las das gesamte Zitat durch, das in dem Buch stand, und begriff, daß die Künstlerin sich mit einer Lehrmethode auseinandergesetzt hatte, in der es darum ging, Gehörtes bildlich darzustellen. Hatte Marie sich hier etwas für Josef herausgeschrieben? Aber das war unwahrscheinlich, denn Josef arbeitete allein, meist angeregt durch politische Ereignisse oder Dinge, die er gesehen hatte.

Oh nein, nach dem, was Alois ihr gestanden hatte, konnten sich die Zeilen ihrer Tante nur auf ihre Affäre mit dem Bruder ihres Mannes beziehen. Viviane konnte sich gut vorstellen, daß Maries Gefühle für Alois nie erloschen waren und daß sie Angst hatte, sich ihrem Mann gegenüber zu verraten. Die Sonate war, so hatte Viviane Alois verstanden, der Auslöser und Beginn der leidenschaftlichen Liebesbeziehung gewesen. Und dennoch, Josef hatte von allem nichts gewußt, was hätte es geändert, wenn Marie das unbekannte Musikstück verkauft oder gestiftet hätte? Gut, womöglich wäre sie zur Uraufführung eingeladen worden, doch sie hätte ja nicht mit Josef zusammen hingehen müssen, und er hätte ihre Reaktion auf die Musik nie bemerkt. Nein, nein, sie bewegte sich schon wieder im Kreis. Ihre Tante mußte mit dem ungewöhnlichen Musikstück weit mehr verbunden haben.

Viviane dachte an ihre letzte Begegnung mit der Musik in Michals Wohnung. Was er halb im Scherz gesagt hatte, war vielleicht gar nicht so abwegig? Vielleicht gaben sich diejenigen, die dem Zauber der Töne erlagen, ihren Gefühlen willenlos hin? Das konnte sie niemandem erzählen, der halbwegs bei Verstand war. Viviane stellte das leere Weinglas ab. Sie war schon vorher in Michal verliebt gewesen, und die Musik war lediglich der Auslöser gewesen. Das war nicht ungewöhnlich für sensible Menschen, die sich noch dazu unter derartigen Umständen kennengelernt hatten. Ähnlich war es schließlich auch bei ihrer Tante und Alois gewesen, die beide im Widerstand gekämpft hatten und noch dazu durch die Gefahr zusammengeschweißt wurden. Sie schnippte gegen das Glas, das einen klingenden Ton von sich gab. Irgendwo im Prag der dreißiger oder vierziger Jahre lag das wirkliche Geheimnis verborgen. Welche Schuld auch immer Marie auf sich geladen hatte, ihre Schuldgefühle hatten mit den Ereignissen vor dem Verlassen Prags zu tun, und Alois wußte, darum.

Was ihr aber noch größere Sorgen bereitete, war die Tatsache, daß jemand Unbekanntes hinter der Sonate her war. Der Steinwurf war eine deutliche Drohung gewesen, wenn auch sehr melodramatisch, wie Viviane fand. Sie würde den Zettel morgen zur Polizei bringen, vielleicht konnte man dort mehr damit anfangen. Spuren in ihrem Garten waren eine Sache, das hier ging eindeutig zu weit. Das war ein Übergriff auf ihr Heim, ihre Sicherheit, und das wollte sie auf keinen Fall hinnehmen.

Das Telefon läutete, und sofort griff sie nach dem Hörer.

»Hallo, Vivi. Nur ganz kurz. Ich wollte dir nur sagen, daß es mir gutgeht. Vielleicht hast du von dem schrecklichen Attentat gehört. Ich kann den Qualm noch sehen, die Menschen laufen schreiend durch die Straßen. Es ist grauenvoll, aber uns geht es gut. Wir waren zum Zeitpunkt der Explosion auf Terrys Boot.«

»Ich bin ja so froh, das zu hören! Mutter ist hier, sie hat sich schon Sorgen um dich gemacht.«

»Ach, tatsächlich? Na, ich bin in ein paar Tagen wieder da, komme nach München, dann können wir reden.«

Viviane war unendlich erleichtert, daß ihrem Vater und seinen Freunden nichts geschehen war. Die Opfer der Explosion taten ihr leid, aber der erste Impuls war nun einmal der Gedanke an den eigenen Vater. Er wollte nach München kommen. Das war ein Fortschritt, dann käme es vielleicht endlich zu einer Aussprache zwischen ihm und Christine.

Kapitel 15

Sie wachte auf, weil ihr Nacken schmerzte. Kein Wunder, denn sie war auf dem Sofa eingeschlafen. Miko hatte sich neben ihren Arm gelegt, und automatisch hatte sie eine unbequeme Haltung eingenommen. Es war noch dunkel draußen, und ihre Armbanduhr zeigte sieben Uhr an. Aus dem ersten Stock war nichts zu hören. Viviane ging duschen, kochte sich Kaffee und aß etwas Pastete und Brot. Die Pappe vor dem zerbrochenen Fenster hatte sich an einer Stelle gelöst. Viviane fluchte. Jetzt mußte sie deswegen auch noch zur Polizei fahren. Sie nahm nicht an, daß der Täter gefunden wurde. Dieses lächerliche Spiel mit den Drohungen machte sie wütend und trieb sie nur noch mehr an, das Rätsel um die wiederaufgetauchte Sonate zu lösen.

Mit energischen Bewegungen schlüpfte sie in den Overall, der noch über dem Küchenstuhl hing, und ging in ihre Werkstatt. In den nächsten drei Tagen wären Gablers Möbel fertig. Die Verleimung sah gut aus und war schon belastbar. Miko kratzte draußen an der Tür. Er hatte seinen morgendlichen Rundgang erledigt und wollte nun hereingelassen werden. Viviane hatte den Ofen in Gang gesetzt und rieb sich die noch klammen Hände. Ihr Atem war in der kalten Luft deutlich zu sehen. Sobald sie jedoch in ihrer Arbeit versunken war, spürte sie weder die Kälte noch merkte sie, wie die Zeit verstrich. Als sie das nächste Mal auf die Uhr sah, waren drei Stunden vergangen. Ihr Kreuz schmerzte von der gebückten Haltung, und sie ging ins Haus, um zu sehen, ob ihre Mutter schon auf war.

Elegant und gepflegt wie immer stand Christine Kronauer

in der Küche und war dabei, etwas auf einem Blatt Papier zu notieren.

»Oh, guten Morgen. Ich wollte dir gerade eine Nachricht hinterlassen.« Sie zerknüllte das Blatt und warf es in den Mülleimer.

Viviane war verärgert. »Was soll denn das! Du hättest dir doch denken können, daß ich in der Werkstatt bin. Vater hat gestern nacht noch angerufen. Alles in Ordnung. Er kommt irgendwann in den nächsten Tagen nach München. Dann könnt ihr euch ja mal aussprechen.«

»Wenn ich dann vor Ort bin, gerne. Ich fahre jetzt eine Freundin besuchen. Sie leitet seit zehn Jahren ein Hotel in St. Englmar. Dort gibt es eine Wellnessfarm, auf der ich mich ein wenig erholen werde. Du solltest dir auch mal etwas Entspannung gönnen. Ich kann mir kaum vorstellen, daß der Umgang mit diesen Chemikalien und das Werkeln gut für deine Haut ist.« Christine warf einen kurzen Blick auf ihre perfekten Fingernägel.

Vivianes Hände sahen nicht ungepflegt aus, nur waren die Nägel eben kurz geschnitten. »Viel Spaß. Jeder tut, was er muß. Aber wenn du nicht mit Vater sprichst, dann komm nicht wieder bei mir an und beschwere dich, daß du keinen Kontakt zu ihm hast. Wenn es nicht mehr geht, dann zieht halt die Konsequenzen. Ich habe das auch geschafft!«

»Du bist noch jung und hast nicht dein halbes Leben vergeudet. Ich kann leider nicht so einfach von vorn anfangen«, erwiderte Christine bissig.

»Na, wenn alles so schlecht war, kann es ja wohl auch nicht so schwer sein, einen Schlußstrich zu ziehen!« Viviane wurde immer wütender und ärgerte sich um so mehr, weil sie sich nicht streiten wollte.

»Das willst du doch nur, daß wir uns trennen und du mich los bist!« Christine wurde puterrot.

»Nein. Oh, komm, hör auf, du willst es doch gar nicht verstehen. Du biegst doch alles so, wie es dir paßt. Mutter, ich habe noch viel zu tun. Erhol dich gut bei deiner Freundin. Vielleicht besuchst du mich auf dem Rückweg, und wir reden noch einmal miteinander. Heute hat das wohl keinen Sinn.« Sie drückte der sprachlosen Christine einen Kuß auf die Wange, drehte sich um und ging hinaus.

Ein frischer Wind schlug ihr ins Gesicht. Die Erde unter ihren Füßen war hart, weil es in der Nacht wieder stark gefroren hatte. Sie spazierte bis an das Ende des großen Gartens, wartete, bis sie den Wagen ihrer Mutter abfahren hörte, und ging dann zurück ins Haus. Sie hatte sich gerade umgezogen und hielt die Wagenschlüssel in der Hand, um zur Polizei zu fahren, als es an der Tür klingelte.

Angela stand in Tränen aufgelöst vor ihr.

»Komm rein! Was ist passiert?« Viviane legte ihrer zitternden Freundin einen Arm um die Schultern und brachte sie ins Wohnzimmer.

Angela hob ihren Pullover hoch und zeigte Viviane mehrere blaue Flecken am Bauch. »Er war so wütend, weil ich dir mit den Möbeln geholfen habe. Ich war nicht zu Hause, als er wiedergekommen ist, und da stand natürlich kein Essen für ihn auf dem Tisch.«

»Ist ja schon gut.« Viviane strich der schluchzenden Angela beruhigend über den Kopf. »Willst du zur Polizei gehen? Du könntest ihn anzeigen und erwirken, daß er sich dir nicht nähern darf.«

Sie schüttelte den Kopf. »Nein, nein. Meine Tochter. Er ruft sie an und sagt ihr alles, das wäre so furchtbar, das könnte sie nicht ertragen und ich auch nicht. Ich hätte gar nicht herkommen dürfen, aber ich bin einfach aus dem Haus, als er kurz zu einem Freund gefahren ist, und dann bin ich zu dir gelaufen.«

Viviane ließ Angela los, ging zur Haustür und schloß vorsichtshalber ab. Sie holte einen Becher warmen Kaffee, der noch vom Morgen in der Maschine stand, und reichte ihn Angela.

»Er wird wissen, wo du bist. Oder hast du noch andere Freunde, zu denen du manchmal gehst?«

»Nein, nur dich. Ich meine, Gablers sind nett, aber keine Freunde. Ich werde auch lieber wieder gehen, er soll dir nichts tun, manchmal denke ich, er ist nicht normal.«

Viviane stimmte Angela zu. »Er ist mit Sicherheit krankhaft eifersüchtig und besitzergreifend, aber das ist keine Entschuldigung, dich zu schlagen. Er erpreßt dich doch auch, indem er sein Wissen über deine Tochter ausnutzt. Der Typ ist ein Krimineller, aber weil das alles innerhalb der Familie geschieht, wird es eher entschuldigt und als leichte Überreaktion abgetan. Angela, du mußt das endlich einsehen! Irgendwann geht er vielleicht zu weit und schlägt dich krankenhausreif oder sogar noch schlimmer! Das hilft deiner Tochter auch nicht.«

»Aber ich kann sie nicht beschützen, nicht in Rumänien, und man wird ihr in Deutschland nur eine dauerhafte Aufenthaltsgenehmigung geben, wenn sie als meine Tochter anerkannt ist! Doch genau das darf ich niemandem sagen!« Angela schlug die Hände vors Gesicht, und ihr schmaler Rücken schüttelte sich unter den verzweifelten Tränen.

Viviane ballte die Fäuste. Es war zum Verzweifeln! Laute Schläge an der Tür ließen die Frauen zusammenzucken.

»Machen Sie sofort die Tür auf! Ich will mit meiner Frau sprechen! Los, machen Sie auf, oder ich trete die Tür ein!«

Stojko hämmerte wie ein Besessener gegen die Haustür, und Viviane wußte, daß sie keine Wahl hatten. Bis die Polizei einträfe, hätte er die Tür längst eingetreten. Selbst wenn man ihn festnahm, käme er bald wieder auf freien Fuß und würde genau das tun, wovor sich Angela so fürchtete und warum sie die Mißhandlungen durch den eigenen Mann ertrug. Sie ging zur Tür und öffnete. Mit zorngerötetem Gesicht wollte der gewalttätige Mann an ihr vorbeistürmen.

»Wo ist sie? Wo ist das Miststück?«

»Ich warne Sie, Herr Langert. Wenn Sie weiter in mein Haus

vordringen, verklage ich Sie wegen Hausfriedensbruch. Angela ist hier, sie wird gleich kommen, also reißen Sie sich zusammen.« Mit all ihrer Kraft und kerzengerader Haltung war sie dem Eindringling entgegengetreten.

Etwas in ihrem Ton mußte ihn aus seiner Raserei aufgeweckt haben, denn er hielt tatsächlich inne, seine wütenden kleinen Augen auf sie richtend.

»Sie sollten besser auf sich selbst aufpassen, oder was hat das zerbrochene Fenster da vorn zu bedeuten?!« Hämisch grinsend stand er vor ihr, sie um einen ganzen Kopf überragend.

»Das war der Wind, Herr Langert. Ganz einfach der Wind. Aber vielleicht wissen Sie ja mehr darüber? Das wäre natürlich etwas anderes.« Blitzartig schoß ihr durch den Kopf, daß er ja im Auftrag von jemandem handeln konnte. Er wäre sicher nicht abgeneigt, gegen einen angemessenen Preis Leute einzuschüchtern.

»Ich, wieso? Ich weiß gar nichts.«

Das kam so schnell und überzeugend, als hätte er diesen Satz schon Hunderte von Malen gebraucht. »Natürlich, hätte mich auch gewundert.«

Angela kam aus dem Wohnzimmer. Mit gesenktem Kopf trat sie schuldbewußt auf ihren Mann zu.

»Es tut mir so leid, Viviane, daß ich dich da mit hineingezogen habe. Es wird nicht wieder vorkommen. Laß sie in Ruhe, Stojko, sie hat keine Ahnung und hat mich nur hereingelassen.«

Besitzergreifend legte er einen Arm um die Schultern seiner Frau und tätschelte ihre Wange. »Ehestreitigkeiten sind völlig normal, nicht war, Angi? Und Sie«, er stieß Viviane mit dem Finger vor die Brust, »Sie halten sich zurück. Sie bewegen sich selbst auf dünnem Eis, vergessen Sie das nicht.«

Miko näherte sich mit gesträubtem Fell und ließ ein tiefes Knurren hören. Stojko warf einen bösen Blick auf den Kater, nahm seine Frau und ging mit ihr zum Ausgang. Viviane folgte ihnen und sagte mit fester Stimme. »Sie machen mir keine Angst. Ich finde schon heraus, was ich wissen muß. Viel wichtiger ist mir allerdings, daß Angela weiter bei mir arbeiten kann, denn sie ist eine unentbehrliche Hilfe. Es gibt ja auch keinen Grund, warum sie nicht kommen sollte, oder?«

Etwas gemäßigter erwiderte Stojko, der wohl begriffen hatte, daß Viviane eine nicht zu unterschätzende Gegnerin war: »Wir werden sehen.«

Angela sagte nichts, stieg mit fahrigen, ängstlichen Bewegungen in das Auto ihres Mannes, das an der Straße parkte. Als er anfuhr, horchte Viviane aufmerksam, ob die Motorengeräusche denen der letzten Nacht ähnelten. Da Stojko aber nicht mit quietschenden Reifen davonstob, konnte sie keine Ähnlichkeit feststellen. War der Tag heute verhext? Erst die Szene mit ihrer Mutter und jetzt das hier! Nachdem sie den immer noch aufgeregten Kater beruhigt hatte, schloß sie die Haustür ab und fuhr zur Polizei im Nachbarort. Die möglichen Hintergründe des Steinwurfes interessierten den gelangweilten Dorfpolizisten wenig. Er hörte mit einem Ohr zu, mit dem anderen lauschte er einer Fußballübertragung im Radio. Als sie ihre Geschichte beendet hatte, die die erste Drohung in Prag und ihren Verdacht auf Verfolgung einschloß, gähnte der Beamte und fragte: »Möchten Sie, daß ich ein Protokoll aufnehme? Dann müssen Sie alles noch einmal aufschreiben, verdächtige Namen und so weiter, ich gebe die Sache weiter, aber ganz ehrlich, junge Frau, ich glaube, Sie haben eine lebhafte Phantasie, leben allein und sind vielleicht etwas überspannt.« Er lehnte sich zurück, faltete die Hände über seinem prallen Bauch, und Viviane entdeckte in seinem Schnurrbart Reste des morgendlichen Frühstücks.

»Sie haben kein Recht, mich zu beleidigen, nur weil Sie zu bequem und ignorant sind, der Sache nachzugehen. Es wird schon noch jemanden geben, der mir hilft.« Sie nahm den Zettel mit der Drohung wieder an sich, überhörte die unhöfliche Bemerkung des Beamten und verließ das kleine Büro.

Das hätte sie sich auch denken können, daß man ihr diese Geschichte kaum abnehmen würde. Sie hatte keinerlei Beweise, und welcher Beamte lud sich schon freiwillig einen Haufen Arbeit auf, der aller Wahrscheinlichkeit zu nichts führte als einem weiteren Haufen Schreibkram? Sie fuhr nach Hutthurm, beauftragte einen Glaser mit der Reparatur ihres Fensters, dessen Maße sie sich notiert hatte, und machte sich wieder auf den Weg zu ihrem Haus. Auf der Fahrt nach Hause überlegte sie die ganze Zeit angestrengt, wer ihr auf unbürokratische Weise bei der Feststellung von Stojkos möglichem Strafregister helfen könnte. Irgendwie würde sie diesen Mann schon zu fassen kriegen. Ihr Vater kannte einige Leute, aber ob da auch ein höhergestellter Polizeibeamter dabei war? Greg! Natürlich, einer seiner besten Freunde in München hatte nach seinem Studium eine steile Karriere bei der Polizei eingeschlagen. Wie war noch der Name des Burschen gewesen? Stefan, ja, aber auf den Nachnamen kam sie beim besten Willen nicht. Er war im Bereich der Wirtschaftskriminalität tätig, aber sicher hatte er bei seiner Position Kontakte, die ihr helfen konnten.

Sie parkte ihren Wagen vor der Garage und fand einen kläglich miauenden Miko vor der Haustür. In der Werkstatt war es ihm zu kalt geworden, und er hatte sich ums Haus geschlichen, um einen offenen Tür- oder Fensterspalt zu finden.

»Armer kleiner Mann. Ich werde dir deine Lieblingsdose aufmachen und ein Feuer im Kamin anzünden, dann kannst du den zerrupften Pelz wieder aufwärmen.«

Immer noch gekränkt stolzierte er vor ihr in die Küche. Viviane hatte schon überlegt, eine Katzenklappe einzubauen, doch es gab in der Gegend Marder, und die wollte sie nicht in ihr Haus einladen. Sie öffnete eine Dose Thunfisch und zerkleinerte etwas von dem saftigen Fleisch auf einem Teller. Miko schnurrte wie eine Nähmaschine und vertilgte die Portion in kürzester Zeit. Dankbar strich er um ihre Beine und verzog sich zum Putzen seines Fells auf die Fensterbank. Viviane legte Holz in den Kamin, zündete die Scheite an und setzte sich mit ihrem Adreßbuch und dem Telefon auf das Sofa. Greg schien unterwegs zu sein, denn die Mailbox seines Handys sprang an. Viviane sprach ihre Bitte auf Band und hoffte, daß er immer noch Kontakt zu Stefan hatte.

Sie schaute den Funken zu, die aus dem Kamin auf die Fliesen sprangen. Ihre Flöte lag auf dem kleinen runden Tisch am Fenster und schien nur darauf zu warten, daß sie sie in die Hand nahm. Sie warf einen flüchtigen Blick auf das aufgeschlagene Buch von gestern nacht, in dem Maries Notiz lag. Vielleicht maß sie dem Zitat mehr Bedeutung bei, als ihm zukam. Ihre Tante hatte sich mit so vielen Dingen beschäftigt, und Musik war etwas, das sie sehr liebte. Warum hätte sie nicht von den Gedanken der Malerin angetan gewesen sein sollen, einfach so?

Viviane spielte die Sonate aus dem Gedächtnis, zum einen, um dem nicht enden wollenden Gedankenstrom Einhalt zu gebieten, zum anderen, weil sie ergründen wollte, ob sie sich damals beim ersten Spielen getäuscht hatte. Oder ob sie tatsächlich das Schicksal eines anderen verwoben mit der Musik erfühlt hatte. Die wehmütige Melodie klang heute noch trauriger als sonst. Fast schien es ihr, als spielte sie heute für den Tod. Das war absurd. Sie setzte das Instrument ab und sah aus dem Fenster in den winterlichen Garten. Dabei nahm sie weder die blattlosen Bäume wahr noch fiel ihr die Amsel auf, die unter einer Tanne nach Futter suchte. Ihre Gedanken kreisten um die Sonate und das, was sie während des Spielens geglaubt hatte zu spüren. Konnte es möglich sein, daß man den Tod eines anderen mitempfand? Und wenn dem tatsächlich so war, wessen Tod hatte sie da miterlebt? Den des Komponisten? Die Traurigkeit in ihr war übermächtig. Hatten Alois und Marie dasselbe erlebt? Möglicherweise, aber das änderte nichts an Vivianes Verdacht in bezug auf die Geschehnisse in Prag. Die Sonate und ihre Geschichte waren ein Teil des Puzzles, ein wichtiges, aber dennoch nur ein Teil.

Die Kommode, in der die Sonate so lange gelegen hatte, stammte aus England. Warum dauerte es so lange, bis dieser Brian sich meldete! Einen Tag wollte sie noch warten, dann mußte sie zumindest nachfragen. Vielleicht hatte der Experte nur noch keine Gelegenheit gefunden, sie anzurufen.

Auf ihrem Terminkalender stand keine Unterrichtsstunde für den heutigen Tag. Allerdings warteten neben Gabler noch mindestens zwei Kunden auf ihre Möbel, und da Angela erst einmal ausfiel, sollte sie sich besser an die Arbeit machen. Sie kam jedoch gar nicht erst dazu, den Overall überzuziehen, denn es klingelte an der Haustür. Der Glaser, schoß es ihr durch den Kopf, doch sie stand Bernd Rathingen gegenüber, der sie strahlend anlächelte.

»Ja hallo, schöne Frau, freut mich, dich zu sehen! Ich störe hoffentlich nicht?«

Viviane ließ den Überraschungsgast herein, der im Gegensatz zu seinen Vorgängern keinen Ärger im Gepäck zu haben schien.

»Nein, du hältst mich von der Arbeit ab, aber das geht in Ordnung. Ich hole die Zeit schon wieder ein. Hier war nur gerade soviel Trubel, ich weiß gar nicht, wo mir der Kopf steht.«

Er deutete auf das Fenster in der Küche. »Was ist denn da passiert?«

Sie winkte ab. »Hör bloß auf, irgend so ein Irrer. Magst du Tee oder Kaffee?«

Bernd zog Tee vor und machte es sich in einem Sessel vor dem Feuer bequem. »Du hast Flöte gespielt? Ich würde dich gerne mal hören!«

»Bitte, heute nicht. Ein anderes Mal gern, aber ich habe einfach keine Nerven mehr dafür. Meine Mutter war hier, über Nacht«, sie kam mit dem Tee ins Zimmer und verdrehte die Augen, »dann kam eine Freundin und dann deren völlig durchgedrehter Ehemann. Mann, ich sage dir, für heute reicht es mir!«

»Ach, du Ärmste. Da komme ich wohl sehr ungelegen. Na, ich werde mich kurz fassen. Aber ich fand die Sache selbst so interessant, und außerdem muß ich hier in der Nähe eine Vitrine abholen.« Er beugte sich vor. »Deine wundervolle Kommode, die ich dir immer noch jederzeit sofort abkaufe ...« Sie schüttelte lachend den Kopf. »Na schön, also dieses ausgefallene Stück, das im Besitz dieses reichen Bäckers, Meilinger, war, ist von einem holländischen Händler mit Namen Jan van de Kock aus England angekauft und an den Bäcker verkauft worden. Das war 1752. Die Kommode war dann bis 1870 im Besitz der Bäckersfamilie.«

Er hielt inne, und Viviane fragte erstaunt: »Woher hast du denn all diese genauen Angaben?«

»Ich stelle schließlich nicht umsonst Expertisen aus und werde für das Erbringen von historischen Nachweisen bezahlt. Ich habe mir einfach die Zeit genommen und bin die ganzen Unterlagen, und ich sage dir, es waren etliche, durchgegangen. Aber es gibt sogar noch mehr. Die Meilingers waren wohl sehr stolz auf ihren Reichtum und haben fast alle An- und Verkäufe schriftlich festgehalten.«

Viviane sah Bernd gespannt an. »Ja, und?«

»1870 wurde die Kommode nach Prag verkauft, an einen Juwelier namens Miroslav Lohynský.«

»An einen Juwelier?« Viviane konnte es nicht fassen, ausgerechnet ein Juwelier in Prag.

»Wieso ist das so aufregend?« Bernd verstand nicht sofort.

»Na ja, die Familie Habart, aus der die Kommode stammt, ist seit Generationen in der Branche tätig. Aber deren Name ist eben Habart ...« Nachdenklich knetete Viviane ihre Unterlippe.

»Auf jeden Fall solltest du mal nachhaken, ob der Name sich vielleicht irgendwann geändert hat, durch Heirat, als kein männlicher Namensträger nachkam, oder ob der Name überhaupt bekannt ist in Prag. Ich meine, in so einer Branche gibt es meist einige wenige anerkannte führende Geschäftsleute, und die kennen sich untereinander.« Bernds Magen gab ein knurrendes Geräusch von sich, das Miko aufhorchen ließ.

»Sogar dein Kater erkennt, daß ich vor Hunger fast umkomme. Wie ist es? Du hast heute sicher noch nichts gegessen bei dem ganzen Ärger. Sollen wir den Gasthof in Hutthurm unsicher machen? Auf der Durchfahrt habe ich Hirschgulasch auf der Karte draußen gelesen.«

Nur zu gern ließ sie sich nach dieser hochinteressanten Mitteilung von ihrem liebenswürdigen Besucher zum Essen überreden. Er lenkte sie von ihren Problemen ab, und das würde ihr jetzt guttun.

»Okay, aber ich lade dich ein. Das ist das mindeste, was ich für dich tun kann, nach all der Mühe, die du dir gemacht hast.«

Als sie zu Bernd in den Wagen steigen wollte, fiel ihr ein, daß der Glaser vor verschlossener Tür stehen würde, und sie hinterließ einen Zettel und bat ihn, den Haustürschlüssel bei ihrer Nachbarin abzuholen.

Viviane lief zu ihrer Nachbarin hinüber, um sich zu versichern, daß diese auch tatsächlich anzutreffen war. Leni öffnete ihr erst nach mehrfachem Klingeln die Tür, denn sie mühte sich mit vier Kindern ab, die gerade mit Seifenschaum gespielt hatten.

Viviane tröstete die entnervte Mutter: »Das spart dir einen Hausputz.«

Leni stöhnte. »Wenn das nur so wäre. Die Teppichböden oben sind völlig durchnäßt. Egal, geh nur, ich hör das Klingeln, falls er kommt.«

Bernd unterhielt sie während des Essens glänzend mit Geschichten aus seinem Berufsleben. Einige Stücke waren auf kurioseste Weise in seinen Besitz gelangt, und Viviane stellte sich vor, wie er mit seiner freundlichen Art einigen Leuten ihre Möbel auch gegen deren Willen abgeschwatzt hatte. Sie wagte es, ihm von ihrem Plan mit dem eigenen Laden zu erzählen.

»Das ist eine großartige Idee, Viviane!« Bernd schien begeistert und sah in ihr keine Konkurrenz. »Im Sommer kommen hier unglaublich viele Touristen durch. Wenn du dich auf ländliche Möbel spezialisierst, gebe ich dir gute Chancen.«

»Keine Sorge, ich wollte nicht in deiner Klasse mitspielen, das wäre mir zu anstrengend. Ich dachte wirklich an einen rustikalen Laden mit entsprechenden Stücken aus der Umgebung, den Kräutern und Obstprodukten aus meinem Garten und, na ja, was mir halt noch so einfällt.« Sie aß noch eine Krokette und schob den Teller gesättigt von sich. »Das hat wunderbar geschmeckt.«

»Ja. Rosi, bringen S' doch noch zwei Wasser bitte.« Bernd lächelte der Kellnerin zu, die sofort mit dem Gewünschten an ihren Tisch kam. »Wo soll denn der Verkauf stattfinden? Hast du dir darüber schon Gedanken gemacht?«

»Nein, noch gar nicht. Vielleicht trenne ich einen Teil von der Werkstatt ab, im Haus wollte ich die Kunden eigentlich nicht haben.« Sie überlegte. Diesen Punkt hatte sie noch gar nicht bedacht.

»Das wäre eine Idee, aber dann ist es mit der Ruhe auf der Terrasse auch vorbei. Was ist denn mit der Garage? Dein Wagen steht sowieso immer draußen. Bau dir doch einen Carport auf der anderen Seite vom Haus, dann können die Leute direkt in den Laden gehen, ohne deine Privatsphäre zu stören.«

»Gar nicht schlecht, das könnte wirklich die beste Lösung sein.« Obwohl sie seine Gesellschaft sehr genoß, fesselte Bernd ihre Aufmerksamkeit nicht vollständig, und ihre Gedanken schweiften wieder zu den Ereignissen der letzten Nacht. Sie wollte Greg unbedingt noch einmal anrufen, um ihn persönlich zu bitten, sich mit Stefan in Verbindung zu setzen.

Bernd schien zu bemerken, daß sie unruhig wurde. »Ja, also ich glaube, dann werde ich jetzt mal wieder losziehen. Vielen Dank für die Einladung, Viviane! Hätte aber nicht nötig getan, ich helfe dir auch so jederzeit wieder.« Er schaute sie treuherzig an, und Viviane wußte, daß er immer mehr als nur eine gute Bekannte in ihr sehen würde.

Kapitel 16

Seit mehreren Tagen war Viviane von morgens bis abends in ihrer Werkstatt. Die Arbeit lenkte sie ab. Zumindest tagsüber gelang es ihr so, die Traurigkeit und das Gefühl der Einsamkeit, das sich ganz gegen ihren Willen in ihr ausbreitete, zu verdrängen. Herr Gabler hatte seinen Tisch und die Stühle noch vor der Hochzeit seiner Tochter abholen können und war mit dem Ergebnis von Vivianes Bemühungen sehr zufrieden gewesen. Sie verlangte für ihre Arbeit zivile Preise, und auch das schienen die Kunden zu schätzen. Greg hatte sich auf ihren Anruf hin gemeldet und versprochen, mit Stefan, den er seit langem nicht gesehen hatte, Kontakt aufzunehmen. Jetzt mußte sie sich wieder in Geduld üben. Angela hatte sie auf dem Postamt getroffen und sich kurz mit ihr unterhalten. Weil sie nicht alleine waren, hatte Angela nichts Konkretes über ihre Situation und ihren Mann gesagt, nur betont, daß es ihr gutginge und die Atmosphäre sich beruhigt hätte. Viviane war daraufhin erleichtert, ahnte aber, daß es nur eine Frage der Zeit war, wann der unberechenbare Mann in seinem Zorn wieder zuschlagen würde.

Michal hatte sie anrufen wollen, doch er meldete sich nicht, und ihre euphorischen Gefühle verwandelten sich langsam in Enttäuschung. Passend zu ihrer ohnehin bedrückten Stimmung. Sie fühlte sich wie zerschlagen, schniefte und ging über den nassen Rasen zum Haus. Das Wetter war unbeständig gewesen in der letzten Zeit, und sie nahm an, das die ständigen Temperaturschwankungen schuld an ihrem Husten und der laufenden Nase waren. Sie hatte Angelas Kräuter völlig vergessen und ging nun in die Küche, um sich einen Becher Tee mit dem Pulver der Alantwurzel aufzubrühen. Sie hatte sich den Namen Lohynský auf einem Stück Papier notiert und gehofft, daß sie Michal fragen könnte, wenn er sie anrief. Nun, darauf brauchte sie wohl nicht länger zu warten. Sie würde ihm jedenfalls nicht hinterhertelefonieren. Hustend suchte sie nach der Nummer von Branka und Tomáš.

Tomáš antwortete: »Ja hallo, Viviane! Du klingst erkältet, kein Wunder bei dem Wetter.«

»Wie war euer Urlaub?« fragte sie mit krächzender Stimme.

»Traumhaft, Sonne, warmes Wasser, manchmal war der Wind ziemlich heftig, aber trotzdem haben wir uns super erholt. Wann kommst du denn mal wieder? Michal vermißt dich sicher furchtbar.«

»Phh, das kann ich nicht glauben, er meldet sich ja nicht mal. Ich habe wohl mehr in der Sache gesehen als er.« Sie schniefte.

»Dieser Idiot! Was hat er nur wieder angestellt? Wenn es um Gefühle geht, ist er wie ein Nilpferd, trampelt über alles drüber. Ich werde mal mit ihm reden. Dabei verstehe ich das gar nicht, er spricht dauernd von dir und von dieser Musik. Du kamst sogar in den Genuß seines Klavierspiels. Er ist gut, oder? Und Alois' Flügel ist ein echtes Prachtstück ...«

Sie unterbrach seinen Redefluß. »Alois' Flügel, sagtest du? Das ist Alois' Flügel?«

»Ja, na klar. Wessen denn sonst? Hat er dir das auch nicht gesagt?« Tomáš war völlig überrascht und anscheinend verärgert über das Verhalten seines Bruders. »Aber Alois hat nie darauf gespielt. Keiner von uns hat ihn je spielen hören. Er hat auch nie gesagt, warum er ihn nicht mehr anrührt. Als sich herausstellte, daß Michal Klavier spielen würde, hat er ihm einfach den Flügel geschenkt.« Das klang so, als hätte Alois die Musik nach jener ersten Liebesnacht aufgegeben. Aber diese Erklärung reichte einfach nicht aus. So ergab Maries Brief keinen Sinn. Ihre Tante hätte niemals ein solches Aufhebens um eine gescheiterte Liebe gemacht, das paßte nicht, selbst nicht nach dem, was Viviane jetzt wußte.

»Als er noch gesund war, hat er da denn nie von der Zeit gesprochen, als er noch Klavier gespielt hat? Was bedeutet Musik für ihn?« Viviane wurde der alte Mann immer rätselhafter, doch ihn dazu zu überreden, sein Schweigen zu brechen, schien so gut wie unmöglich. Immer vorausgesetzt, es gab noch mehr zu enthüllen. Sie atmete hörbar aus.

»Mach dir nicht so viele Gedanken. Alois ist ein sehr in sich gekehrter Mensch, introvertiert eben, schon immer. Mein Vater hat nur angedeutet, über was du mit Großvater gesprochen hast.« Tomáš war anscheinend genauso ratlos wie sie.

»Er hat die Musik aufgegeben, aber wann, aber wann …«, sinnierte Viviane. »Tomáš, da ist noch eine andere Sache.« Sie berichtete von dem Juwelier Miroslav Lohynský, der die Kommode Ende des 19. Jahrhunderts gekauft hatte. »Sagt dir der Name etwas?«

»Kommt mir irgendwie vertraut vor, aber so aus dem Stand, nein. Gib mir etwas Zeit, ich rufe dich zurück. Vorher werde ich meinem Bruderherz noch auf die Zehen treten, das heißt, wenn er wieder hier ist. Er ist vor zwei Tagen auf irgendeine Geschäftsreise mit diesen Typen von der Sponsorengesellschaft für die Golfplätze gefahren.«

»Wann kommt er denn zurück?«

»Hat er nicht gesagt. Manchmal ist er so, der alte Geheimniskrämer, und dann kommt er an und stellt einen überraschend vor vollendete Tatsachen. Tja, leicht ist es sicher nicht mit ihm, aber er ist ein absolut loyaler Bruder und Freund, auf den man sich hundertprozentig verlassen kann.«

Viviane mußte lächeln. Tomáš schätzte seinen Bruder sehr, entschuldigte sein Verhalten nicht, versuchte aber dennoch, Viviane klarzumachen, daß sie ihn nicht sofort fallenlassen sollte. »Ich mag ihn ja auch, Tomáš. Wir werden sehen. Du meldest dich wegen des Namens Lohynský, ja?«

»Geht klar. Branka läßt dich grüßen.«

»Danke, bitte grüße sie zurück, bis bald!«

Sie legte auf. Während des Telefonats hatte sie den Husten unterdrückt, doch jetzt kam das Kribbeln in den Bronchien mit aller Macht zurück. Nachdem sie den Anfall überwunden hatte, trank sie den Becher Tee, den sie vor dem Gespräch aufgebrüht hatte, aus. Der Geschmack war gewöhnungsbedürftig, doch sie wollte es zumindest zwei Tage lang mit den Kräutern versuchen, bevor sie sich aus der Apotheke stärkere Medikamente holte. Die Nase lief immer noch, und sie steckte sich ein Paket Taschentücher ein, bevor sie in die Werkstatt ging. Dort hielt sie es nicht lange aus. Sie fror plötzlich erbärmlich. Die Erkältung hatte sich in ihrem Körper ausgebreitet und zwang sie zur Ruhe.

Viviane ließ die Ziehklinge fallen, mit der sie die Oberfläche eines Nachtschränkchens aus Palisander abgezogen hatte. Das Holz wies eine schöne Patina auf, die sie durch den Hobel nicht zerstören wollte, doch mußte sie die Abstellfläche säubern, denn die Jahre hatten starke Gebrauchsspuren hinterlassen. Sie legte eine Hand auf ihre Stirn, die sich heiß und fiebrig anfühlte.

»Auch das noch. Miko, wir gehen ins Haus. Für heute lege ich die Arbeit zwangsweise nieder.«

Sofort sprang der braunweiße Kater von seinem Stuhl und kam mit erhobenem Schwanz auf sie zu. Aus ihrem Dosenbestand wählte sie eine Hühnersuppe aus, wärmte diese auf und legte sich dann mit einer Wolldecke auf das Sofa vor dem Kamin. Sie hätte ins Bett gehen sollen, doch das wollte sie nicht. Der Tee tat seine Wirkung, und nach mehreren Bechern ging es Viviane bereits besser. Miko lag auf ihrem Bauch und schnurrte. Immerhin war Alois' Vater Goldschmied gewesen. Jedenfalls hatte es so geklungen, als Jakub vom Familienbetrieb sprach. Die Habarts schienen seit Generationen als Goldschmiede tätig zu sein. Schön, dann war es möglich, daß Alois' Eltern ihm einen Flügel gekauft hatten. Andererseits, wenn er aus wenig betuchtem Elternhaus kam, hätte er sich als Student niemals einen Flügel leisten können und ergo auch noch keinen besessen, als er mit Marie zusammen war. Dann hatte er sich erst später einen gekauft, was bedeutete, daß er weiterhin Klavier gespielt hatte und ... Viviane brach diesen Gedankengang, der ihr nur unnötige Kopfschmerzen bereitete und sie nicht einen Schritt weiterbrachte, ab, weil er ganz einfach hypothetisch war.

Sie erholte sich rasch von der Erkältung, was sie vor allem den Kräutern aus Angelas Tiegeln zuschrieb, und war gerade dabei, den Bürgersteig vor ihrem Haus zu fegen, als ihr Handy klingelte. Professor Richter meldete sich und war überaus freundlich. Das konnte nur mit der Bedeutung der Sonate zusammenhängen, denn sie erinnerte sich gut an den gelangweilten Wissenschaftler, der sie bei ihrer ersten Kontaktaufnahme abgewimmelt hatte.

»Ach, ist die Übersetzung schon fertig?« erkundigte sich Viviane.

»Ja, schon seit einigen Tagen. Ich hatte gerade Zeit und bin die Ausführungen meines tschechischen Kollegen durchgegangen, und ich war höchst beeindruckt! Sie haben da einen ganz erstaunlichen Fund gemacht!«

Etwas Ähnliches hatte auch Straberger gesagt, und ansatzweise hatte sie durch Michals Hilfe begonnen zu verstehen, warum dieses Stück so außergewöhnlich war.

»Haben Sie denn weitere Belege für die Entstehungszeit?« fragte sie, denn darauf beruhte schließlich die gesamte Argumentation für die herausragende musikgeschichtliche Bedeutung der Sonate.

»Noch nicht, aber ich würde trotzdem gern mit Ihnen sprechen. Sind Sie in den nächsten Tagen zufällig in München?«

»Das könnte ich einrichten.«

Sie machten einen Termin aus, und Viviane ging ins Haus, um sich die Daten zu notieren. Sie vermied es, in die Küche zu schauen, denn das schmutzige Geschirr stapelte sich in der

Spüle. Sie hatte weder Zeit noch Lust gehabt, die Spülmaschine auszuräumen, und auch die Wäsche der letzten Tage häufte sich langsam bedenklich an. Unwillkürlich dachte sie an Angela, deren flinke Hände sie gut gebrauchen könnte. Angefangen hatte das Chaos mit dem Besuch ihrer Mutter, die sich seitdem nicht mehr gemeldet hatte. Typisch, dachte Viviane, da kommt sie vorbei, veranstaltet einen riesigen Wirbel, zieht wieder ab und läßt mich hier mit ihren Problemen zurück. Jetzt kann ich mich auch noch mitschuldig fühlen, weil Marie und mein Vater mir ihre Zuneigung geschenkt haben. Was regte sich Christine überhaupt so auf?

Arno war früher die meiste Zeit geschäftlich unterwegs gewesen. Er kaufte und verkaufte Lizenzen für Geschäftsideen, ein einträgliches Unternehmen, das ihm innerhalb weniger Jahre eine solide finanzielle Versorgung gesichert hatte. Wenn er dann nach Hause kam und das Zusammensein mit seiner Tochter während seines meist knapp bemessenen Aufenthaltes genoß, war das kein Grund, eifersüchtig zu sein, fand Viviane. Vielmehr konnte Christine es nicht ertragen, daß sie nicht länger im Mittelpunkt von Arnos Interesse stand. Da alles, was in ihrem Leben zählte, das Repräsentieren an der Seite ihres Mannes war, hatte ihr Lebensrhythmus durch die Geburt eines Kindes eine denkbar andere Form angenommen. Arno hatte sich immer Kinder gewünscht. Christine dagegen hatte immer betont, daß sie nur ihm zuliebe ein Kind bekommen hatte.

Meine Güte, Viviane seufzte, das war alles so lange her. Warum konnte ihre Mutter nicht einfach das Leben nehmen, wie es jetzt war, ihren finanziellen Wohlstand genießen und Arno auf ein oder zwei Segeltörns begleiten. Sie zog eine Grimasse. Es lief eben nicht immer nach den eigenen Vorstellungen. Michal war für mehrere Tage unterwegs, ohne ihr etwas zu sagen. Natürlich mußte er das nicht, aber nach der gemeinsam verbrachten Zeit hatte sie angenommen … Sie hielt inne, genau das war ihr Fehler. Sie war von sich und ihren eigenen

Gefühlen ausgegangen. Es lief eben nicht in die Richtung, die sie sich vorgestellt hatte, und jetzt brauchte sie Hilfe. Ihr Haushalt versank im Chaos, am Nachmittag kamen zwei Flötenschüler, und Bekannte von Leni wollten eine Nußholzanrichte zum Restaurieren vorbeibringen.

Sie trat in ihrem langen Daunenmantel, derben Schuhen und mit einem Regenschirm in der Hand vor die Tür. Leichter Nieselregen, der teilweise in Schnee überging, hatte eingesetzt. Diese feuchte Kälte zog in alle Glieder, eine Seite des Winters, die sie noch nie gemocht hatte. Wahrscheinlich überfroren die Straßen am Abend, und auch die Gehwege wurden dann spiegelglatt. Sie marschierte in Richtung von Angelas Haus los. Das Laufen würde ihr guttun. Sie war kaum zehn Minuten unterwegs, als ein Wagen neben ihr hupte.

Gabler drehte das Fenster herunter und rief: »Soll ich Sie mitnehmen?«

»Nein, danke, ich möchte laufen.«

»Na, bittschön, bei dem Sauwetter kriegt mich niemand vor die Tür. Machen Sie's gut!« Er gab Gas und fuhr davon.

Nach weiteren zwanzig Minuten kam sie vor Angelas Haus an. Stojkos Wagen war nirgends zu entdecken, und in den Fenstern der Wohnung brannte Licht. Angela öffnete ihr selbst die Tür, und Viviane erschrak, als sie die mager gewordene Freundin erblickte, deren Sorgen ihr Gesicht grau und alt aussehen ließen.

»Viviane! Du, oh, es ist schön, dich zu sehen. Ich wollte schon oft zu dir, hatte aber Angst. Er ist zwar viel unterwegs, kommt aber ganz überraschend zurück, um zu sehen, was ich mache. Ach, es ist nicht auszuhalten!«

Sie standen unten an der Haustür. Viviane machte keine Anstalten, mit nach oben zu gehen. »Wo ist er jetzt?«

»Heute morgen hatte er wieder einen Anruf. Es ist seit Monaten derselbe Typ, für den er arbeitet. Die letzten Male schien irgendwas nicht geklappt zu haben, deshalb war er auch so sauer.«

»Gut, wenn er gerade erst los ist, wird es sicher dauern, bis er wiederkommt. Willst du mir helfen? Ich finde immer noch, du solltest dein Geld bei mir sparen, und dann kannst du deiner Tochter und deiner Mutter bald richtig helfen.« Viviane hatte sich überlegt, daß man die beiden innerhalb von Rumänien umsiedeln mußte, sie in einen anderen Ort bringen mußte, wo sie unbehelligt leben konnten.

»Ich hole meine Jacke.« Angela verschwand und kam mit einem dunklen Wollmantel zurück. Darin sah sie noch dünner und blasser aus.

»Bei mir sieht es furchtbar aus, aber zuerst werden wir ordentlich essen. Du klappst mir ja fast zusammen!«

Angelas Augen begannen wieder zu leuchten. »Du bist so stark, Viviane. Du wärst nie auf einen Mann wie Stojko hereingefallen.«

Da war sich Viviane nicht so sicher. »Wahrscheinlich hast du nach all dem Elend, das du durchgemacht hast, einfach nach einer starken Schulter gesucht. Daß er so ein Miesling ist, hat er dir sicher nicht sofort gezeigt.«

Leise sagte Angela: »Nein. Am Anfang war er zärtlich, und er wollte mich beschützen.«

»Leider verwechselt er Beschützen mit Besitzen. Lassen wir das jetzt. Hat er noch etwas über mich gesagt?«

»Er hat nur geflucht, und als ich gesagt habe, er solle dich in Frieden lassen, hat er gelacht und gemeint, daß du von ihm nichts zu befürchten hast. Da wäre noch jemand ganz anderes!« Erschrocken sah Angela sie an. »Du liebe Güte! Das hat er gesagt! Da wäre noch jemand anderes!«

Sie traten durch die Gartenpforte zu Vivianes Haus. »Ich weiß, Angela, ich weiß.« Eigentlich war Viviane nicht überrascht. Es war vielmehr eine Bestätigung ihres Verdachtes, daß Stojko ihr den Stein durchs Fenster geworfen hatte. Im Grunde wurde die ganze Geschichte dadurch klarer. Stojko hatte einen Auftraggeber, und das war mit Sicherheit der Mann, den sie auf der Beerdigung und dann in Prag gesehen hatte. Sie brauchte nur einen Beweis, einen begründeten Verdacht, dann konnte gegen den Handlanger auch offiziell vorgegangen werden. Stefan hatte sich zwar noch nicht gemeldet, doch es schien dem Unbekannten nicht allzu eilig mit der Beschaffung der Sonate zu sein. Also arbeitete die Zeit für sie.

»Angela, das war eine gute Nachricht!«

Erstaunt sah die Rumänin sie an. »Was? Ich verstehe gar nichts mehr, wie kann denn ...?«

»Laß. Je weniger du weißt, desto besser, dann kann Stojko dich nicht ausfragen. Worauf hast du Appetit?«

Viviane hatte Hühnerfleisch im Kühlschrank, aus dem Angela in kürzester Zeit ein leckeres Ragout machte. Kartoffeln und diverse Gemüsesorten hatten den Weg in den Topf gefunden, und Viviane war überrascht, wie schmackhaft die Mischung war. Anschließend machten sich die beiden Frauen an das Aufräumen, doch Angela nahm Viviane den Teller aus der Hand.

»Ich mach das hier. Kümmere dich um die Möbel oder was dir sonst wichtig ist. Ich arbeite mich hier durch, kein Problem!« Sie lächelte, denn im Haushalt war sie in ihrem Element, und Viviane überließ ihr nur zu gern das Feld.

»Danke. Du bist wirklich ein ...«

»... Engel«, ergänzte Angela den Satz. »Du bist einfach viel zu nett, Viviane. Ich weiß nicht, was Stojko im Schilde führt, und ich fühle mich schrecklich, daß ich dich da mit reinziehe.«

»Jetzt werde ich dir mal was sagen, Angela.« Viviane sah sie fest an. »Die Geschichte mit Stojko und diesem anderen Typen, der was weiß ich mit mir vorhat, hat mit dir nichts zu tun. Das wäre auch passiert, hättest du mich nicht gekannt. Also mach dir deswegen keine Vorwürfe!«

Angela schien nicht ganz davon überzeugt, widersprach aber nicht und weichte die Töpfe ein, die seit Tagen ein Eigenleben in der Spüle führten. Viviane warf einen Blick auf die Uhr und erschrak, denn Caroline mußte jeden Augenblick kommen. Die Kleine nahm erst seit wenigen Wochen Unterricht bei ihr und machte keinerlei Fortschritte. Viviane hatte sie vorsichtig gefragt, ob ihr das Flötespielen denn Spaß machte oder ob sie lieber ein anderes Instrument lernen würde. Noch hatte Caroline nichts darauf gesagt, denn sie schien sehr verschüchtert, doch Viviane wollte nicht aufgeben und herausfinden, was mit dem Mädchen los war. Sie hatte den starken Verdacht, daß das Mädchen völlig überfordert war, denn es ging neben den Musikstunden zum Ballett, nahm Französischunterricht und besaß ein eigenes Pferd.

Etwa eine Stunde später verließ eine glückliche Caroline das Haus, denn Viviane hatte ihr gesagt, daß sie erst wiederkommen sollte, wenn sie es wirklich wollte und auch Lust zum Üben hatte. Sollte ihre übereifrige Mutter etwas dagegen haben, könnte die sich gerne persönlich bei ihr melden. Jetzt hatte Viviane zwar eine Schülerin weniger, aber die Nachfrage war gut, und sie wollte genausoviel Spaß am Unterricht haben wie ihre Schüler. Bis zur nächsten Stunde waren noch einige Minuten Zeit, die Viviane nutzte, um Brian anzurufen. Sie fand, daß sie lang genug gewartet hatte und es durchaus berechtigt war, einmal höflich nachzufragen, was seine Untersuchungen zur Herkunft der Schreibkommode machten. Bernd hatte ihr Brians Nummer gegeben, die sie nun wählte.

»Hello?« klang eine nasale Stimme gelangweilt aus dem Hörer.

»Mr. Stevens, tut mir leid, wenn ich Sie störe, mein Name ist Viviane Byrne. Es geht um die Beschläge an einer Kommode«, leitete sie ihre Nachfrage vorsichtig ein.

»Ich erinnere mich, ja. Bernd hatte mir die Fotos geschickt. Es war sehr viel los in den letzten Wochen, die große Auktion auf Noseley Hall, dann die Kataloge für die Möbelauktion 18. und 19. Jahrhundert im Februar, aber ...«, er machte eine gewichtige Pause, »ich habe mich dennoch um Ihre Angelegenheit gekümmert.«

»Das ist sehr nett von Ihnen!« Viviane erkannte, daß sie diesen Stevens auf keinen Fall drängen durfte.

»Ja, nun. Sie haben überhaupt Glück, mich in meinem Büro zu erreichen, ich war auf dem Weg nach York, um die Hinterlassenschaft von Lord … aber das wird Sie kaum interessieren, obwohl wirklich fabelhafte Stücke dabeisein sollen, fabelhaft. Sie kaufen?«

»Ich kaufe?« fragte Viviane leicht irritiert.

»Nun, ob Sie selbst Antiquitäten kaufen, sammeln, meine ich«, erklärte der genervte Experte.

»Nein, das war ein Erbstück meiner Tante«, beeilte sich Viviane zu erklären.

»Ach. Nun, also, was ich Ihnen dazu sagen kann, ist folgendes«, er machte eine Pause, in der sie Papiere rascheln hörte. Viviane wartete geduldig, bis Brian gefunden hatte, was er suchte. »Hier ist es. Wirklich keine schwierige Sache. Bernd hatte wohl keine Zeit«, kritisierte er seinen Kollegen indirekt. »Sie haben die Ornamentierungen auf den Beschlägen gesehen?«

»Äh, ja.«

»Das war doch ein sehr deutlicher Hinweis. Jeder Anfänger hätte damit arbeiten können.«

Langsam fand sie den arroganten Kunstexperten ziemlich unsympathisch, aber sie hatte keine Wahl, als weiterhin freundlich seinen Ausführungen zu lauschen. »Dann haben wir diese Initialen auf dem Lederumschlag, von dem Sie mir freundlicherweise eine Aufnahme haben zukommen lassen. Die Initialen stimmen mit denen auf den Messingbeschlägen überein. Das W steht für William und das K für Kerring. Die Kommode wurde für Lord William Kerring angefertigt, und zwar von einem wenig bekannten Möbeltischler aus Südengland. Der Mann hat im 18. Jahrhundert einige interessante Stücke gefertigt, verschwand aber rasch wieder von der Bildfläche. Er hat einige Monate im Umkreis von William Kent gearbeitet, ein wahrer Künstler auf seinem Gebiet. Also, die Initialen auf der Mappe stammen von Seiner Lordschaft. Es war durchaus üblich, Möbel für einen bestimmten Zweck anfertigen zu lassen. Sie haben da ein schönes Stück in Ihrem Besitz.« Sie schien sein Wohlwollen wiedererlangt zu haben.

»Ja, ich hänge auch sehr daran. Gibt es eventuell noch mehr Informationen über diesen Lord? Warum er gerade solch eine Kommode bestellt hat oder wem er sie geschenkt hat?«

»Das sind Fragen, für die es einer gründlichen Recherche bedarf. Dafür habe ich wirklich keine Zeit. Warum fragen Sie nicht auf dem Anwesen der Kerrings nach?«

»Die gibt es noch?«

»Die Familie ist verarmt, der letzte Sproß hat das wundervolle Gebäude in ein Hotel umgewandelt. Ich finde es ja immer furchtbar, wenn solch ein Anwesen, das über Jahrhunderte im Familienbesitz war, verkauft wird an irgendwelche neureichen Ignoranten, die keinen Sinn für Tradition haben. Dazu ist es immerhin nicht gekommen. Ja doch, der Herrensitz liegt in der Grafschaft Kent. Mit etwas Glück existiert die Bibliothek noch. Versuchen Sie es dort, das ist alles, was ich Ihnen sagen kann.«

»Haben Sie vielen herzlichen Dank, Mr. Stevens.«

»Bitte, bitte, keine Ursache. Meine Rechnung lasse ich Ihnen zustellen.«

Was auch immer dieser eingebildete Stevens berechnen würde, seine Arbeit war es wert, befand Viviane. Ohne ihn wäre sie nicht so rasch an diese Information gekommen. Jetzt kannte sie die Geschichte der Kommode von ihrer Entstehung bis hin zu ihrem Verkauf nach Prag. Sie wollte gerade die Auskunft anrufen, um die Nummer des englischen Hotels zu erfragen, als ihr nächster Schüler klingelte. Patrick war ein stiller Junge, der schnell lernte, was daran lag, daß sein Bruder Saxophon spielte und die beiden zusammen übten. Bald würde sie ihm einige Jazzstandards zu spielen geben, damit er das Improvisieren lernen konnte.

Es war später Nachmittag als sie Patrick verabschiedete

und in die Küche schaute. Alles blitzte, und es roch nach dem Zitronenduft des Reinigungsmittels. Sie ging in den Keller zur Waschmaschine. Der Wäscheberg war verschwunden, die Bügelwäsche ordentlich zusammengelegt in einen Korb gepackt, doch wo war Angela? Etwas beunruhigt rief Viviane im Haus laut ihren Namen, erhielt jedoch keine Antwort. Durch das Terrassenfenster sah sie Licht aus den schmalen Fenstern des ehemaligen Ateliers scheinen. Sie ging hinüber und fand Angela über einen Stuhl gebeugt.

»Hallo. Ich habe dich schon gesucht.« Viviane sah ihr über die Schulter und staunte. Angela war dabei, mit geschickten Fingern das kaputte Korbgeflecht der Sitzfläche zu reparieren.

»Wo hast du das gelernt?«

»Zu Hause. Wir haben Körbe geflochten. Darin wurden die Kräuter zum Trocknen aufgehängt, und einige haben wir verkauft. Ich wußte nicht, was ich sonst machen sollte. Alles andere ist fertig. Staubsaugen wollte ich nicht, damit dich der Lärm nicht stört.«

»Das sieht super aus! Vor allem hast du das alte Muster erhalten. Ich hätte wahrscheinlich alles herausgetrennt und ein neues Stück eingesetzt.«

Angela strahlte. »Danke. Ich mache das gerne.«

Es war so ungerecht, dachte Viviane. Ihre fleißige und überaus geschickte Freundin hatte einfach eine zweite Chance verdient. Viel Schlimmeres als das, was Angela erlebte hatte, konnte eine Frau wohl kaum durchmachen. Es mußte einfach einen Weg geben, sie aus dem Machtbereich ihres Mannes zu befreien.

»Soll ich dich zurückfahren? Oder glaubst du, wir können noch etwas essen?«

Angela wischte sich die Hände mit einem Lappen ab. »Fahr mich lieber wieder zurück. Ich bringe sowieso keinen Bissen herunter, wenn ich daran denke, daß er jeden Moment hier aufkreuzen kann. Danke, daß du mich heute abgeholt hast.

Weißt du, so können wir es eigentlich öfter machen. Sobald er fort ist, rufe ich an, und wenn du mich brauchst, komme ich eben vorbei.«

Viviane nickte. Sie brachte Angela, die sich mit ihrem Schicksal abgefunden zu haben schien, zurück in ihre Wohnung. Stojkos Wagen parkte nicht in der Nähe, und die Fenster der Wohnung waren noch immer dunkel. Sie hatten Glück gehabt, aber auf die Dauer war das keine Lösung, und Viviane hoffte, daß die polizeilichen Nachforschungen bald etwas ergeben würden. Der Regen hatte aufgehört, die Straßen waren nicht überfroren, doch die dunklen Wolken kündigten weitere Niederschläge an. Arno würde wahrscheinlich sofort wieder die Koffer packen, wenn er aus dem tropischen Bali hierherkam. Hauptsache, er blieb lange genug, um sich mit ihrer Mutter auszusprechen. Sie seufzte, dabei hatte sie selbst genug Dinge, die ihr momentan Sorgen bereiteten.

Sie parkte den Wagen vor der Garage und trat einige Schritte zurück in den winterlichen Garten. Bernds Idee war durchaus zu überlegen. Die Kunden hätten einen eigenen Aufgang, und auf der anderen Seite war neben dem Kräutergarten, der sich unter dem Küchenfenster um die Hausecke erstreckte, noch ein gut zwei Meter breiter Streifen Rasen. Auf der Grenze zur anstoßenden Wiese standen Fichten, Tannen und einige Pappeln, die sie in diesem Frühling herunterschneiden lassen mußte. Sobald es keinen Frost mehr gab, könnte sie den Carport auf der anderen Seite bauen. Wahrscheinlich brauchte sie für diese Umbaumaßnahmen Genehmigungen, und den Laden würde sie auch anmelden müssen. Aber das hatte noch Zeit, zuerst mußte sie die Sonate aus dem Dunkel der Vergangenheit hervorholen, dem Vergessen entreißen. Marie hatte sich vage ausgedrückt. Viel zu vage, für Vivianes Geschmack, doch sie war nicht unzufrieden mit den bisherigen Ergebnissen. Alois, dachte sie, du mußt noch einmal mit mir sprechen. Aber sie wußte, daß sie ihn nur mit weiteren Fakten aus seinem Schweigen locken konnte. Vielleicht würde er aber auch niemals reden und genau wie Marie sein Wissen mit ins Grab nehmen. Eine beklemmende Vorstellung.

Sie betrachtete das alte Haus mit dem umlaufenden Balkon, in dessen Blumenkästen sie im Frühling blaue und gelbe Blumen pflanzen wollte.

»Du hast mir ein Zuhause geschenkt, Marie, und dafür kann ich dir nur danken, indem ich versuche, deinen letzten Wunsch so gut wie möglich zu erfüllen.«

Seit einer Stunde saß Viviane an ihrem Computer und durchsuchte die Internetseiten über Südengland nach dem Hotel der Kerrings. Unter dem Stichwort Hotel wurde sie nicht fündig, erst als sie Seiten über die Geschichte der Grafschaft Kent anklickte, wurde das Anwesen erwähnt. Eine kurze Erläuterung zu der Luftaufnahme, auf der ein imposantes mehrflügeliges Herrenhaus inmitten von weitläufigen Parkanlagen zu sehen war, besagte, daß die Familie Kerring aus dem 16. Jahrhundert stammte, bis zum Beginn des 19. Jahrhunderts zu den einflußreichen Landadligen der Grafschaft gehört hatte, dann aber durch die Verschwendungssucht und den nicht vorhandenen Geschäftssinn der folgenden Generationen verarmt war. In einem Satz wurde auf den Verkauf der umliegenden Ländereien hingewiesen. Das Hotel wurde unter dem Namen »Stanford's Country Lodge« geführt.

Der Eigentümer schien über einen skurrilen Sinn für Humor zu verfügen, denn unter einer Lodge stellte man sich eher ein kleines, versteckt liegendes Häuschen vor, mit Sicherheit nicht ein so prachtvolles Anwesen wie das auf dem Foto. Kein Wunder, daß Brian Stevens sich über den fehlenden Sinn für Tradition beklagte. Über die Auskunft erfuhr Viviane die Telefonnummer des Hotels und ließ sich direkt verbinden.

»Stanford's Country Lodge, Linda Harris, was kann ich für Sie tun?« Die Rezeptionistin sprach mit Londoner Akzent.

»Wäre es möglich, für drei oder vier Tage ein Zimmer bei Ihnen zu buchen?«

»In diesem Monat oder im Sommer?«

»In der nächsten Woche, wenn möglich.«

»Ja, das ginge. Kommen Sie allein oder in Begleitung?«

Viviane mußte Jo erst fragen, ob sie überhaupt Zeit hätte, doch dann könnten sie ein paar Tage gemeinsam ausspannen.

»Das ist noch nicht ganz sicher. Ich hätte da noch eine Frage. Gibt es eine Bibliothek bei Ihnen?«

»Aber ja.« Die Rezeptionistin zählte alle Vorzüge des Hotels auf, zu denen ein Innen- und Außenpool, ein Tennisplatz, ein Wellnessbereich mit Sauna und Dampfbad sowie vergünstigtes Greenfee für den nahe gelegenen Golfplatz gehörten.

»Das klingt sehr schön, aber mich interessiert wirklich nur die Bibliothek. Sind dort noch alte Bestände aus der Zeit, bevor man ein Hotel aus dem Anwesen machte, vorhanden? Ich bin besonders an der Geschichte der Kerrings unter Lord William interessiert.«

Linda Harris war eine Zierde ihres Berufsstandes, denn sie ließ Viviane nicht einen Moment spüren, daß sie ihre Frage für merkwürdig hielt. »Bisher hatte ich noch keine diesbezügliche Anfrage, aber wenn Sie mir ein wenig Zeit geben, werde ich den Sachverhalt für Sie klären und Sie zurückrufen. Wäre das in Ordnung für Sie?«

»Das wäre mehr als freundlich. Haben Sie vielen Dank!« Viviane hinterließ ihre Nummer und rief gleich darauf Jo an, die sich freute, von ihr zu hören.

»Vivi! Das ist ja eine wundervolle Idee, natürlich komme ich! Ich habe inzwischen zwei hervorragende Mädels hier, die die beiden Cafés auch mal allein schmeißen können. Sie brauchen natürlich jemanden für den Service, aber das regele ich schon. Wann genau soll's losgehen?«

»Nächste Woche!«

»Wow!«

»Ich erzähl dir alles, wenn wir uns sehen, ist eine lange Geschichte.«

Sie plauderten eine Weile über dies und das, dann wurde Jo in die Küche gerufen.

»Ich muß retten, was noch zu retten ist, Vivi. Nächste Woche, ja? Buch ruhig das Zimmer, ich komme auf jeden Fall. Bis bald! Du glaubst gar nicht, wie sehr ich mich freue!«

Viviane legte auf und wischte sich eine Träne aus dem Augenwinkel. Die vertraute Stimme ihrer langjährigen Freundin zu hören war beruhigend und vermittelte ihr ein Gefühl von Beständigkeit, das sie in der letzten Zeit in ihrem Leben vermißt hatte. Alles schien sich dauernd zu ändern, und die Menschen, denen sie vertraute, waren mehr mit ihren eigenen Problemen beschäftigt. An Michal wollte sie gar nicht erst denken.

Sie war gerade dabei, eine Dose Futter für Miko zu öffnen, als das Telefon klingelte. Linda Harris hatte ihr Versprechen gehalten.

»Miss Byrne, die Bibliothek existiert. Ein Bestand an historischen Dokumenten und wertvolleren Büchern wird unter Verschluß gehalten. Teile des Gebäudes werden noch immer privat genutzt. Lord Justin Kerring, der jetzige Hausherr, hat nichts dagegen, daß sie die Bücher einsehen. Er kommt öfters aus London herüber und verbringt ein Wochenende bei uns.«

Viviane hoffte, daß der letzte Sproß der Familie in der nächsten Woche seiner Gewohnheit treu bleiben würde, und buchte für sich und Jo eine Suite, in der es zwei King-size-Betten und einen Wohnraum gab. Der Preis war weniger hoch, als sie befürchtet hatte, denn es war keine Saison und das Hotel nur mäßig belegt. Sie konnte es kaum noch erwarten, ihre Freundin wiederzusehen und womöglich endlich herauszufinden, ob und auf welche Weise die Sonate in die Kommode gelangt war. Je länger sie über die Geschichte nachdachte, desto mehr war sie davon überzeugt, daß die speziell für die Noten angefertigte Kommode und der damalige Lord in einer bedeutsamen Beziehung zueinander gestanden haben mußten.

Kapitel 17

Der Termin mit Professor Richter stand bevor. Viviane hätte gerne gewußt, was es mit dem Juwelier Lohynský auf sich hatte, bevor sie zu Richter fuhr, denn eventuell hätte ihr diese Information bei dem Gespräch geholfen. Sie zuckte die Schultern. Dann mußte sie eben warten, denn sie wollte Tomáš nicht drängen, und Michal ... Er hatte sich einfühlsam gezeigt, und sie konnte sich doch nicht so in ihm getäuscht haben? Miko strich um ihre Beine. Er wußte inzwischen genau, daß sie oft für längere Zeit fort war, wenn sie die Autoschlüssel vom Tisch nahm, und sie spürte seine traurigen Augen noch in ihrem Rücken, nachdem sie die Haustür verschlossen und in ihren Wagen gestiegen war. Sie wollte noch am Abend wieder zurück sein, so daß Leni nur einmal nach Miko zu schauen brauchte, um ihm seine Streicheleinheiten zu geben.

Die Straßen waren frühmorgens noch wenig befahren. Die Temperaturen lagen über null Grad, und so erreichte sie München ohne Verzögerung am Vormittag. Sie schritt durch die vertrauten Flure der Universität und fand die Tür zu Professor Richters Büro offenstehend. Aus dem Sekretariat kam eine stark geschminkte Frau mittleren Alters. Sie ging mit einem Stapel Papiere in den Händen in das offene Büro. Da Viviane noch etwas früh war, setzte sie sich auf einen der Stühle auf dem Gang und wartete. Die Sekretärin kam wieder aus dem Raum und musterte sie.

»Warten Sie auf den Professor?«

»Ja, ich habe einen Termin, in fünf Minuten«, sagte Viviane nach einem Blick auf die Uhr.

Lange rote Fingernägel strichen eine mokkafarbene Bluse

glatt. »Er müßte gleich hier sein. Eigentlich ist er sehr pünktlich.« Plötzlich ging ein Aufleuchten über das Gesicht der Sekretärin. »Sie sind Frau Byrne, nicht wahr? Ich stelle seine Termine zusammen. Dann haben Sie die alte Violinsonate zur Analyse hergeschickt!«

Der Ruhm der Sonate schien sich schnell herumgesprochen zu haben. »Ja, das ist richtig.« Sie unterließ eine bissige Bemerkung darüber, daß der werte Herr Professor die Sache anfangs nicht hatte übernehmen wollen.

In diesem Moment kam ein schlanker Mann um die Vierzig durch die Glastüren, die den Flur abschlossen. Sein Auftreten ließ keinen Zweifel darüber, daß er Wert auf sein äußeres Erscheinungsbild legte, wovon der elegante dunkelbraune Anzug mit farblich abgestimmtem Hemd, die Seidenkrawatte und frisch polierte Schuhe zeugten. Die Sekretärin zuckte zusammen, ordnete ihre Frisur und begrüßte Professor Richter mit einem hingebungsvollen Lächeln. Sie wurde mit einem Nicken belohnt und der Aufforderung, die Post sofort in sein Büro zu bringen. Ohne Viviane eines Blickes zu würdigen, verschwand er in seinem Büro.

Da Viviane annahm, daß die beflissene Sekretärin ihren Aufgaben schon nachgekommen war, dauerte es tatsächlich nur wenige Minuten, bis die Tür wieder aufging und der Akademiker einen suchenden Blick auf den Flur warf. Viviane erhob sich.

»Professor Richter, wie ich annehme? Wir hatten einen Termin für heute vereinbart.«

»Natürlich. Habe ich Sie vorhin übersehen? Wie konnte mir das nur passieren. Bitte, treten Sie ein.« Er wies durch die offene Tür auf eine Sitzgruppe aus Sesseln und einem Sofa. »Nehmen Sie doch Platz.«

Im Gegensatz zu Strabergers Büro, das mit Akten überhäuft gewesen war, herrschte hier peinlichste Ordnung. Die Regale an den Wänden waren mit farblich sortierten Ordnern und Büchern gefüllt. Auf dem schönen Schreibtisch, Viviane tippte auf Rosenholz und die Nachbildung eines klassizistischen Vorbildes aus dem 19. Jahrhundert, standen nur wenige ausgesuchte Gegenstände, von denen ihr ein Briefbeschwerer aus Muranoglas ins Auge fiel. Die Sitzgruppe gehörte sicher zum Standardmobiliar der Universität, doch der Schreibtisch und die vier frei stehenden Stühle, die dem eleganten Stil des Schreibmöbels entsprachen, mußten dem Professor selbst gehören. Viviane hatte sich kaum gesetzt und einen Blick auf einen offenen Geigenkasten erhascht, der auf einem Tisch am Fenster lag, als die Sekretärin schon mit einem Tablett hereinkam und Kaffee und frische Semmeln mit Butter und Marmelade brachte.

Professor Richter setzte sich Viviane gegenüber in einen Sessel. »Danke, Frau Birchel. Das sieht ganz hervorragend aus. Stellen Sie bitte vorerst keine Gespräche durch.«

Frau Birchel verschwand lautlos, und Viviane merkte beim Duft des frischen Brotes, daß sie hungrig war.

»Greifen Sie ruhig zu. Ich komme nie zum Frühstücken und bin Frau Birchel immer sehr dankbar, wenn sie an mich denkt. Sie ist eine große Hilfe, hat meine gesamten Termine im Kopf.« Er goß Kaffee ein, und Viviane stellte fest, daß Professor Richter weniger arrogant war, als er auf den ersten Blick wirkte.

Während sie frühstückten, betrachtete sie seine gepflegten Hände und bemerkte die sehr kurz manikürten Nägel der linken Hand. Die Violine gehörte wohl ihm selbst, was er in dem folgenden Gespräch bestätigte.

»Ich möchte mich bei Ihnen entschuldigen für meine knappe Abfertigung Ihrer ersten Anfrage. Ich wußte ja nicht, was Sie da in Ihrem Besitz haben.« Er stand auf und holte eine schwarze Mappe aus seinem Schreibtisch. Sorgsam öffnete er die Mappe und nahm die Blätter der Sonate heraus. »Was haben Sie mit der Partitur vor? Das Papier müßte konserviert und angemessen aufbewahrt werden.«

»Ich werde sie wohl stiften, genau wie die Gemälde meines

Onkels Josef Habart, die meine Tante der Stadt Prag vermacht hat. Ich will sie auf gar keinen Fall behalten, sie hat nur ...« Viviane brach ab, denn ihre persönlichen Beweggründe gingen Richter nichts an, und wahrscheinlich interessierten sie ihn auch nicht.

»Prag, hmm, na ja, der Komponist kommt ja aller Wahrscheinlichkeit nach aus Böhmen.« Hatte er gehofft, sie würde die Partitur einem deutschen Institut stiften? Er fuhr fort: »Ein außerordentliches Stück Musikgeschichte haben Sie mit diesem Fund neu geschrieben. Nicht nur der wissenschaftliche Aspekt ist hochgradig interessant, die Musik ist darüber hinaus von bestechender Schönheit, wenn ich das mal so platt formulieren darf. Ich habe sie gespielt, und mir sind fast die Tränen gekommen, so sehr hat mich das Hauptthema des Adagio cantabile ergriffen. Bemerkenswert! Wirklich bemerkenswert!« Er schwieg eine Weile, mit den Gedanken wohl der Melodie nachhängend.

Viviane stellte ihren Teller beiseite und goß Milch in ihren Kaffee. »Leider spiele ich nicht Violine, ich habe die Melodie auf der Querflöte gespielt, und mir ging es ganz ähnlich wie Ihnen dabei. Aber was unterscheidet diese Musik denn nun so sehr von anderen zeitgenössischen Stücken? Professor Straberger hat Andeutungen gemacht, aber Sie können mir das doch sicher genauer erklären.« Sie sah ihr Gegenüber erwartungsvoll an.

»Ihnen ist die Musik also nicht fremd, das erleichtert es. Ich werde mich möglichst kurz fassen. Daß die Begleitung, der sogenannte Generalbaß, im Barock oft nur durch Ziffern grob festgelegt wurde, ist Ihnen ein Begriff?«

Viviane nickte.

»Gut. Das ist hier nicht der Fall. Den Ausführenden werden genaue Anweisungen gegeben, was die dynamischen Kontraste betrifft, das Auf- und Abschwellen der Musik. Damit hat sich der Kollege Straberger schon eingehend befaßt. Ich datiere die Sonate auf Mitte des 18. Jahrhunderts, und wenn Sie sich vorstellen, wie die Einführung des Crescendo auf die damaligen Zuhörer gewirkt hat ... Ich gebe Ihnen ein Beispiel. Johann Stamitz, übrigens ein Böhme, der 1757 verstorben ist, verwendete in seinen Sinfonien als erster systematisch Orchester crescendi und diminuendi, also gleitende Übergänge anstelle der Gegensätze. Als die Zuhörer damals zum ersten Mal eine solche Sinfonie hörten, waren sie so hingerissen, daß sie beim Ansteigen der Lautstärke die Hälse reckten und von ihren Plätzen aufstanden und sich beim Leiserwerden setzten und duckten.«

»Wurde diese bewußt eingesetzte Veränderung der Tonstärke denn sofort angenommen?«

Professor Richter lächelte. »Natürlich nicht. Jede Neuerung wird heftig diskutiert und braucht Zeit, bevor sie von der Masse akzeptiert wird. Denken Sie an den berühmten russischen Ballettänzer Nijinsky. Als 1912 sein selbstchoreographiertes *Nachmittag eines Faun* in Paris Premiere hatte, wurde sein Stück von Teilen der Presse zerrissen, von anderen hoch gelobt. Heute geht moderner Tanz noch viel weiter. Ich will damit nur sagen, daß die neue Methode von Stamitz kritisiert und angegriffen wurde, dann aber ein unabdingbarer Bestandteil jeder individuellen Musik wurde.«

»Aber was macht Sie und auch Straberger so sicher, daß es sich um einen Komponisten aus dem böhmischen Raum und aus dieser Zeit handelt?« Viviane war noch nicht überzeugt.

»Da hat der verblichene Kollege gute Arbeit geleistet. Zum einen ist die kaum noch lesbare Beschriftung, dieser Monatsname, von ihm als Tschechisch identifiziert worden. Dann hat er überzeugende Vergleiche mit zeitgenössischen Werken vorgenommen. Er hat Analysen von verschiedenen Werken Grauns und Quantzs ausgeführt und eben von Franz Benda, wiederum ein Böhme.«

»Bendas Capricen sind mir ein Begriff«, bemerkte Viviane.

»Immer wieder gern als Etüden verwendet. Ja, Benda, auch ein Böhme, hat sich um die Entwicklung der Solosonate verdient gemacht und schon häufiger eine vollständige Stimme für das begleitende Cembalo geschrieben und es damit zum Partner des Melodieinstrumentes gemacht.« Richter ging zu einem Regal und zog einen Ordner hervor. »Ich könnte Ihnen einige Beispiele zeigen. Wesentlich ist jedoch, daß Benda seiner Solovioline Virtuosität und eine individuelle Manier zuteilt und die Polyphonie fast völlig preisgibt.«

»Mit Polyphonie meinen Sie die vielen Stimmen, die im Barock gleichwertig nebeneinanderstanden und erst in der Klassik der Homophonie wichen?« Viviane wollte sichergehen, daß sie richtig verstanden hatte.

»Genau. Endlich durfte eine Stimme dominieren, und die Musik wurde persönlicher, dramatischer, leidenschaftlicher. Denken wir nur an die bewegten Werke von Beethoven, Mozart oder Schubert, um nur einige wenige zu nennen. Ihr unbekannter Komponist hat bereits das, was Benda in Ansätzen einführte, sowie die Technik der gleitenden Übergänge, die Stamitz schließlich populär gemacht hat, in seiner Sonate umgesetzt. Die Melodieführung ist geprägt von einer hohen Emotionalität, von dramatischen Momenten, wie sie eigentlich erst ein halbes Jahrhundert später in der klassischen Musik zu finden sind. Das ist für mich das Entscheidende an diesem Stück – seine unerhörte Dramatik.«

»Schon der Titel *Désir douloureux* drückt so viel Gefühl aus«, meinte Viviane.

Richter nickte und stand auf, um die Violine aus dem Geigenkasten am Fenster zu nehmen. Er spielte eine Passage aus dem Adagio. Viviane erschauerte. Sie hatte gewußt, daß das Stück für eine Solovioline geschrieben worden war, aber daß der Unterschied in der Interpretation im Vergleich zu ihrem Flötenspiel oder Michals Klaviervortrag so immens sein könnte, überwältigte sie. Richter entlockte der Geige klagende, schluchzende und singende Töne, die das, was Viviane beim Spielen selbst empfunden hatte, unterstrichen und um ein Vielfaches verstärkten. Der Professor setzte das Instrument ab.

»Sie verstehen, was ich meine? Es ist eine wundervolle Melodie, besonders dieses Adagio. Sie erlaubt dem Musiker, sich richtig auszuleben, den Gefühlen freien Lauf zu lassen. Für die Zeit um ich sage mal 1750 ist das revolutionär!«

»Wenn Sie das sagen, müssen das doch auch die Zeitgenossen erkannt haben! Warum hat man nie etwas von dem Komponisten gehört?« Viviane sah zu Richter hinüber, der sich wieder in seinen Sessel setzte.

»Dafür kann es viele Gründe geben.«

Es klopfte, und Frau Birchel trat mit entschuldigender Miene ein. Professor Richter nickte, als er hörte, was sie ihm leise erklärte, und reichte Viviane ein Buch von seinem Schreibtisch, in dem ein Lesezeichen lag. »Schauen Sie kurz hinein, wenn Sie möchten. Ich bin gleich zurück.«

Viviane schlug die markierte Stelle des umfangreichen Werkes auf und fand eine ausführliche Darstellung der Lebensumstände von Musikern in vergangenen Jahrhunderten. Die Zeiten schienen wirklich nicht einfach damals. Ein Komponist war abhängig von einem reichen Gönner, einem Mäzen, das konnte ein örtlicher Aristokrat, eine Kirche, ein Kloster oder auch ein regierendes Haupt sein. Einige Kommentare aus dem 17. und 18. Jahrhundert belegten, daß Komponisten nur eine Stufe über der Dienerschaft standen. Grundsätzlich schien sich das System aber meist zur gegenseitigen Zufriedenheit beider Parteien ausgewirkt zu haben. Die Komponisten wurden in Geld und Naturalien entlohnt. Allerdings konnten sie jederzeit entlassen werden und starben oft in Armut und Elend, doch es gab genauso viele Beispiele für großzügiges Verhalten und Freundschaft der Mäzene. Viviane schlug unter dem Namen Benda nach, den der Professor als Beispiel herangezogen hatte.

Bendas Leben las sich abenteuerlich. Zuerst war er Sängerknabe an der Prager Nikolauskirche, begann dann ein Wanderleben als Violinvirtuose und kam schließlich 1733 nach Rheinsberg zu Kronprinz Friedrich. Als Friedrich König von

Preußen wurde, nahm er Benda und dessen drei Brüder mit nach Potsdam. Dort wurde Benda Königlicher Konzertmeister. Stamitz hatte ähnliches Glück und stieg zum Konzertmeister von Karl Theodor von der Pfalz in Mannheim auf. Viviane überflog weitere Musikerlebensläufe, die nicht alle so glücklich verliefen. Einige wechselten ständig von Hof zu Hof, zerstritten sich mit ihrem Mäzen oder stürzten sich durch unglückliche Affären in Schulden.

Sie überlegte, daß der Komponist von *Désir douloureux* sehr jung gewesen sein konnte, und sein einziges Werk war vielleicht diese Sonate. Immerhin bestand die Möglichkeit, daß die Partitur all die Jahre in der Kommode verborgen gelegen hatte. Sie seufzte. Es gab unendlich viele Möglichkeiten: Wenn das Stück nie öffentlich zur Aufführung gekommen war, konnte niemand Zeugnis von der Musik geben, oder der Komponist wurde von einem Konkurrenten beseitigt. Viviane dachte an die Vermutungen um Mozarts Tod. Und hatte sie nicht diese seltsame Todesahnung verspürt, als sie die Melodie das letzte Mal gespielt hatte?

Als Professor Richter nach mehr als dreißig Minuten zurückkam, entschied sich Viviane, ihm auch von den Initialen auf der Ledermappe zu berichten, denn es konnte sich um einen Gönner handeln.

Der Wissenschaftler reagierte jedoch verhalten. »Es ist nicht leicht, beim momentanen Stand der Forschung etwas dazu zu sagen. Natürlich könnte es sich um die Initialen eines Mäzens handeln, doch wir wissen ja nicht einmal, in welchem Land wir suchen müssen. Der Komponist könnte in Böhmen, Deutschland, Italien oder auch England gewesen sein. Und wissen Sie genau, daß die Noten noch zu Lebzeiten des Komponisten dort hineingelegt worden sind?« Er schüttelte den Kopf. »Ich werde mir die Sache durch den Kopf gehen lassen, aber versprechen Sie sich nicht zuviel davon. Entscheidend ist eine gut fundierte Analyse, die unzweifelhaft belegt, daß der Entstehungszeitpunkt in der ersten Hälfte des 18. Jahrhunderts liegt, dann wird die Sonate ihren Stellenwert auch so erringen.«

Viviane hielt es nicht für angebracht, dem Professor von ihren privaten Nachforschungen zu berichten, die sich auf die Herkunft der Kommode stützten. Sollte sich etwas ergeben, würde sie ihm das mitteilen, ansonsten schien der Musikwissenschaftler auch ohne ihre Unterstützung sehr genau zu wissen, was er zu tun hatte. Die Partitur war bei ihm gut aufgehoben, und außer ihr und Michal wußte niemand, wo sich die Sonate jetzt befand.

»Frau Byrne, ich wollte persönlich mit Ihnen sprechen, weil es eine Freude für mich ist, diesen Geniestreich eines unbekannten Böhmen untersuchen zu dürfen. Den Tod meines Kollegen bedaure ich sehr, das müssen Sie mir glauben, und ich werde seine Erkenntnisse in meiner Abhandlung gebührend würdigen. Es wird noch einige Zeit in Anspruch nehmen, bis ich mit der Analyse fertig bin. Was ich Ihnen heute mitgeteilt habe, war natürlich nur die Quintessenz einer umfassenden Untersuchung.« Er sah sie fragend an.

»Bitte, machen Sie nur weiter. Wenn Sie zu einer Veröffentlichung Ihrer Ergebnisse bereit sind, werde ich mich an die Stadt Prag wenden und die Schenkung der Partitur vorschlagen. Bis dahin sind die Noten bei Ihnen sicher aufgehoben.«

Viviane sagte das hoffnungsvoll, und Richter beeilte sich, ihr zu versichern: »Natürlich. Für einen solchen Schatz hat die Universität einen sicheren Platz. Ja, es hat mich sehr gefreut, Sie kennenzulernen, Frau Byrne. Rufen Sie mich jederzeit an, falls Sie Fragen haben oder Ihre Pläne bezüglich der Sonate ändern wollen.«

Professor Richter brachte sie zur Tür. Mit dem Gefühl, daß dieser Mann das möglichste über die Sonate herausarbeiten würde, verließ Viviane die Universität. Während des Gespräches waren zwei Nachrichten auf ihrem Handy eingegangen. Eine stammte von Tomáš und eine von ihrem Vater, der anscheinend in München war. Sie rief Arno zurück, der gerade in der Münchner Innenstadt unterwegs war, und sie verabredete sich mit ihm in einem kleinen portugiesischen Restaurant. Nach langer Parkplatzsuche betrat sie eine dreiviertel Stunde später das gemütliche Lokal, das sie schon während ihres Studiums oft besucht hatte. Arno saß braungebrannt an einem Ecktisch, erhob sich, als er sie entdeckte, und umarmte sie herzlich.

»Meine kleine Vivi. Schön, dich zu sehen, aber du bist viel zu blaß und zu dünn. Du brauchst Sonne, gutes Essen und Erholung. Warum kommst du nicht mit mir nach Rhodos. Ist noch nicht sehr warm, aber angenehm. Jedenfalls tausendmal schöner als dieses trübe Matschwetter hier.«

Viviane zog ihren Mantel aus und setzte sich ihrem Vater gegenüber. »Paps, du gibst mir ja gar keine Chance! Ich habe momentan wirklich viel um die Ohren, aber wenn das alles geregelt ist, geht's mir auch wieder besser. Willst du denn schon wieder nach Rhodos?«

Sie bestellte sich ein Mineralwasser und einen Salat. Der Kellner reichte knuspriges Brot und Olivenöl mit Kräutern zum Bestreichen.

Arno nippte an seinem Rotwein und eröffnete ihr grinsend: »Ich werde auf der Insel ab jetzt eine Menge Zeit verbringen, denn ich habe mir ein Haus gekauft.«

»Was? Wo denn?« Sie erinnerte sich an Orte, durch die meist nur eine staubige Hauptstraße führte, die links und rechts von Bars und Geschäften gesäumt war, dahinter standen Hotels und Apartmenthäuser.

»An der Westküste. Die Ostküste ist touristisch überfüllt, die Orte haben viel an Charme und Charakter verloren, aber auf der anderen Seite gibt es noch herrliche unberührte Buchten. Gut, da ist man länger unterwegs, bis man in Rhodos Stadt ist, aber die Ruhe ist himmlisch, das Wasser ein Traum, und das Boot liegt direkt am Haus. Mehr kann ich mir wirklich nicht wünschen. Das Haus ist nicht groß und renovierungsbedürftig, war aber eine echte Gelegenheit.« Arno bestrich sich ein Brotstück mit dem Olivenöl.

»Du hast dich also entschieden. Dann hatte Mutter ja kaum eine Wahl. Ihr habt euch schon gesehen, oder?«

»Ja. Was soll ich sagen. Sie kann mich besuchen, wann immer sie möchte. Es gibt keine andere Frau, auch wenn sie das denkt. Sie wußte, das ist mein Traum. Wir haben früher oft darüber gesprochen, gemeinsam um die Welt zu segeln und dann irgendwo anzudocken, wo es warm ist.«

Der Kellner brachte das Essen. Der Salat sah gut aus, und Arnos Hühnchen im Schmortopf roch verführerisch, doch Viviane hatte keinen Appetit. Irgendwie hatte sie gehofft, ihre Eltern würden eine Lösung für eine gemeinsame Zukunft finden, aber mit dem Hauskauf hatte ihr Vater seine Entscheidung unwiderruflich gemacht. Andererseits, warum sollte er warten? *Carpe diem* – das Leben muß man jetzt genießen.

»Dann ist also alles geklärt?«

»Keine Ahnung, Vivi. Du weißt ja selbst am besten, wie schwierig es ist, mit deiner Mutter zu reden. Ich habe ihr gesagt, wie es aussieht, wie ich mir unser Leben vorstelle, und sie kann sich da einklinken oder auch nicht. Das Haus ist sicher noch kein Traum. Der Garten braucht eine kundige Hand – dabei habe ich an dich gedacht. Du hattest schon immer, genau wie Marie, eine Hand für alles Grüne. Wenn du also mal länger ausspannen willst, würde ich mich über deinen Rat beim Anpflanzen der richtigen Gewächse freuen. Christine könnte dem Haus einen eleganten Touch geben, Einrichten und Dekorieren ist doch ihr Ding.« Arno schaute Viviane liebevoll an. »Ihr beiden Frauen, ihr seid doch mein Leben. Das wird immer so bleiben, auch wenn wir uns nicht jeden Tag sehen. Du weißt das.« Er seufzte. »Ich hoffe, daß Christine das auch endlich begreift.«

Viviane legte ihre Hand auf den gebräunten Arm ihres Vaters. So hatte er noch nie mit ihr gesprochen. Er brauchte seinen Freiraum und die Gewißheit, daß er seine Träume noch leben konnte. Das war alles. Es änderte nichts an seinen Gefühlen für seine Familie. Sie hatte oft gerade darüber nachgedacht, und ihre Befürchtungen waren umsonst gewesen.

»Wenn du ihr das so sagst wie mir eben, dann wird sie das verstehen. Und jetzt habe ich richtig Hunger. Gibst du mir etwas von dem Hühnchen ab?«

Arno lachte und schob ihr Reis und Fleisch zu. Sie verbrachten den Rest des Nachmittags zusammen, und als Viviane schließlich die Heimfahrt antrat, schwirrten in ihrem Kopf noch Arnos Geschichten von Bali und den griechischen Inseln. Für eine kurze Zeit hatte sie die Sonate und ihre Suche vergessen. Miko empfing sie mit einem vorwurfsvollen Mauzen und holte sie in die Realität zurück. Sie nahm den Kater auf den Arm, streichelte seinen aristokratischen schlanken Kopf und setzte ihn auf einem der höheren Stühle in ihrer Küche ab. Dann servierte sie ihm frischen Thunfisch, und lautes Schnurren sagte ihr, daß er ihr verziehen hatte.

Ihr Handy klingelte, und ihr fiel ein, daß sie vergessen hatte, Tomáš zurückzurufen. Tatsächlich war er am Telefon.

»Viviane, hallo! Habe schon versucht, dich zu erreichen. Wahrscheinlich warst du unterwegs?«

Er klang nicht verärgert, sondern vergnügt und voller Energie, wie immer, wenn sie mit ihm sprach.

»Ja, ich war in München, hatte einige Sachen zu erledigen und habe meinen Vater getroffen. Da habe ich einfach vergessen, dich zurückzurufen, tut mir leid!«

»Kein Problem. Ich dachte nur, daß dir die Sache mit diesem Lohynský dringend war. Ganz ehrlich, ich habe auch erst vorgestern dran gedacht. Lohynský ist ein relativ häufiger Name hier in Tschechien. Irgendwie klang er vertraut, und jetzt weiß ich auch, warum. Es gibt eine Juweliersfamilie mit diesem Namen. Der Laden existiert noch, ich gehe manchmal dran vorbei, wenn ich über die Karlsbrücke muß. Mein Vater kennt die Familie recht gut. Ich habe mit ihm darüber gesprochen. Pavel Lohynský, der derzeitige Inhaber, ist anscheinend ein netter Kerl. Die Geschäfte laufen nicht so gut, na ja. Er hat den Laden seinerzeit von seinem Vater übernommen.« Tomáš lachte. »Klingt vertraut! Pavel hat auf Jakubs Bitte hin mit seinem Vater, Eric, gesprochen, der sich zu erinnern glaubt, daß die Kommode mal im Besitz seiner Familie war. Aber das war vor dem Krieg. Sein Bruder, Milan, ist damals gestorben, und Eric kann sich gut vorstellen, daß die Kommode vielleicht irgendwann damals als Geschenk an Alois' Familie ging, denn bis zu Milans Tod waren die beiden Familien eng befreundet.« Hier machte er eine Pause.

»Milan.« Es konnte sich sehr gut um den Musiker von Maries Fotografie handeln. »Ich glaube, ich habe ihn auf einem Foto mit Marie gesehen. Hast du Alois darauf angesprochen?« Doch sie bereute ihre Frage, noch bevor sie sie zu Ende ausgesprochen hatte. Das war nicht Tomáš' Problem.

»Nein. Daran habe ich nicht gedacht. Aber ...«

»Tut mir leid. Ich wollte dich gar nicht weiter in meine wirklich sehr persönliche Suche mit hineinziehen. Laß nur. Mit etwas Glück spricht Alois vielleicht noch einmal mit mir. Entscheidend ist jetzt, daß die Kommode in den letzten dreihundert Jahren nur drei oder vier verschiedene Besitzer hatte.«

»Ist das gut?«

»Wenn ich beweisen kann, daß die Mappe mit den Noten in England in das Fach gelegt worden ist – ja, dann kann ich vielleicht den Komponisten ausfindig machen.«

»Und dann? Ich meine, was bringt dir das?«

»Tomáš, das ist eine wirklich wichtige Frage, die ich dir so genau auch noch nicht beantworten kann. Es hängt mit Marie zusammen und mit Alois und Josef und mit mir, ach, es ist schwer für mich, darüber zu sprechen ...« Sie konnte Tomáš jetzt nicht alles erklären.

»Schon gut. Irgendwann sagst du uns aber, was los ist, versprochen?«

»Ja. Danke, daß du das für mich herausgefunden hast.« Ist Michal wieder da, wollte sie fragen, doch sie schwieg.

»Jederzeit. Mach dir nicht so viele Gedanken um Alois' Reaktion. Kommt wahrscheinlich von den neuen Medikamenten. Es dauert immer seine Zeit, bis es ihm bessergeht. Ist eine verdammt miese Krankheit. Wir hoffen immer, der Verfall würde zum Stillstand kommen, aber die Tabletten scheinen nur für eine gewisse Zeit zu wirken, und es wird nie besser …«

»Ich will auf keinen Fall, daß er sich durch meine Fragen aufregt.«

»Wir passen auf, und glaub mir, Alois ist zäh, was er nicht will, will er nicht.«

»Wie geht es Branka? Kommt sie gut voran mit dem Studium?«

»Oh ja, sie ist fleißig am Lernen. Vielleicht besuchen wir dich über Ostern mal, dann hat sie zwei schwere Prüfungen geschafft.«

»Das wäre schön! Grüß alle von mir, bis bald, Tomáš!«

Er hatte Michal nicht erwähnt. Nun, vielleicht war er noch nicht wieder zurück. Viviane ging durch das Haus, schaltete das Licht im Wohnzimmer aus und sah auf die Terrasse hinaus.

Der vordere Teil des Gartens wurde vom Mond beschienen, dahinter war alles dunkel. Der Weg zum ehemaligen Atelier zwischen den Bäumen war gerade noch zu erkennen. Sie hatte Josefs ehemaligen Arbeitsraum zu ihrem gemacht. Sie hatte den Wänden in Maries Haus neue Farben gegeben und sich eingeredet, das wäre nun ihr Zuhause. Aber konnte es das je wirklich sein? Mit dem Renovieren allein war es nicht getan. Sie mußte sich der Vergangenheit stellen – ihrer eigenen und der von Marie. Es würde ihr gelingen, vielleicht. Auf jeden Fall kam sie dem Rätsel näher, wenn sie die Herkunft der Musik klärte. Die Sonate übte eine so seltsame Faszination auf sie aus wie noch nie zuvor ein Musikstück, und sie war nicht die einzige, die so empfand. Für dieses Phänomen mußte es einen Grund geben. Und wieder war Alois ein Teil der Geschichte.

Alle Fäden schienen unweigerlich bei ihm zu enden. Mit Milan kam eine neue Figur ins Spiel. Hatte Milan Lohynský auch eine Rolle im Widerstand gespielt? Was hatte nach dessen Tod dazu geführt, daß die enge Freundschaft der Familien zerbrochen war? Laut Tomáš war Jakub mit den Lohynskýs nur bekannt, nicht befreundet.

Mit den Fingerspitzen massierte sie ihre Schläfen, in denen es schmerzhaft pochte. Die Angespanntheit der letzten Wochen ging nicht spurlos an ihr vorüber. Trotzdem, tief im Innern war sie Marie dankbar für ihren Brief, die orakelhaften Hinweise. Vivianes Augen brannten vom Starren in die Dunkelheit, die undurchdringlich und schweigend über dem Garten lag. Alles braucht seine Zeit, hatte Marie oft gesagt. Wieviel Wahrheit in diesen wenigen einfachen Worten lag, wurde Viviane mehr und mehr bewußt. Dank Maries Brief hatte sie sich auf den Weg gemacht, auf die Suche nach der Vergangenheit, in der ihre eigene Zukunft lag, denn ohne das eine konnte es das andere nicht geben. Zeit, Viviane seufzte, alles brauchte seine Zeit, nichts ließ sich erzwingen. Das zu akzeptieren war nicht leicht, aber sie befand sich auf dem besten Weg, es zu lernen.

Sie drehte sich um und ging durch das stille Zimmer, in dem das spärliche Mondlicht bizarre Schatten warf und die Schwarzweißfotografien auf dem Kaminsims bühnenwirksam in Szene setzte. Mit einem Blick auf Maries strahlendes Lächeln verließ Viviane den Raum. England war der nächste, der einzige Schritt, um die Identität des Komponisten zu erfahren, aber damit allein war es nicht getan. Sie wollte von Alois die Wahrheit über die Vergangenheit hören, und seine Krankheit konnte ihm nicht immer als Schutzschild dienen.

Kapitel 18

Am nächsten Morgen schien die Sonne von einem winterblauen Himmel herab. Einige Singvögel zwitscherten in ihrem Garten, und die bedrückende Stimmung des Vorabends verflüchtigte sich in den warmen Sonnenstrahlen. Miko gähnte herzhaft und streckte sich ausgiebig, was Viviane daran erinnerte, daß sie wieder anfangen sollte zu joggen, um ihren Körper nicht gänzlich der Faulheit zu überlassen. Heute war eigentlich ein idealer Tag zum Laufen, dachte sie und suchte nach ihrer Sportkleidung, als es an der Tür klingelte. Vorsichtig lugte sie über den Balkon, denn nach Stojkos letztem Auftritt war sie auf alles gefaßt. Als sie jedoch einen blonden Haarschopf und einen großen Landrover in ihrer Auffahrt entdeckte, entspannte sie sich.

»Was machst du denn so früh hier draußen?«

Greg grinste, umarmte sie und drückte ihr eine Tüte Brötchen in die Hand. »Du hast bestimmt noch nicht gefrühstückt.«

»Ich wollte gerade joggen.« Da Widerstand zwecklos war, ließ sie ihren Exmann eintreten, ging in die Küche und stellte den Wasserkocher an.

Greg warf seine Skijacke über einen Haken im Flur und ließ sich in der Küche auf einen Stuhl fallen. »Ich mag das Haus jetzt. Du hast es gemütlich hier. Wow, Darling, du glaubst nicht, wo ich gerade herkomme.« Seine hellen Augen blitzten.

»Du wirst es mir sicher gleich verraten.« Sie hantierte mit Tassen und Tellern.

»Ich war zum Skilaufen in Kitzbühel.«

»Von dort kommst du ja wohl jetzt nicht!«

»Nein, wir sind zwei Tage in München gewesen und dann nach Passau gefahren.«

»Immer noch Sybill?« Sie goß Tee in zwei Becher und stellte Wurst und Käse neben Butter und Brötchen auf den Tisch.

Greg nahm sich ein Croissant und nickte. »Sie schläft noch im Hotel, erholt sich vom Shoppen!« Er lachte. »Na ja, egal. Ich bin nach München gefahren, um mich mit Stefan zu treffen, war ich ihm schuldig, nach dem, was er alles herausgefunden hat.«

Viviane hing gebannt an seinen Lippen. »Ja?«

»Oh, yeah, ich mag den Ausdruck auf deinem Gesicht. Jetzt weiß ich, wie man deine Aufmerksamkeit erlangt.«

Sie hob ihre Gabel und hielt sie dicht über seine Hand, die Greg daraufhin schnell in Sicherheit brachte. »Vorsicht, aber ich kann dich ja verstehen. Dein Verdacht, diesen Stojko betreffend, war absolut berechtigt. Der Typ hat ein ellenlanges Strafregister, hauptsächlich Betrug und Diebstahl.«

Viviane schlug mit der flachen Hand auf den Tisch. »Dann kriegen wir ihn!«

»Ganz so einfach ist das nicht. Er hat sich in der letzten Zeit nichts zuschulden kommen lassen.«

»Du meinst, er ist nicht erwischt worden.«

»Darling, der Typ hat Schecks gefälscht, ist zeitweise in Rußland abgetaucht, und jetzt übernimmt er seit einem Jahr Touren als Lastwagenfahrer. Die meisten Fahrten gingen nach Polen, in die Ukraine und nach Rußland. Du läßt die Finger von dem Kerl. Der macht bestimmt keine halben Sachen. Stefan hat den Jungs, die für solche Delikte zuständig sind, einen Tip gegeben. Das sind die Profis, die kriegen ihn schon, früher oder später.« Greg schien ehrlich besorgt, daß Viviane auf eigene Faust versuchte, Stojko zu überführen.

»So dämlich bin ich auch nicht. Ich kann sowieso nichts machen. Glaubst du, ich verstecke mich auf einem Lastwagen?«

Greg sah sie zweifelnd an.

»Ich denke nur an seine Frau. Für die zählt jeder Tag. Arme Angela, er tyrannisiert sie mit dem Wissen um ihre uneheliche Tochter, furchtbar, und dann schlägt er sie, wenn ihm danach ist, ein richtiger Mistkerl!« Viviane sah den großen und kräftigen Stojko vor sich und daneben die zarte Angela und ballte ihre Fäuste.

»Das wird schon. Irgendwann macht er einen Fehler, und dann schnappen sie ihn. Wie geht es dir denn sonst? Warst du schon zum Skilaufen, die Berge sind ja nicht weit.«

»Nein, dazu bin ich einfach noch nicht gekommen. Aber ich fliege in ein paar Tagen nach London, um mich mit Jo in einem Landhotel in Kent zu treffen.«

»Jo, die hat doch ein Restaurant in Shaftesbury. Ich glaube, sie konnte mich nie gut leiden.« Greg angelte mit der Gabel nach einer Scheibe Schinken.

»Das schon, nur dachte sie, wir wären nicht das ideale Paar.«

»Waren wir ja auch wirklich nicht, leider! Sag mal, wollen wir uns in London treffen? Wir gehen ins Konzert, und ich stelle dir Sybill vor. Was ist eigentlich mit dir? Immer noch niemand in Sicht?«

Sie ging auf die letzte Bemerkung nicht ein. »Das könnten wir machen. Ich habe gelesen, daß diese Sopranistin, Bonney heißt sie, alte englische Lieder singt, von Purcell und Dowland. Meinst du, es gibt noch Karten dafür?«

Greg verzog schmerzhaft das Gesicht. »Diese eingestaubten Lieder? Da kommen einem ja die Tränen. Aber gut, ich werde mich bemühen.«

Als Viviane schließlich in der vollbesetzten Linienmaschine nach London saß, mußte sie an Gregs Gesicht denken, als sie den Liederabend erwähnt hatte, und schmunzelte. Aber er hatte sich bemüht und Karten bekommen. Die Stewardeß servierte Getränke und ein in Zellophanpapier eingewickeltes Brötchen, das wenig appetitlich aussah. Viviane verzichtete und schaute aus dem Fenster. Über den Wolken war der Himmel hellblau, doch beim Anflug über London sah es anders aus. Sie rechnete mit Regen, den die Wettervorhersage angekündigt hatte. Vor ihrer Abreise hatte Kommissar Markus Zarlinger sie angerufen, weil der Polizei eines von Josefs Bildern in die Hände gefallen war. Sie hatten das Werk *Mondnacht* gefunden. Viviane war glücklich, daß ausgerechnet dieses Bild, das ihre Tante darstellte, aufgetaucht war. Zusammen mit zwanzig anderen gestohlenen Ölgemälden war es auf einem Lastwagen, der als Medikamententransport deklariert war, an der polnischen Grenze bei einer Routinekontrolle entdeckt worden. Hintergründe konnte Zarlinger ihr noch nicht mitteilen. Es waren lediglich zwei Fahrer festgenommen worden, und die leugneten, etwas über die verborgene Ladung zu wissen. Viviane hatte sofort nach Stojko gefragt, denn das hätte nur zu gut zusammengepaßt, doch weder Zarlinger noch seine Kollegen hatten einen Hinweis auf eine Beteiligung von Angelas Ehemann. Trotzdem war Viviane davon überzeugt, daß Stojko Josefs Bild gestohlen hatte. Sie hatte Angela nichts erzählt. Im Fall der jungen Rumänin vertraute Viviane ganz auf ihr Gefühl, und das sagte ihr, daß Angela mit der Sache nichts zu tun hatte. Selbst wenn Angela Stojko die Schlüssel zum Haus gegeben hätte, wäre das nur unter Druck geschehen und gegen ihren Willen, anders konnte sich Viviane die junge Frau einfach nicht vorstellen.

Die Maschine landete mit einem sanften Aufsetzer. Greg und seine Freundin erwarteten sie am Ausgang, und die nassen Regenschirme in ihren Händen bestätigten Vivianes Befürchtungen bezüglich des Wetters. Sybill trug ihr langes kastanienbraunes Haar offen. Ein perfekt geschminkter Schmollmund und große dunkle Augen rundeten die attraktive Gesamterscheinung ab. Offensichtlich langweilte sich Sybill, begrüßte Viviane aber höflich, bevor sie sich bei Greg einhakte und darauf drängte, endlich in die Stadt zu fahren, denn er hatte ihr ein Paar Schuhe versprochen, daß sie gestern gesehen hatte. Viviane versprach, am Abend pünktlich in Gregs Stadtwohnung zu sein, und ließ sich von den beiden am Victoria & Albert Museum absetzen, weil sie sich die außerordentliche Sammlung von Antiquitäten dort anschauen wollte.

Langsam schlenderte sie durch die langen Räume, in denen sich exquisite Möbelstücke vergangener Epochen aneinanderreihten. Vor einem antiken chinesischen Lackschrank hielt sie inne. Von der Ausstellung nahm sie nur wenig wahr. Der Gedanke an Michal ließ sie seit Tagen nicht mehr los. Warum meldete er sich nicht? Vielleicht war die Beziehung von Greg und Sybill kompliziert und nicht unbedingt für ein ganzes Leben bestimmt, aber das mußte sie ja auch nicht. War es das? War sie zu anspruchsvoll und verlangte von allen immer zuviel? Hatte Michal das gespürt und sich von ihr zurückgezogen? Sie starrte auf die schwarze Lackoberfläche, in die Blumen und Schmetterlinge aus Perlmutt eingelassen waren. Genau das hatte Marie ihr doch vorgelebt: dem Leben abzugewinnen, was es zu geben hatte, nicht oberflächlich zu sein, sondern die Hintergründe zu sehen und nicht nur die einzelne Tat.

»Diesmal mache ich es richtig, Marie.« Sie hatte die Worte vor sich hin gemurmelt und nicht bemerkt, wie eine ältere Dame in den Raum getreten war.

»Geht es Ihnen gut, Miss? Die Luft ist sehr schlecht hier. Vielleicht brauchen Sie ein Glas Wasser?« Freundlich näherte sich die Dame Viviane, doch die winkte ab.

»Danke, das ist sehr nett, es geht schon wieder.«

Mit schnellen Schritten verließ sie den Raum. Was sie und Michal beim Hören von *Désir douloureux* gefühlt hatten, war bedeutend und besonders gewesen. Die Gefühlsbetontheit der Molltonart trug unzweifelhaft zur anrührenden Wirkung der schönen Melodie bei, und dennoch war da mehr. Dieser Komponist hatte seine ganze Sehnsucht auf eine Weise zum

Ausdruck gebracht, die selbst den unvoreingenommenen Zuhörer aufs tiefste berührte. Ach, Michal, selbst wenn die Musik den Ausschlag gegeben hat, ist es mir egal. Fast erschrocken über sich selbst erkannte Viviane, daß sie den Tschechen ernsthaft vermißte.

Sie winkte ein Taxi heran, ließ sich zu Gregs Wohnung bringen und zog sich für den Abend um. Greg und Sybill warteten schon auf sie, und gemeinsam fuhren sie nach Covent Garden, um vor dem Konzert zu Abend zu essen. Sie hatten gerade auf den Abend angestoßen, als ihr Handy klingelte. Greg neckte sie, daß ihr das nicht während des Konzertes passieren durfte, da man sie sonst steinigen würde. Viviane lächelte.

»Ja?« sagte sie in das Telefon.

»Viv! Ich wollte dich schon eher anrufen, aber es hat sich alles verzögert.«

Vivianes Magen zog sich zusammen, ob aus Nervosität oder aus Freude, war nicht zu unterscheiden. »Was für eine Überraschung, Michal. Ich hatte dich schon fast von meiner Liste gestrichen.« Das war boshaft, und sie bereute es in dem Moment, in dem sie es ausgesprochen hatte.

»Ich weiß, tut mir leid, aber ich würde dir gern alles erklären, wenn ich darf. Was machst du gerade? Ich wollte dich besuchen.« Er klang etwas verunsichert.

»Mich besuchen?« Sie konnte nicht fassen, daß er das vorschlug, nachdem er wochenlang nichts hatte von sich hören lassen.

»Ja. Ich hatte gedacht, du freust dich. Ich kann verstehen, wenn du verärgert bist, aber es gibt Gründe, warum ich mich so lange nicht gemeldet habe. Ich möchte dich sehen.«

Was für Gründe konnten jemanden davon abhalten, ab und zu zum Telefon zu greifen? »Ich freue mich ja auch. Es ist nur soviel geschehen in letzter Zeit, und im Moment bin ich in London.«

»Wann kommst du zurück?«

»Morgen fahre ich mit einer Freundin nach Kent und dort bleiben wir drei Tage.«

Greg und Sybill alberten herum, und Michal sagte: »Ich wünsche dir noch einen schönen Abend mit deinen Freunden, Viv. Ich will nicht länger stören. Vielleicht meldest du dich, wenn du wieder zurück bist. Bis dann.«

Er hatte aufgelegt. Viviane starrte auf das Telefon in ihrer Hand und warf es dann mit Schwung in ihre Handtasche. Sybill sah sie erstaunt an.

»Dein Freund?«

Viviane schluckte schwer und sagte mit belegter Stimme: »Wir, hmm, ich weiß es selbst nicht so genau, leider ...« Dabei beließ sie es, obwohl sie wußte, daß Greg nur zu gerne mehr erfahren hätte.

Der Konzertsaal war ausgebucht, die Stimme der Sopranistin brillant, die Lieder getragen, und Vivianes Gedanken wanderten wieder und wieder zu dem Telefonat mit Michal. Hatte er das mit dem Besuch wirklich ernst gemeint? Wenn ja, dann war das natürlich sehr schön, obwohl sie eigentlich lieber früher von ihm gehört hätte, wie er zu ihr stand. Andererseits konnte selbst das nicht immer hilfreich sein, wie ihre Ehe mit Greg bewiesen hatte. Ihr Exmann war zwar freigebig mit Liebesschwüren, Geschenken und Komplimenten, aber eben nicht nur bei ihr. Der Schlußapplaus riß sie aus den Gedanken.

»Hat es dir gefallen?«

»Ja, es war wundervoll! Vielen Dank, Greg.« Ein Blick auf die gähnende Sybill sagte Viviane, daß diese wohl eine andere Art von Musik vorzog.

Es dauerte nicht lange, und Viviane hatte sich wieder an den englischen Wagen und den Linksverkehr gewöhnt. In südlicher Richtung verließ sie die Stadt, deren Ausläufer sich weit in die sanfte Hügellandschaft erstreckten. Sie bog auf die Schnellstraße nach Hastings ab, die sie bei Lamberhurst verließ, um den Rest der Strecke auf den weniger befahrenen Landstraßen zurückzulegen. Den Mietwagen hatte sie frühmorgens abgeholt und war sofort aufgebrochen. Die Regenwolken verzogen sich und machten einer schwachen Wintersonne Platz. Viviane schaltete die Scheibenwischer aus und verlangsamte das Fahrtempo, denn irgendwo bei Tenterden war die Abzweigung, die sie zum Hotel führen sollte. In dieser Gegend gab es zahlreiche Herrenhäuser und Burgen, worauf sie die Schilder an den Straßen hinwiesen. Im Sommer waren hier viele Touristen unterwegs, doch jetzt im Winter hatte Viviane die Aussicht auf die ausgedehnten Waldstücke und grünen Hügel fast für sich allein. Nach weiteren fünfzehn Minuten stoppte Viviane den Wagen. Sie mußte die Abzweigung übersehen haben, denn jetzt fuhr sie schon auf die Küste zu. Sie wendete und entdeckte ein umgestürztes Schild. »Stanford's Country Lodge« stand dort sowie der Hinweis, nach einhundert Metern rechts abzubiegen.

Tatsächlich fand sie nach der angegebenen Entfernung einen schmalen Sandweg, der durch dichten Wald führte. Der Mischwald erstreckte sich längs des Weges über gute fünfhundert Meter, bevor Wiesen und brachliegende Felder den Blick auf das Hotel öffneten, das inmitten eines großen Parks lag. Der mit Sorgfalt angelegte englische Garten hätte Michal gefallen, davon war Viviane überzeugt. Alte Eichen und Kastanien säumten die Auffahrt bis zu einem großzügigen Kiesparkplatz vor dem Eingang des alten Herrenhauses. Viviane erkannte die klassische H-Form im Grundriß, die vor allem unter Jakob II. beliebt war. Der damalige Architekt hatte sich offensichtlich nicht an der italienischen Renaissance, sondern an den französischen Loireschlössern orientiert. Türme an den Enden der Längs- und der Schmalseiten zierten den prächtigen Bau, dessen Mauerwerk von hohen Glasfenstern durchbrochen wurde, die ihm eine gewisse Leichtigkeit verliehen. Viviane stellte den Motor ab und ging auf den Eingang zu, hinter dem sich die geräumige Galerie erstreckte, die früher auch als Fechtboden gedient haben mochte.

Mit einem erstaunlichen Sinn für Farben und einem gelungenen Mix aus antiken und modernen Möbeln hatte hier ein Innenarchitekt eine einladende und stilvolle Atmosphäre geschaffen. Es herrschte zwar dunkles Holz vor, doch waren überall helle Akzente durch leuchtende Farbbahnen, Kissen und moderne Gemälde gesetzt.

»Gefällt es Ihnen bei uns?«

Viviane drehte sich nach der freundlichen Frauenstimme um und bemerkte erst jetzt, daß sie nur zwei Meter von der Rezeption in der Halle gestanden und sich umgeschaut hatte.

»Sehr sogar. Ich hatte es mir dunkler, schwerer vorgestellt.«

»Muffiger oder konservativer, geben Sie es ruhig zu. Wir haben uns extra Mühe gegeben, dem Haus ein zeitgemäßes Flair zu verleihen. Mein Name ist Linda Harris, was kann ich für Sie tun?«

Viviane stellte sich vor, und sofort nahm Linda einen Schlüssel aus einem der Fächer hinter ihr an der Wand. Die Rezeptionistin war kleiner als Viviane, hatte kurzes blondes Haar und trug eine modische Brille. »Ich habe Ihnen eine unserer größeren Suiten mit Blick auf die Terrasse und den Park gegeben. Eine Gruppe hat storniert, und warum sollen Sie nicht den ganzen Komfort genießen, wenn Sie uns schon in dieser regnerischen Jahreszeit besuchen.«

Viviane nahm den Schlüssel entgegen und bedankte sich. »Das ist sehr freundlich von Ihnen. Sagen Sie, ist meine Freundin schon eingetroffen?«

»Wie war gleich der Name?«

»Joanna Barthlott.«

»Nein, die Dame ist noch nicht eingetroffen, aber mit etwas Glück ist es die Dame, die gerade durch die Tür tritt.«

Viviane drehte sich um und sah ihre Freundin mit einem strahlenden Lächeln auf dem sommersprossigen Gesicht auf sie zukommen. Jo hatte braunrotes Haar, das sie zu einem Bob geschnitten trug. Ihre helle Haut und Tausende von Sommersprossen machten ihre englische Herkunft deutlich.

»Jo! Ich bin auch eben erst angekommen.« Sie umarmte ihre Freundin und drückte sie fest an sich.

Jo küßte sie auf die Wangen und betrachtete sie aufmerksam. »Schön wie immer, aber du hast Streß. Warum, kannst du mir später bei einem Spaziergang erzählen. Warst du schon auf unserem Zimmer?«

Viviane schwenkte den Schlüssel in der Hand. »Noch nicht. Wir haben eine besonders schöne Suite bekommen. Danke, Miss Harris. Wann gibt es Abendessen?«

»Ab sechs Uhr im Westflügel, Carnegie Room. Ich wünsche Ihnen noch einen schönen Nachmittag.«

Die beiden Freundinnen machten sich auf die Suche nach ihrer Suite, die sich im ersten Stock befand und einen herrlichen Blick auf einen Pavillon hatte, der an ein chinesisches Teehaus erinnerte. Viviane ließ sich auf eines der großen Betten fallen.

»Das war ja ein richtiger Glücksgriff. Du wolltest jetzt spazierengehen?«

Jo strich sich die Haare hinter die Ohren. Sie war einen halben Kopf größer als Viviane. Ihre grünen Augen leuchteten unternehmungslustig. »Ja, danach gehen wir schwimmen und in die Sauna, und dann wird gegessen.«

Sie zogen sich wetterfestes Schuhwerk an und nahmen einen Regenschirm mit, denn kleine graue Wolken zogen schon wieder bedrohlich auf. Linda Harris hatte ihnen erklärt, welchen Weg sie nehmen sollten, um die Schönheiten des Parks zu sehen, und so spazierten sie an dem Pavillon vorbei auf eine Brücke zu, bewunderten einen Teich, auf dem Seerosenblätter lagen, und gelangten nach einer halben Stunde an das Ende des offiziellen Parkes. Hinter einer geschickt auf einem Hügel in Szene gesetzten Säulenruine ragte der Wald auf, der nicht durch einen Zaun vom Parkgelände abgegrenzt wurde. Viviane und Jo sahen sich an und nickten. Eine Stunde später traten sie auf der anderen Seite des Walds aus dem Unterholz und sahen sich einer Ortschaft gegenüber, die über eine Kirche, einen Laden und einen Pub verfügte. Sie betraten die Gaststube, die von einem Kaminfeuer erwärmt wurde, und bestellten sich schwarzen Tee.

»Bist du immer noch mit Alan zusammen?« fragte Viviane ihre Freundin.

Alan Cross unterrichtete als Lehrer am College von Exeter und war seit über sieben Jahren Jos Freund. Die beiden führten eine anscheinend stabile Wochenendbeziehung.

»Alan ist ein Schatz. Und ich liebe ihn sehr, besonders wenn wir uns länger nicht gesehen haben. Bisher ist alles gut so, wie es ist. Er bekommt ohne weiteres sowieso keine besser bezahlte Stelle als die an seinem College, und ich kann meine Cafés noch nicht allein lassen. Vielleicht später mal, dann setze ich einen Geschäftsführer ein, aber in den nächsten zwei bis drei Jahren ist das sicherlich noch nicht denkbar.«

»Ach, es ist nie einfach ...«, Viviane gab einen Löffel Zucker nach dem anderen in ihren Tee.

Jo hielt ihre Hand fest. »Na, nun erzähl mir schon, was mit ihm los ist.« Lächelnd sah sie ihre Freundin an.

»Ihm?«

»Ganz genau.« Jo lehnte sich zurück.

»Du siehst es mir an, hmm?« Die mitfühlenden Augen ihrer Freundin entlockten Viviane ihre Hoffnungen und Zweifel hinsichtlich Michal.

Joanna sah Viviane direkt an. »Du liebst ihn.«

»Oh nein, dazu ist es noch zu früh, nein, ich will mir nur über einige Dinge klarwerden ...«, wehrte Viviane ab.

»Und ich sage, daß du ihn liebst, und wenn er kein Dummkopf ist, liebt er dich auch. Und ...« Jo winkte der Wirtin. »Er klingt nicht nach einem Dummkopf.«

Die strähnigen Haare zu einem losen Zopf gebunden, kam die Wirtin zu ihnen an den Tisch. Ihre Bluse wies Flecken auf, die nicht alle von einem Tag stammten, und die rote Nase deutete darauf hin, daß sie selbst ein guter Kunde ihres Pubs war. »Ich habe kein Auto gesehen. Sie kommen von der Lodge, oder?«

Viviane sah sie erstaunt an. »Ja. Warum fragen Sie?«

»Na, wenn Sie halbwegs trocken zurückgehen wollen, würde ich Ihnen empfehlen, jetzt loszumarschieren. Mein Mann ist Förster hier und kennt das Wetter besser als jeder andere. Er ist gerade aus dem Wald zurückgekommen und meint, ein Sturm zieht auf. Ich kann Ihnen auch ein Taxi rufen.« Die stämmige Frau holte ihr Portemonnaie aus der Tasche.

Jo zahlte und stand auf. »Komm, klingt nach einem guten Vorschlag.«

Wie auf Verabredung ballten sich plötzlich die zuvor nur kleinen Wolken zusammen, ein kräftiger Wind kam auf, und als sie ungefähr die Hälfte des Walds durchquert hatten, begann es in Strömen zu gießen. Der Regenschirm nützte ihnen gar nichts, und die Freundinnen klappten die Krägen hoch und begannen schneller zu laufen. Die Dämmerung senkte sich, und irgendwann mußten sie den schmalen Fußpfad aus den Augen verloren haben, denn Viviane erkannte weder die Lichtung wieder, auf der sie sich befanden, noch hätte sie sagen können, in welcher Richtung das Herrenhaus lag. Sie blieb stehen, der Regen rann ihr das Gesicht hinab, die Haare hingen in dicken Strähnen auf der Jacke. Jo hielt ebenfalls an. Sie sahen sich an und lachten, bis sie so außer Atem waren, daß sie sich in die Arme fielen.

Viviane keuchte: »Das war wirklich ein toller Ausflug. Ich habe nicht die leiseste Ahnung, wo wir jetzt sind.«

»Das Hotel liegt auf jeden Fall in dieser Richtung.« Jo deutete durch die Bäume.

»Woher willst du das wissen?«

»Intuition. Vertrau mir einfach. Los, wenn ich unrecht habe, übernehme ich die gesamte Rechnung.«

Jo wettete gern um alles. Meistens hatte sie recht, und Viviane widersprach ihrer Freundin gar nicht erst. Sie stolperten durch dichtes Unterholz und standen plötzlich vor einer kleinen Kapelle. Viviane hätte sich gerne die mit hohem Gras überwucherten alten Grabsteine angesehen, doch der Wind trieb ihnen den kalten Regen ins Gesicht, und sie folgte Jo, die zielstrebig vor ihr herschritt. Völlig durchnäßt kamen sie schließlich auf der anderen Seite des Parks an. Sie mußten einen Bogen gelaufen sein, doch Viviane war das jetzt ziemlich gleichgültig, denn sie wollte nur noch so rasch wie möglich die am Körper klebenden nassen Kleider loswerden. Die Sauna und der Pool erschienen ihr nun die erstrebenswertesten Orte, und erst zwei Stunden später war sie wieder bereit, sich zu unterhalten.

Umgekleidet und mit großem Appetit saß sie mit Jo an einem der stilvoll gedeckten Tische im Carnegie Room. Fitzgerald Stanford, der amerikanische Millionär, dessen Hotelkette dem Anwesen den neuen Namen gegeben hatte, schien in der Namensgebung der Salons und Hallen anscheinend besonderen Gefallen an Personen gefunden zu haben, die einen unmittelbaren Zusammenhang zu seinem Herkunftsland außer Zweifel ließen. Viviane fand das übertrieben, und auch Jo verdrehte die Augen, als sie am Jefferson-Frühstückssalon vorbeikamen. Das mehrgängige Abendessen dagegen sprach für einen ausgezeichneten Koch, der Fisch- und Fleischgerichte mit viel Raffinesse zubereitete. Außer ihrem waren nur drei weitere Tische besetzt.

Viviane trank den letzten Schluck Wein und schaute unruhig zur Uhr, denn inzwischen war es halb zehn und man würde sie wohl kaum noch in die Bibliothek lassen. Sie hatte Jo während des Abendessens bereits alles berichtet und auch die überwältigende Wirkung der Violinsonate auf sich selbst und jene, die sie gehört hatten, erklärt. Ihre Freundin hatte kommentarlos zugehört und nur hier und da nachgefragt, wenn ihr etwas unklar war. Jetzt legte sie Viviane eine Hand auf den Arm und schaute ihr in die Augen.

»Vivi, laß es gut sein für heute. Wir gehen morgen früh direkt in die Bibliothek. Nach dem Spaziergang und dem guten Essen sind wir beide zu müde, um noch großartige Recherchen anzustellen.«

Viviane protestierte. »Aber deswegen bin ich doch hier.«

»Ja, und um mich zu sehen. Glaub mir, du siehst todmüde aus. So wärst du für deinen Michal auch keine Augenweide.«

Viviane stand auf und legte die Serviette auf den Tisch. »Wie kommst du denn darauf?«

»Wie ich vorhin schon sagte, ich glaube, daß er dich liebt. Ich meine, richtig liebt. Er ist wahrscheinlich einer von diesen Männern, die erst ihr Leben regeln müssen, sich einer Frau auch finanziell gewappnet fühlen wollen, bevor sie sich auf jemanden einlassen. Doch dann meinen sie es ernst.«

»Ich werde auf keinen Fall wieder heiraten!« Sie gingen die Treppen zum ersten Stock hinauf, und Viviane fühlte die Müdigkeit in jedem Knochen.

»Sagt ja auch niemand. Aber du bist nicht der Typ Frau, der sich dauernd auf neue Affären einläßt. Du suchst jemanden, der dein Vertrauen verdient, der dir ein Gefühl von Geborgenheit gibt. Glaube der ›heiligen Johanna‹, ich habe ein untrügliches Gefühl für die richtigen Schwingungen.« Jo machte eine dramatische Geste und wandelte erhobenen Hauptes in die Suite, in der aufmerksames Personal die Betten zur Nacht aufgedeckt und eine Schale mit Trüffeln sowie eine Flasche Portwein auf den Tisch im kleinen Salon gestellt hatte.

»Oh, yeah, das nenne ich Luxus! Ich werde meine Diät für die Dauer unseres Aufenthaltes hier vergessen!« Einen Champagnertrüffel im Mund, ließ sich Jo in einen der Sessel fallen.

Kapitel 19

Während Viviane die zweite Hälfte ihrer Grapefruit auslöffelte, schob Jo sich eine Gabel mit Rührei in den Mund. Von ihrem Tisch in dem mit üppigen Grünpflanzen dekorierten Frühstücksraum hatten sie einen guten Blick auf die Terrasse, der jedoch durch den grauen Himmel und die Regentropfen, die sich in unaufhörlichem Fluß die Fenster hinabbewegten, erheblich getrübt wurde.

»Das ist genau das richtige Wetter, um sich alte Bücher anzusehen.« Viviane legte ihren Löffel hin.

»Ich habe versprochen, dir zu helfen, aber danach gehen wir in dieses herrlich warme Schwimmbad!«

Viviane war froh, daß ihre Freundin Zeit gefunden hatte, sie hierher zu begleiten, denn allein hätte sie die Annehmlichkeiten des Hotels nicht zu schätzen gewußt und sich mit ihren Gedanken nur im Kreis gedreht. Linda Harris schien sie zu erwarten, denn der Schlüssel zur Bibliothek lag bereit.

»Gehen Sie durch die Halle in den Ostflügel und dann in den Turm zu ihrer Rechten. Die Bibliothek ist auf drei Stockwerke verteilt.«

Viviane machte ein erschrockenes Gesicht. »Sie haben nicht zufällig eine Ahnung, wo sich Bücher über die Geschichte des Hauses befinden?«

Die Rezeptionistin schüttelte entschuldigend den Kopf. »Tut mir sehr leid. Seit wir das Hotel hier vor zwei Jahren eröffnet haben, sind sie sowieso die ersten, die nach der Bibliothek fragen. Die meisten Gäste lesen die Tageszeitungen und vielleicht eines der Hochglanzmagazine. Ich muß gestehen, daß ich selbst noch gar nicht richtig hineingesehen habe.«

Bevor sie sich auf den Weg machten, fragte Viviane: »Und Lord Justin Kerring, der manchmal am Wochenende hier ist, haben Sie etwas von ihm gehört? Kommt er noch her?«

Das Telefon klingelte, und Linda Harris legte die Hand auf den Hörer. »Ja. Es ist gut möglich, daß er heute oder morgen kommt, er hat sich gestern angekündigt. Entschuldigen Sie mich.«

Jo und Viviane begaben sich auf den Weg durch das weitläufige Haus. Obwohl die Sonne kaum durch die Wolken hindurchschien, warfen die farbigen Fenster ein warmes gebrochenes Licht auf die Flure, an deren Wänden alte Gemälde mit repräsentativen Porträts hingen. Viviane sah sich die kleinen Schilder genau an, die teilweise auf den prachtvollen vergoldeten Rahmen angebracht waren. Ein gutaussehender Mann mit grauem Bart, hoher Stirn und herrischem Blick schaute den Betrachter aus dem dunkel gehaltenen Hintergrund des Bildes, von dem ihn nur sein weißer Kragen absetzte, herausfordernd an.

»Sieh mal hier, Jo. Lord William Kerring, 1696 bis 1750. Der ist nicht sehr alt geworden!«

»Für seine Zeit war das schon beachtlich. Ist das der Lord, von dem du annimmst, daß ihm die Kommode gehörte?« Sie stellte sich vor das hochformatige Gemälde, um das Gesicht dieses Mannes, der eine so wichtige Rolle für ihre Freundin spielte, besser betrachten zu können.

Viviane wurde immer aufgeregter. Sie starrte auf das Gesicht des Lords, das schon seit fast dreihundert Jahren auf die Besucher seines ehemaligen Heimes herabschaute.

»Laß uns sofort in die Bibliothek gehen. Vielleicht hat er etwas aufgeschrieben.« Mit einem letzten Blick auf das Gesicht des Lords, in dessen Ledermappe die Notenblätter gelegen hatten, lief Viviane in Richtung des Turms davon.

»Jetzt warte doch mal!« Jo folgte ihrer Freundin mit klappernden Absätzen, denn auf dem Steinfußboden lag in diesem Teil des Hauses kein Teppich.

Viviane stand in dem quadratischen Raum, dessen Wände über mehrere Etagen mit Bücherregalen bedeckt waren. Eine Leiter ermöglichte das Erreichen der Regale bis zu einer Höhe von drei Metern. Die übrigen Regale waren mit Hilfe einer Wendeltreppe zugänglich. Und das war erst ein Raum! Viviane seufzte entmutigt.

»Um das hier durchzusehen, brauchen wir mindestens zwei Wochen!«

»Dann fangen wir wohl besser an. Hat das Buch, nach dem wir suchen, einen Titel?« Jo nahm ein in Leder gebundenes dickes Buch aus dem unteren Regal. »The Royal Horticultural Society, und die Pflanzen sind alle noch handgemalt!«

»Ich weiß nicht einmal, ob es ein Buch gibt. Hmm, das war mehr so eine Idee, weißt du.« Viviane zog wahllos einen schmalen großformatigen Band aus einem der Regale, den sie nach kurzem Durchblättern wieder zurückstellte. »Weil dieser William die Kommode hat anfertigen lassen und die Noten in einer Mappe mit seinen Initialen lagen, dachte ich. Übrigens hat auch Brian vermutet, daß es noch Unterlagen aus der Zeit gibt.«

Jo ließ sich auf einem der massiven lederbezogenen Stühle nieder. »Ach so«, sagte sie gedehnt. »Brian war der Experte, der anhand der Beschläge die Bestimmung vorgenommen hat, ja?«

»Genau.«

»Na schön, ist ja sein Job, das Herausfinden von Informationen zur Provenienz eines Stückes. Der wird dich also nicht umsonst hierhergeschickt haben. Dann mal los. Ich fange auf dieser Seite an. Auf die Leiter klettere ich nicht, ich hasse Höhen!«

Nach einiger Zeit stillen Suchens meldete sich Jo. »Wonach soll ich denn genau suchen? Nach der Geschichte dieser Kerrings, oder was?«

»Nach allem, das irgendwie Auskunft über William Kerring geben könnte, Geschichte des Hauses, der Familie, na, so in die Richtung eben.«

Die Regale wiesen keine Beschriftungen auf, und ein System der Sortierung war nicht zu erkennen. Es schien zwar so, als wären in den unteren Bereichen hauptsächlich Nachschlagewerke zu finden, doch stieß Viviane auch oben auf einige Reihen, die sich etwa mit englischer und französischer Literatur des 18. Jahrhunderts befaßten. Nach zwei Stunden hatten sie weder etwas zur Familiengeschichte noch zur Geschichte der Grafschaft gefunden, und ein Drittel des unteren Raumes lag noch vor ihnen.

»Vivi, laß uns eine Pause machen. Mir tut schon der Rücken weh. Wir gehen schwimmen und machen dann weiter, in Ordnung?«

»Warte, Jo, ich möchte hier noch schauen.« Viviane streckte sich, um an ein kleines abgewetztes Buch zu kommen, das im obersten Regal stand. Auf dem Buchrücken stand in kaum lesbarer Schrift »Kent«.

Sie kletterte mit dem Buch in der Hand hinunter und setzte sich auf einen der Stühle neben Jo, die Dehnübungen machte, um ihren Rücken wieder zu lockern.

»Hör dir das an, immerhin werden hier die Kerrings erwähnt. In den Adelsstand wurde die Familie unter dem Großvater von William Kerring erhoben. Das war unter der Regentschaft von Jakob II. Es heißt hier, daß sich Williams Großvater bei der Flucht von Jakob II. verdient gemacht hat.«

Jo ergänzte: »Ja, die Jakobiner. Das war eine blutige Zeit. Da ging es um die Vertreibung der Katholiken und den Einfluß der Franzosen auf die englische Politik.«

»Viel mehr gibt der Text nicht her, nur daß William zwei Söhne hatte, George und Henry, und eine Tochter, Meredith. George war der Erstgeborene und wurde nach dem relativ frühen Tod von William sein Nachfolger.« Viviane las stumm weiter.

»Und über die finanziellen Verhältnisse steht dort nichts? Vielleicht, wo sie ihre Möbel gekauft haben, wer der Hausmaler war?« fragte Jo.

»Nein, nichts weiter.« Enttäuscht stand Viviane auf. »Das kann doch nicht alles gewesen sein. So eine alte Familie muß ein Stammbuch haben und Aufzeichnungen über die geschäftlichen Aktivitäten, die Pächter und all diese Dinge.«

»Laß uns später weitermachen.« Jo streckte die Arme aus und sah nach oben. »Da wartet noch jede Menge Material auf uns.«

Nach einem Bad und einer belebenden Massage saßen die beiden Frauen bei Tee und Sandwiches in der Lobby, als sie einen schlanken Mann in elegantem Busineßanzug bemerkten, der mit Linda Harris sprach. Die Rezeptionistin deutete auf Viviane und Jo, und der Mann nickte, drehte sich um und steuerte direkt auf sie zu.

»Darf ich mich vorstellen? Justin Kerring.« Er reichte beiden Frauen die Hand und nahm, nachdem sie ihn dazu aufgefordert hatten, an ihrem Tisch Platz.

Die Manieren von Lord Kerring entsprachen seinem gesellschaftlichen Rang. Seine energischen Bewegungen und die sehr kurz geschnittenen Haare lenkten von den tiefen Falten um Mund und Nase und Tränensäcken unter den Augen ab. Dennoch schätzte Viviane ihn auf sechzig Jahre. Bläulichrote Äderchen auf Nase und Wangen ließen Viviane annehmen, daß Lord Kerring ein Freund alkoholischer Getränke war.

»Lord Kerring«, begann Viviane, doch eine kleine Handbewegung unterbrach sie.

»Moment, bitte.« Lord Kerring lächelte entschuldigend und winkte einen Kellner herbei, der gerade mit einem Tablett durch die Halle eilte. Er bestellte sich Kaffee und Scotch. »Entschuldigung, was wollten Sie sagen?«

Viviane war etwas verunsichert und wollte den Mann mit ihrer Frage nach seinen Vorfahren keineswegs vor den Kopf stoßen. Sie räusperte sich. »Es geht um ein Möbelstück, das durch eine Erbschaft in meinen Besitz gekommen ist. Ich bin aus verschiedenen Gründen sehr an der Herkunft dieses Möbels interessiert. Ein Experte, Brian Stevens, hat mir gesagt, daß das Stück aus dem Besitz Ihrer Familie stammt. Und …«

Etwas hilflos sah sie ihr Gegenüber an. Lord Kerring blickte jedoch in eine andere Richtung. Der Kellner brachte die Getränke, und erst als Lord Kerring einen Schluck Scotch getrunken hatte, wandte er sich wieder der jungen Frau zu.

»Was haben Sie gesagt? Ein Möbelstück? Das müssen Sie genauer erklären.« Er machte eine ausladende Handbewegung. »Es gibt hier so viele alte Stücke.« Mißbilligend verzog er die Mundwinkel. »Ich liebe dieses Haus, wissen Sie. Es ist mein Haus, mein Elternhaus, das Haus meiner Vorväter. Diese Hotelidee stammt von meinem Steuerberater. Tja, was soll ich machen? Die Geschäfte laufen schlecht, und mein lieber Vater, Gott hab ihn selig, hat den Rest durchgebracht.«

Jo und Viviane sahen den Lord erstaunt an, denn mit einem derartigen Gefühlsausbruch hatten sie nicht gerechnet.

Den Blick in die Ferne gerichtet, fuhr Lord Kerring, das Scotchglas in der Hand, fort: »Er hat das Land zu einem Spottpreis verkauft. Als Geschäftsmann taugte er nicht viel. Er hat zwar in Oxford studiert, aber eben Literatur und nicht Wirtschaft. Meine Mutter sagte immer, sie habe einen Träumer geheiratet. Ich denke, sie war enttäuscht, als das Geld immer weniger wurde und sie ihren aufwendigen Lebensstil reduzieren mußte.« Er sah die beiden Frauen an. »Sie war sehr schön und wesentlich jünger als mein Vater. Nach seinem Tod hat sie einen reichen schwedischen Industriellen aus der Papierbranche geheiratet. Ich habe ihn nie gemocht. Wahrscheinlich war ich auch eifersüchtig. Hmm, verzeihen Sie mir, ich bin mal wieder ins Schwadronieren gekommen. Meine Lebensgeschichte dürfte Sie kaum interessieren.«

Viviane lächelte verständnisvoll. »Es muß schwer für Sie gewesen sein, das Haus für Gäste zu öffnen. Ich kann das verstehen.«

Lord Kerring setzte das Glas ab, nahm einen großen Schluck Kaffee und sagte: »Ja, es war nicht leicht, aber ich habe noch einige Räume für mich behalten, in die ich mich während meiner Aufenthalte hier zurückziehen kann. Ich habe viele glückliche Erinnerungen, die mit dem Haus und dem Park verbunden sind.« Er nickte gedankenverloren. »Aber jetzt sagen Sie mir doch, um welches Möbelstück handelt es sich und wann ungefähr war es im Besitz meiner Familie?«

Viviane erklärte ausführlich, was sie wußte, und erwähnte auch die Sonate. Sie schloß mit den Worten: »... und wir waren schon in der Bibliothek, aber die ist so umfangreich, daß unsere Suche bisher erfolglos geblieben ist.«

»Das wird sie auch bleiben, denn es gibt kaum Unterlagen über die Familiengeschichte, jedenfalls nicht über die familiären Verhältnisse. Einige Historiker haben sich mit den politischen Intrigen und Verstrickungen der Kerrings unter den verschiedenen Königen befaßt. Es gibt Stammbäume und ...«

In diesem Moment kam Linda Harris an ihren Tisch. »Lord Kerring. Ein dringendes Telefongespräch für Sie. Soll ich den Anruf in Ihr Büro durchstellen?«

»Ja. Entschuldigen Sie mich.« Mit einem höflichen Nicken entfernte sich der Mann, der unfreiwillig zum Hotelier geworden war.

Leise, mit einem Blick auf den davoneilenden Lord, flüsterte Jo ihrer Freundin zu: »Der Arme. Ich glaube, er leidet sehr darunter, daß er in seinem Haus nicht mehr tun kann, was er möchte.«

»Das denke ich auch. Obwohl, so schlimm ist es doch auch nicht. Schließlich kann heute kaum jemand so einen riesigen Kasten finanzieren. Immerhin mußte er noch nicht verkaufen.« Viviane biß in ein Gurkensandwich.

»Und er wollte noch mehr sagen. Schade, daß er ausgerechnet jetzt ans Telefon gerufen wurde.«

Viviane wischte sich mit einer Serviette den Mund ab, als Linda Harris erneut an ihren Tisch trat. »Lord Kerring bittet Sie, in sein Büro zu kommen, er möchte dort mit Ihnen noch etwas besprechen. Wenn Sie mir folgen möchten?«

Überrascht sahen sich die beiden Frauen an, dann sagte Viviane: »Natürlich, gerne.«

Linda Harris führte sie hinter den Rezeptionstresen und in ein geräumiges Büro. Hinter einem massiven Schreibtisch, dessen Marmorplatte mit Papieren und Akten übersät war, saß Lord Kerring, immer noch in ein Telefonat vertieft. Er winkte den Frauen und deutete auf zwei Sessel, die vor dem Schreibtisch standen. Linda Harris zog sich zurück und schloß die Tür hinter sich. Viviane sah sich um und entdeckte neben Bücherregalen und Bildern ein Schreibpult, das ihrer Kommode im Stil sehr ähnlich war.

Lord Kerring beendete sein Gespräch und bemerkte: »Sie haben das Pult entdeckt. Ja, wissen Sie, als Sie die Sonate erwähnten, fiel es mir wieder ein.« Er erhob sich und ging auf das Pult zu. Mit den Fingern strich er über die Messingbeschläge, die an zwei Schubladen zu sehen waren. »W und K. Auch hier stehen seine Initialen. Sie sind da auf eine Geschichte gestoßen, die schon lange zurückliegt und dennoch … Sie ist nie vergessen worden und von einem Kerring an den nächsten überliefert worden.« Er stützte sich lässig auf das Pult. »Ich nehme an, daß man an langen Winterabenden, an denen die Unterhaltung aus Büchern, Hausmusik oder einer gut erzählten Geschichte bestand, nur zu gern eine tragische Familienlegende zum besten gab.«

Viviane straffte den Rücken und schaute Justin Kerring aufmerksam an. »Sie meinen, es gibt eine Geschichte zu dieser Sonate?«

Auch Jo hatte sich so in ihrem Sessel gedreht, daß sie das Pult betrachten konnte. Lord Kerring genoß ganz offensichtlich die gespannte Aufmerksamkeit seiner Gäste.

»Ich habe diese Geschichte seit Jahren niemandem mehr erzählt, aber ich freue mich, daß Sie mich wieder daran erinnert haben, denn sie ist ausgesprochen faszinierend.« Er hob die Schultern. »Dichtung und Wahrheit liegen oft dicht beieinander. Was im Laufe der Zeit von den verschiedenen

Erzählern hinzugefügt oder aus dramaturgischen Gründen weggelassen wurde, kann ich nicht sagen. Ich erzähle Ihnen, was mein Vater mir das erste Mal erzählt hat, als ich zwölf Jahre alt war.«

Draußen regnete es noch immer, doch Viviane nahm die Witterungsverhältnisse nicht wahr. Ihre ganze Aufmerksamkeit galt dem Mann vor ihr, der vielleicht endlich aufklären würde, wer die Sonate geschrieben hatte. Mit auf dem Rücken verschränkten Händen stellte sich Lord Kerring vor das Fenster, so daß sein Gesicht im Schatten lag. Seine Stimme erfüllte den Raum und ließ die Vergangenheit lebendig werden:

»Der Mann, dessen Initialen Sie zu mir geführt haben, war jener Lord William Kerring, der in der Tat die Kommode bei einem Tischler in Auftrag gab. Wie es dazu kam, will ich berichten. Die folgenden Ereignisse spielten sich im Jahr 1748 ab. Lord William war ein gebildeter Mann, ein gerechter Gutsherr und ein gerngesehener Gast am königlichen Hof, an dem er sich jedoch eher selten blicken ließ, denn er reiste viel. In jenem Herbst hatte er eine Reise nach Italien und Frankreich unternommen. Der Grund dafür war die bevorstehende Heirat seiner Tochter Meredith mit einem angesehenen Mitglied des Adelsstandes, dem Grafen von Chanceley. Lord William hatte zwei Söhne und diese Tochter, die er über die Maßen verwöhnte. Meredith sollte für ihre Aussteuer nur die feinsten Stoffe, das schönste Porzellan und die edelsten Kleider erhalten. Sie erhielt Unterricht von Privatlehrern und soll sehr anmutig, wenn auch nicht von großer Schönheit gewesen sein. Um all diese Dinge für sein Kind zu erwerben, war Lord William auf den Kontinent gereist. Auf der Rückreise, er befand sich auf der Überfahrt von Calais nach Dover, traf William auf zwei junge Musiker aus Böhmen. Während der gemeinsam an Deck verbrachten Stunden vertraute sich der junge Komponist William an.«

Lord Kerring machte eine Pause, während deren Viviane

unruhig in ihrem Sessel hin und her rutschte. Ein böhmischer Komponist! Jo tätschelte ihr den Arm.

»Der Name des Komponisten war Jarek Vacata.«

»Jarek Vacata heißt du also ...«, Viviane hielt sich mit den Händen an der Sessellehne fest.

»Soll ich fortfahren?«

Viviane nickte. »Bitte. Ich bin ganz still.«

»Gut. Also dieser Vacata reiste mit seiner Freundin, einer Geigerin, von der nur ihr Vorname überliefert ist: Lida. Die beiden Musiker waren wohl ziemlich arm. Jedenfalls beeindruckten sie William mit ihrer Musik derart, daß dieser ihnen ein Angebot machte: Er würde die Überfahrt bezahlen und sie nach Kent einladen, wenn die Böhmen bis zur Hochzeit seiner Tochter blieben, zum Fest spielten und für diesen besonderen Anlaß ein Stück komponierten. Jarek Vacata erklärte sich damit einverstanden. William war sehr von Lidas fragiler Schönheit und ihrem meisterlichen Spiel beeindruckt, und es überraschte ihn nicht, daß Vacata und Lida heiraten wollten. Doch es stellte sich heraus, daß sie vor einem böhmischen Fürsten auf der Flucht waren.

Lida war die Geliebte des Fürsten gewesen, bis sie sich aufgrund einer Violinsonate, die Vacata für sie geschrieben hatte, in den jungen Komponisten verliebte. William hielt die Furcht vor Verfolgung durch den böhmischen Fürsten, gerade weil er selbst gut mit den Habsburgern stand, für übertrieben.«

Lord Kerring machte eine dramatische Geste. »Er sollte bald eines Besseren belehrt werden. William ließ die Waren, die er auf dem Kontinent gekauft hatte, von Dover nach Kent bringen. Er selbst fuhr mit seiner Kutsche und zwei bewaffneten Reitern auf sein Gut zurück. Der Komponist und die Geigerin saßen mit in der Kutsche, die sie in die Grafschaft bringen sollte. Da er die wertvollen Waren vorweggeschickt hatte, machte William sich keine Sorgen um einen möglichen Überfall und war um so überraschter, als in einer unübersichtlichen Wegbiegung bewaffnete Reiter aus dem Wald preschten, den Kutscher erschossen, Lord Williams Bewacher ausschalteten und die Türen der Kutsche aufrissen. William muß diese Szene nie vergessen haben, denn sie ist so detailgenau überliefert worden, daß ich nicht glaube, man hat das alles erfunden.

Jedenfalls heißt es, daß die Angreifer Vacata, der Lida beschützen wollte, mit einem Säbelhieb niederstreckten, die Frau entführten und den überraschten William mit dem sterbenden Komponisten zurückließen.«

Jo seufzte tief. »Meine Güte, wie furchtbar! Hat man die Frau wiedergefunden?«

Kerring schüttelte den Kopf und setzte sich wieder hinter seinen Schreibtisch. »Nein, die Frau blieb verschwunden. William ließ den glücklosen Vacata auf seinem Grund begraben ...«

»Wo?« fragte Viviane atemlos.

»Dazu komme ich noch.« Kerring wollte seine Geschichte erst zu Ende führen. »Wissen Sie, es war diese Musik, diese Violinsonate, die Jarek Vacata für seine Lida komponiert hatte, die den armen William so unglücklich machte. Erst als sie die Musik erwähnten, fiel mir überhaupt die ganze Geschichte wieder ein. Das fand ich als Kind schon so faszinierend, daß ein Musikstück so viel auslösen konnte.

William hat die Sonate seiner Tochter Meredith geschenkt, als Hochzeitsgeschenk, da der Komponist ja kein neues Stück schreiben konnte. Jedenfalls hat seine Tochter das Stück Tag und Nacht gespielt. Leider hat sie sich dabei in ihren Musiklehrer verliebt und ist bei Nacht und Nebel mit diesem Bürgerlichen nach Amerika ausgewandert. William konnte den Verlust nicht verwinden und starb ein Jahr darauf an gebrochenem Herzen. Meredith' Bruder George, der im amerikanischen Bürgerkrieg für England kämpfte, hat seine Schwester irgendwo bei Boston wiedergesehen.«

Lord Kerring machte eine bedeutsame Pause. Nur das Klopfen der Regentropfen an den Fensterscheiben war zu hören. »Meredith hat den Musiklehrer geheiratet, doch er starb noch im ersten Ehejahr an irgendeiner Seuche, und die junge Witwe schlug sich mehr schlecht als recht mit Musikstunden durch. Sie ist nie nach England zurückgekehrt.«

Viviane sah die junge Adlige vor sich, die, von der wundervollen Musik berauscht, sich in den Musiklehrer verliebte und dann so bitter in der Neuen Welt um ihr Dasein kämpfen mußte. »Und die Sonate, was ist aus der Sonate geworden?« fragte sie leise.

Kerring stand wieder auf und ging auf das Pult zu. Er nestelte an der Schreibplatte herum und zog schließlich eine Leiste heraus. »Sehen Sie dieses Geheimfach hier? Lord William ließ verschiedene Möbelstücke mit solchen Fächern anfertigen. Die Kommode war für die Aussteuer seiner Tochter bestimmt. Nachdem Meredith ihn so enttäuscht hatte, legte er die Sonate in das Fach der Kommode und verkaufte alles, was für sie bestimmt gewesen war. Damit fand die Geschichte dann ihr trauriges Ende.« Lord Kerring steckte die Leiste zurück an ihren Platz und legte seine Hände, wie zur Bekräftigung seiner Geschichte, auf das Schreibpult.

»Das ist unglaublich. Ich hätte nie damit gerechnet …« Viviane konnte kaum fassen, daß sie eben die alles auslösenden Geschehnisse des Jahres 1748 gehört hatte. 1748 – dann stimmten die Einordnungen von Richter und Straberger. Die Sonate war Mitte des 18. Jahrhunderts von einem Böhmen geschrieben worden. Böhmen und Mähren gehörten heute zu Tschechien, also stimmte die Vermutung, ein Tscheche wäre der Urheber der Musik. Die Kerrings hatten diese Geschichte über drei Jahrhunderte bewahrt.

»Warum wurde das alles nie aufgeschrieben? Und warum wurde nie nach der Geigerin gesucht?« Viviane knetete nervös ihre Hände, denn sie konnte es kaum erwarten, Jarek Vacatas Grab, das sich ganz in der Nähe befinden mußte, zu sehen.

Lord Kerring strich sich über sein Kinn. Er sah müde und desillusioniert aus. »Ich könnte genausogut fragen, warum man das hätte niederschreiben sollen? Wer von Williams Familie hätte diese Dinge aufschreiben sollen? Er selbst? Der Verlust seiner Tochter hat ihn frühzeitig ins Grab getrieben. Sein Sohn? George zog in den amerikanischen Bürgerkrieg. Die Greuel des Krieges haben ihn sicher ein Leben lang nicht losgelassen, und schließlich hat er seine Schwester in dem Land zurückgelassen, das er noch nicht einmal für seinen König halten konnte.«

Jo nickte zustimmend. »Und dennoch hat die Familie nie vergessen, was passiert ist, und die Ereignisse an die Nachkommen weitergegeben. Allein daran kann man sehen, wie sehr die Familie von der Geschichte beeindruckt worden sein muß.«

Lord Kerring setzte ein schiefes Lächeln auf. »Ganz ehrlich – ich fand die Geschichte irgendwie unheimlich. So viele unglückselige Umstände verketten sich, und ausgelöst wurden sie allein durch eine Violinsonate – das muß die Phantasie ja anregen! Warum soll es meinen Vorfahren anders gegangen sein?«

Viviane wollte gerade etwas fragen, als ihr Handy klingelte. Sie entschuldigte sich und nahm das Gespräch entgegen.

Angela klang aufgeregt und schien den Tränen nahe. »Viviane, oh, es tut mir leid, dich zu stören, aber ich weiß nicht, was ich tun soll. Es geht ihm so schlecht, und er hat sich unter deinem Bett verkrochen. Der arme kleine Kerl. Er würgt und will sich übergeben, aber dann krampft sich sein Körper wieder zusammen …«

»Langsam, Angela. Sprichst du von Miko?« Viviane stand auf und ging ans Fenster.

»Ja. Ich bin heute morgen gekommen, und da fand ich ihn nicht. Durch das ganze Haus bin ich gelaufen, durch den Garten, zu Leni, und dann habe ich ihn gehört, weil er gewürgt und gejammert hat. Er liegt immer noch oben, will nichts fressen und nicht herauskommen.«

»Okay, Angela. Da liegt doch Barbaras Nummer auf dem

Tisch und darunter steht auch die des Tierarztes. Du rufst zuerst Barbara an und bittest sie zu kommen, und dann rufst du den Tierarzt an und sagst ihm, es handelt sich um einen Notfall. Jetzt gehst du nach oben und machst die Tür zum Schlafzimmer zu, damit Miko nicht vor Angst wegläuft, wenn er die fremden Leute hört.«

»Gut, mach ich. Ich weiß gar nicht, was er haben könnte. Gestern war er noch putzmunter. Ich habe ihn abends noch in den Garten gelassen, und dann ist er ins Haus gekommen. Da war noch alles in Ordnung.«

»Du kannst ihm jetzt am besten helfen, indem du den Tierarzt und Barbara anrufst. Die kennt sich mit Tieren aus und kann ihn zur Not mitnehmen, falls er Betreuung rund um die Uhr braucht. Ich lege jetzt auf, Angela. Ich weiß, ich kann mich auf dich verlassen.«

Viviane war alles andere als beruhigt, denn wenn Angela derart verstört über Mikos Zustand war, mußte es dem kleinen Kater sehr schlecht gehen. Er war alt, das wußte Viviane, aber er hatte keine Anzeichen irgendeiner Krankheit oder auch nur von Altersschwäche gehabt.

Jo kam zu ihr ans Fenster. »Was ist denn passiert? Du siehst besorgt aus.«

»Meine Katze ist krank, ganz unerwartet. Ich wußte gar nicht, wie sehr ich an dem kleinen Kerl hänge. Mir ist ganz schlecht vor Sorge.« Sie starrte auf das Handy in ihrer Hand.

»Aber es kümmert sich jemand um ihn, ja?« Jo legte ihr beruhigend einen Arm um die Schulter.

»Schon, aber ich wäre lieber selbst bei ihm. Irgendwie denke ich, daß ich ihn im Stich gelassen habe. Ich war so oft weg in letzter Zeit, und nun bin ich auch noch fort, wo er mich wirklich braucht.«

»Warte erst mal ab. Manchmal sieht es schlimmer aus, als es ist.« Das klang vernünftig, und Viviane wollte gerne glauben, daß sie überreagiert hatte. Jarek Vacata lag hier auf dem Anwesen der Kerrings begraben. Sie mußte sein Grab sehen.

»Das Grab.« Alle Farbe wich aus Vivianes Gesicht bei dem Gedanken, die letzte Ruhestätte des außergewöhnlichen Komponisten nun selbst in Augenschein nehmen zu können.

Jo warf einen Blick aus dem Fenster. »Holen wir unsere Jacken, soweit ich mich erinnere, liegt die Kapelle ein ganzes Stück entfernt.« Sie sah zu Lord Kerring. »Das heißt, wenn das Grab auch dort liegt?«

Kerring nickte zustimmend.

»Wir sind daran vorbeigekommen, und ich habe sein Grab nicht bemerkt«, murmelte Viviane.

»Du bist ja nun auch kein Medium oder so was.« Jo ging hinter ihr her.

»Geht es Ihrer Freundin gut?« hörte Viviane Lord Kerring fragen.

»Ich denke, sie hat nicht damit gerechnet, heute die ganze Geschichte zu hören, sondern war nur auf einen neuen Hinweis gefaßt.«

Der Regen hatte ein wenig nachgelassen, als sie zu dritt auf die Terrasse traten. Lord Kerring hatte sich eine wetterfeste Wachstuchjacke angezogen und im Gegensatz zu den Frauen auf einen Regenschirm verzichtet. Er streckte sein Gesicht dem Regen entgegen.

»Hier ist das Regenwasser wenigstens noch sauber. In London kommt alles schwarz vom Himmel. Kommen Sie, wir gehen hier entlang.«

Zielstrebig ging er durch den Park auf ein von wildem Efeu fast überwuchertes schmiedeeisernes Tor an der Grenze zum Wald zu. Er öffnete es und ließ die Frauen hindurchtreten.

»Ich habe die Kapelle noch nicht renovieren lassen. Mir gefällt es so. Der Park ist groß genug, was brauchen die Gäste noch alte Gräber zu sehen, davon gibt es in der Umgebung reichlich.«

Sie folgten dem erstaunlich flinken Mann auf einem Pfad, den nur ein Eingeweihter noch unter dem dichten langen

Gras, das sich im Winter als feste Matte über alle Kriechpflanzen legte, erahnen konnte. Über Lord Kerrings Erzählung war der Nachmittag weit fortgeschritten. Die Sonne versank langsam hinter den Bäumen und warf nur noch ein schwaches rötliches Licht durch die Wolken. Der Regen hörte ganz auf, und sie konnten die Schirme schließen. Viviane versuchte, sich an den Weg zu erinnern, auf dem sie am Vortag zur Kapelle gelangt waren, doch sie gab bald auf, denn zum einen waren sie von der entgegengesetzten Seite gekommen und zum anderen waren sie planlos durch den Wald geirrt. Nach einem Fußmarsch von knapp zehn Minuten gelangten sie über eine schmale steinerne Brücke, unter der ein Bach entlangfloß, zur Kapelle des Kerringschen Anwesens.

Im Licht der untergehenden Sonne wirkte der rechteckige Bau imposanter als am Vortag. Die Längsseiten wurden von hohen spitzbögigen Fenstern gegliedert, die dem Geometrischen Stil zuzuordnen waren, wie Lord Kerring erklärte. Damit lag die Entstehungszeit der Kapelle um etwa 1300. Jo und Viviane bewunderten die schön geschwungenen Dreiblattfenster, und Jo fragte:

»Warum liegt die Kapelle denn so weit entfernt vom Haus? Normalerweise sind Familienkapellen doch Teil des Herrenhauses?«

Kerring schüttelte den Kopf. »Nicht unbedingt. Die Kapelle ist außerdem wesentlich älter als das Anwesen. Sie hat zu den Höfen der Nachbarschaft gehört, bevor der König einem Kerring das Land schenkte und ihn damit zum Herrn auch über die umliegenden Höfe und Dörfer machte.«

Viviane hatte den letzten Worten schon keine Aufmerksamkeit mehr geschenkt. Seitlich des sakralen Baus standen zwischen verwildertem Buschwerk und einzelnen kahlen Laubbäumen Grabsteine, denen man die Spuren der Zeit ansah. Einige ragten nur noch halb aus dem Erdreich, andere waren umgefallen oder standen schief zwischen hohem Gras und Farn. Viviane entfernte Blätter und Moos von einem

Stein, der direkt unter einer Trauerweide stand. Die eingemeißelten Buchstaben waren kaum noch lesbar, doch dort stand sein Name:

Jarek Vacata died in 1748
Bohemian Composer
May his Poor Soul rest in Peace

Viviane fuhr mit den Fingern, die klamm von der feuchtkalten Luft waren, über die Worte, die bestätigten, daß hier der Verfasser jener Sonate lag, die nicht nur sie allein derart gefesselt hatte.

»Böhmischer Komponist, möge seine Seele in Frieden ruhen«, wiederholte sie den Schriftzug. Aber konnte seine Seele Frieden finden, solange sein Tod ungerächt und das Verschwinden seiner Geliebten ungeklärt war?

Jo und der Hausherr kamen zu ihr und schauten sich den alten Grabstein an. Lord Kerring deutete auf die Trauerweide.

»Die hat bestimmt William pflanzen lassen, aber sicher noch bevor er wußte, was die Musik bei seiner Tochter anrichten würde. Welch eine Tragödie!« Er sah zu Viviane hin, die immer noch in Gedanken versunken auf den Stein starrte.

Sie dachte an die beiden jungen Musiker aus Böhmen, die für ihre Liebe geflohen waren und denen ein gemeinsames Glück nicht vergönnt gewesen war. Genausowenig wie der Tochter von Lord William. Arme Lida. Was war aus ihr geworden? Sie legte eine Hand auf den Grabstein. Für Jarek, dessen wunderschöne Musik untrennbar mit Liebe und Leid verbunden war, wollte sie herausfinden, was aus seiner Geliebten geworden war. Das hier war nicht die vollständige Lösung des Rätsels. Sie wußte nun, wie der Name des Komponisten lautete und für wen die Sonate bestimmt war, aber welcher Fürst hatte die gedungenen Mörder bezahlt und die Geigerin entführen lassen? In Böhmen hatte alles angefangen, und dorthin würde sie gehen, um die Sache zu Ende zu bringen. Durch Marie war die Sonate in ihren Besitz gelangt, und durch die außergewöhnliche Wirkung des Musikstücks auf sie selbst war sie mehr ein Teil dieser mysteriösen Geschichte geworden, als ihr lieb war. Ihr Schicksal war, genau wie das ihrer Tante, mit dem der Familie Habart verbunden, und es war müßig, darüber nachzugrübeln, ob das alles Zufall oder Bestimmung war.

Jo legte ihr sanft eine Hand auf die Schulter. »Na komm, Vivi. Du siehst ganz blaß aus. Wir gehen jetzt etwas trinken.« Sie hakte ihre Freundin, die immer noch abwesend schien, unter und nickte Kerring zu, der wieder vorausging.

Im Hotel angekommen, lud Lord Kerring sie zu einem Drink ein. »Daß Sie hierhergefunden haben, ist ein Wink des Schicksals. Vielleicht sollte die Geschichte dieser Sonate, die auf so dramatische Weise mit den Geschicken meiner Familie verbunden ist, nicht in Vergessenheit geraten. Ich habe keine Kinder, denen ich sie erzählen könnte.« Er ließ sich sein Scotchglas auffüllen.

Viviane betrachtete das kantige Gesicht und die darin eingegrabenen Lebensspuren. »Sie sollten die Geschichte aufschreiben.«

Lord Kerring prostete ihr zu. »Das werde ich, wenn Sie mir berichten, was Sie noch herausfinden.« Er sah sie prüfend an. »Sie sind noch nicht am Ende der Geschichte angelangt.«

»Nein, das bin ich nicht. Ich komme wieder und werde Ihnen alles erzählen. Versprochen.« Sie erhob ebenfalls ihr Glas, nahm einen Schluck des süßen Portweins und entschuldigte sich dann. Mikos Zustand ließ ihr keine Ruhe. Sie wollte Barbara anrufen, um zu hören, wie es ihrem Kater ging. In ihrem Hotelzimmer setzte sie sich auf ihr Bett und wählte Barbaras Nummer.

»Baukmann, guten Tag.«

»Christian, hallo, wie geht es euch?«

Christian schien überrascht, oder sie hatte ihn gestört. »Hmm, Viviane, du bist es. Uns geht's gut, danke. Wie läuft es denn bei dir in England? Da bist du doch, oder?«

»Ja. Die Reise hat sich gelohnt. Außerdem habe ich mich mit Jo getroffen, aber eigentlich wollte ich nach Miko fragen. Hat Angela sich bei euch gemeldet?«

»Ja. Warte, da kommt Barbara. Sie hat sich um ihn gekümmert.«

Christian reichte das Gespräch an seine Frau weiter.

»Viviane, wann kommst du denn zurück?«

»Warum, ist es so schlimm? Dann fahre ich sofort morgen früh!« Irgend etwas in Barbaras Stimme alarmierte sie.

»Nein, sein Zustand ist stabil. Er ist eben alt. Wir haben ihn hier bei uns. Erhol dich noch gut. Wir sehen uns, wenn du wieder hier bist.«

»Danke, Barbara. Dann komme ich übermorgen und hole Miko sofort bei euch ab. Ihr seid sehr lieb, daß ihr euch um ihn kümmert.«

»Hmm, Lilli und Christopher lassen dich grüßen. Mach's gut Viviane!«

Viviane legte mit ungutem Gefühl auf. Barbara und Christian hatten so verhalten geklungen, ganz anders als sonst, aber vielleicht hatte sie auch nur zu einem ungünstigen Zeitpunkt angerufen. Den nächsten Tag verbrachte sie mit Jo, doch sie war eine unaufmerksame Begleiterin. Weder der Spaziergang noch das Schwimmen, die Saunagänge oder das reichhaltige Abendessen lenkten sie wirklich ab. In Gedanken war sie schon zu Hause, sorgte sich um Miko und plante ihre unumgängliche Fahrt nach Prag, um Lidas Schicksal aufzudecken und um von Alois endlich die ganze Wahrheit zu hören.

Jo umarmte sie zum Abschied und drückte sie lange an sich.

»Ich wünsche dir von ganzem Herzen, daß du findest, was du suchst. Manchmal ist es das Nächstliegende, weißt du. Hoffentlich ist deine Katze wieder auf den Beinen. Laß uns nicht zu lange warten, bis wir uns das nächste Mal wiedersehen. Bye, Vivi!«

»Danke, Jo. Tut mir leid, daß ich keine gute Gesellschaft war.« Viviane erwiderte die Umarmung herzlich und fühlte sich etwas verloren, als sie ihre Freundin schließlich die Auffahrt hinunterfahren sah. Kurz hinter Tenterden trennten sich ihre Wege, denn Jo fuhr weiter westlich Richtung Southampton und Viviane in den Norden.

KAPITEL 20

Während des Fluges und der Autofahrt hatte Viviane unablässig darüber nachgesonnen, um welchen böhmischen Fürsten es sich bei Jarek Vacatas Mäzen gehandelt haben konnte. Wie sollte sie das herausbringen, wenn es keinerlei Aufzeichnungen über das Leben des Komponisten gab, und der um die Geliebte Betrogene wäre sicher der letzte gewesen, den musikalischen Nachlaß des verhaßten Nebenbuhlers zu veröffentlichen. Darüber hinaus wurde ihr in zunehmendem Maße bewußt, daß dieses historische Rätsel nicht die Erklärung für Alois' beharrliches Schweigen über die Noten sein konnte. Es ging um mehr als einen verjährten Mord aus dem 18. Jahrhundert.

Viviane lenkte ihren Wagen am frühen Nachmittag in die Einfahrt des Baukmannschen Hofes. Auf der Koppel vor dem Haus liefen drei Ponys und zwei Hannoveraner. Lilli ging in Reitkleidung auf eines der Pferde zu, als sie Viviane erkannte und ihr zuwinkte. Viviane parkte den Wagen vor dem alten Gutshof und ging durch die halboffene Küchentür hinein.

»Hallo! Ich bin's, Viviane«, rief sie in den Flur.

Schritte ertönten auf dem Holzfußboden, und Barbara kam aus ihrem Büro auf sie zu.

Sie nahm Viviane in die Arme und sagte: »Es tut mir so leid. Ich wollte es dir am Telefon nicht sagen.«

Viviane schluckte. »Er ist tot?«

Barbara nickte und führte Viviane in den Stall, wo sie auf eine flache Holzkiste deutete.

»Die hat Lilli für ihn gemacht. Sie wollte, daß er ein schöner Anblick ist, wenn du ihn siehst.«

Viviane öffnete vorsichtig den Deckel der Kiste und sah Miko liebevoll auf ein dunkelblaues Tuch gebettet. Sein Körper wirkte eingefallen, das Fell struppig. Rasch ließ sie den Deckel wieder fallen und konnte die Tränen nicht zurückhalten.

»Was ist passiert?« brachte sie mühsam heraus.

»Angela rief mich an, und ich bin sofort losgefahren. Der Tierarzt kam zehn Minuten später. Wir haben Miko schließlich unter deinem Bett hervorgeholt. Ich habe gleich gesehen, was los war. Rattengift! Irgend so ein Widerling muß bei euch in der Nähe Rattengift gestreut haben. Er hatte keine Chance, und der Tierarzt hat geraten, ihn sofort einschläfern zu lassen, um ihn von seinen Qualen zu erlösen. Auch wenn du hiergewesen wärst, hättest du ihm nicht helfen können.«

Barbara legte ihr tröstend den Arm um die Schultern. Sie liebte Tiere und wußte nur zu gut, wie weh es tat, eines zu verlieren. Viviane war der Freundin dankbar für ihre Anteilnahme und brauchte keine weiteren Erklärungen. Rattengift verursachte ein qualvolles Sterben, denn die vergifteten Tiere verbluteten innerlich und litten grauenvolle Schmerzen. Behutsam nahm sie die Kiste auf.

»Ich werde jetzt zu mir fahren. Danke, Barbara.« Mehr konnte sie im Moment nicht sagen und ging langsam mit ihrer traurigen Last durch den Stall.

Barbara begleitete sie und öffnete ihr draußen die Autotür. »Ruf mich an, wenn du etwas brauchst oder nur reden willst, jederzeit, hörst du?«

Mit tränenverschleiertem Blick fuhr Viviane die Landstraßen entlang. Der Weg zu ihrem Haus kam ihr endlos vor. Sie parkte den Wagen in der Einfahrt. Niemand erwartete sie. In der Garage fand sie einen Spaten. Schweren Schrittes ging sie um das Haus in den Garten. Neben dem Atelier stand ein Schlehdorn, der seine purpurroten Blätter erst spät abwarf und im Frühling blaßrosa Blüten trug. Der Boden war nicht mehr gefroren, und Viviane hob unter den schützenden Ästen des Baums das Erdreich aus. Später stand sie vor der festgetretenen Erde und ballte die Fäuste. Wut löste den Schmerz um den Verlust ab. Wer hatte das Rattengift ausgelegt? Womöglich war Lenis Dackel auch in Gefahr. Sie ging ins Haus, in dem ihr die Stille drückend entgegenschlug, rief ihre Nachbarin an und warnte sie.

Viviane ging durch das große Haus und vermied es, dorthin zu sehen, wo Miko sonst gelegen hatte. In der Küche räumte sie seine Schüsseln und die Futterdosen in einen Schrank. So hatte sie sich ihre Rückkehr nicht vorgestellt. Sie fühlte sich zum ersten Mal seit langer Zeit einsam und leer. Ihre ganze Energie, die sie angetrieben hatte, den Urheber der Sonate zu finden und das Geheimnis um Alois und Marie aufzudecken, war plötzlich verschwunden. Mit Mikos Tod war eine weitere Verbindung zu Marie abgebrochen. Dieser Einschnitt kam ausgerechnet jetzt, zu einem Zeitpunkt, zu dem es in ihrem Leben keine Stabilität gab. Sie war unsicher, was Alois anging, was die Sonate und ihre Bedeutung für einen bedrohlichen Unbekannten betraf, ihre eigene Zukunft schien ihr wieder offen und voller ungeklärter Fragen. Eine Gleichung mit zu vielen Unbekannten, dachte Viviane bitter. Der Gedanke an ein eigenes Geschäft, das sie aufbauen wollte, an die Zusammenarbeit mit Angela, hatte sie beansprucht und ihrem Leben ein Ziel gegeben. Hatte sie sich die ganzen Monate über nur etwas vorgemacht? Sie war nicht so stark wie Marie, und sie würde ihren Platz hier niemals ausfüllen können. Vielleicht sollte sie das Haus vermieten oder verkaufen und versuchen, woanders ein neues Leben zu beginnen.

Das Telefon klingelte und riß sie aus den trübsinnigen Gedanken.

»Ja?« sagte sie müde.

»Sie klingen nicht sehr munter. Wahrscheinlich fehlt Ihnen Ihr Hausgenosse, diese alte Katze?« Stojkos boshafte Stimme war wie ein Schlag ins Gesicht.

Sofort waren alle ihre Sinne geschärft, und ihr Rücken

straffte sich. »Was wissen Sie denn darüber?« Angela mußte ihm davon erzählt haben, natürlich.

»Meine Frau war so freundlich, mich darüber aufzuklären, daß die Zwischenmahlzeit ihm nicht bekommen ist.«

Vivianes Hände wurden eiskalt und umklammerten den Hörer. »Das können Sie doch nicht ...« Der Gedanke war so ungeheuerlich, daß sie ihn nicht aussprechen konnte.

»Ich kann noch viel mehr, das wollte ich Ihnen damit zeigen. Sie können das Ihren dummen Fragen und Anschuldigungen zuschreiben. Jetzt muß ich Sie bitten, mir die Originalnoten dieses Musikstücks, das sie gefunden haben, zu übergeben.«

»Aber die sind nicht hier. Ich kann sie Ihnen gar nicht geben.« Dieser Mistkerl hatte Miko auf dem Gewissen. Wahrscheinlich hatte Stojko sogar recht, denn hätte sie Stefan nicht auf seine Spur gesetzt, wäre er nicht unter Druck geraten. Ihre verzweifelte Wut nahm ihr fast den Atem.

»Dann besorgen Sie die Noten. Das dürfte ja nicht schwierig sein. Sie haben zwei Tage Zeit. Sie haben doch eine Schwäche für meine Frau und deren Balg. Ein Anruf, und die Geschichte fliegt auf.«

»Das möchte ich auf jeden Fall verhindern. Aber sagen Sie, Herr Langert«, sie versuchte, ruhig und überlegt zu bleiben, »wozu brauchen Sie denn die Noten? Woher wissen Sie überhaupt davon?«

Stojko lachte trocken. »Angela sagt mir alles, auch wenn Sie glauben, daß Sie sie mit Ihrem Gerede von mir wegtreiben. Ich werde Ihnen meinen Auftraggeber nicht verraten, da habe ich mehr Rückgrat als meine liebe Frau, wissen Sie.«

Viviane glaubte ihm nicht. Sie konnte sich doch nicht so in Angela getäuscht haben. Sollte sie ihm tatsächlich etwas gesagt haben, dann hatte er sie mißhandelt oder ihr mit dem Verrat an ihrer Familie gedroht. In diesem Augenblick blieb ihr nichts anderes übrig, als auf seine Vorschläge einzugehen. Sie wußte nicht, wie es um Angela stand und wo er sich jetzt aufhielt.

»Also, wo und wann kann ich Sie treffen, um Ihnen die Noten zu geben?«

»Nein, nein. Ich halte mich im Hintergrund. Die können Sie meiner Frau geben. Übermorgen abend werde ich sie zu Ihnen schicken. Das ist unauffällig, und man kann mich mit der Sache nicht in Verbindung bringen. Einen schönen Tag noch, Frau Byrne.«

Viviane warf den Hörer auf das Telefon und schrie ihre Wut lauthals heraus. Sie schrie, trommelte mit den Fäusten auf die Möbel und trat schließlich mit voller Wucht gegen einen massiven Bücherschrank, wobei sie vergessen hatte, daß sie die schmutzigen Schuhe im Flur ausgezogen hatte. Der Schmerz traf sie mit unerwarteter Schärfe, und dennoch begrüßte sie ihn, weil das Pochen in ihren Zehen sie von der Wut in ihrem Innern ablenkte. Sie setzte sich auf das Sofa und zog den Socken aus. Der rechte kleine Zeh stand in einem ungesunden Winkel vom Rest des Fußes ab, und die Schwellung wurde zunehmend dicker.

»Verflucht!«

Sie zog den Socken mühsam wieder über den geschwollenen Fuß. In einen Schuh würde sie damit nicht kommen, weshalb sie einen weiteren Socken über den verletzten Fuß streifte. Mit Wucht schmiß sie die Haustür hinter sich ins Schloß und fuhr in das nahe gelegene Kreiskrankenhaus, in dem man den Fuß röntgte, einen Anbruch feststellte und ihr einen festen Gehverband anlegte, da sie einen Gips abgelehnt hatte. Mit einer Krücke humpelte sie aus dem Krankenhaus zu ihrem Wagen. Als sie wieder an ihrem Haus ankam, war es dunkel, und Regen hatte eingesetzt. Viviane hatte Mühe, nicht auf den nassen Steinen auszurutschen, und warf die Krücke im Flur in eine Ecke. Sie holte die angebrochene Whiskyflasche aus dem Wohnzimmer und goß sich einen großzügigen Schluck ein. Langsam beruhigten sich ihre Nerven, und sie begann zu überlegen, was sie als nächstes tun mußte.

Natürlich würde sie die Noten nicht aushändigen. Nichts

konnte sie dazu bringen, die Partitur nach allem, was sie durchgemacht hatte, herzugeben. Der Schwachpunkt war Angela, und das wußte Stojko nur zu gut. Wenn sie Angela versichern konnte, daß ihre Tochter unbeschadet aus der Sache herauskam, konnte sie auf deren Unterstützung rechnen, sonst nicht, auch das stand fest. Sie brauchte professionelle Hilfe.

Am nächsten Morgen wachte sie mit pochenden Schmerzen in ihrem Fuß und auch in ihrem Schädel auf. Nach einigen längeren Telefongesprächen mit Stefan hatte sie die Whiskyflasche geleert und war auf dem Sofa eingeschlafen. Sie humpelte in die Küche, schluckte zwei Tabletten gegen die Kopfschmerzen und versuchte sich an einer Scheibe Toast, die ihr strapazierter Magen dankbar annahm. Stefan hatte ihr versichert, daß die Polizei unbürokratisch und effizient vorgehen konnte, und das hatte sie beruhigt. Sie brauchte jetzt nichts weiter zu tun, als darauf zu warten, daß Angela zu ihr kam, um die Noten zu holen. Dann würde sie ihr erklären, daß man ihre Mutter und Tochter in Rumänien an einen anderen Ort gebracht hatte, an dem sie in Sicherheit und finanziell abgesichert waren. Für das Bestechungsgeld, ohne das in Rumänien nichts zu machen war, hatte Viviane Stefan einen erheblichen Teil ihrer Ersparnisse zur Verfügung gestellt.

Sie ging ins Wohnzimmer und sah über die Terrasse auf den Erdhügel unter dem Schlehdorn. Es tat ihr nicht leid um das Geld. Was bedeutete das im Gegensatz zum Lebensglück eines jungen Mädchens, dessen Zukunft zerstört werden würde, und das einer Mutter, die sich ihr Leben lang Vorwürfe gemacht hätte. Viviane war überzeugt, daß Angela nicht in der Lage wäre, damit fertig zu werden, sollte ihre Tochter ihre wahre Herkunft jemals erfahren. Das hatte den Ausschlag gegeben sowie die Tatsache, daß die Polizei so schneller einen Zugriff auf Stojko haben würde. Erpressung war ein schweres Vergehen, und für den Diebstahl von Josefs Bild würde man auch noch Beweise finden. Ihre Augen füllten sich mit Tränen.

Sie wandte den Blick vom Garten ab und lehnte sich an das Regal neben dem Kamin. Sie fuhr über die Buchrücken und hielt inne, als sie den Band erreichte, in dem sie Maries Notiz gefunden hatte. Was für einen Sinn hatten ihre bisherigen Unternehmungen gehabt? Sie wußte noch immer nicht, warum der Unbekannte von der Eröffnungsfeier die Sonate wollte oder was mit der Geigerin Lida geschehen war.

Ihre Flöte lag auf dem Tischchen am Fenster, und sie war schon im Begriff, das Instrument aufzunehmen, als ihre Hand zurückzuckte. Statt dessen schaltete sie den Fernseher ein. Wenn sie die verdammte Melodie jetzt spielte, machte sie das nur noch trauriger. Sie hatte genug von dieser Musik, die seit ihrer Entstehung soviel Unglück verursacht hatte. Morgen kam Angela, und am Tag darauf wollte sie nach Prag fahren, allerdings ohne dies Michal, seinem Bruder oder Branka mitzuteilen. Wieder und wieder hatte sie darüber nachgedacht, um welchen böhmischen Fürsten es sich handeln konnte. Selbst wenn sie alle erdenklichen Geschichtsbücher wälzte, diese Entführung würde kaum irgendwo Erwähnung gefunden haben, denn sie trug nicht unbedingt zum Ansehen eines Aristokraten bei, der sich am Hof der Habsburger etablieren wollte. Andererseits konnte ein zeitgenössischer Mitwisser, vielleicht ein anderer Adliger, vor dem der Fürst mit seiner Tat geprahlt hatte, die Vorkommnisse schriftlich festgehalten haben. Mit dem Vorsatz, den nächsten Tag in den Passauer Bibliotheken zu verbringen, ging Viviane zu Bett. Außerdem wäre das Durchstöbern historischer Nachschlagewerke und alter Adelsregister eine willkommene Ablenkung, bis sie mit Angela über die unliebsame Angelegenheit gesprochen hatte.

Früh am nächsten Morgen fuhr Viviane nach Passau. Auf einen Kaffee hatte sie verzichtet, denn der Blick auf Mikos leeren Freßplatz hätte ihr das Herz gebrochen. Einige wenige Studenten saßen schon in den modernen Räumen der Universitätsbibliothek, die zusammen mit der Staatsbibliothek über fast zwei Millionen Bände Fachliteratur verfügte. Mit etwas Glück wurde sie hier fündig. Tatsächlich schien ihr das Schicksal an diesem Morgen gewogen, denn eine junge Bibliothekarin war ihr bei der Suche behilflich, so daß Viviane innerhalb kürzester Zeit gezielt in den kompetent ausgewählten Büchern suchen konnte. Der Hinweis auf Böhmen und die erste Hälfte des 18. Jahrhunderts hatte noch ungefähr dreitausend Adelssitze als Möglichkeit offengelassen, doch Fürsten mit einem eigenen Orchester gab es nicht allzu viele. Die Habsburger führten unter der 1743 in Prag gekrönten österreichischen Kaiserin Maria Theresia viele Neuerungen in Böhmen ein, unter denen auch die verbesserte Rechtspflege aufgeführt wurde. Ein Fürst jedoch wäre dadurch kaum in seinem Handlungsspielraum eingeschränkt worden.

Das alles war interessant, aber sie brauchte konkrete Namen. Viviane streckte ihre Beine aus und wurde schmerzhaft an den bandagierten Fuß erinnert. Ein kleines Büchlein lag noch auf dem Stapel der dicken Geschichtswälzer. Hoffnungsvoll griff sie nach dem schmuckvoll ausgestatteten Bändchen und wollte es gerade wieder aus der Hand legen, als ihr Blick auf den Untertitel fiel: »Aufzeichnungen eines böhmischen Wandermusikus 1730–62«. Aufmerksam überflog Viviane die Einleitung, die den Verfasser als abenteuerlustigen Geiger vorstellte. Die Kapitel waren chronologisch geordnet und erläuterten, welche Anstellungen Otakar Macek durchlaufen hatte. Der Geiger schien ein rastloser Mensch gewesen zu sein, denn ihn hielt es kaum länger als einige Jahre an einem Hof. 1747 verschlug es ihn nach Beraun bei Prag, wo er bei Fürst Albrecht von Beraun eine Stelle in dessen Orchester fand. Das mußte er sein! Viviane las rasch weiter. 1748 war Macek noch immer Mitglied des Hoforchesters und schrieb, wie sehr er es bedauerte, daß der begabte Komponist Jarek Vacata die Burg so überstürzt verlassen hatte. Es hatte Gerüchte gegeben, weil die Konzertmeisterin am selben Tag verschwand und der Fürst sich unverhältnismäßig wütend gebärdet hatte. Macek verließ den Hof knapp eine Woche nach dem Skandal, denn ihn lockte ein Angebot in Prag. Die Provinz hatte er schon lang über, wie er schrieb. Viviane las weiter, fand jedoch keine weiteren Hinweise auf den Berauner Fürsten.

»Mein lieber Otakar Macek, ich danke dir für deine Erinnerungen!« Mit diesen Worten legte Viviane das Buch zurück. Sie suchte noch weiter nach detaillierten Informationen über von Beraun, fand aber nur die üblichen Aufzeichnungen über Eheschließungen und die Güter. Albrechts Frau hieß Viktoria von Habsburg, eine entfernte Verwandte der Kaiserin. Wenn es Aufzeichnungen zu den Ereignissen im Jahre 1748 auf Burg Beraun gab, dann entweder dort oder im Nachlaß der Familie, der in Wien oder sonstwo sein konnte, denn die Habsburger waren ein kaum überschaubares Geschlecht mit zahlreichen Nachfahren. Viviane bedankte sich bei der freundlichen Bibliothekarin und humpelte zu ihrem Wagen. Ihre Intuition sagte ihr, daß sie nach Prag fahren mußte. Dort war Alois, und in der Umgebung Prags befand sich die Burg. Wenn sie sich täuschte und Burg Beraun ein Flop war, konnte sie ihre Forschungen immer noch auf Wien ausdehnen. Sie sah auf ihre Uhr. Gegen fünf Uhr konnte sie zu Hause sein und sich dem nächsten Problem stellen.

Angela sah blaß und schuldbewußt aus, als sie später am Abend bei Viviane erschien. Nachdem Viviane sie über ihr Vorgehen aufgeklärt hatte, war sie so dankbar, daß sie ihr um den Hals fiel und immer wieder beteuerte, sie würde den Rest ihres Lebens in Vivianes Schuld stehen. Mit Hilfe ihrer Hinweise machten die Kriminalbeamten Stojko bei einem Freund in einem Nachbardorf ausfindig und inhaftierten den völlig überraschten Mann, der tatsächlich die Telefonnummer von Angelas Mutter auf seinem Handy gespeichert hatte.

Viviane informierte schließlich Professor Richter über die Vorgänge und die Ergebnisse ihrer Nachforschungen in Kent und Passau. Der Professor versicherte ihr, die Sonate sei in einem Schließfach gut verwahrt, und teilte Viviane mit, daß das bahnbrechende Musikstück nun seinem gebührenden Platz in der Musikgeschichte zugeführt werden würde, denn mit Vacatas Todesjahr und der Erwähnung des Stücks durch William Kerring war die Entstehungszeit hinreichend bestätigt.

Viviane saß allein in einem Zugabteil und betrachtete die vorbeiziehende Landschaft. Ihren bandagierten Fuß hatte sie in einen bequemen Turnschuh gezwängt, was immer noch weh tat, aber anders ging es nicht. Sie hatte nur eine kleine Tasche mitgenommen, in der das Nötigste zum Übernachten war, denn sie wollte höchstens ein oder vielleicht zwei Nächte bleiben. Eigentlich hatte sie geplant, in einer Pension zu übernachten, was ihr jetzt albern vorkam, denn vielleicht wollte Michal ihr wirklich alles erklären und sie stellte sich im entscheidenden Moment zickig an. Ein tiefer Seufzer entfuhr ihr. Aber wenn sie ihn nur vermißte, weil sie sich verzweifelt und allein gelassen fühlte, dann war das kein Grund, sich an ihn zu klammern. Diesen Fehler wollte sie nie wieder machen.

Im Bahnhof fragte sie an der Information nach einer Autovermietung. Sie hatte den frühestmöglichen Zug genommen, dennoch war es schon fast zwei Uhr und sie würde sich beeilen müssen, wenn sie die Burg noch vor Kassenschluß erreichen wollte. Hoffentlich war ein Nachlaß oder eine Stiftung vorhanden, die das Erbe betreute. Viviane hatte sich nicht die Mühe gemacht, vor ihrer Fahrt in diese Richtung zu recherchieren, denn sie hatte es zu Hause nicht mehr ausgehalten und war froh, sich ablenken zu können. In der Innenstadt, nicht weit vom Bahnhof entfernt, fand sie die Autovermietung und war kurz darauf mit einem wenig vertrauenerweckenden Kleinwagen unterwegs. Der laute Motor täuschte jedoch, denn das Gefährt erwies sich Schlaglöchern gegenüber als resistent und brachte sie ohne weiteres aus der Stadt heraus.

An der Ortschaft Beraun war sie auf ihrem Ausflug mit Michal vorbeigekommen. An den größten Teil der Strecke erinnerte sie sich und hielt sich ansonsten an die Schilder Richtung Karlsburg. Als sie jedoch die Silhouette der Burg erblickte, war es für einen Besuch zu spät geworden. Nach fünf Uhr würde sie um diese Jahreszeit dort kaum noch jemanden antreffen. Der verletzte Fuß zeigte mit pochenden Schmerzen an, was ihr gesamter Körper fühlte – Müdigkeit und Erschöpfung. Hoffnungsvoll schaute sich Viviane in der Gegend um und entdeckte bald ein kleines, bescheiden aussehendes Gasthaus, in dem sie ein Zimmer für die Nacht und ein Abendessen fand. Daß die Bettwäsche klamm und der Raum ungeheizt war, bemerkte sie nicht. Am nächsten Tag erwachte sie gegen Mittag aus einem bleiernen Schlaf. Die Vermieterin, eine schweigsame Frau mittleren Alters, bereitete ein deftiges Frühstück für sie.

Ausgeruht und mit neuen Kräften fuhr Viviane am frühen Nachmittag über eine schmale holprige Straße, die sie zu einem Dorf am Fuße des Felsens brachte. Was aus der Ferne wie ein schroffer Fels mit kaum genug Raum für die Burg gewirkt hatte, entpuppte sich aus der Nähe als begrünte und bewaldete Anhöhe, die auf einer Seite über eine weite Strecke anstieg und auf der zur Straße gewandten Seite steil abfiel. Viviane entdeckte ein kleines Hinweisschild zur Burg Beraun und quälte den Wagen die in scharfen Kurven angelegten Serpentinen hinauf. Auf halber Höhe endete die Straße auf einem Parkplatz, auf dem zwei weitere Autos standen.

Gerade als sie aussteigen wollte, klingelte ihr Handy, und Stefan beglückwünschte sie zum glücklichen Ausgang der Erpressungsgeschichte. Er rief sie an, um ihr mitzuteilen, daß Stojko unter dem Druck der Verhöre nachgegeben und den Namen seines Auftraggebers verraten hatte. Der Mann hieß Ludvik Robek und hatte einen deutschen und einen tschechischen Paß. Viviane fragte nach seinem Aussehen und war kaum überrascht, daß die Beschreibung dem Fremden entsprach, den sie auf Maries Beerdigung und der Ausstellungseröffnung in Prag gesehen hatte. Stojko schien davon überzeugt, daß sie Robek nicht fassen würden, den er anscheinend für besonders gewieft hielt.

Viviane legte auf und folgte einem Fußweg durch den dichten Wald, der die gesamte Burganlage umgab. Nach einigen Metern öffnete sie ihre gefütterte Jacke, denn ihr wurde beim Gehen warm, was auch auf die Anstrengung zurückzuführen war, die sie ihrem schmerzenden Fuß zumutete. Der behandelnde Arzt hatte ihr Ruhe verordnet, doch diese Therapieanweisung mußte sie erst einmal ignorieren.

Der Wald brach zu ihrer rechten Seite hin auf und gab den Blick auf eine Lichtung frei. Viviane folgte den Stufen hinauf zu den Resten der Befestigungsmauer, die sie vor sich sah. Oben angekommen, verschnaufte sie einen Moment, wobei sie den stark pochenden Schmerz in ihrem Zeh nicht beachtete, und ließ den Blick über einen noch intakten Turm mit angrenzendem Wohnhaus, die Reste der Stallungen und des Gesindehauses, einen ausgedehnten Hof und schließlich über die unter ihr liegenden Wiesen und Felder gleiten.

Sie hatte nicht bemerkt, daß an dem Torbogen, durch den sie getreten war, ein Kassenhäuschen angegliedert war, weshalb sie leicht erschrak, als eine Stimme neben ihr erklang.

»Guten Tag. Besichtigungstouren machen wir nur auf Anmeldung. Aber Sie dürfen gern allein durch die Anlage gehen.« Eine ältere Dame lächelte sie freundlich an und deutete auf die Hinweisschilder, die Viviane nicht gesehen hatte.

»Danke. Sagen Sie, gibt es hier ein Archiv und wenn ja, ist es einzusehen?«

Wenn sie erstaunt über die Frage war, ließ die Frau es sich nicht anmerken. »Gehen Sie durch die Halle und klopfen Sie dort an der massiven Tür. Es gibt nur eine.«

Auf ihre Krücke gestützt durchquerte Viviane die große Halle, wo sie die übliche, zu einer mittelalterlichen Burg gehörende Einrichtung erwartete. Die Waffensammlung war beeindruckend, doch Viviane interessierte sich nicht dafür. Sie suchte nach beschrifteten Porträts, doch nach einem Rundgang durch die Räume kam sie enttäuscht zurück in die Halle. Außer einigen Wandteppichen und Möbelstücken hatte sie nichts entdeckt. Sie klopfte an die beschriebene Holztür. Ein junges Mädchen mit wachen dunkelbraunen Augen hinter einer kleinen Brille trat heraus. Sie trug Jeans und einen dicken Rollkragenpullover, und ihre hellbraunen Naturlocken fielen ihr auf die Schultern.

»Hello. Wollen Sie zu mir?« Sie sprach Englisch mit einem starken amerikanischen Akzent.

»Wenn es ein Archiv gibt und Sie Unterlagen über ehemalige Bewohner der Burg haben, ja, dann sind Sie genau diejenige, die ich suche.« Viviane hatte wenig Hoffnung, daß diese Amerikanerin ihr weiterhelfen konnte.

»Um welches Jahrhundert handelt es sich denn? Ich studiere Geschichte mit dem Schwerpunkt auf osteuropäischer Geschichte und verbinde hier mein Praktikum mit Forschungen für meine Magisterarbeit.«

»Tatsächlich?« Hoffnung keimte in Viviane auf. »Ich bin auch Historikerin, wenn auch eine wenig ambitionierte, wie ich zugeben muß.« Sie erzählte mit wenigen Worten die Geschichte von Jarek Vacata und der entführten Geigerin.

»Eine wunderschöne, wenn auch tragische Liebesgeschichte. Albrecht von Beraun hatte einen Ruf als unverbesserlicher Frauenheld. Ich weiß das deshalb so genau, weil sich eine seiner Geliebten in dem See oben im Wald ertränkt hat. Das war wohl eine sehr unschöne Geschichte. Danach fiel er in Ungnade bei …« Die Studentin überlegte, schüttelte dann den Kopf. »Wissen Sie was, kommen Sie mit in mein kleines Büro, da habe ich die Unterlagen und kann Ihnen auch die genauen Eckdaten geben. Übrigens, ich heiße Jacky.«

Viviane ergriff die dargebotene Hand der unkomplizierten Amerikanerin. »Viviane, danke.«

Durch die aus massiven Brettern bestehende Holztür kamen sie in einen Raum, dessen Wände aus groben Quadern gefertigt waren. Die Decke wurde von teilweise verkohlten Balken gehalten. Auf einer Seite standen Stahlregale, die mit Büchern gefüllt waren. Vor dem kleinen Fenster befand sich ein mit Ordnern und Papieren übersäter Schreibtisch, und in der anderen Raumecke verströmte ein Ofen etwas Wärme.

Jacky grinste. »Mein Reich! Sehr romantisch, immerhin habe ich einen Computer, wenn es auch keine Heizung gibt. 1894 ist die ganze Burg abgebrannt.« Sie zeigte auf die geschwärzten Deckenbalken. »Was für ein Jammer! Damals ist das gesamte Inventar in Flammen aufgegangen. Die Berauns lebten schon seit mehreren Jahrzehnten nicht mehr hier, aber trotzdem. Also, alles was jetzt hier ausgestellt ist, stammt aus ebenfalls zerstörten oder verfallenen Burganlagen der Gegend und wurde hier zusammengetragen.«

Viviane überlegte sich, daß diese Burg und überhaupt die Geschichte der böhmischen Geschlechter wie ein authentisches Disneyland des Mittelalters auf die Amerikanerin wirken mußte. Doch Jacky schien sich in der Materie auszukennen, und Viviane bemerkte anerkennend, daß sie wohl auch tschechische Sprachkenntnisse haben mußte, denn ein Teil der Unterlagen auf ihrem Schreibtisch war in tschechischer Sprache. Jacky verschwand hinter einem der überladenen Bücherregale.

»Kaffee? Ich habe auch eine Kaffeemaschine. Oh, hier ist es.«

»Ja, gerne.« Viviane konnte in dem kühlen Büro tatsächlich einen Kaffee vertragen.

Jacky kam mit einem dicken Buch und einer Mappe wieder zum Vorschein. »Dauert nicht lange.« Dann zog sie einen Klappstuhl für Viviane an ihren Schreibtisch. »Sorry, ist nicht luxuriös, aber für mich reicht es. Ist eine Erfahrung, die ich nicht missen möchte, ehrlich!«

Viviane mußte sie wohl recht skeptisch angesehen haben.

»Die Leute sind hier unglaublich freundlich und hilfsbereit. Ich habe eine Wohnung in Prag, und ich liebe die Stadt! Das Nachtleben ist klasse. Die haben fast jede Woche internationale DJs hier, coole Musik, szenig, ich vermisse Chicago kein bißchen.« Sie schlug die Mappe auf und blätterte die dichtbeschriebenen Seiten durch. »Die Unterlagen über die Familie habe ich in mühsamer Kleinarbeit aus den Archiven von verwandten Fürstenfamilien, Kirchenregistern, na, Sie wissen ja, wie das geht.«

Die Kaffeemaschine gab ein piepsendes Geräusch von sich, das Jacky aufspringen ließ. »Trinken Sie ihn schwarz oder weiß?« fragte sie aus der Regalecke.

»Schwarz mit Zucker, wenn Sie haben.«

Jacky kam mit zwei Plastikbechern zurück, und der trotz des Ofens kühle Raum füllte sich mit Kaffeeduft. Jacky schlürfte den noch heißen Kaffee und schaute auf die Papiere. »Albrecht von Beraun hieß der Schürzenjäger. Leider sind alle Porträts verbrannt. Die Habsburger sagen Ihnen sicher was?«

Viviane wechselte den heißen Becher in den Händen hin und her. »Ich war mal vertrauter mit den regierenden Häuptern. Maria Theresia, glaube ich, regierte im 18. Jahrhundert in Österreich und damit auch über Böhmen?«

»Sie und ihr Sohn, Joseph II., dann dessen Bruder Leopold. Die Mutter führte einige Reformen ein, und Joseph erließ sogar ein sogenanntes Toleranzpaket, in dem die Religionsfreiheit proklamiert wurde, die Habsburger hatten ja den Katholizismus mit aller Härte durchgesetzt, nun ja, aber das war's dann auch bei Joseph. Er war nicht sehr einfühlsam und führte Deutsch als Amtssprache ein, dadurch wurde das Tschechische natürlich hintangesetzt, und er war schuld, daß die schon bestehende Kluft zwischen Deutschen und Tschechen größer wurde und das tschechische Nationalbewußtsein noch schneller erwachte. Phh, da haben die am Wiener Hof gepennt, aber die hatten andere Sorgen.«

»Aber Albrecht von Beraun war doch Böhme?« fragte Viviane.

»Ja«, antwortete Jacky. »Er kam aus einem böhmischen Adelsgeschlecht, und die Heirat mit Viktoria von Habsburg versetzte ihn in die Lage, diese Burg hier ausbauen und seine Ländereien zu erweitern, denn anfangs stand er am Wiener Hof hoch in der Gunst. Dann hat er sich die Sympathien wohl verscherzt. Das hing auch mit seiner letzten Affäre zusammen. Die Frau war Musikerin und hieß ...«, Jacky blätterte in ihren Unterlagen.

»Lida. War ihr Vorname vielleicht Lida?« Viviane wartete gespannt.

»Hmm, Moment, ja, hier ist es. Woher wissen Sie das?« Jacky schaute Viviane mit großen Augen an. »Ja. Sie hieß Lida, Lida Strancená. Sie muß eine umwerfende Frau gewesen sein, als Violinvirtuosin und dann war sie wohl auch sehr schön. Das habe ich im Nachlaß von Albrechts Frau gelesen, die ein Tagebuch geführt hat. Über alle Affären konnte sie hinwegsehen, aber diese eine war ihr zuviel. Sie ist nach Wien gegangen, wo ihre Eltern lebten. Das war aber nicht das Schlimmste für ihren Göttergatten. Sie hat ihm die finanziellen Mittel gestrichen, durch die er am Prager Hof als Fürst glänzen konnte. Jedenfalls klang aus ihren Zeilen heraus, daß ihr Mann sich in die Geschichte mit der Geigerin mehr als schicklich hineingesteigert hat. Anscheinend war sein Bemühen auch noch umsonst, denn die schöne Lida hat sich ertränkt. Obwohl Albrecht versuchte, den Selbstmord herunterzuspielen, erregte er damit den Unmut des Hofes.«

Viviane ergänzte die Geschichte mit den Informationen aus Kent, und Jacky schrieb mit.

»Super! Da habe ich ja völlig neuen Stoff. Darüber hat noch niemand geschrieben. Das kann ich sogar für eine Doktorarbeit nehmen. Und Sie sagen, Sie arbeiten nicht als Historikerin?« Jacky sah Viviane bewundernd an.

»Nein, wirklich nicht. Mein Engagement hat rein persönliche Gründe. Aber Sie haben gut recherchiert. Meine Hochachtung!« Viviane meinte das ehrlich und war überzeugt, daß Jacky eine erfolgreiche Wissenschaftlerin werden würde oder sogar schon war. »Sie sprechen auch Tschechisch?«

Jacky grinste. »Nicht wirklich, aber ich verstehe den Sinn, wenn ich mir Zeit beim Lesen lasse und mein Wörterbuch dabeihabe.«

Die Tür schwang auf, und die ältere Dame von der Kasse schaute herein. »Ich gehe jetzt. Sie schließen ab, ja?«

»Mache ich. Bis morgen, Jaroslava!«

Der kurze Wortwechsel war auf Tschechisch erfolgt, doch sogar Viviane hatte erraten, um was es ging. Jacky sah erschrocken auf die Uhr.

»Tut mir furchtbar leid, aber ich muß auch los. Ich bin eingeladen, und wir wollen ins Theater.« Sie sah an sich herunter. »Und so kann ich nicht gehen. Sie können gerne morgen wiederkommen. Ab zehn Uhr bin ich hier.«

»Das ist sehr nett, aber Sie haben mir mehr geholfen, als ich gehofft hatte. Wenn Sie mir noch den Teich zeigen, bin ich restlos glücklich.«

Jacky schaltete den Computer ab, zog sich einen Cordmantel über und verriegelte beim Verlassen der Burg alle Türen. Sie wollte Viviane ihren Arm zum Abstützen reichen, doch die lehnte ab.

»Danke, geht schon. Wo man diese Lida Strancená bestattet hat, wissen Sie nicht zufällig?«

Jacky führte ihre humpelnde Begleiterin die Treppen hinunter in den Wald.

»Nach dem tragischen Tod von Lida ist Albrecht nach Wien zu seiner Frau gegangen und nicht wieder hierher zurückgekehrt. Er wurde in der Familiengruft in Wien beigesetzt. Diese Lida war bestimmt katholisch, wie die Mehrheit der Bevölkerung damals.« Jacky zuckte die Schultern. »Als Selbstmörderin wird sie nicht auf einem Friedhof begraben worden sein. Ich nehme mal an, sie ist in einem anonymen Armengrab gelandet, oder Albrecht hat sie im Wald beerdigen lassen. Irgendwie wäre er ihr das schuldig gewesen, aber bei diesen launischen Aristokraten weiß man ja nie. Spielzeug kaputt, Interesse verloren.«

Sie gingen den Seitenweg entlang, den Viviane schon auf dem Hinweg gesehen hatte. Nach etwa zwanzig Metern erschien eine steinerne Bank. Die Bank stand am Ufer eines großen Teiches, dessen dunkles Wasser bewegungslos im Licht der schon tief stehenden Sonne stand. Dichtes Schilf umgab das Ufer, und in der Mitte des Teiches schwammen die Überreste eines Entenhauses.

»Romantisch, nicht? Im Sommer ist es hier richtig schön, und das Wasser ist sogar tief, nur der Untergrund ist widerlich matschig. Ein Schwimmversuch hat mir gereicht.«

Viviane setzte sich auf die Bank und streckte ihren Fuß aus. »Vielen Dank, Jacky.« Sie nahm eine Visitenkarte aus der Tasche und reichte sie der Amerikanerin. »Falls Sie mehr über den englischen Teil der Geschichte wissen wollen, rufen Sie mich an, dann erzähle ich Ihnen gerne alles ausführlich.«

Jacky strahlte, nahm die Karte entgegen und verabschiedete sich, nachdem Viviane ihr versichert hatte, daß sie den Weg zurück finden würde und allein bewältigen konnte. Viviane hörte kurz darauf ein Auto davonfahren und hielt den Blick auf das dunkle Wasser gerichtet. Vor ihr entstand das Bild einer zarten Frau, deren langes blondes Haar ihren im Wasser schwimmenden Körper wie einen Heiligenschein umgab. Sir John Everett Millais' Bildnis der Ophelia, das sie viele Male in der Londoner Tate Gallery gesehen hatte, kam ihr in den Sinn. Lida hatte den Tod gewählt, um auf ewig mit ihrem Geliebten vereint zu sein.

Viviane stocherte mit der Krücke im trockenen Laub herum, das sich neben der Bank gesammelt hatte. Zum ersten Mal seit dem Tag, an dem sie die Sonate selbst gespielt hatte, fühlte sie sich ruhig. Eine Geschichte endete hier. Ein Gefühl von Zufriedenheit erfüllte sie, und sie atmete tief durch. Es gab ein Märchen, an dessen Namen sie sich nicht erinnerte, in dem eiserne Bande das Herz des Helden umschlungen hielten und erst am Ende gesprengt wurden. Sie betrachtete die vermoderten Holzreste des Entenhauses auf dem Wasser. Ein Windhauch kräuselte die Wasseroberfläche. »Liebe ist wie das Brechen des Rückgrats« – an diese Zeile aus einem Gedicht von Sarah Kirsch mußte Viviane unwillkürlich denken.

Kapitel 21

Umständlich erhob sich Viviane von der Bank und warf einen letzten Blick auf den See. Plötzlich zerschnitt ein Geräusch die Stille, das sie erst nicht deuten konnte. Doch dann sträubten sich ihre Nackenhaare. Klatschen. Jemand klatschte mit den Händen Beifall. Sie hob den Kopf und drehte sich in die Richtung, aus der das Klatschen kam.

»Bravo! Wirklich, Sie haben den Beifall verdient. Nur nicht so schüchtern.« Ludvik Robek trat aus dem Schatten einiger Tannen auf sie zu.

Unwillkürlich machte Viviane einen Schritt nach hinten und stolperte.

Robek deutete auf ihre Krücke. »Ts, ts, Sie sollten sich wieder hinsetzen. Wie haben Sie das denn nur gemacht?«

Viviane fand ihr Gleichgewicht wieder und stellte sich dem Mann gegenüber. »Hören Sie schon auf mit Ihrem falschen Getue, Herr Robek.«

»Sie sind gut informiert. Sicher haben Sie auch unsere erste Begegnung nicht vergessen?« Herausfordernd sah er sie an.

Maries Beerdigung, Zorn flackerte in Vivianes Augen auf, als ihr bewußt wurde, daß dies der Mann war, dem sie indirekt ihre Verletzung und Mikos Tod zu verdanken hatte. Sie faßte sich jedoch schnell wieder. Robek drückte die Schultern zurück und hob das Kinn. Aus der Nähe sah sie, daß er tatsächlich Anfang sechzig sein mußte. Sein drahtiger Körper steckte in einem unauffälligen dunkelblauen Anzug, über dem er einen langen grauen Mantel trug. Man hätte ihn für einen Geschäftsmann gehalten, einen harmlosen Vertreter, nur seine scharfen Gesichtszüge und die kleinen verschlagenen

Augen verrieten ihn. Sie stutzte. Die Nasen- und Mundpartie erinnerte sie an jemanden ... ja, konnte das denn sein? Konnte er mit Magda Straberger verwandt sein? Sie verwarf den Gedanken sofort wieder, doch er beobachtete sie und hatte offensichtlich erraten, an was sie gedacht hatte.

»Wir sehen uns ähnlich, nicht wahr? Leider hat mich meine liebe Schwester enttäuscht, genau wie ihr Mann. Dabei hätte er das Geld gut gebrauchen können. Er hat lange mit sich gekämpft, der Dummkopf. Hätte er das Angebot angenommen, könnte er heute noch Studenten mit seinen langweiligen Theorien über Taktstock und Notenschlüssel quälen.«

»Dann war es kein Unfall«, entfuhr es Viviane tonlos.

Robek verzog das Gesicht. »Sie können mir das nicht anhängen. Es war nicht meine Absicht. Er lief mir direkt vor den Wagen.« Seine Augen verengten sich. »Sie brauchen nicht so angeekelt zu schauen. Es ist oft nur ein schmaler Grad, auf dem wir wandeln, auch Sie!«

»Ihre Westentaschenphilosophie können Sie sich sparen, Herr Robek. Woher wußten Sie überhaupt, daß Sie mich hier treffen würden?« Es wurde langsam dunkler, und Viviane fragte sich, was der Mann vorhatte. Die Sonate war für ihn verloren. Ging es ihm nur noch um Rache?

»Das war leicht. In der Information am Bahnhof, in Kiosken in der Stadt, am Flughafen, überall gibt es Leute, die für ein Trinkgeld die Augen offenhalten.« Er holte ein Päckchen Zigaretten aus seiner Manteltasche und zündete sich eine Zigarette an, dann hielt er ihr die Packung hin. »Möchten Sie?«

»Nein. Warum die Sonate?« Sie verstand nicht, warum er ausgerechnet diese Noten besitzen wollte.

Ludvik Robek blies den blauen Rauch langsam aus. »Sie steht mir zu!«

»Tatsächlich? Warum haben Sie dann keinen Antrag gestellt und Ihr Besitzrecht geltend gemacht?« fragte Viviane sarkastisch.

»Mein einziger Fehler war, mich auf diesen Stojko zu verlassen, ein einfältiger Hitzkopf, der nicht nachdenkt, bevor er handelt.« Er warf den Zigarettenstummel auf den Boden und trat die Glut aus. Danach sah er sie auf eine Weise an, die Viviane erschaudern ließ.

»Ich bin Ihnen nachgefahren, weil ich einen Plan hatte. Aber es ist vorbei. Ich weiß, wann es vorbei ist.« Er warf einen Blick auf seine Armbanduhr. »Im Grunde lehne ich Gewalt ab.« Er zündete sich eine weitere Zigarette an. »Manchmal läßt sie sich nicht vermeiden, vor allem in meinem Metier … Ich möchte, daß Sie verstehen, warum ich diese Sonate besitzen muß.«

Die Selbstgerechtigkeit dieses Mannes ekelte Viviane an, doch sie hörte weiter schweigend zu.

»Die Sonate gehörte meinem Vater.« Robek blies den Rauch aus und genoß die Wirkung seiner Worte.

Vivianes Gesicht drückte schieres Unverständnis aus.

»Das hat Ihnen der liebe Alois wohl nicht erzählt, was? Mir ist natürlich nicht entgangen, daß Sie sich mit den Habarts angefreundet haben. Alois …«, Robek stieß das Wort mit so viel Haß zwischen den Zähnen hervor, daß Viviane erschrocken zusammenfuhr.

»Es wäre seine Tour gewesen, er hätte sterben müssen und nicht mein Vater! Wer weiß, vielleicht wäre ich sogar ein anderer Mensch geworden …« Er sah sie unverwandt an. »Aber so ist es nicht gekommen. Mein leiblicher Vater starb, weil Alois ihm die Sonate versprochen hatte. Dann hat meine Mutter sie allesamt verraten, dieses rote Gesindel, diese Kollaborateure. Bedauernswert ist nur, daß Alois ihnen entwischt ist und nicht wie der Rest der Bande getötet wurde.«

Unfähig, sich zu rühren, stand Viviane einfach da und ließ die ungeheuerlichen Worte an sich abprallen. Alles in ihr sträubte sich dagegen, ihrem Gegenüber auch nur einen Bruchteil des Gesagten zu glauben.

Er lachte trocken. »Anscheinend haben Sie keine Ahnung, wovon ich spreche. Fragen Sie den alten Mann, noch fließt

Blut durch seinen nutzlosen Körper. Er hat gebüßt. Außerdem haben wir höhere Ziele, denen die Befriedigung persönlicher Rache untergeordnet werden muß. Unsere Zeit kommt, und dann kann Ihnen niemand mehr helfen!«

Angsterfüllt suchte Viviane mit der freien Hand in ihrer Manteltasche nach ihrem Mobiltelefon. Mit wem arbeitete Robek zusammen, daß er sich so sicher fühlte? Einzelne Tasten konnte sie mit ihren kalten zittrigen Fingern nicht unterscheiden. Sie beobachtete Robek, der sie mitleidig ansah. »Na, geben Sie es schon her.«

Augenblicklich zog sie die Hand aus der Manteltasche. »Was denn?«

»Ihr Telefon. Bitte, ich wiederhole mich nicht gern.« Seine Augen blieben ausdruckslos, und seine Stimme duldete keinen Widerspruch.

Widerstrebend zog Viviane das Telefon aus der Tasche und hielt es Robek hin, der es ergriff und Richtung See warf. »Ich genieße unsere kleine Unterhaltung, wäre doch schade, wenn wir gestört würden.« In diesem Moment klingelte sein eigenes Telefon. Nach einem kurzen Wortwechsel auf Tschechisch runzelte er verärgert die Stirn. »Sie haben sie auf meine Spur gebracht, Sie und Stojko, dieser Feigling! Wünschen Sie sich kein Wiedersehen. Das nächste Mal bekomme ich, was ich will. Sentimentalität ist eine Schwäche, aber Frauen gegenüber bin ich nachsichtig, und Sie haben mit meiner Schwester gesprochen.«

Schweigend stand Viviane auf dem feuchten Waldboden, von dem die Kälte ihre Beine hinaufkroch. Ihr Fuß schmerzte, doch als Robek sich umdrehte und davongehen wollte, brach die Frage aus ihr heraus: »Wer? Wer ist Ihr Vater?«

Sein Gesicht lag im Dunkeln, als Robek sich ihr zuwandte. Seine Antwort zerschnitt die Stille wie eine Maschinengewehrsalve: »Milan Lohynský.«

Damit drehte er sich um und verschwand mit weit ausholenden Schritten im Dunkel des Waldes.

Viviane blieb einige Sekunden wie erstarrt stehen und ließ sich dann auf die Bank sinken. Ein Motor heulte auf. Sie atmete schwer. Milan Lohynský, Milan Lohynský, wieder und wieder sprach sie den Namen aus. Zwischen Ludvik Robek und dem Mann mit dem ebenmäßigen Gesicht auf Maries Fotografie sollte eine derart enge Verwandtschaft bestehen? Nun, das Leben zeichnete einen Menschen, aber wer war dann Robeks Mutter?

Robek war mit einem Plan gekommen. Es gehörte nicht viel dazu, sich auszumalen, mit welcher Absicht er ihr gefolgt war und gewartet hatte, bis er sie allein an diesem gottverlassenen Teich antraf. Ihr Herzschlag raste, und sie mußte sich zusammenreißen, um nicht hysterisch zu weinen oder zu lachen. Nach beidem wäre ihr zumute gewesen. Sie stand auf und suchte nach ihrem Handy, das unbeschadet im Schilf lag. In der zunehmenden Dunkelheit konnte sie das Wasser kaum noch von der Umgebung unterscheiden. Ihre Muskeln und Nerven entspannten sich, und die Ruhe, die sie vor Robeks Ankunft gespürt hatte, kehrte zurück. Es war nicht die Musik, dachte Viviane. Sie war aus Liebe geschrieben worden. Es waren die Menschen, die sie mißbraucht hatten.

Viviane seufzte. Die Musik war rein und vollkommen. Niemand konnte etwas Schlechtes in diesen wunderschönen Harmonien sehen, es sei denn, es lag in der Person selbst begründet. Wer sich verführen lassen wollte, fand einen Grund in der Leidenschaftlichkeit des Hauptthemas, und wer sich der eigenen Traurigkeit hingeben wollte, der fand das entsprechende Motiv in der melancholischen Melodie. So würde es immer sein. Das war die Natur des Menschen.

Sie stand auf und ging, ohne sich noch einmal umzusehen, den schmalen Pfad hinunter zum Parkplatz, auf dem ihr Wagen einsam in der Dunkelheit stand. Sie befürchtete nicht mehr, daß Robek sie verfolgte oder jemanden damit beauftragt hatte. Wahrscheinlich wollte der Mann das Land verlassen. Sie mußte Stefan davon in Kenntnis setzen! Der hilfsbereite Kriminalbeamte war in seinem Büro. Er war hörbar erleichtert, nachdem sie ihm berichtet hatte, was eben geschehen war.

»Viviane, du hast unerhörtes Glück gehabt! Robek hat den Ruf, rücksichts- und gewissenlos zu sein, wie wir inzwischen herausgefunden haben. Vermutlich bist du nur, weil er seine Schwester da mit hineingezogen hat, so glimpflich davongekommen.«

Viviane schluckte. »Meinst du? Er sprach von wir, so als gehöre er zu einer Gruppe, und er drohte damit, daß sie irgendwann zurückkämen oder so ähnlich.«

»Ich wollte dich nicht beunruhigen, aber Ludvik Robek ist eine einflußreiche Figur in Kreisen ehemaliger Stasi-Offiziere. Erst durch Stojko sind wir ihm auf die Spur gekommen. Wir suchen schon lange nach ihm, allerdings unter dem Namen Ludwig Böhme«, erklärte Stefan.

»Böhme? Das ist doch ein deutscher Name.«

Sie hörte Papiere rascheln, als Stefan sich seine Unterlagen zur Hilfe nahm. »Seine Mutter, Eva Robek, heiratete 1942 den deutschen SS-Offizier Hartmut Böhme, der eine entscheidende Rolle bei den Vergeltungsmaßnahmen der Nazis in Prag nach dem Attentat auf Heydrich spielte.«

1942, das Attentat, Viviane begann, Zusammenhänge zu ahnen. »Weiter, und dann?«

»Ludvik wurde 1943 geboren, seine Halbschwester Magda kam 1945 zur Welt. Hartmut Böhme fiel in den letzten Kriegsmonaten an der Ostfront. Eva legte den belasteten deutschen Namen ihres Mannes ab und führte ein unauffälliges Leben in der DDR. Magda studierte in Prag, wo sie ihren späteren Mann, Professor Straberger, kennenlernte.«

»Und Ludvik?«

»Ludvik mischte im Kunsthandel der DDR mit. Er beschaffte Devisen für die Regierung, aber er arbeitete auch auf eigene Rechnung. Das ist alles ein wenig undurchsichtig. Nach der Wende tauchte er in Nürnberg auf und eröffnete einen Antiquitätenhandel. Beste Kontakte in der Szene hatte er ja. Wir wissen, daß er einer Untergrundorganisation ehemaliger Stasi-Offiziere angehört. Jedenfalls spielt er dort in der oberen Liga mit und weitet seinen illegalen Kunsthandel aus.«

»Wo denkst du, ist er jetzt hin?« Viviane fühlte sich nach diesen Nachrichten nicht länger wohl in der Abgeschiedenheit des Waldes.

»Wahrscheinlich setzt er sich ins Ausland ab. Wir finden ihn. Mach dir keine Sorgen, Viviane. Du hast doch Freunde in Prag?« Die unterdrückte Besorgnis in Stefans Stimme ließ sie aufhorchen.

»Ja.«

»Dann fahr jetzt dorthin und erhol dich von dem Schock. Paß auf dich auf!«

»Danke, Stefan.« Sie wünschte ihm und seinen Kollegen aus tiefstem Herzen Erfolg. Ihr Körper war tatsächlich erschöpft und sehnte sich nach Ruhe, doch es gab noch etwas zu tun, bevor sie diesem Drängen nachgeben konnte.

Es war halb neun, als sie vor dem Haus der Habarts auf der Kleinseite der Moldau ihren Wagen abstellte. Wie die Habarts auf ihren unangekündigten Besuch zu dieser späten Stunde reagieren würden, war ihr egal. Womöglich wußten sie alle längst, was in jenem unglücklichen Jahr 1942 geschehen war, und sie war die einzige, die seit Monaten im dunkeln herumtappte und dumme Fragen stellte. Während sie die Treppen zu Jakubs und Marikas Wohnung hinaufstieg, hoffte sie, Michal nicht zu begegnen. Eine Auseinandersetzung mit ihm wäre jetzt über ihre Kräfte gegangen. Kurz darauf klingelte sie an Jakubs Tür.

Marika öffnete, ließ sich Überraschung oder Unbehagen aber nicht anmerken und begrüßte sie herzlich mit einer Umarmung.

»Ja, Viviane. Was machst du hier in Prag? Du hättest anrufen sollen. Wir haben schon gegessen. Aber etwas ist noch da, falls du Hunger hast.«

Sie ging vor Viviane her in das Wohnzimmer. Jakub saß in einem Sessel und las. Alois war nicht da. Marikas Mann erhob sich, als er sie eintreten sah.

»Na, das ist ja eine Überraschung! Ist etwas passiert? Du siehst mitgenommen aus. Setz dich doch.«

Viviane setzte sich in den angebotenen Sessel und fühlte sich auf einmal wie ein Eindringling. Sie waren so freundlich. Wie konnte sie annehmen, daß diese Menschen sie die ganze Zeit über belogen oder ihr Informationen vorenthalten hatten? Außer dem Kaffee bei Jacky hatte sie seit dem Frühstück nichts mehr zu sich genommen. Sie fühlte sich schwindelig und hielt sich an der Sessellehne fest. Marika streichelte ihr über die Hand und sah ihren Mann an.

»Paß auf sie auf. Sie muß etwas essen. Schau dir an, wie mager sie ist. Diese jungen Leute.« Sie ging aus dem Zimmer.

Viviane schlug die Augen wieder auf und sah sich Jakub gegenüber, der sie aufmerksam ansah.

»Es ist wegen Alois. Ich, ich habe Robek gesehen, am Teich, dort wo Lida ertrunken ist. Sie und Jarek sind tot, und Albrecht ist schuld. Aber Robek hat gesagt, daß die Noten rechtmäßig seinem Vater gehörten. Milan Lohynský. Deshalb bin ich hier«, brachte sie mit leiser Stimme hervor.

Jakub hörte zu und runzelte die Stirn.

»Wir werden Alois fragen. Aber zuerst mußt du essen.«

Marika kam mit einem Tablett herein, auf dem ein Teller mit Gemüse, Kartoffeln und Fleisch stand. Dazu schenkte sie Viviane ein Glas Rotwein ein.

»Das gibt dir Kraft.«

Viviane wollte etwas sagen, doch Marika reichte ihr die Gabel und befahl: »Erst wird gegessen, dann kannst du erzählen.«

Marikas Therapie erwies sich als wirksam, denn nachdem sie von dem Wein gekostet und den Teller bis auf den letzten Bissen geleert hatte, kehrten Farbe und Energie in Gesicht und Körper zurück. Ausführlich schilderte Viviane die Geschichte der geheimnisvollen Sonate, soweit sie sie bisher herausgefunden hatte. Nachdem sie geendet hatte, stand Jakub auf.

»Ich kann mir vorstellen, daß du denkst, wir wüßten mehr als du, aber so ist es nicht. Alois hat nie über Milans Tod oder den Krieg gesprochen. Ich habe das respektiert. Es war auch unter den Kommunisten nicht immer leicht für uns, und er war ein guter Vater, hat uns aus der Politik herausgehalten. Das rechne ich ihm hoch an. Seit Tagen geht es ihm nicht besonders. Laß uns nachsehen, wie er sich fühlt. Du darfst ihn gerne fragen. Es liegt bei ihm, ob er reden wird oder nicht.«

Viviane ging hinter Jakub her in das Zimmer seines Vaters. Alois saß in seinem Rollstuhl vor dem Schreibtisch, auf dem alte Fotos ausgebreitet waren. Seine weißen Haare schimmerten im Licht der Stehlampe. Seine Haut wirkte durchscheinend, das Gesicht gealtert seit ihrem letzten Besuch. Viviane erschrak. Jakub ging zu seinem Vater, der nicht aufgesehen hatte, als sie in das Zimmer getreten waren, und strich ihm liebevoll über den Rücken. Er sprach leise mit ihm, und Alois drehte den Kopf und streckte die Hand nach Viviane aus. Sie trat zu dem alten Mann und legte ihre Hand in die schmalen Finger, die von Altersflecken übersät waren. Ihr Blick fiel auf die Fotos, alte Schwarzweißfotografien, auf denen sie Marie erkannte.

Viviane wandte sich an Jakub. »Was ist eigentlich mit Alois' Ehefrau geschehen?«

»Meine Mutter ist vor zehn Jahren an einem Krebsleiden gestorben. Sie war eine stille Person, die nie viel Aufhebens um sich gemacht hat. Ihr Leben drehte sich um ihre Familie.« Jakub sah seinen Vater an, der sich wieder den Fotografien zugewandt hatte. »Ich habe erst später begriffen, als ich selbst schon lange verheiratet war, daß es zwischen meinen Eltern anders war als zwischen Marika und mir. Wir waren und sind verliebt ineinander.«

Er machte eine Pause. Es fiel Jakub offensichtlich schwer,

darüber zu sprechen. »Mein Vater hat meine Mutter respektiert und geschätzt, aber so hart das jetzt klingen mag, geliebt hat er sie nicht, nicht so, wie es sein sollte. Es hat ihr weh getan, auch wenn sie nie darüber gesprochen hat. Weißt du, schon aus diesem Grund bin ich ebenfalls daran interessiert zu erfahren, was meinen Vater dazu gebracht hat, über die Vorkommnisse von 1942 zu schweigen, seine Musik aufzugeben und eine Frau zu heiraten, deren Liebe er nicht erwidern konnte.«

Mit so viel Offenheit hatte Viviane nicht gerechnet. Sie war verlegen, denn es war schließlich ihretwegen, daß alte Wunden aufgerissen wurden und Dinge zur Sprache gebracht wurden, die vielleicht besser verschwiegen worden wären. Jetzt war es zu spät. Jakub sprach wieder mit seinem Vater, der Viviane daraufhin aus seinen hellen Augen anschaute. Ein Lächeln zog sich über das alte Gesicht, und Alois murmelte etwas.

Jakub übersetzte: »Er sagt, du bist ihr so ähnlich.«

Viviane erwiderte das Lächeln und begann zu erzählen. Jakub übersetzte. Alois hörte regungslos zu. Als Viviane geendet hatte, erwartete sie eine Antwort, doch der Alte blieb stumm. Sie wiederholte, daß Robek behauptete, Milan sei sein Vater und er hätte ein Anrecht auf die Sonate. Dies war ihr letzter Trumpf, mehr hatte sie nicht zu bieten.

Nun war es soweit. Das Schicksal hatte sie mit Milans Sohn zusammengeführt. Nicht das Schicksal, dachte Alois bitter, die Sonate. Nur das unselige Stück Musik, das jeden verführte, der es hörte, hatte Robek mit Viviane, diesem lebenden Abbild seiner geliebten Marie, in Kontakt gebracht. Diese junge Frau suchte so verzweifelt nach Gründen, nach Wahrheiten. Denn es gab immer mehr als eine Wahrheit. Sie hatte sich mit der ersten Wahrheit, die er ihr als Köder hingeworfen hatte, nicht zufriedengegeben. Die nächste Wahrheit war schmerzhaft, für ihn selbst, für Viviane und für seine Familie. Alois hatte noch nie daran geglaubt, daß man Leiden teilen konnte.

Wenn er es ihnen jetzt sagte, trugen sie einen Teil seines Leides, aber leichter wurde es dadurch nicht. Sein Herz schmerzte. Es wußte schon viel zu lange um seinen Kummer. Sollte es sich endlich ausruhen. Er hatte nichts mehr dagegen.

Seine Hände zitterten stärker, als er sie auf die Lehnen des Rollstuhls legte. Plötzlich atmete er hörbar lauter und faßte sich an sein Herz. Jakub sprach beruhigend auf seinen Vater ein, nahm eine Tablette aus einer Schachtel auf dem Schreibtisch und gab sie Alois mit etwas Wasser.

»Es tut mir so leid. Ich wollte ihn nicht aufregen. Bitte, es tut mir alles so leid ...« Viviane schaute unglücklich von Jakub zu Alois.

Alois hatte sich wieder beruhigt und teilte seinem Sohn etwas mit. Viviane stand neben ihm und spürte, wie der alte Mann ihre Hand ergriff und tätschelte. Er schien sagen zu wollen, daß sie sich nicht um ihn sorgen sollte. Viviane lächelte zaghaft.

»Es geht ihm wieder besser. Er braucht nur Schlaf. Morgen am späten Vormittag wird er mit dir sprechen. Zu der Zeit fühlt er sich immer am stabilsten.« Jakub nickte ihr zu.

In diesem Moment erklangen Stimmen auf dem Flur, und wenig später trat Michal durch die Tür. Verunsicherung, Wiedersehensfreude und ihr Ärger über seinen knappen Anruf kämpften in Viviane, und noch bevor sie sich entschied, welchem Gefühl sie nachgeben sollte, ergriff er ihre Hand und führte sie hinaus auf den Flur.

»Ich muß mit dir sprechen.«

»Ach, wirklich. Das mußt du ...«, doch sie wurde von Marika unterbrochen, die die beiden durch eine gegenüberliegende Tür in Jakubs Büro schob und sie dort allein ließ.

Verlegen warteten beide, bis Marika die Tür hinter sich geschlossen hatte. Vivianes Zeh schmerzte, und sie stützte sich an Jakubs massivem Mahagonischreibtisch ab. Michal sah sie mitfühlend an und machte einen Schritt auf sie zu, doch sie hob die freie Hand.

»Danke. Es geht schon wieder. Du wolltest mir etwas sagen?«

Er stand vor ihr, und es hätte nur weniger Worte bedurft, denn seine Augen sagten ihr, was er empfand, doch Viviane behielt ihre abwartende Haltung bei. Jetzt wollte sie es hören.

»Du hättest mich anrufen können, dann hätte ich dir geholfen. Ich hätte dich gefahren!« Er deutete auf ihren Fuß.

»Das war meine Sache. Ich mußte das allein durchziehen. Warum hast du dich die ganze Zeit nicht gemeldet?« Auch Michal sah gestreßt aus. Er hatte dunkle Schatten unter den Augen, und seine Haare waren etwas länger, was ihm aber gut stand, wie Viviane fand.

»Jetzt weiß ich auch, daß ich dich hätte anrufen sollen. Aber da konnte ich es nicht. Du wirst das vielleicht nicht verstehen, aber ich fühlte mich dir unterlegen, nicht gleichwertig.«

»Was?«

»Du bist eine selbständige, starke Frau, finanziell unabhängig. Du brauchst mich nicht.« Er fuhr sich durch die dichten braunen Haare und ging zum Fenster, um die Vorhänge vorzuziehen.

»Kannst du das bitte erklären? Ich verstehe das wirklich nicht. Meinst du, ich brauche einen Mann, damit ich nicht mehr arbeiten muß? Das ist der größte Unsinn, den ich je gehört habe.«

Er trat vom Fenster auf sie zu, und sie nahm den Hauch seines After-shaves wahr. Immer noch ernst sagte er: »Tschechische Männer sind vielleicht altmodischer. Ich dachte, du würdest keinen Respekt vor mir haben, wenn ich beruflich keinen Erfolg habe.«

»Das ist nicht dein Ernst, oder? Vielleicht spielt das für mich gar keine Rolle? Hast du daran mal gedacht?«

»Selbst wenn, wie kann ich dir sagen, daß ich dich liebe, wenn ich mich selbst verachte, weil ich mich hier verkrochen habe. Du hattest ganz recht. Ich habe mich hier einfach nur versteckt vor der Welt, weil ich in meiner Eitelkeit, meinem Stolz verletzt war und ...«

»Halt, warte mal«, unterbrach sie ihn. »Kannst du das vom Anfang noch mal wiederholen?«

»Daß ich mich verachte und ...«, fing er an.

»Nein, nein, noch weiter vorn.«

Michal lächelte und trat zu ihr an den Schreibtisch. »Daß ich dich liebe? Das war mir klar, als ich dich auf der Ausstellung das erste Mal sah. Du hast umwerfend ausgesehen in diesem Samtkleid.«

»Das weißt du noch?«

»Natürlich.« Er zog sie an sich, und Viviane erwiderte den innigen Kuß.

Ein höfliches Räuspern ließ sie aufsehen. Tomáš stand mit einem breiten Grinsen in der Tür. Hinter ihm lugte Branka vorsichtig über seine Schulter.

Mit vor der Brust verschränkten Armen bemerkte Tomáš trocken: »Du hättest Prügel verdient, wenn du es wieder vermasselt hättest.«

Branka lachte. »Mann, bin ich froh, daß ihr das endlich geregelt habt. Wir wußten die ganze Zeit, daß ihr zusammengehört. Aber irgendwie hätten wir das schon wieder ins Lot gebracht!«

Als Rechtfertigung für sein Eindringen meinte Tomáš: »Wir haben keinen Streit gehört, da dachten wir, jetzt ist alles klar.«

»Genau. Wir wollten noch weg heute abend und euch fragen, ob ihr mitkommt.« Brankas witziges Outfit sah nach Clubdancing aus.

Viviane zeigte auf ihren Fuß. »Angebrochener Zeh. Tut jetzt schon höllisch weh, weil ich heute soviel herumgelaufen bin.«

»Ja, was hast du denn eigentlich hier gemacht? Und warum hast du nicht angerufen, dann hätten wir dich gefahren oder so.« Tomáš schien das für selbstverständlich zu halten.

Michal drückte Viviane an sich. »Sie ist stur und dickköpfig, mußte einen Alleingang starten, und das war nicht ungefährlich.«

Tomáš nahm Brankas Hand. »Gut so, Viviane. Immer schön Kontra geben, das braucht er. Okay, wir gehen jetzt, bevor ich zuviel sage.« Die beiden verschwanden, und Viviane hörte sie auf dem Flur lachen.

»Sie sind großartig, alle«, sagte Viviane.

»Ich hoffe, das schließt mich mit ein.« Er küßte sie. »Wo sind deine Sachen?«

»Noch im Wagen.«

»Wenn du mir die Schlüssel gibst, hole ich sie rauf.«

Statt einer Antwort ging Viviane in den Flur, wo ihre Handtasche neben ihrem Mantel hing, und händigte ihm die Wagenschlüssel aus.

»Es ist ein weißer Škoda mit einem Aufkleber vorne links.«

Als Michal bald darauf mit ihrer Tasche zurückkam, wartete Viviane an der Tür auf ihn. Er legte ihr einen Arm um die schmalen Hüften und half ihr beim Ersteigen der Treppen. Sie trat in seine Wohnung und ging hinüber zu den Fenstern, um den Blick auf die Stadt zu genießen, doch ihr Körper forderte seinen Tribut für diesen Tag. Sie humpelte ins Schlafzimmer. Mit Mühe brachte sie den geschwollenen Fuß aus dem Turnschuh und fiel, kaum daß ihr Kopf das Kissen berührt hatte, sofort in einen tiefen Schlaf.

Es war noch dunkel, als sie aufwachte. Die Digitalanzeige der Stereoanlage zeigte fünf Uhr morgens an. Bald würde Alois ihr und auch seiner Familie sein lange gehütetes Geheimnis verraten. Schweigen ist nicht immer richtig, hatte Marie einmal zu ihr gesagt. Sie würde nicht denselben Fehler begehen, auch wenn es nicht immer einfach ist, das auszusprechen, was einen bewegt.

Sie schaute auf den neben ihr schlafenden Michal und versuchte sich seine Gesichtszüge einzuprägen. Er schien ihren

Blick zu spüren, denn er öffnete die Augen und legte einen Arm um ihren Körper.

»Hör auf zu grübeln, Viv. Morgen kommt noch früh genug.«

Sie kuschelte sich an ihn und dachte, daß sie das am meisten vermißt hatte, die Art, wie er ihren Namen aussprach.

Kapitel 22

Während des Frühstücks, bei dem Michal darauf achtete, daß sie reichlich aß, mußte sie ihm genauestens berichten, wie es zu der Verletzung gekommen war. »Dieser Stojko ist eine miese Ratte. Hoffentlich bekommt er mindestens zehn Jahre Gefängnis, sonst sieht es auch für seine Frau nicht gut aus.«

Er goß ihr Kaffee nach und gab ihr noch etwas Rührei. Viviane legte die Gabel nieder.

»Ich kann nicht mehr. Weißt du, darüber habe ich auch schon nachgedacht, aber da werden wir einen Weg finden. Es kann doch nicht sein, daß das Gesetz in einem solchen Fall keinen Schutz gewährt.«

»Nein, da wird es sicher eine Möglichkeit geben. Immerhin hast du einen guten Bekannten bei der Polizei.«

»Eigentlich ist Stefan mehr Gregs Freund, aber er hat mir wirklich unglaublich geholfen.«

Michal lächelte schief. »Ich muß gestehen, daß ich schon ein wenig eifersüchtig war, als ich dich in London anrief. Ihr klangt so fröhlich, und ich dachte mir, daß du deinen Exmann dort triffst. Tut mir leid.«

»Greg hat eine Freundin, und selbst wenn das nicht der Fall wäre – außer Freundschaft verbindet uns nichts mehr. Er hat mir zu weh getan, damals.« Sie sah ihn direkt an.

»Ich werde dich niemals so verletzen. Das ist ein Versprechen.« Jeglicher Schalk war aus seinen dunklen Augen verschwunden, und sie wußte, daß ihr Vertrauen dieses Mal gerechtfertigt war.

»Wir sollten gehen, Viv.«

Sie sah auf die Uhr. Es war fünf Minuten nach elf.

Alois saß in seinem Rollstuhl am Wohnzimmerfenster. Das Sonnenlicht schien warm auf seine silbrig schimmernden Haare. Unter den Ärmeln seines dunkelblauen Sakkos schauten Manschettenknöpfe hervor. Seine Hände zitterten, und auch sein rechtes Knie bewegte sich unkontrolliert unter der wärmenden Decke. Er legte seine Hände auf die Oberschenkel, um den Tremor zu stoppen. Marika fragte, ob irgend jemand Kaffee oder Tee wünschte, doch alle schienen von der gespannten Erwartung wie elektrisiert und lehnten dankend ab. Jakub öffnete die Klappe des Kachelofens und legte ein Holzkohlebrikett nach. Auf dem schmalen Tisch neben Alois lagen einzelne Schwarzweißfotos ausgebreitet, und in einer Metallkiste entdeckte Viviane bedruckte Blätter und weitere Fotos. Jakub fing den suchenden Blick seines Vaters auf und ging zu ihm. Nach einem kurzen Wortwechsel bat Jakub Viviane, auf einem Stuhl neben Alois Platz zu nehmen, denn er wollte nun mit seiner Geschichte beginnen.

»Er meint, es wäre auch höchste Zeit, denn allzu lange würde der da oben wohl nicht mehr auf ihn warten wollen.« Jakub sagte dies mit einem Augenzwinkern in Richtung seines Vaters, der seine Zuhörer abwartend ansah und schwach grinste.

Marika schüttelte den Kopf, und auch Michal machte eine Bemerkung, doch Alois winkte ungeduldig ab und fragte Viviane, wobei Jakub übersetzte: »Dieser Robek, den du getroffen hat. Wie alt war der ungefähr?«

»Anfang sechzig, in etwa«, antwortete Viviane.

Alois nickte gedankenversunken. »Dann kann er es sein. Armer Milan, er wollte sie heiraten, aber …« Er nahm eines der Fotos vom Tisch und reichte es Viviane. Sie erkannte den jungen Mann sofort wieder. Die Aufnahme zeigte Milan mit einer Geige in der Hand neben Alois, der am Flügel saß.

»Wir haben oft zusammen geprobt. Milan war mein Freund seit unserer Kindheit. Obwohl unsere Familien in derselben Branche tätig waren, gab es keine Konkurrenz. Petr und Alenka Lohynský waren seit vielen Jahren mit meinen Eltern eng befreundet.« Alois nahm ein weiteres Bild auf, um es Viviane zu geben. Stolz erklärte er: »Das ist meine Mutter, Johanna, eine großartige Sängerin.«

Es handelte sich um ein Szenenfoto von einer der Proben zu *Manon Lescaut*, wie der rückseitigen Beschriftung zu entnehmen war. Johanna, Manon, stand in einem fließenden Seidenkleid an eine Treppe gelehnt und streckte die Hände nach einem bärtigen Mann in einem hellen Anzug aus. Ihre dunklen Haare waren aufgesteckt. Einzelne Strähnen umrahmten ein ebenmäßiges Gesicht, dessen ausdrucksvolle Augen und schöne Lippen faszinierten. »Sie war sehr schön!« stellte Viviane bewundernd fest und reichte das Bild an Michal weiter.

»Bohuslav, mein Vater, liebte sie über alles, alle taten das. Trotz ihres großen Erfolges auf den bedeutendsten Bühnen Europas verlor sie nie den Bezug zur Realität. Sie ...« Alois schluckte, und Tränen liefen ihm die Wangen hinunter, »sie hat uns immer gewarnt, aber wir wußten es besser, wir dummen, verblendeten Kinder! Genau wie mein Vater trat ich der Kommunistischen Partei bei. Er kämpfte schon unter Masaryk für ein unabhängiges Böhmen. Der Ruhm unserer Mutter, ihre Ausnahmestellung als Operndiva hat ihn und später Josef und mich geschützt. Josef war gegen jede Art von Gewalt, widmete sich ganz seiner Kunst. Damit stand er meiner Mutter sehr nahe. Es gab so viele Dinge damals, für die ich meinte, kämpfen zu müssen. Anders als mein Bruder fühlte ich mich nicht zum Künstler berufen. Als Goldschmied fühlte ich mich dem Handwerk verbunden, und die Musik habe ich nur als Hobby gesehen, was meine Mutter nie verstehen konnte. Aber das ist nicht wichtig. Josef und ich haben uns immer gut verstanden. Von mir und Marie wußte er nichts.« Alois faltete seine feingliedrigen Hände und schaute aus dem Fenster.

Es war ruhig in dem großen Raum, nur das Knacken der Kohlen im Ofen unterbrach die Stille. Viviane sah vor ihrem geistigen Auge Alois und Milan, wie sie zusammen musizierten und anschließend Pläne für ihre Widerstandsaktionen besprachen. Alois hustete, und seine Hände verkrampften sich. Jakub stand auf und streichelte seinem Vater über den Rücken. Er sah zu Marika, die Viviane und Michal hinausschickte.

»Er braucht eine Pause. Geht doch ein wenig spazieren. Wir kümmern uns um ihn, und wenn die Medikamente wirken, sehen wir weiter.«

Michal nahm Vivianes Hand und führte sie auf den Flur.

»Ich hätte deine Tante wirklich gerne kennengelernt. Sie muß eine außergewöhnliche Frau gewesen sein.«

Viviane zog sich ihren Mantel über. »Ja, das war sie. Ich vermisse sie immer noch sehr, und das wird wohl auch so bleiben.«

Sie gingen langsam die Treppen hinunter. »Als dann auch noch Miko starb, war das so endgültig. Er war wie eine lebendige Erinnerung an sie, ich kümmerte mich um ihn und gleichzeitig um sie.«

Michal trat hinter ihr auf die Straße. Der Himmel war bedeckt, doch es regnete nicht, und sie gingen zum Moldauufer hinunter.

»Du trägst sie in dir. Alois tut das. Sie scheint dir viel mehr gegeben zu haben, als du selbst vielleicht weißt. Er hat das erkannt.«

Sie standen am Ufer des breiten Flusses und sahen auf der anderen Seite die Autos vorbeifahren und Touristen auf der Promenade spazieren.

Viviane lehnte sich an Michal und sagte leise. »Ich bin aber nicht wie sie.«

»Nein, denn du hast die Schatten der Vergangenheit beseitigt und dem Leben und der Zukunft Raum gegeben.«

Eine Weile blieben sie stehen, jeder seinen Gedanken nachhängend und doch dem anderen verbunden. Schließlich küßte Michal Viviane und meinte: »Deine Nase ist ganz kalt. Laß uns zurückgehen. Ich möchte endlich wissen, was passiert ist. Dieser Alois! Er hat so viel erlebt. Stell dir mal die Risiken vor, die er als Mitglied der Kommunistischen Partei während der Okkupation der Deutschen auf sich genommen hatte. Später ist ihm seine Vergangenheit wahrscheinlich zugute gekommen.«

»War dein Vater Parteimitglied?«

»Nein. Trotzdem hatten wir nie Schwierigkeiten. Das scheint Alois' Verdienst zu sein.«

Marika öffnete ihnen die Tür und bat sie, zu ihr in die Küche zu kommen. Sie hatte Brot gebacken und eine Gulaschsuppe gekocht, die ihnen den Mund wäßrig machte.

Viviane und Michal halfen ihr beim Austeilen und Decken des Tisches. »Du hast dir wieder viel zuviel Arbeit gemacht.«

»Ich mache das gern, und essen müssen wir alle. Gerade du brauchst kräftiges Essen. Außerdem habe ich das Gefühl, daß ich Michal nicht mehr allzuoft hier sehen werde.«

Er warf ihr einen warnenden Blick zu.

»Das ist ja auch gut so. Aber ihr kommt uns regelmäßig besuchen, das müßt ihr versprechen.« Sie plazierte Weingläser auf dem Tisch und stellte auch eine Karaffe mit Wasser dazu.

»Also, wir haben noch keine konkreten Pläne ...«, wollte Michal erklären, um Viviane nicht in eine unangenehme Lage zu bringen, als Jakub in die Küche kam und schnupperte. »Hmm, eine große Portion für mich. Was organisierst du hier schon wieder, Marika? Die zwei werden das schon machen. So, jetzt wird gegessen. Alois ruht ein wenig, aber er will unbedingt weitererzählen. Jetzt hat er damit angefangen, und er will es zu Ende bringen. Ich kann nur sagen, daß ich genauso überrascht bin wie ihr auch.«

Die kräftige rotbraune Suppe mit den schmackhaften Fleischstücken tat Viviane gut. Sie fühlte, wie ihre Wangen glühten und Hände und Füße warm wurden. Marika sah sehr zufrieden aus. Nachdem sie gemeinsam abgewaschen hatten, ging Jakub, um nach Alois zu sehen, und bat seine Familie schließlich wieder in das Wohnzimmer, wo Alois sie erwartete. Ohne Kommentar reichte er Jakub ein Programm, auf dem

Giacomo Puccinis *Manon Lescaut* für den 16. Mai 1942 in Prag angekündigt wurde. Die Hauptpartien wurden allesamt von tschechischen Sängern gesungen, die Manon war mit Johanna Habart besetzt.

»Das war ihr letzter Auftritt«, ließ Alois durch Jakub verlauten. »Irgendwann einmal hatten wir ein Versteck für unsere Flugblätter gesucht und sind dabei auf das Geheimfach in der Kommode gestoßen. Das edle Möbelstück war das Hochzeitsgeschenk der Lohynskýs für meine Eltern gewesen. Meine Mutter war entzückt, als wir ihr die Noten zeigten. Milan und ich haben die Sonate dann oft gespielt, und daß ich sie Marie vorgespielt habe, wißt ihr ja. Aber ich will der Reihe nach erzählen.

Milan liebte Eva Robek. Ihre Mutter war Deutsche, deren Familie in Deutschland lebte und Hitlers Machtergreifung von Beginn an unterstützte. Nach dem Einmarsch der Deutschen in Prag wußten wir nie so genau, wie weit wir Eva vertrauen konnten. Meinem Freund war das egal.« Alois lächelte. »So ist das mit der Liebe, sie kennt keine politischen Bekenntnisse und macht manchmal blind für Dinge, die man besser nicht übersehen sollte.

Wir hätten jedes Risiko ausschalten müssen, denn Milan, Marie und ich waren direkt an den Vorbereitungen zum Attentat auf Reinhard Heydrich, den berüchtigten Gestapo-Chef, beteiligt. Doch wie sollte ich meinem Freund die Liebe zu der inzwischen schwangeren Eva ausreden? Marie und ich haben oft darüber gesprochen, doch immer wieder betonte Marie, daß sie sich einen Verrat Evas an uns einfach nicht vorstellen könnte. Nun, solange Milan am Leben war, hat sie das auch nicht getan.«

Hier machte Alois eine Pause und zwang seine zitternden Hände zur Ruhe. Mit brüchiger Stimme fuhr er fort: »Milan war wie besessen von der Sonate *Désir douloureux*. Er hatte es sich in den Kopf gesetzt, das Stück zur Uraufführung zu bringen. Es sollte seine Karriere als Sologeiger begründen. Ich hätte ihm die Noten einfach geben sollen, aber ich hing an ihnen, weil sie für mich die Liebe zu Marie symbolisierten. Tatsächlich glaubte ich damals noch an eine gemeinsame Zukunft mit ihr. Ich hätte mich sogar damit zufriedengegeben, sie nur manchmal zu sehen, schließlich sollte sie Josef heiraten. So sehr war ich mit meinen selbstsüchtigen Gefühlen beschäftigt, während um uns herum die Nazis in Prag wüteten und viele meiner Freunde den sogenannten Säuberungsaktionen zum Opfer fielen.

Fünf Tage vor dem Attentat gab es für unsere Gruppe noch einen wichtigen Auftrag auszuführen. Die ganze Sache wurde von der Exilregierung in London geleitet und lief schon seit Oktober 1941. Es war alles ziemlich verworren, und manches lief schief. Aber Heydrich war damals nach Hitler und Himmler der drittmächtigste Mann im nationalsozialistischen Apparat, und wir erhofften uns eine große propagandistische Wirkung mit dieser Aktion.« Alois atmete tief ein. »Die Wirkung war groß, aber anders als erwartet. Unsere Aufgabe war es, zwei automatische Waffen bei einem Kontaktmann abzugeben. Ich wollte das selbst übernehmen, denn ich leitete unsere kleine Gruppe. Da bekniete mich Milan, er wollte diesen gefährlichen Auftrag ausführen, wenn ich ihm dafür die Originalpartitur der Violinsonate überließe. Erst weigerte ich mich, weil seine Freundin schwanger war und ich ihn keiner unnötigen Gefahr aussetzen wollte. Aber er bettelte so lange, bis ich nachgab. Das war der größte Fehler meines Lebens.«

Die Anwesenden hielten den Atem an und hingen an Alois' Lippen.

»Milan lieferte die Waffen in der bewußten Nacht ab, doch als er auf die Straße trat, lief er einer deutschen Patrouille in die Arme. Ich weiß nicht, warum, aber er verlor die Nerven und lief davon. Sie schossen ihm in den Rücken, er war sofort tot. Als Eva von seinem Tod erfuhr, drehte sie förmlich durch. Sie schrie und weinte und gab uns, besonders mir, die Schuld an seinem Tod. Er hatte ihr von der Sonate erzählt, wie er ihr alles mitteilte, leider … Ich hatte ein ungutes Gefühl, was Eva betraf, denn in ihrer Trauer und ihrer grenzenlosen Wut wurde sie unberechenbar.

Für einen derartigen Notfall hatten wir Fluchtpläne, und ich schickte Marie und Josef sofort in die Schweiz, wo es einen Freund gab, der sie aufnehmen würde. Sie nahmen die Kommode, in die ich die Sonate legte, und zwei oder drei weitere Möbelstücke mit, die meine Eltern ihnen schenkten. Aber meine Eltern, vor allem meine Mutter, wollten den Ernst der Lage nicht erkennen. Ich flehte sie an zu fliehen, denn wenn das Attentat erfolgte, würde man einfach jeden verdächtigen, und falls Eva dann redete, waren wir alle verloren. Ich sehe sie noch vor mir, meine schöne, weltgewandte Mutter. ›Niemals würden sie es wagen, uns etwas anzutun. Ich habe vor Goebbels gesungen‹, sagte sie – und blieb mit meinem Vater in Prag.

Das Attentat erfolgte, und die Deutschen übten schreckliche Rache. Hunderte Menschen wurden allein mit der Begründung, das Attentat gebilligt zu haben, hingerichtet. Eva verriet uns alle, sie gab den Nazis Namen und Treffpunkte, verriet unsere Verstecke und unsere Kontaktpersonen. Meine Mutter hatte Bekannte in Nordböhmen, zu denen sie mich schickte, denn sie war noch immer der Meinung, sie wäre sicher vor diesem Terror. Am 24. Oktober 1942 wurden sie und mein Vater zusammen mit den Lohynskýs im Konzentrationslager Mauthausen hingerichtet.« Mit versteinerter Miene starrte Alois auf die Fotos neben sich.

Viviane hielt die Luft an. »Nein.« flüsterte sie. Michal, der hinter ihrem Stuhl stand, legte ihr sanft die Hände auf die Schultern.

Jakub legte schützend einen Arm um seine Frau. »Wir wußten nur, daß unsere Großeltern im Krieg umgekommen waren. Mein Gott! Vater, du hättest uns das sagen müssen!«

Michal erklärte Viviane leise, was gesprochen wurde.

»Warum? Damit du einen Haß auf eine Nation entwickelst

und dich vielleicht aus irgendwelchen ideologischen Gründen in Dinge verstrickst, die am Ende nur zu Gewalt und mehr Gewalt führen? Damit du dein Leben der Politik opferst, so wie dein Vater? Nein, mein Junge. Das wollte ich nicht. Ich bin schuld am Tod meiner Eltern, an dem ihrer Freunde, meiner Freunde. Damit leben zu müssen ist meine Strafe, meine Sühne, und dennoch ist es nicht genug …« Er legte den Kopf in die Hände und schluchzte.

Viviane schluckte, und ihre Augen begannen gefährlich zu glänzen. Sie verstand. Er hatte Marie geliebt. Sie gehörte nicht zu denen, die seinem Land, seiner Familie unendlichen Schmerz, nicht wiedergutzumachendes Leid zugefügt hatten. Er konnte unterscheiden, und er wollte, daß seine Kinder auch dazu in der Lage waren.

Nachdem er sich wieder gefaßt hatte, brachte Alois seine Geschichte zu Ende.

»Bis zum Kriegsende blieb ich in diesem abgelegenen Dorf oben im Erzgebirge. Nikola war die Tochter der Nachbarn. Ihr war es egal, daß ich mich unter falschem Namen versteckte. Sie waren alle gut zu mir, und ich habe Nikola geheiratet. Freunde meines Vaters haben unser Haus und unser Geschäft in Prag für uns gerettet, dafür stehe ich ewig in ihrer Schuld. Als der Krieg für die Deutschen verloren war und wir Kommunisten wieder an Einfluß gewannen, war meine Mitgliedschaft bei der KPČ von großem Vorteil.«

Er seufzte tief und rieb sich das Bein, das wieder zu zittern anfing.

»Der Politik hatte ich abgeschworen. Meine Ideale waren mit dem Tod meiner Eltern gestorben. Ich hatte nur noch den Wunsch, zu vergessen und meinen Kindern ein Leben ohne solch gräßliche Erinnerungen zu ermöglichen. Ich habe kaum an parteilichen Aktivitäten teilgenommen. Wahrscheinlich hatte ich den Bonus meines Vaters, der am Entstehen der ersten Republik maßgeblich beteiligt war und für die Partei gekämpft hatte. Unser Geschäft wurde mein Lebensinhalt.«

»Aber dein Bruder? Ihr habt euch nicht wiedergesehen, und du hast Maries Briefe nicht beantwortet.« Viviane sah Alois bittend an.

Wie sollte er ihr erklären, daß er sich verachtete und nicht die Kraft gehabt hatte, seinem Bruder je wieder in die Augen zu sehen, nachdem er den Tod ihrer Eltern verschuldet hatte? Daß er seinen Freund in den Tod geschickt hatte und mit ihm dessen Eltern? Wie konnte er ihr gestehen, daß er ihre Tante noch immer liebte und daß er ihrer nicht wert gewesen war? Einzig und allein der Gedanke daran, daß Josef von der Affäre seiner Marie mit dem eigenen Bruder nichts erfahren hatte, ließ ihn hoffen, daß er nicht auch das Glück seines Bruders zerstört hatte. Seine Erklärung mußte mager klingen, und doch konnte er keine bessere geben: »Die politische Situation war zu Josefs Lebzeiten sehr angespannt, und seine kritischen Werke haben es mir unmöglich gemacht, ihn zu besuchen. Vielleicht war es auch eine Entschuldigung, um Marie nicht sehen zu müssen. Ich hatte ihr versprochen zu schweigen.«

Er strich lächelnd über ein Foto von Vivianes Tante. »Ob es mir gelungen wäre, wenn ich sie wiedergesehen hätte? Ich bin mir nicht sicher. Vielleicht war ich feige. Ich weiß es nicht. Jetzt bin ich müde, und ihr könnt über mich urteilen.«

Viviane schüttelte den Kopf. »Uns steht kein Urteil zu. Wir haben es nicht erlebt. Du hast deinen Bruder nicht verletzen wollen, und das ist dir gelungen. Marie hat einmal zu mir gesagt, daß Schweigen nicht immer richtig ist.«

»Das hat sie gesagt?« Versonnen nickte Alois, und sein Blick wanderte über die Fotografien zum Fenster, wo einige Sonnenstrahlen durch die Wolken brachen.

Epilog

Hutthurm, 2003

Es mußten dreißig Grad sein. Die Sonne schien mit geballter Kraft auf den Garten, dessen hochsommerliches Grün satt in der Hitze flirrte. Viviane stand auf dem Balkon ihres Hauses und betrachtete die Blumenkübel auf der Terrasse, in denen der Oleander seine prachtvollen rosafarbenen Blüten geöffnet hatte. Neben den Schlehdorn bei der Werkstatt hatte sie ein Rosenbäumchen gepflanzt, dessen weiße Blüten in schönem Kontrast zu den dunklen Blättern des größeren Baumes standen. Auf dem Teich schwammen Seerosen, und mit Angelas Hilfe befreite Viviane einen Haufen Feldsteine von Unkraut und bepflanzte ihn mit blühenden Gräsern und großen Lavendelbüschen, die die Mücken fernhalten sollten. Zudem hatte sich wildwachsender Wermut zwischen den Steinen angesiedelt, dessen grünlich-weiße Stengel jetzt kugelige gelbe Blüten trugen.

Sie hörte Stimmengemurmel und sah Angela mit einem Mann und einer Frau um die Hausecke kommen. Angela winkte ihr zu, als sie Viviane oben entdeckte. Anscheinend waren die Leute an den antiken Möbeln interessiert, auf die ein Schild an ihrem Gartenzaun hinwies. Noch war die Garage nicht vollständig umgebaut. Viviane hoffte, den Laden im Oktober öffnen zu können. Auf ein paar Monate kam es jetzt nicht mehr an. Angela war in ein möbliertes Zimmer bei Leni gezogen, die sich über die kleine Zusatzeinnahme durch die Miete freute und mehr noch über die Hilfe, die Angela ihr gelegentlich bei den Kindern anbot. Ihrer Tochter und ihrer Mutter in Rumänien ging es gut, und alles andere würde sich mit der Zeit zeigen. Stefan hatte ein Verfahren in Gang gesetzt, das sich mit Angelas Fall befaßte, und hatte ihr damit Mut gemacht.

Viviane ging zurück ins Haus, denn für heute hatte sie sich vorgenommen, den Dachboden zu entrümpeln. Das Klingeln des Telefons hielt sie jedoch zurück.

»Vivi, hallo, meine Kleine.« Ihr Vater klang ausgesprochen fröhlich. »Du wirst nicht glauben, wer bei mir zu Besuch ist.«

»Na los, Paps, sag schon, wer.«

»Deine Mutter!«

»Auf Rhodos? Sie ist tatsächlich zu dir auf die Insel geflogen? Auf die Insel, von der sie behauptet, es gäbe nur Felsen und Touristen dort?« Viviane war ehrlich überrascht.

»Ja. Also im Moment ist sie damit beschäftigt, überall im Haus Stoffbahnen auszulegen, um die Wirkung der Farben zu testen. Ich lasse ihr freie Hand. Solange sie beschäftigt ist, streiten wir uns nicht. Und irgendwie hat sie sich verändert.«

»Das freut mich für euch.«

»Wir werden einfach sehen, wie's läuft. Was machst du denn gerade? Wo ist Michal?«

»Er kommt morgen zurück von diesem Baugelände bei Würzburg. Die Pläne sind wohl fertig, nur die Finanzierung steht noch auf wackeligen Beinen, aber er ist zuversichtlich. Ich bin wirklich stolz auf ihn. Er hat so hart gearbeitet.«

»Bist du glücklich, Vivi?«

»Ja, sehr sogar. Als nächstes soll er ein Golfhotel an der Ostsee mitgestalten. Der Golfplatz muß zum Teil in ein Naturschutzgebiet integriert werden, und es stehen noch Gespräche mit den örtlichen Naturschützern bevor. Wir wollen die Gelegenheit nutzen und gleichzeitig eine Woche Urlaub dort oben machen.« Viviane freute sich schon seit Tagen auf die Zeit, die sie dann mit Michal verbringen konnte.

»Schön, laßt es euch gutgehen und vergeßt nicht, ihr habt noch einen Urlaub in Griechenland gut. Ich werde Schluß machen, denn wir wollten noch mit dem Boot rausfahren Bis bald, meine Kleine.«

Viviane legte auf. Ihre Mutter hatte sich also tatsächlich dazu durchgerungen, nach Rhodos zu fliegen. Das war ein Anfang. Sie summte eine Melodie und ging die schmale Treppe zum Dachboden hinauf. Seit jenem denkwürdigen Pragbesuch im Winter war sie zusammen mit Michal noch zweimal dortgewesen. Zwar behielt Michal seine Wohnung in Prag, doch ergab es sich im Laufe der Wochen und Monate, daß er seine freie Zeit meist bei ihr in Hutthurm verbrachte. Sie sprachen nicht über die Zukunft, doch Viviane konnte sich ein Leben ohne Michal nicht mehr vorstellen, und sie hegte nicht den leisesten Zweifel, daß er genauso fühlte. In seiner ruhigen, überlegten Art lagen Zuversicht und Kraft, worin Viviane Bestätigung und Rückhalt fand. Gesundheitlich ging es Alois nicht gut. Zwar hatte sich sein Zustand wieder stabilisiert, doch die Ärzte hatten eine schlechte Prognose gestellt. Die Pragbesuche hatten vor allem Alois gegolten, über den sie viel mit Michal gesprochen hatte.

Sie waren zu dem Schluß gelangt, daß weder Alois noch Milan, noch Marie sich schuldig gemacht hatten. Maries Dreiecksbeziehung war tragisch, aber Gefühle ließen sich eben nicht immer rational erklären und dirigieren. Die Musik war letztlich nur der Auslöser gewesen, dafür, daß Alois und Marie sich zueinander bekannten, und dafür, daß Milan den Auftrag übernehmen wollte. Wirklich schuldig war allein Eva, die im vollen Bewußtsein der tödlichen Konsequenzen ihre Freunde verraten hatte. Ihre Schlechtigkeit und ihren Haß hatte sie auf ihren Sohn, Ludvik Robek, übertragen, der anders als seine Schwester Magda zu schwach war, sich ihrem Einfluß zu entziehen.

Viviane war zu der Überzeugung gelangt, daß Robeks Haß auf Alois und das Verlangen nach der Sonate die Rechtfertigung für sein verpfuschtes Leben waren. Wäre Milan nicht gestorben, wie anders hätte Robeks Leben verlaufen können. Michal stimmte dieser Theorie nicht zu. Vielmehr warnte er Viviane davor, zu glauben, in Ludvik Robek stecke auch nur der Funken eines guten Kerns. Wer sein gesamtes Leben Verrat und Kriminalität verschrieben hatte und sogar den Tod des eigenen Schwagers in Kauf nahm, dem sei nicht zu trauen. Michal hatte sich erst beruhigt gezeigt, als die Polizei ihnen die bevorstehende Verurteilung Robeks mitteilte, der in den Niederlanden aufgespürt worden war. Bei ihrem letzten Pragbesuch waren Viviane und Michal zur Wohnung von Magda Straberger gegangen, doch ein Nachbar teilte ihnen mit, daß die pflegebedürftige Dame in ein Heim gezogen war. Anscheinend litt sie an Gedächtnisverlust, denn sie hatte mehrere Male den Herd in ihrer Wohnung angelassen, so daß sich darauf befindliche Handtücher entzündet hatten. Vielleicht war das die gnädigste Lösung für die kranke Frau, dachte Viviane.

Als sie die Tür zum Dachboden öffnete, wurde sie von einer Welle aus Staub und Hitze förmlich erschlagen. Sofort riß sie alle Dachluken und die kleinen Fenster auf, damit frische Luft in den Raum ziehen konnte. Die aufgewirbelten Staubkörner schwebten sichtbar in den Sonnenstrahlen, die durch die Fenster hereinfielen.

Bisher hatte sie sich nicht dazu durchringen können, die Sachen ihrer Tante durchzusehen, doch sie wollte den Dachboden nutzen, um weitere Möbel zu lagern und auch, um Angela Raum für die Arbeit mit ihren Kräutern zu geben. Sie konnte sich hier eine Arbeitsecke einrichten und Regale aufstellen, Seile spannen und daran die Kräuterbündel zum Trocknen aufhängen. Die Werkstatt wollte Viviane sich für die Möbel vorbehalten, und sie brauchte auch Zeit, in der sie allein arbeiten und einfach nur ihren Gedanken nachhängen konnte.

Langsam ging sie über die knarrenden Dielen. Sie öffnete vorsichtig einen der zahlreichen Pappkartons, die auf einer Seite des langgestreckten Raumes standen. Alte Tapetenreste standen aufgerollt darin. Einige Rollen waren noch in Folie eingeschweißt, und Viviane erkannte das grüngelbe Muster der Tapete, die sich vor Jahren in ihrem Zimmer befunden hatte. Mit der Hand fuhr sie sich über die Augen, wischte jedoch nur Staub hinein. Dann hatten die Tränen wenigstens einen Grund, sagte sie sich. In einem anderen Karton lagen Kachelreste, die sie vielleicht verkaufen konnte.

Trotz der geöffneten Fenster war die Luft unerträglich heiß. Viviane wischte sich den Schweiß, der ihr auch den Rücken herunterlief, von der Stirn. Die helle Bluse klebte an ihrem Körper. Auf einem antiquarisch aussehenden Korbkoffer stand ein runder Vogelkäfig. Viviane konnte sich nicht erinnern, jemals einen Kanarienvogel bei ihrer Tante gesehen zu haben. Das mußte vor ihrer Zeit gewesen sein. Sie stolperte über einen Stapel Rohre und ein Waschbecken, das einen langen Riß aufwies. Dahinter stand eine Gruppe Stühle, die aussahen, als könnte sie sie restaurieren. Auch eine Chaiselongue, aus deren Bezug Sprungfedern herausschauten, schien geeignet, um sie aufzuarbeiten.

Wieder begann Viviane die Melodie zu summen, die ihr den ganzen Tag durch den Kopf ging. Sie hielt inne. Es war das Hauptmotiv aus *Désir douloureux*. Inzwischen war die Partitur Bestandteil der ständigen Ausstellung des Prager Nationalmuseums geworden, und die Prager Philharmoniker hatten sich der Veröffentlichung des Stückes auf einer neuen CD angenommen. Marika hatte in der Stadt gehört, daß sich der Violinsolist bei den gemeinsamen Proben in die Pianistin verliebt haben sollte. Viviane hatte oft an die Ereignisse gedacht, die in der fernen und auch jüngeren Vergangenheit mit der Sonate verbunden waren. Eine rationale Erklärung für ihre besondere Beziehung zu Jarek Vacatas Musik gab es nicht, konnte es nicht geben. An jenem Nachmittag, an dem sie an dem stillen dunklen Wasser des Sees, in dem Lida ertrunken war, gestanden hatte, waren Verzweiflung und Schmerz, die sie bisher mit der Musik verbunden hatte, einer ruhigen Gewißheit gewichen. Wann immer sie die Sonate von nun an spielte, tat sie es, weil sie die Musik liebte. Und immer öfter geschah es, daß Viviane beim Spielen nicht an den Komponisten und seine unglückliche Liebe dachte, sondern an Marie und Alois.

Unter Maries Büchern hatte sie die Aufzeichnungen der Madame de Staël, einer Zeitgenossin Napoleon Bonapartes, gefunden, die in einer ihrer philosophischen Betrachtungen geschrieben hatte, daß die Vergangenheit durch nichts so sehr zurückgebracht würde wie durch die Musik. Natürlich hatte Madame de Staël im übertragenen Sinne gesprochen. Viviane lächelte. Aber wer hätte sich auch nur ansatzweise vorstellen können, in was für ein Netz aus Zufällen und familiären Verstrickungen Viviane geraten war, nachdem sie einmal angefangen hatte, sich mit der Sonate zu beschäftigen. Sie würde es als Geschenk annehmen, denn letztendlich hatte erst die Suche nach dem Komponisten ihr Leben reich und erfüllt gemacht. Sie hatte endlich eine Aufgabe gefunden, bei der sie sich täglich neuen Herausforderungen stellen mußte, und einen Ort, an dem sie sich zu Hause fühlte, auch wenn das jetzt weniger wichtig war als früher. In der Zeit, die sie mit Michal verbrachte, war der Ort zweitrangig.

Immer noch summend schob Viviane die Chaiselongue zur Seite. Die Sonate wurde nun von einer Legende umrankt, die ihr neben dem musikalischen auch noch einen romantischen Reiz verlieh. Doch nur sie und die Habarts wußten, welche Schicksale wirklich mit der Musik verknüpft waren.

Hinter der Chaiselongue kam eine Ansammlung alter Holzrahmen zum Vorschein. Eine dicke Staubschicht lag auf den teilweise lackierten Rahmen, und dichte Spinnengewebe hatten die Leisten fast vollständig verdeckt. Mit einem Handbesen fegte sie den gröbsten Schmutz herunter. Die Rahmen waren in einem guten Zustand und durchaus noch zu gebrauchen. Sie würde sie für Bilder verwenden, die sie sich irgendwann kaufte. Etwa zehn Rahmen hatte sie aus der dunklen Ecke herausgezogen, als sie stutzte. Das war kein Rahmen, das war eine Leinwand! Sie beugte sich vor und holte sie vorsichtig hervor. Durch die lange Lagerung hatte sich die Leinwand, die auf einen Keilrahmen gespannt war, gelockert. Mit einem weichen Tuch wischte Viviane sanft über das Ölgemälde, das sie sofort als eines von Josefs Werken identifizierte. *Schatten* stand auf der Rückseite des Rahmens. Das Werk war unten links auf 1958 datiert und von Josef signiert worden.

Ungläubig starrte Viviane auf die dargestellte Szene. Sie stellte das Bild auf einen der Stühle ins Sonnenlicht, um es besser betrachten zu können. Die Farben waren gedeckt und verhalten. Im Vordergrund saß ein Maler vor seiner Staffelei und wandte dem Betrachter den Rücken zu. Er arbeitete an einem Akt, das Modell lag auf einer Chaiselongue. Die Frau hatte dem Maler den Rücken zugekehrt und den Blick in die dunkle Zimmerecke gerichtet, in der schemenhaft ein regungslos verharrender Dritter zu sehen war. Das Gesicht des Mannes in seinem dunklen Versteck war nicht zu erkennen, doch Viviane erschauerte: Das Rückenmodell auf der Chaiselongue war dasselbe wie auf *Mondnacht* – es zeigte Marie.

Fassungslos betrachtete Viviane das Bild, das stummer Zeuge einer tragischen Liebesbeziehung war. Sie hatten aus Liebe geschwiegen und sich in dem trügerischen Glauben gewiegt, damit den anderen zu schützen. Doch Schweigen ist nicht immer richtig. Hatte Marie das nicht gesagt? Hieß das nicht, daß sie es bedauert hatte, ihrem Mann die Wahrheit vorenthalten zu haben? Und Josef, wann hatte er davon erfahren? Warum hatte er geschwiegen? Hatte er befürchtet, Marie und seinen Bruder zu verlieren? Hatte er deshalb seinem Schmerz in diesem Bild Ausdruck verliehen? Drei Menschen, in Liebe und Schmerz miteinander verbunden – die Angst zu zerstören, was auf so trügerischem Grund gebaut war, blieb größer als der Wunsch, sich zu offenbaren. Nein, dachte Viviane und sah Marie vor sich, wie sie lachend neben ihr auf dem Berg stand, Angst nicht – du hast sie beide geliebt. Aber du hast dich in Alois getäuscht, er hätte dich genauso gebraucht wie Josef. Vielleicht noch viel mehr. Das Bild eines vergrämten Mannes, dessen Herz vor so vielen Jahren zerbrochen war, stieg vor Viviane auf – und das Lächeln in seinen Augen, wenn er Maries Fotografie betrachtete.

Sie stand auf und stellte das Bild zur Wand gedreht zurück hinter die Rahmen. Solange Alois lebte, würde sie es niemandem zeigen. Vielleicht würde sie es auch vergessen, so wie ihre Tante es vergessen wollte. Was sie aber nie vergessen würde, waren drei Menschen, deren Liebe so stark gewesen war, daß sie das Schweigen überdauert hatte. Viviane verließ den Dachboden und schloß die Tür hinter sich ab.